KB166363

THIS IS NOT A PITY MEMOIR

각본 없음

삶의 다음 페이지로
넘어가기 위해 쓴 것들

아비 모건 지음

이유림 옮김

현암사

각본 없음

: 삶의 다음 페이지로 넘어가기 위해 쓴 것들

초판 1쇄 발행 2024년 2월 28일

지은이 아비 모건
옮긴이 이유림

펴낸이 조미현
책임편집 박다정
디자인 나윤영

펴낸곳 현암사
등록 1951년 12월 24일 (제10-126호)
주소 04029 서울시 마포구 동교로12안길 35
전화 02-365-5051
팩스 02-313-2729
전자우편 editor@hyeonamsa.com
홈페이지 www.hyeonamsa.com

ISBN 978-89-323-2354-1 03840

책값은 뒤표지에 있습니다. 잘못된 책은 바꾸어 드립니다.

제이콥, 제시, 메이블을 위하여.

“나는 뇌를 구성 요소가 고장 나면 작동을 멈출 컴퓨터로 간주한다. 고장이 난 컴퓨터를 위한 천국이나 저승은 없다. 그것은 어둠을 두려워하는 사람들을 위한 동화일 뿐이다”

—스티븐 호킹

— 이 책에 쏟아진 찬사들

"내가 없더라도 괜찮을 거라는 사실을 알았으면 하니까."
『각본 없음』은 신의 위치에서 글을 쓰며 허구를 넘나들던 작가가 자신의 자유를 속박하는 글쓰기를 감행한 결과이다. 아비 모건은 가장 행복했던 순간과 더는 나아질 것이 없는 순간을 각본 없이 통과하며 아무것도 돌이킬 수 없는 인생에 맞선다. 고통스러운 기억을 지움으로써 한결 수월해지는 현재 대신에 자신에게 기적처럼 주어진 사랑의 순간들을 이 세상에 선명히 남겨놓기로 한 것이다. 아비 모건의 사랑은 모든 것을 괜찮다고 말해주는 따듯한 입김처럼 절망과 행복이 교차하는 문장들 사이에 촘촘히 놓여 있다. 바로 그 사랑이 모든 것을 송두리째 앗아간 뒤에도 계속해서 살아갈 수 있도록.

— 유진목(작가, 연출가)

작가는 이야기의 끝을 정할 수 있다. 하지만 이번엔 그렇게 할 수 없다. 〈서프러제트〉 〈철의 여인〉 〈셰임〉을 비롯해 영화와 시리즈 각본을 쓰며 에미상을 수상하기도 한 작가 아비 모건은 어느 날 쓰러진 파트너가 몇 달 간의 의식불명 끝에 자신을 기억하지 못하게 되었다는 사실을 발견한다. 게다가 자신은 유방암 투병을 시작하게 된다. 재난에 가까운 개인적 불행 앞에서 "이 모든 게 소재야"라는 말을 듣는 직업을 갖고 있다는 것의 의미도, 관계라고 부를 것이 사라진 뒤에 되만져 보는 관계의 균열도, 상실이 외로운 만큼이나 지루하다는 통렬한 깨달음도 찾아온다. 우리 삶에 비극이 일어나면, 비극이 일어나기 전에 이미 균열이 있었음에도 불구하고 충분히 행복했음을 알게 된다. 불완전한 행복이야말로 현재형의 삶이라는 사실을.

— 이다혜(작가, 기자)

아비 모건은 냉소적인 태도를 유지하면서도 예리하고 충만한 정신력으로, 끝없이 가파른 삶의 절벽을 향해 숨 막히는 하이킹을 떠난다. 이 과정에서 그녀는 가슴 아픈 순간과 날카로운 재치를 번갈아 드러내는데, 그런 터무니없는 유머를 더한 일상적이고 현실적인 사건의 묘사는 걷잡을 수 없는 운명을 각자의 방식으로 살아내고 있는 또 다른 사람들에게 큰 위로가 될 것이다. 아비 모건의 이야기는 그녀와 비슷한 여정을 함께하며, 비슷한 방식으로 흔들리고 있는 이들에게 주는 선물 같다.

—메릴 스트립(배우)

첫 줄을 읽고, 이 책을 다 읽을 때까지 손에서 놓기 힘들었다. 아비 모건은 마치 스릴러의 세계로 나를 초대하는 듯하다가 이내 심장이 터질 것 같은 로맨틱 코미디로, 그리고 파괴적인 드라마로 빠져들게 만든다. 그녀의 이야기를 한번 읽고 나면, 만약 이것이 허구일지라도 잊기 힘들 것이다. 정말 놀라운 사실은 이 모든 게 허구가 아니라 아비 모건의 실제 경험이라는 점이다. 그 사실이 무척 흥미롭고 아름답다. 정직하고 정교하게, 심오하면서 재미있게 쓰인 이 책을 나는 이보다 더 사랑할 수 없다.

—캐리 멀리건(배우)

아비 모건은 말도 안 되는 비극을 경험하면서도 결코 자기 연민에 빠지지 않는 사람이다. 그녀의 이야기는 상황이 가장 어두울 때에도 웃음 짓게 하는 포인트가 있다. 매 순간 극적으로 전개되며 스릴러처럼 밀도 있는 이 책은, 읽는 내내 아드레날린을 경험하게 하며 쉽게 내려놓을 수 없을 만큼 재미있다.

—《더 가디언》

차례

1

집안은 아직 어둡고 나는 짜증이 나 있다. 이번에도 손님방에서 자야만 했던 나는 누구와도 이야기할 기분이 아니다. 곧장 제이콥이 있는 방으로 들어가 늘 하던 일을 한다.

"머리가 또 아픈 거야? 진통제는 먹었어?" 제이콥을 향한 말투는 곱지 않다. 서로 아는 방식으로 내 피로와 불만을 전한다. 손님방은 그의 사무실이기도 하다. 비싼 접이식 침대도 있다. 원래 이따금 집에 오는 엄마를 위해 준비해 둔 것이지만, 최근 일주일 동안은 내가 이곳에서 잠을 청했다. 제이콥이 코를 골아서였다. 그가 코 고는 소리에 매번 제대로 잠을 잘 수가 없다.

"몸이 안 좋아."

오전 7시, 나는 여느 때처럼 아이들을 학교에 데려다준 다음 커피를 사서 출근하려 했다. 하지만 오늘 제이콥은 이마에 손을 짚으며 두피부터 목덜미까지 마치 칼로 긋는 것처럼 아프다고 말한다. 나는 제이콥의 담당의와 상담해 스테로이드를 받아올 것이다. 내가 할 수 있는 일이다. 잘하는 일이기도 하고. 우리가 이런 일에 익숙하지 않은 것도 아니다. 평소와 다른 일도 아니다. 오전에 몇 시간쯤 일한 다음에 제이콥에게 줄 약을 받고, 오늘 우리 아들이 마지막 중학교 자격검정시험을 보니까 축하할 겸 초밥까지 사서 점심시간에 가져오겠다는 약속을 한다.

"그때까지 참을 수 있지, 제이콥?"

잠시 침묵이 흐른다.

"당신은 형편없는 간병인이야."

'당신 말이 맞아. 나는 형편없는 간병인이야. 이런 일에 재능이 없어. 10년 동안 이리저리 뛰어다니며 진통제와 아이스 팩을 가져오고, 밤마다 손님방에서 자는 일 말이야.'

내가 몸을 기울여 입을 맞출 때면 제이콥은 말한다.

"모든 걸 가진 기분은 어때?"

"나는 모든 것을 가지지 않았어. 당신이 아프니까."

초밥을 사는 것은 내게 까다로운 일이다. 나는 어떤 일에서든 길을 벗어나는 것을 불안해하는 사람이라 늘 먹는 종류만 산다. 장어초밥도, 작은 배처럼 생긴 밥 위에 차가운 계란말이가 올라가 있는 초밥도 사지 않는다. 그래도 여전히 너무 넘치도록 산다. 고추냉이 맛 완두콩 과자도 산다. 제이콥이 소파에 누워 〈심슨 가족〉을 보면서 간식으로 먹는 것을 좋아하니까. 그는 그런 참을 수 없는 존재의 가벼움을 어떻게 견디는 걸까? 나도 〈심슨 가족〉을 좋아하지만, 그걸 보면서 웃어본 적은 한 번도 없다.

나는 온종일 이야기를 만들고, 진실을 교묘하게 조작하며 삶을 녹여 소설을 만든다. 공연이 되고, 연극이 되고, 영화가 되는 글을 쓰면서. 그래서 외과 의사처럼 진지하고 예리한 시각으로 영화와 희극을 본다. 내가 특별하기 때문이라고 생각해서가 아니다. 작가이기 때문이다. 직업이 작가라는 것은 어느 정도 전문성이 있다는 이야기이기도 하지만, 그런 건 잘 모르겠다. 나는 배운 것도 많이 없고, 똑똑하지도 않다. 솔직히 가끔은 글을 아예 모르는 사람 같기도 하다. 내가 읽은 책들에 관해 거짓말도 하면서 늘 이런 사실들을 들키지 않으려 노력한다. 영화를 보러 갈 때면 관련된 논평을 전부 읽고 줄거리도 미리 알고 간다. 내게 영화를 보는 즐거움이란 그 서사들을 하나로 엮는 것이니까. 보수를 받고 일하는 경찰처럼 은밀하게, 내가 이미 알고 있는 지식으로 관객보다 한발 앞서 증거를 꼼꼼히 조사해서 그 증거가 어떻게 구현되고, 어떤 결과로 이어지는지 알아내는 것을 좋아한다. 그래서 때때로 "사실 저 여자는 유령이야!" 이렇게 소리치고 싶어지기도 한다. 아니면 "그 남자는 차 트렁크에 있어"라고. 당연히 이 장면에서 남자가 있을 곳은 트렁크밖에 없지 않은가, 하면서.

나는 이야기의 끝이 무엇인지 알아야 한다. 그 끝을 알지 못하면 걷잡을 수 없이 불안하고, 무기력하고, 두려워진다. 마치 물 묻은 손가락으로 유리잔 가장자리를 문지를 때 나는 소리를 듣는 것과 같다. 머릿속을 가득 채우는 그 울림이 잦아들 때까지 기다려야 한다. 그래야만 다시 숨을 쉴 수 있다.

요리사는 우아한 몸짓으로 초밥을 말고 썰어낸 뒤 꽃이 그려진 포장 용기에 가지런히 담는다. 나는 계산대 앞에서 기다리며 그 모습을 지켜본다. 감탄하며 음미하듯 감상한다. 초밥을 포장한 다음에는 서둘러 사무실로 갈 것이다. 마감은 이미 놓쳤다. 오늘은 금요일이고, 금요일이면 나는 보통 몇몇 작은 제작사에 보낼 사과 편지를 쓴다. 이미 몇 주는 늦어버린 대본을 받으려면 한 주를 더 기다려야 한다는 소식을 듣고 기분이 썩 좋지 않을 제작사들에 보낼 편지를.

하지만 오늘은 핑계가 있다. 나에게는 스테로이드를 받아와야 한다는 심부름이, 수행해야 할 임무가 있다는 것. 나는 차를 타고 퀸 광장으로 간다. 검은색 철제 울타리가 잔디밭과 장미 화단을 둘러싸고 있는 퀸 광장. 술 취한 사람들이나 개들과 더불어 휠체어에 앉은 환자들과 아픈 아이 뒤로 두 발자국 떨어진 채 긴장하며 걷는 부모 등 근처 어린이 병원과 관련 있는 사람들이 오후 햇빛과 바람을 쐬기 위해 나오곤 한다. 오늘은 직장인들이 잔디밭에 드러누워 먼지를 뒤집어쓴 근처 건설 현장 인부들과 한낮의 열기 속에서 콜라를 벌컥벌컥 마시며 떠들썩하게 웃고 있다.

6월이다.

내가 방금 6월이라고 했던가?

어느새 도착한 약국으로 걸어 들어간다. 환자에게 오는 편지를 가지러 내려왔다가 길을 잃은 병원의 할머니들과 산소통을 끌고 다니는 간호사들이 보인다. 그속에서 지난 7년 동안 제이콥을 괴롭혀온 증상이 이제는 나아지기를 바라는 마음으로, 작고 하얀 종이상자에 든 스테로이드가 나오기를 기다린다. 우리는 제이콥이 앓고 있는 '다발성 경화증'이라는 증상에 정확한 이름을 붙이지 않으려 애쓰지만, 추운 날 뒤덮이는 안개처럼 어둡고 축축한 그것은 늘 우리 곁을 맴돌며 또 다른 저녁을, 또 다른 휴일을 송두리째 무너뜨리려 한다.

그래, 지금은 6월이다. 원래였다면 틀림없이 먼저 스테로이드를 받은 뒤에, 그 후에 초밥을 사러 갔을 것이다. 아들에게 줄 초밥을. 그의 마지막 시험을 함께 축하하기 위해서. 그 후에 초밥을 샀을 것이다. 그렇지 않으면 초밥이 뜨거운 차 안에 있어야 했을 테니까. 하지만 그러지 않았다. 나는 내가 그러지 않을 것이라는 사실을 알았다. 차에 타 계기판에 약 상자를 미끄러뜨리듯 올려둔다. 갑자기 눈물이 흐른다. 눈물만 흐르는 게 아니다. 나는 흐느낀다. 흐느끼는 것만이 아니다. 큰소리로 울음을 터뜨리고 만다.

스테로이드를 받으러 다니던 수 년 동안 나는 너무 지쳐버렸다. 간병인 침대에서 지내던 나날들에, 이 병과 싸우는 동안 나눴던 우리의 대화 속 서로를 향한 보이지 않는 미움과 분노에도. 모든 것이 괜찮은 척하는 것도 이젠 지긋지긋하다.

괜찮지 않다. 이 모든 건 전혀 괜찮지 않다.

현관문을 열기도 전에 거실 TV에서 흘러나오는 축구 경기 관중들의 함성과 해설자들의 목소리가 나를 맞는다. 미끄러지듯 가방을 내려놓자 우리 집 반려견 스타일러는 마치 열광하는 팬처럼 달려들어 내가 쓰다듬고 배를 긁어줄 때까지 헬리콥터가 돌아가듯 마구 꼬리를 흔든다. 이 아이는 그 누구보다 나를 좋아한다. 내가 주로 밥을 주고 산책을 시켜주니까.

나는 피파 게임에 빠져 있는 아들 제시를 불러 "아빠 어떤지 올라가 봤니?"라고 물었다. 대답은 돌아오지 않는다. 그 침묵을 "아니오"로 받아들인다. 초밥을 냉장고에 넣어둔 다음 침실이 있는 위층으로 향한다. 네 개의 층을 올라 침실 문을 열 때쯤, 내가 해낸 일들을 생각하며 자축한다. 이제 2시가 되었고, 나는 정말 대단한 사람이다. 나는 무적이다. 오늘 해야 할 일도 아주 멋지게 해냈다.

'아들에게 축하한다는 말은 했던가?'

침대는 비어 있고, 욕실에서 새어 나온 빛이 그 위에 내려앉아 있다.

'아니, 욕실 문이 열려 있었나?'

몸을 돌리자 제이콥이 보인다.

"제이콥?"

제이콥이 욕실 바닥에 누워 있다. 흰 타일이 붙어 있는 좁은 공간, 시공이 끝났을 때 요양원 같다며 내가 불평했던 그곳에. 불과 일주일 전, 나는 이곳에 갇혀버리는 바람에 엄청난 힘으로 문을 두드리며 제이콥을 소리쳐 불렀고, 문에는 움푹 들어간 자국이 남았다. 제이콥이 나를 구해줬었다.

"제이콥?"

나는 제이콥이 몸을 식히고 있는 거라고 되뇐다. 날이 더운 데다 블라인드가 내려가 있어서 방이 늘 갑갑했을 테니까. 그래서 몸을 식힐 겸 욕실에 들어와 타일 바닥에 누워 있다 잠이 든 것이다.

몸을 굽혀 제이콥을 깨워본다. 잠시 제이콥의 입술이 원래 파란색이었는지 헷갈린다. 립스틱을 바른 것일까? 그러다 그의 입가에 묻은 마른 피가 눈에 들어온다.

"제이콥?"

제이콥이 눈을 뜬다. 그리고 나를 응시한다.

"왜?"

"제이콥, 당신 괜찮아?"

"왜? 왜? 왜? 왜? 왜?"

제이콥이 멈췄다. 제이콥의 시곗바늘이 멈춰버렸다.

"무슨 일이 일어난 거야, 제이콥?"

"왜?"

"제이콥, 당신이 누군지 알아?"

"왜?"

제이콥이 한 손을 든다. 제이콥은 분명 눈을 살짝 찡그리며 한 손을 들었다. 마치 일광욕을 즐기며 낮잠을 자다 잠시 지나는 구름 그림자에 방해받은 사람처럼.

"움직일 수 있겠어?"

"왜?"

그제야 제이콥이 혀를 깨물었다는 것을 알아차렸다. 잠시 그 자리를 나와 내려가는 계단 앞에 서 있다. 내가 어디로 전화를 걸어야 하는지 몰라 하고 있다는 사실을 깨달았다. 999, 아니면 911인가? 911은 미국인가? 친구 재키에게 전화한다.

"제이콥이 쓰러졌어. 제시가 아래층에 있고. 어떻게 해야 해?"

"999, 구급차를 불러."

999. 나는 999에 전화한다. 계단에 앉아 머리를 돌리자 시선이 침대와 나란해진다. 매트리스에 큰 얼룩이 보인다. 피인가? 땀인가? 아이들이 어렸을 때를 떠올린다. 아이들이 침대를 적셨을 때 어둠 속을 더듬어 시트를 벗겨내던 밤들을. 그랬던 제이콥이 침대에 실례를 했다. 제이콥이, 침대에, 소변을 봤다.

"응급센터입니다. 무엇을 도와드릴까요?"

수화기 너머에 있는 여자가 정확히 이렇게 말했는지는 확실하지 않다. 하지만 보통 이렇게 말하지 않나? 글을 쓸 때처럼 별표를 달아둔다. 나중에 제대로 찾아봐야 할 내용으로. 사실 확인을 위한 기록으로.

"구급차. 구급차 좀 보내주세요. 남편… 아니 파트너…, 남편이 쓰러졌어요."

"환자분 호흡은 어떠신가요? 호흡하고 계세요?"

"남편은 아니에요… 이 사람은…. 우리는 같이 살아요."

"환자분 성함은요?"

잠시 머리가 새하얘진다. 이 사람은 내가 사랑하는 남자이자 20년 동안 알고 지낸 남자다. 그 시간 동안 함께 싸우고 웃고 사랑했던 남자다. 이제는 절대 이전 모습으로 돌아갈 수 없는 남자다.

ㅈ… ㅈ… 그 사람의 이름은 ㅈ으로 시작하는데….

"제이콥이요."

나는 제이콥과 함께 산 18년 동안 스물두 개의 결혼식에 참석했다. 주례가 끝나고, 하객들의 환호가 멎고, 달콤하게 사랑을 속삭이는 신부의 모습을 볼 때마다 나는 제이콥을, 제이콥은 나를 쳐다보곤 했다. 그 순간마다 그가 결혼을 원하지 않는다는 사실을 고통스럽게 다시 깨달았다. 제이콥이 결혼을 원하지 않는다는 사실을.

"숨 쉬고 계신 거죠?" 수화기 너머 목소리가 묻는다.

"네…. 숨 쉬고 있어요." 내가 대답한다.

이 사실이 못 견디게 부끄럽다. 우리가 결혼하지 않았다는 사실이. 이 말도 안 되는 사실이.

나는 성공적인 경력을 쌓은 여성이고, 상을 받기도 했고, 집도 있으며, 두 아이를 키워냈고, 매일매일 소소한 행복을 느끼며 사는 사람이다. 결혼이라는 것이 꼭 필요한 명예 훈장이 아니라는 사실을 머리로도, 마음으로도 알고 있는 사람이기도 하다. 하지만 그런데도, 낯선 사람이나 학부모회에서 만난 사람들이 이렇게 물으면,

"결혼한 지는 얼마나 됐어요?"

여전히, 이렇게 대답하기는 쉽지 않다.

"결혼한 건 아니에요"

"아, 그렇군요. 남편이라고 하셔서…"

이게 문제다. 우리가 결혼한 건 아니라는 말이 아픈 게 아니다. 문제는 '파트너'라는 단어가 지금 우리의 모습과 맞지 않는다는 사실이다. 파트너라는 말로는 이 관계를 모두 설명할 수 없다. 더 큰 문제는, 거짓말을 하다 보니 내가 감히 무심코 유부녀 행세를 하는 사람이 된다는 것이다. 그래서 늘 부끄럽다. 들키는 것이. 탄로 나는 것이.

"저는… 그러니까… 이제 함께한 지 18년이 다 되어가서…."

나는 한심하다. 한심한 사람이다.

"네… 네, 숨 쉬고 있어요."

내가 방으로 돌아가자 어느새 스스로 일어선 제이콥이 비틀거리며 침대로 향한다. 제이콥은 기절한 신랑처럼 젖은 시트에 얼굴을 묻고 내가 구급차를 불렀다는 사실에 당황하며 횡설수설한다. 그러고는 그저 해열제만 먹으면 괜찮아질 거라고 말한다. 내가 제이콥에게 약을 줬었나? 내가 약국에서 스테로이드를 가져왔었나? 차 계기판 위에 두고 왔나? 그래, 약은 계기판 위에 있다. 달려 내려가 약을 가져와야겠다고 생각한다.

어느새 집 위를 돌고 있는 의료 헬기를 보자 너무 과한 건가 싶은 생각이 들지만, 우리의 상황은 해열제나 스테로이드로 해결될 수준을 넘어섰다. 구조대원들은 제이콥을 계단 밑까지 데려오기가 쉽지 않아서 마취를 해야 할 수도 있다고 말한다. 의사 한 명과 구조대원 두 명, 응급 구조자 한 명과 경찰관 두 명이 집에 도착했다. 분위기는 나쁘지 않다. 언뜻 쾌활해 보이기까지 한다. 좋은 사람들이다. 모두 아주 친절하다.

"혹시 약을 먹은 건가요?"

마치 엉망으로 어질러진 어느 록스타의 침실처럼 제이콥이 이 병과 싸우며 먹었던 여러 처방 약들과 비처방 약들이 좁은 탁자와 이불 위에 널브러져 있다. 나는 의료진이 제이콥이 약물을 과다복용했을 가능성을 의심할 수도 있겠다는 사실을 깨닫고, 잠시 세상이 또다시 뒤집힌다. 제이콥은 스스로 목숨을 끊으려 했던 걸까?

"아뇨… 아닌 것 같아요…. 많이는 아니에요. 아마 진통제 몇 알쯤?"

제이콥이 울부짖는다. 침대 위에서 몸을 비틀며.

"밖에서 기다리시는 게 좋겠어요." 구급대원 한 명이 말한다. 나는 이 상황을 곰곰이 곱씹으며 계단을 내려온다. 록스타들이 자살하는 나이는 보통 스물일곱 살이다. 제이콥은 몇 주 뒤면 마흔여섯 살이 된다.

아래층으로 내려가자 응급헬기 조종사가 벽에 붙은 내 수상 작품 포스터들을 올려다보고 있다. 남자는 대학에서 연극을 전공했고, 다음 생에서는 배우로 살아보고 싶다고 말하면서 액자에 걸어놓은 〈서프러제트Suffragette〉 포스터 옆에서 사진을 찍어달라고 부탁한다. 남자는 턱수염을 길렀다. 아주 두텁게. 나는 사진을 찍어주며 내가 이 사진을 널리 공유해 줄 것이고, 우버 기사에게 별점을 주듯 오늘 그의 좋은 평을 남길 것이며, 자금이 턱없이 부족한 '응급헬기'라는 제도와 관련하여 사람들의 기부를 장려하는 데 힘쓸 것이라고 말한다. 지키지도 못할 약속을 했다.

제이콥의 동생인 조시가 도착했다. 조시는 제시와 함께 딸 메이블을 학교에서 데려와 케이크와 차를 주며 모든 것이 괜찮을 거라고 안심시킨다. 메이블도 바보가 아닌 데다 이미 집 위의 헬기도 봤으니 자신에게 무언가 숨기고 있다는 사실 정도는 알 것이다. 하지만 메이블은 고작 열네 살의 아이이자 우리 가족의 막내다. 그래서 우리는 거짓말하며 딸아이를 위로한다. 언젠가 시간이 지난 후에 메이블은 내게 이날에 관해 이야기할 것이다.

"아윽…"

제이콥이 내는 소리를 설명할 방법이 없다. 제이콥은 괴로워하며 비명을 지른다. 고통스러워하는 동물처럼. 그러다 자신의 머리를 부여잡는다. 어쩌면 제이콥이 연기하고 있는 게 아닌가 하는 생각이 머리를 스친다.

몇 년 전, 축구를 하다 근육이 늘어난 제이콥이 부축을 받으며 집으로 돌아온 적이 있었다. 제이콥은 집 거실, 우리가 집안 분위기를 환기해 볼까 하는 마음으로 샀던 거실의 동그란 갈색 가죽쿠션 위에서 고통에 몸부림쳤다. 허벅지에 커다랗고 시퍼런 멍이 들어 있었다. 그때 나는 속으로 눈을 굴려대며 말했다.

"엄살 좀 그만 부려"

그래…. 나는 아주, 아주 형편없는 간병인이었다. 하지만 지금은…. 지금은 상황은 다르다.

지금 이런 생각이 드는 건 너무 잔인하다. 구급대원들은 최선을 다하고 있다.

"제이콥이 죽는 건가요?"

구급대원들이 제이콥에게 응급조치하는 소리가 들린다.

"저리 꺼져… 저리 꺼져…. 저리 꺼져…." 제이콥은 이제 고함을 지른다.

구급대원들은 남편을 계단 아래로 옮기기 위해 마취제를 썼다. 우리 아들 제시, 소년에서 남자로 자라나는 경계에 선 우리의 아이가 아빠를 옮기는 것을 돕겠다고 나선다.

"세상에…. 내가 무슨 말을 한 거지? 너무 부끄럽네요. 사과드려야겠어요."

정신이 든 제이콥은 벌떡 일어서서 이렇게 말한다. 반쯤 벗은 채로, 뒤쪽이 트여 있어 살이 다 보이는 얇은 의료용 천만 걸친 채로, 자신이 온 바닥에 소변을 눴다는 사실도 잊은 채로. 나는 내 발을 둘러싼 작은 웅덩이가 생겼고, 이내 바지 끝단이 젖었다는 사실을 깨닫는다. 구급대원들이 조치를 위해 제이콥의 옷을 잘라야 했는데, 불쑥 일어서버리는 바람에 그는 마치 백화점 탈의실에서 갈아입을 옷을 기다리는 사람처럼 보인다. 커튼 뒤에서 반쯤 벗은 채 직원이 자신의 사이즈에 맞는 바지를 가져올 때까지 약간은 조급하게 옷을 기다리는.

구급대원들이 집에 온 지도 몇 시간이 지났다. 마침내 대원들은 구급차에 제이콥을 실었고, 응급헬기는 다시 돌아갔다. 나는 구급차 조수석에 타서 운전을 담당하는 대원과 가벼운 이야기를 나눈다. 그러면서 길모퉁이에 있는 작은 상점을 지날 때 스치는 세상의 풍경에 말없이 감탄하며 내가 아는 누군가를 보게 되기를 바란다. 이렇게 소리쳐 말할 수 있는 사람을.

"이런 일이 진짜로 벌어지고 있어…. 정말로 일어나고 있다고!"

정말이다. 이건 실제로 벌어지고 있는 일이다.

우리는 세계적으로 손꼽히는 재활 병원에 도착했다. 조시는 제이콥의 다발성 경화증 담당의와 이야기했고, 의사는 이곳이 제이콥에게 최고의 선택일 것이라고 말했다. 나중에 담당의가 제이콥을 살펴보러 올 것이다. 그의 병이 재발한 게 틀림없다.

어렸을 때 나는 불행한 일이 일어나는 것을 좋아했다. 방으로 뛰어 들어가 "고양이가 죽었어"라던가 "모래쥐가 물에 빠져 죽었어"라는 말을 할 수 있었으니까. 나는 불행, 그러니까 내 운명을 송두리째 뒤집고, 계획했던 미래를 무너뜨리는 삶의 그 잔인한 재능과 지나치게 감상적이면서도 관음적인 관계였다. 나는 사람들이 불현듯 행동을 멈추고 귀를 기울일 때 짓는 표정을 좋아한다. 만약 그러다 그들이 시계를 보면, 왠지 내가 실패했다는 기분이 들곤 한다.

이동식 침대에 누워 이곳으로 들어온 뒤 다른 침대로 옮겨진 제이콥은 점점 안정되고 있다. 시간이 꽤 지났다. 제이콥은 목말라하고, 의식은 약간 흐릿하다. 하지만 다시 돌아왔다. 이전의 제이콥으로 거의 돌아왔다. 아직 물을 마시면 안 되기 때문에 제이콥은 내가 건넨 물 적신 스펀지로 입을 축인다. 그때 젊은 의사 한 명이 응급 구조사의 기록은 거의 보지도 않고 무언가를 끄적이더니 제이콥을 MRI 촬영실로 휙 데려갔다.

조시와 나는 혼란스러움에 넋이 나간 채 의자에 앉아 내 동생 휴가 가져다준 샌드위치를 먹는다. 언니 도르카스는 제시와 메이블을 데리고 우리 집에 있다. 나의 가족들은 이미 움직이고 있었다. 제이콥의 가족들은 전화기 옆을 지키며 새로운 소식이 있는지 기다린다. 나는 머릿속으로 지금까지 일어난 일들을 다시 떠올린다. 올려다본 시계는 오후 11시 23분을 가리킨다. 아홉 시간이 지났다.

며칠 전까지 제이콥은 계속 일을 하고 있었다. 쓰러지기 며칠 전에도 촬영을 했고, 연습 삼아 집에서 가족들에게 상대방 역할을 부탁하기도 했다. 빈둥거리는 아이들한테, 심지어 키우는 개한테도 상대방 역할을 부탁하고 나서야 내게 부탁하곤 했는데, 나는 늘 안절부절못하며 예민하게 굴다가 이렇게 말하곤 했기 때문이다.

"현장에서 정말 그렇게 할 거야?"

분명 부탁하기 쉽지 않았을 것이다. 보통 나는 마지막 선택지였으니까.

그러면 종종 그랬듯 또다시 말다툼이 이어진다. 보통 그렇게 흘러간다. 하지만 그날 밤은 제이콥의 부탁을 기쁘게 받아들이고, 내가 이전보다 제이콥을 더 잘 도와줄 수 있다는 사실을 보여주고 싶었다. 제이콥 역시 그런 나와 함께하기 위해 노력했다. 우리 둘 다 오래된 습관을 버리고 서로 좋은 쪽으로 발전하며 관계를 새롭게 만들어나가야겠다고 생각해서였다.

나는 무엇을 하든 서두르고 밀어붙이는 경향이 있다. 항상 움직여야 한다는 강박감이 있어서인데, 가만히 있는 것을 두려워하기 때문이다. 그래서 카드 게임을, 여유로운 주말 산책을 망쳐버리기도 하고, 말할 때도 한 문장을 끝내기 무섭게 다른 말을 시작하는 바람에 대화까지 엉망으로 만들기도 한다.

나는 되뇌었다.

"말하지 마…. 예의 바르게 행동해. 이 기회를 날려버리지 마"

제이콥은 이스라엘이 배경인 어느 TV 시리즈에서 혁명가로 출연하기로 했었다. 아니, 조지 오웰의 소속사와 관련된 이야기 중 한 장면이었나? 틀림없이 제이콥이 연기하는 내내 돈벌이가 될 잘생긴 주연의 얼굴만 담아낼 그런 영화의 한 장면이었나? 잘 기억은 나지 않는다. 그 후 몇 달이 흘러 나는 그 영화의 예고편을 찾아봤다. 제이콥의 얼굴은 아주 좋아 보였다. 편안하고 자신감에 차 있는 모습으로.

얼마 전에 제이콥은 제작진의 권유로 수염을 밀고는 집에 돌아와 메이크업 담당자가 아주 마음에 든다고 말했다. 그러다 이내 촬영장에 있던 모든 사람을 좋아하게 됐다. 내게 촬영장이 집처럼 편하다고 말하면서. 감독은 폴란드 출신 여자였던 것 같은데 제이콥은 그 감독을 좋아했다. 행복해했다.

영상 속에서는 조지 오웰이 한 식당을 가로질러 걸어가고 있었다. 방안은 온통 1940년대에 유행하던 야자수 무늬와 컷글라스로 가득하고, 제이콥은 곧 웃으며 그와 악수할 참이었다. 어쩌면 앞으로 내가 다시 볼 수 없을지도 모르는 제이콥의 모습이었다. 활동적이고, 유쾌하고, 아주 아주 다정한 남자. 이 역할은 제이콥에게 디딤돌이 되었다. 딱 맞는 역할이었다. 그동안 제이콥은 랍비, 테러리스트, 노화로 우울해하는 영업사원, 그리고 에이전트 역할을 했다. 다만 이 작품은 주연이 세 명인데 이후에 실제로 제이콥이 찍은 영화, 겨우겨우 아마존에 올라온 흥미진진한 스탈린 시대 배경의 스릴러 영화를 봤을 때, 영화에는 제이콥의 얼굴이 거의 담겨 있지 않았다.

촬영 전날 밤, 제이콥은 글자 하나 틀리지 않고 대사를 외웠다. 훌륭했다. 하지만 갑자기 대사 네 문장을 말할 때마다 한 단어씩 빼놓기 시작했다. 거실에 있는 하얀 가죽 의자에 기대앉은 제이콥은 말을 더듬었고 나는 등을 구부리고 앉아 빠진 단어를 채워주며 다른 부분을 읽어내렸다

"오늘 왜 그래?"

괜히 웃음이 났다. 우리는 아주 많이 웃었다. 그때까지도 나는 제이콥이 바로 며칠 전에 상담사에게 전화했다는 사실을 모르고 있었다. 제이콥은 상담사에게 "지금 믿을 수 없을 정도로 두려운 증상이 나에게 나타났고, 그 사실을 아내에게 숨기고 있다"라고 말했다. 제이콥은 말을 잊어가고 있었다. 머릿속에 무엇인지 모를 일이 벌어지고 있었다. 제이콥은 그중 무엇도 내게 말해주지 않았다.

"뭐, 최소한 환자분 뇌는 어디 안 가고 잘 있네요."

당직인 젊은 전문의는 농담을 던질 수 있을 정도로 편안해 보인다. 아마 이전에도 여러 번 던졌던 농담인 것 같다. 이동식 침대에 누운 제이콥이 위를 올려다보고, 제이콥 뇌의 스캔 사진이 띄워진다. MRI는 괜찮아 보인다. 지난주부터 보이기 시작했던 발진, 제이콥의 등과 목에 생겼던 미세한 보라색 점들은 아직 원인을 알 수 없지만, 항바이러스와 항균 정맥주사를 바로 처방해 줄 것이라고 말한다. 의사는 그의 증상이 감염 때문일 것이라고 우리를 안심시킨다. 감염일 가능성이 크니 바로 치료하는 것이 가장 좋다고 한다. 제이콥은 감염 병동에서 하루를 보내게 될 것이다. 조시와 나는 이상하게도 안심한다. 방금 나눈 대화는 그저 별일이 아닌 것 같았으니까. 제이콥은 많이 진정됐고, 병원에서는 관리를 더 집중적으로 받을 수 있는 특별 병동을 주기까지 했다. 나는 제이콥에게 인사하며 입을 맞춘다. 잠을 자둬야 할 테니까….

"이제 좀 자. 병원에서 알아서 잘 해줄 거야."

우리, 조시와 나는 그렇게 안심한다.

"당신은 괜찮아질 거야." 나는 혼잣말하듯 말한다.

면회 시간은 오전 9시부터다.

"제일 먼저 이리로 올게."

조시와 나는 집으로 돌아가 잠을 청했다.

새벽 1시가 넘은 시간이다. 누군가 침대 시트를 갈아놓았지만, 매트리스는 아직 약간 축축하다. 침대 헤드가 약간 틀어져 있다. 안개 속 유도 표시 줄처럼 이 모든 상황이 현실이라는 것을, 정말로 벌어진 일이라는 것을 알려주는 흔적이다. 뜯어져 바닥에 나뒹굴던 플라스틱 조명 스위치는 테이블 위에 놓여 있다. 침대 옆에는 지난밤 제이콥이 벗어둔 바지가 마치 만화에 나오는 것처럼 납작하게 구겨져 있다. 욕실 헤링본 타일 위에는 말라붙은 핏방울들이 아직 남아 있다. 카펫 한쪽에 수북이 쌓인 의료용 붕대 포장 비닐이 방으로 다시 돌아오는 내 발에 걸린다.

나는 잠을 청한다.

그 모든 일이 있었는데도, 잠을 잔다.

새벽 4시 30분, 핸드폰 진동 소리에 잠이 깼다. 나는 옷을 걸치고 다시 병원으로 향한다. 아직 새벽도 오지 않은 시간, 병원에 도착해 병실 문을 지나자마자 불안한 모습으로 서성거리던 제이콥이 내게 쓰러지듯 안긴다.

"세상에, 정말 다행이야. 당신이 와줘서."

나는 제이콥의 소속사에 전화해 확실하지 않은 현재 상황을 알려줘야 한다. 하지만 제이콥은 다시 괜찮아졌다. 평소의 제이콥으로 돌아왔으니, 이 상황은 조금 뜻밖이긴 해도 받아들여지지 않을 정도는 아니다. 방금 전만 해도 소속사에 전화하겠다고 약속했지만, 지금은 토요일인 데다 아직 오전 7시도 되지 않았고, 꼭 지금 전화해야 할 만큼 급한 일도 아니니까. 지나가던 간호사가 내게 제이콥이 맞고 있는 정맥주사의 효과가 잘 나타나고 있다고 말해준다.

'그런데 왜 열이 떨어지지 않는 걸까.'

제이콥은 건너편에 있는 또 다른 격리 병동으로 다시 옮겨진다. 아침이 되자 조금 더 진정된 모습이다. 진통제가 두통을 전혀 해결해 주지 못하고 제이콥의 왼쪽 눈꺼풀만 떨리게 하고 있긴 하지만. 제이콥은 병원에서 준 요거트를 숟가락으로 떠먹으며 내게 그 사실을 말한다. 나는 누군가를 찾아 대체 제이콥에게 무슨 일이 벌어지고 있는 것인지 정확히 물어봐야겠다고 생각한다.

여러 의사가 제이콥을 확인하고 갔다. 그중에서 한 의사, 아주 멋지지만, 토요일에 일하는 것이 약간 불만스러운 듯한 그 의사와 긴장한 채 그 옆을 서성이는 의과대학 학생들이 찾아와 검사 결과를 말해줬다. 좋은 소식이다. 뇌수막염과 A형 간염 증상이 호전되었다고 한다. 이제 더 본격적인 치료를 해줄 것이다. 제이콥이 왜 쓰러졌는지는 아직도 알 수 없다.

제이콥의 엄마, 여동생, 형, 아빠가 돌아가면서 병문안을 오고 있다. 제이콥의 가족들은 그의 병상 옆에 모여 유스턴 로드가 한눈에 보이는 병실 밖 경치에 감탄한다. 그런 모습들이 약간은 귀찮고 시간 낭비처럼 느껴지기도 한다. TV에서는 월드컵 경기까지 흘러나온다. 제이콥은 진통제와 해열제가 주는 잠깐의 황홀감을 느끼며 미소를 띤 채 가만히 가족들의 관심을 즐긴다. 유일한 문제는 발작 때문에 제이콥이 앞으로 1년 동안은 운전을 못 하게 된다는 것뿐이다. 제이콥은 그 사실에 화를 낸다. 운전하는 것을 정말 좋아하니까. 함께 파티에 갈 때, 저녁 식사를 할 때, 놀러 갈 때면 언제나 제이콥은 자동차 열쇠를 손에 쥐고 말하곤 했다.

"내가 운전할게, 자기야"

이제는 안 된다. 이제는 그럴 수 없다.

"1년 동안만이야." 나는 다시 한번 되뇐다.

매연과 비둘기 배설물로 더러워진 창문 밖을 바라보며 나는 함께 참석했던 스물두 개의 결혼식 중 하나를 떠올린다. 사랑에 빠진 우리의 친한 친구들과 술에 취했던 그날 밤, 제이콥은 하이힐을 손에 든 나를 업고 유스턴 로드를 걸었다. 제이콥은 택시를 잡아 나와 함께 집으로 돌아왔고, 내게 물을 먹여주었다. 우리가 피로연을 즐기는 동안에는 제이콥의 엄마가 일찍 집으로 데리고 간 메이블과 제시가 잘 자고 있는지 확인했다. 두 아이는 웨딩 케이크에 취해 이불을 제멋대로 덮고 잠들어 있었다. 그날의 우리가 찍힌 사진을 아직 가지고 있다. 제이콥은 어깨가 너무 큰 정장을 입고 있다. 허리라는 게 있었던 당시의 나는 라인이 잡힌 코트를 입고 있다. 지금의 우리와는 다른 사람들이다. 지나간 시절이다.

"우리는 정말 행운아야"

그때 우리는 서로에게 이렇게 말했다. 너무 우쭐했던 걸까? 달콤한 케이크, 아이들과 함께 참석했던 결혼식에 너무 취했던 걸까? 벽난로 선반 위에 걸린 그 사진이 머릿속에서 떠나지 않을 것 같다.

아빠의 날Father's Day이다. 제이콥은 이 병원에 갇혀 두 번의 낮과 밤을 보냈다. 침대 옆 작은 책상과 공기청정기가 달린 창틀에는 포도와 접힌 신문들이 쌓이고 있다. 제이콥은 거의 안정되었고 그가 쓰러진 뒤 처음으로 아이들이 제이콥을 보러 왔다. 메이블은 카드에 편지를 써왔다. 제이콥의 두통은 더 심해졌지만, 제시가 가져온 공룡 책이 마음에 드는 눈치다. 제이콥은 그 책을 책상 위에 올려둔다. 그 옆에는 가족들이 계속해서 가져오지만, 손도 대지 않는 스무디가 놓여 있다. 나중에 읽을 책, 나중에 마실 스무디. 우리는 워런 스트릿이 내다보이는 구석 테이블에 앉아 웃고 떠들며 음식을 먹는다. 제이콥은 여전히 이 아이들의 아빠이며 여전히 유쾌하다. 모든 게 예전처럼 다시 괜찮아질 것이다.

어쩌면 5월 중간 방학 때 우리가 지은 집에서 제이콥이 진드기 같은 것에 옮아 발진이 나타난 것은 아닐까 하는 생각이 든다. 우리라기보다 제이콥이 지은 집. 그는 몇 주, 몇 달 동안 집을 수리하며 타일을 사들였고, 아이들은 살라미를 많이도 먹었다. 이탈리아, 그중에서도 두번째 우리 집이

지어진 풀리아에 비가 그렇게나 많이 오는 줄은 몰랐다. 그 집은 제이콥의 기쁨이자 아이 같은 존재다. 네모난 땅에 트롤*을 짓고, 올리브 나무와 무화과와 레몬 나무를 심었다. 우리 가족이 다시 돌아올 수 있는 곳이자 언젠가는 여름 동안 세를 줄 계획으로 만들고 있던 집이다.

이탈리아에서 우리는 모차렐라 치즈, 아이 주먹만 한 부라타 치즈, 얇게 썬 고기, 젤라토, 면세점에서 사 온 토블론 초콜릿을 잔뜩 먹었다. 제이콥은 점심을 먹으며 치즈와 차가운 고기를 먹는 메이블의 모습을 놀란 눈으로 바라봤다.

"부라타 치즈는 그렇게 먹으면 안 돼"

그는 메이블이 치즈를 조각조각 내버린 것을 마음에 들지 않아 했다.

"그러면 어떻게 먹어요, 아빠?" 미소를 띤 메이블이 제이콥을 물끄러미 쳐다보며 물었다.

그 질문에 제이콥은 커다랗고 하얗고 물기가 뚝뚝 떨어지는 부라타 치즈 하나를 통째로 작은 빵조각 위에 조심히 올려놓은 다음, 거의 화를 내는 듯한 표정을 지으며 한 번에 베어 물었다. 우리는 제이콥을 놀리듯 크게 웃음을 터뜨렸고, 제이콥은 잠시 상처받은 듯한 표정을 지었다. 그러다 이내 다시 표정을 풀고 우리와 함께 웃었다.

우리 집 침대에 누워 제이콥이 진지하고 조심스럽게 치즈를 입으로 가져가던 모습을 다시 한번 떠올린다. 메이블

* 원추형 석조 건물

과 내가 웃었을 때 제이콥의 얼굴에 스쳤던 창피함, 그런데도 우리와 함께 웃으려 했던 제이콥의 노력, 빠르게 감춰지던 제이콥의 부끄러움을. 나는 이 이야기의 모든 가닥과 장면을 따라가며 하나의 줄거리를 만들고 있다. 라임병과 이탈리아 진드기에 관해서도 알아본다. 이탈리아 진드기는 40종이 넘게 있고, 유럽에서 가장 흔하다고 한다. 그중에서도 '개참진드기'라는 놈이 특히 악질이다. 이 진드기가 우리가 있던 남부가 아닌 북부 롬바르디 지역에서 주로 발견된다는 사실을 이내 알아버렸지만.

'그래도 혹시 모르잖아.'

구글은 정신건강에 해롭다.

"난 뭐야?"

월요일이다. 제이콥이 이 병원에 온 지 3일째 되는 날.

"무슨 소리야, 난 뭐냐니?" 혼란스럽다.

"당신은 아빠고, 내 파트너고, 누군가의 형이고, 아들이고, 친구고, 배우이기도 하고…"

제이콥은 화장실과 침대 사이에서 비틀거리며 소변을 보려 하지만 그러지 못한다. 제대로 쉬지도 못한다. 두통은 이전보다 더 심해졌다.

"내 삶의 목표는 뭐지?"

"내 의무는?"

"내가 왜 여기 있는 거야?"

"내 명예는 어디 있는 거지?"

"나는 뭘 도와주려고 여기에 있는 건가?"

"누구를, 어떻게 도와준다는 거야?" 내가 묻는다.

TV 속 축구 경기에서는 러시아가 이집트를 3대 1로 이기고 있다. 나는 제이콥의 주의를 축구 경기로 돌려보려 한다. 어딘가 다른 곳으로. 제이콥은 그새 누가 공룡 책을 줬는지도 기억하지 못한다. 나는 어제 제시가 준 것이라고 말하고, 제이콥은 제시가 책 안쪽에 써놓은 짧은 편지를 꼼꼼히 읽는다. 그러고는 텅 빈 표정으로 나를 바라보며 모르핀을 더 달라고 말한다. 제이콥의 두통이 점점 더 심해지고 있다.

'뭔가 잘못됐어, 아비. 뭔가 잘못됐어.'

의료진이 제이콥을 다시 병동으로 옮긴다. 상황이 다시 뒷걸음질하는 것 같다. 어쩌면 내 눈에는 나빠지는 것처럼 보이지만, 제이콥이 좋아지고 있다는 신호일 수도 있지 않을까?

아니, 무언가 잘못됐다.

시누이인 나타샤가 제이콥을 보러 왔다.

나는 나타샤가 열여섯 살일 때부터 그녀를 봐왔다. 나타샤는 우리 아이들과 함께 자랐다. 그녀는 강하고 독립적인 여성이자 아이들의 사랑스러운 고모다. 무엇보다도 제이콥이 정말 사랑하는 여동생이다. 상황이 계속 혼란스러워지는 바람에 제이콥이 쓰러진 뒤 한 번도 그를 보지 못했다.

병실에 도착하자 마치 모든 색을 다 빼앗겨버린 것 같은, 종잇장처럼 새하얗게 질린 나타샤가 보인다. 우리가 의자를 가져다 주었지만, 나타샤는 충격에 빠져 아무 말없이 서 있기만 한다. 혼수상태인 제이콥은 말이 없다. 제이콥의 머리는 약간 돌아가 있어 마치 다른 곳을 보는 듯하다. 그의 상태가 급격하게 나빠지고 있다. 병실에 있던 간호사가 지난밤에 제이콥의 상태가 안 좋아져서 누군가를 불러야만 했다고 내게 말한다.

'대체 무슨 일이 벌어지는 거지?'

제이콥이 변하고, 바뀌고, 흩어지고 있다. 3일 전 제이콥은 말을 할 수 있었고, 병원에서는 몇 가지 검사를 더 했다. 지금은…? 지금 제이콥은 침묵 속에 어딘가를 바라보며 소통을 거부하고 있다. 나는 이 상황에서 깨어나고 싶다. 세상은 그대로인데, 모든 것이 살짝 왼쪽으로 틀어지고 있다. 벽이 기울고 바닥은 꺼지고 있으며 나는 벽에 등을 댄 채 바닥으로 무너져내린다. 내 몸이 스스로를 지키기 위해 쇼크 증상을 일으킨다. 시간이 느려지면서 혼돈이 나를 집어삼키고, 마치 물에 잠긴 것처럼 침잠하는 내 주위로 지금까지의 삶이 흐릿하게 지나간다.

내 기억은 제이콥이 쓰러진 그날 우리 집으로 돌아간다. 계단에 선 채 침대 위에서 몸부림치며 콘센트를 뜯어내던 제이콥을 봤던 그날로. 그렇게 관객처럼 내 삶을 목격하는 나는 겁에 질리면서도 기묘하게 감탄하는 마음으로 이 드라마를 시청한다.

"아윽…."

하지만 이번에는 제이콥이 비명을 지르고 있지 않다. 미동도 없이 고요하다. 방 건너편에서 긴 레게 머리를 한 또 다른 환자 앤서니가 친절하게도 걱정 가득한 목소리로 나를 부르며 내가 끔찍한 밤을 보냈을 거라고 위로한다. 제이콥은 브렉시트에 관한 이야기를 크게 떠들며 그 어떤 것도 먹지 않으려 한다. 나는 라즈베리 한 상자를 사와 제이콥의 입에 라즈베리를 하나씩 넣어주고, 제이콥은 새끼 새처럼 조용히 씹어 삼킨 뒤 다시 입을 벌린다. 제이콥은 변했다. 나는 매일 바뀌는 제이콥을 본다.

그때 제시가 왔다.

"아빠, 좀 어때요?"

제이콥은 몸을 돌리지 않는다. 제시를 쳐다보려 하지도 않는다. TV 속 축구 경기에서 누군가가 페널티 킥으로 득점해도 제이콥은 반응이 없다.

"아빠?"

제이콥이 제시를 무시한다.

"아빠?"

아무 말 없는 제이콥의 모습에 가슴이 미어진다.

"뭐라도 좀 먹어야죠!" 방 건너편에서 앤서니가 소리친다.

침묵이 흐른다. 병원에서는 제이콥에게 무슨 문제가 있는 건지 아직도 알아내지 못했고 제이콥은 다른 구역으로 또 옮겨졌다.

◆

2000년 말, 당시에 제일 친했던 친구 한 명이 생일을 맞아 자신의 집에서 저녁 식사 자리를 만들었다. 나는 작은 보석 상자같이 아름다운 집과 깔끔한 조지아풍 테라스, 익숙한 얼굴과 새로운 얼굴들, 촛불과 매력적인 대화에 푹 빠져 그 순간을 즐겼다. 어색하면서도 설레고 기쁜 마음으로 자리에 어우러지고자 노력했다.

한창 분위기가 무르익었을 때 주방에 서 있던 내 쪽으로 삭발한 한 남자가 걸어 들어왔다. 제이콥이었다. 나는 제이콥을 보자마자 분명 실직한 배우일 것이라고 못 박았다. 도무지 이해할 수 없는 셰익스피어풍 턱수염을 길렀고 정말 더워 보이는 초록색 스웨터를 입고 있었으니까. 나는 저녁 식사가 반쯤 진행될 때까지도 제이콥에 큰 관심이 없었다.

내 맞은편에는 젊은 여자가 아주 많이 취해 앉아 있었다. 그녀의 이름을 캐롤라인이었다. 왼편에는 키가 크고 어두운 피부색에 한껏 멋을 낸 남자가 앉아 있었고, 그는 옷을 칭찬하며 내 어깨를 더듬더니 이내 손가락으로 쇄골과 피부를 쓸어내렸다. 몇 년 후에야 이 행동이 내게 뭔가 해보려는 시도였음을 깨달았고, 만약 이때 그 남자의 행동이 무엇을 의미하는지 알아볼 자신감이 좀 더 있었다면 내 인생은 완전히 바뀌었을 것이다. 그때 나는 목 부분에 넥타이 같은 끈이 있는 도트 무늬의 저렴한 셔츠를 입고 있었는데 가끔 제이콥은 이 셔츠 때문에 당신의 내가 승무원처럼 보였다고 말했다.

"무슨 일 하세요?" 셰익스피어풍 턱수염의 제이콥이 내 맞은편에 앉아 물었다.

'말해. 말해버려. 말해도 돼'

'이제 돈 받잖아, 받을 거잖아'

'그러니까 말해도 돼'

그때 나는 내가 쓴 글로 돈을 받기 직전이었다. 10년간의 종업원 생활이 거의 끝나가고 있었으니까.

"저는 작가예요"

"빌어먹을 작가가 한 명 더 있네"

만취한 캐롤라인이 남자의 오른쪽에 앉았다. 정말이지 매력 넘치는 사람이 아닐 수 없었다.

"뭘 쓰는데요?"

'할 수 있어. 말할 수 있어'

"루스 피카디가 쓴 어느 훌륭한 작품의 판권을 얻으려고 노력 중이에요"

"와, TV 작품을 쓰려고요?"

제이콥이 미소를 보이며 물었다.

"영화요. 그 작품으로 영화 대본을 쓰고 싶어서요"

"피카디. 죽은 사람 아니에요?" 만취한 캐롤라인이 불쑥 끼어들어 말했다.

"저는 피카디의 칼럼을 좋아해요. 「내가 작별을 말하기 전에Before I Say Goodbye」를 특히 좋아하죠"

그 틈으로 제이콥이 대답했다.

"맞아요, 칼럼으로 책을 만들었죠"

"세상에…" 술에 취한 캐롤라인이 감탄사를 내뱉으며 술을 더 따라주라는 눈빛으로 제이콥을 쳐다봤지만 제이콥은 그녀를 무시했다. 제이콥은 그녀를 무시한 채 나를 똑바로 바라봤다. 미소 지으며, 나를 똑바로 바라봤다.

"멋진 책이네요"

'핑…'

마음 깊은 곳에서 핑, 하고 소리가 울렸다.

완벽한 문장으로 날카로운 통찰을 드러낸 「내가 작별을 말하기 전에」는 루스 피카디가 자신의 집인 런던 북부에서 암으로 사망한 뒤 그의 투병일지, 친구들과 주고받은 이메일, 그리고 가족이 기록한 마지막 등을 영국 주간지 《옵저버》에서 엮은 것이다. 제이콥은 그 책을 읽었다.

그때 술 취한 캐롤라인이 다시 끼어들었다.

"그런 빌어먹을 불쌍한 회고록은 정말 별로예요"

"왜요?"

제이콥은 계속 미소 지으며 캐롤라인을 돌아봤다. 만취한 데다 매우 무례하고, 끝없이 와인을 들이키던 캐롤라인은 제이콥을 유혹하듯 웃어 보였다. 심지어 제이콥에게 눈을 떼지 못한 채로 그의 팔에 손을 올리기도 했다.

"왜 자기 자신의 비참한 모습을 남에게 말하려는 거죠?"

"대체 누가 그런 걸 읽고 싶어 하겠어요?"

그녀의 말에 나는 참을 수 없이 창피해졌고 내 전부가 들켜버린 느낌이었다.

'저요!'

나는 그 자리에서 이렇게 소리치고 싶었다.

'저는 읽고 싶어요. 저는요!'

하지만 그러지 못했다. 대신 왼쪽에 앉아 있던 제이콥 옆으로 몸을 돌렸다. 그렇게 내가 제이콥과 이야기하는 동안 제이콥은 배려심 있는 태도로 캐롤라인과 논쟁을 벌이며 나를 두둔해 주었다. 그 사이에 생일을 맞은 친구가 촛불을 불고, 모두 케이크를 나눠 먹었다. 음악 소리가 커지고 바닥이 울리기 시작하자 나는 자리를 떠날 타이밍을 살피는 중이었다. 그때 내 오랜 친구의 동생과 그 아이의 남자친구가 내게 자신들을 태워줄 수 있는지 물었고 알겠다고 답했다. 그리고 제이콥은 조수석에 앉아 있었다.

제이콥은 손에 든 맥주병을 놓지 않은 채로 내게 맥주를 마시겠냐고 물었다. 나는 내가 운전 중이라는 사실을 다시 한번 상기시켰다. 그때 제이콥이 내 말에 화가 나지는 않았는지 모르겠다. 하지만 제이콥은 시종일관 따뜻하고, 유쾌하고, 매력적이었으며, 내 말에 귀 기울여줬다. 나는 제이콥을 제외한 두 사람을 가스펠 오크 지하철역 근처 어딘가에 내려주곤 홀로웨이 로드, 오데온 극장 옆쪽으로 좌회전했다. 그때까지만 해도 종업원이나 과카몰리나 비싼 의자가 들어오지 않은 소박한 극장이었다. 좌회전하던 중 나는 너무 크게 웃는 바람에 잠시 핸들의 균형을 놓쳤지만 곧바로 제이콥이 손을 뻗어 핸들을 잡고는 말했다.

"조심해요"

또 한번 '핑…' 하는 소리가 들려왔다.

우리는 교외에 있는 제이콥의 아름다운 집 앞에 멈춰 섰고, 제이콥은 내게 차를 권했다. 제이콥은 엄마와 같이 지내고 있었다. 깔끔하게 정돈된 크림색 거실과 유리 공예품들을 보면 바로 알 수 있었다. 그때 우리가 어떤 이야기를 했는지는 정확히 기억나지 않지만 제이콥은 실직 상태였고, 친구의 촬영을 돕고 있다고 했다. 일 없는 배우. '그럼 그렇지' 작별인사를 나누면서도 우리 둘 중 누구도 움직이지 않았고, 나는 뒷걸음질하며 대문을 나서다 계단에 발이 걸려 넘어지고는 허둥거리며 웃음을 터뜨렸다. 다시 만나자는 약속은 하지 못한 채로.

들뜬 상태로 내 아파트까지 운전해 돌아갔다. 내가 살던 동네는 런던 북동쪽에 있는 지저분한 지역과 10분 정도 떨어져 있었는데, 바로 다음 거리에 유대교 사람들과 매춘부들이 널려 있어 절대로 땅값이 오르지 않는 곳이었다.

막 새벽 2시를 지나고 있었다. 런던이 잠든 한밤중의 시간. 하지만 꽁꽁 언 그 익숙한 도로에서 나는 미끄러지고 말았다. 내 차는 마치 피겨선수처럼 돌고 또 돌다가 집에 가는 방향인 왼쪽 차선으로 완벽하고 우아하게 멈춰 섰다. 마침내 차 안에서 빠져나왔을 때, 나는 주체하지 못할 정도로 크게 웃음을 터뜨렸다. 자동차 좌석에 내 소변이 약간 묻어 있었기 때문이었다.

다음날 아침, 친구에게 전화해 그날 제이콥을 만났다고 말했다. 어느새 '그 남자'가 된 제이콥을. 그러고는 점심때쯤 벌써 내 성에 제이콥의 성을 넣어봤다. 크리…. 셰프…. 스키. 저녁때가 되자 내 머릿속 우리는 이미 결혼해 두 아이를 키우고 있었다. 나는 제이콥의 전화를 기다렸지만 제이콥은 전화하지 않았다. 그래서 다시 친구에게 전화해 핑계를 대며 제이콥의 이메일 주소가 필요하다고 말했다. 수화기 너머 친구의 목소리에 서린 미소가 느껴졌다. 내 거짓말을 알아차린 것이다.

"아니, 전화번호는 알려주지 않아도 돼" 나는 말을 덧붙였다.

마침내 제이콥의 이메일을 받았다. 그리고 제이콥에게 메일을 보냈다. 귀가 먹은 듯한 고요함이 흐르다가 갑자기 메일함이 울렸다.

'핑!'

드디어 내 책상 한구석, 아이맥이지만 장난감같이 생긴 하늘색 노트북으로 이메일이 도착했다. 제이콥은 내가 쓴 대본을 한번 볼 수 있겠냐고 물었고, 나는 '시나리오 작가라는 꿈이 있는 실직한 배우를 도와주려고 하는 거니까'라는 생각으로 흔쾌히 응했다.

제이콥이 또 발작을 일으킨다. 간질 발작이다. 이런 발작은 보통 1분에서 3분까지 계속된다. 5분이 넘어가면 의학적 응급 상황으로 분류한다.

이번 일은 갑자기 일어났고, 의료진은 내게 상황을 설명하려 애쓰며 제이콥을 즉시 MRI 촬영실로 데려가야 한다고 말한다. 병원 고문 의사, 의사, 간호사들이 몰려들어 제이콥을 감싼다. 커튼이 황급히 닫히며 제이콥과 우리를 갈라놓는다. 하지만 커튼을 닫는 순간 나는 봤다. 제이콥이 마치 되마 의식의 한 장면처럼 등을 뒤틀며 고통에 몸부림치는 모습을. 오늘은 제이콥이 이 병원에 온 지 딱 일주일이 되는 날이다.

'뭔가 잘못됐어, 아비. 뭔가 잘못됐어.'

제이콥의 말을 들었어야 한다.

왜 나는 제이콥의 말을 듣지 않았던 것일까?

일주일이다. 나는 일주일 동안 제이콥 옆에 앉아 라즈베리를 먹여주며 간호사들에게 방해되지 않으려고, 재빠르게 주위를 지나는 간호사 한 명을 붙잡아 왜 제이콥이 아픈 이유를 찾아내지 못하는 거냐고 묻지 않기 위해 노력했다. 그러다 언젠가 제이콥의 대학 동기이자 의사인 친구 바즈가 한 말을 떠올린다. 가장 큰소리로 외친 자가 응답받을 것이라던 말을.

"제이콥이 죽는 건가요?"

내 옆을 지나던 아주 아름다운 병원 고문 의사에게 물었다. 금발에 친절한 여자다. 다른 생에서는 이 사람과 친구를 하고 싶다고 생각했을 만큼.

제이콥의 엄마인 주디스가 내 바로 오른쪽에 서 있다. 주디스는 매우 혼란스럽고 불안정한 채로 조각난 정신을 다 잡으려고, 대체 무슨 일이 일어나고 있는지 이해하려고 노력한다.

"어린아이들이 있어요. 만약 남편이 죽게 된다면 아이들에게 마음의 준비를 하게 해줘야 해요."

마음 착한 의사의 눈에 눈물이 고인다. 내가 생각하기에는 그랬다. 마음 깊은 곳에서 의사를 울게 만든 내 침착한 태도, 단단함과 용감함을 지닌 나 자신을 칭찬하고 있었다. 의사는 잠시 멈춰 말을 고르더니 대답한다.

"맞아요. 돌아가실 수도 있어요. 아주 위독합니다."

제이콥은 아직 죽지 않았다.

어떤 날에는. 아니, 자주 제이콥이 죽었으면 하는 생각이 들 때도 있다. 정말 죽음에 가까웠던 적도 있었다. 하지만… 제이콥은… 죽지… 않았다.

제이콥은… 죽지… 않는다.

나는 이야기의 끝이 무엇인지 알아야 한다. 그 끝을 알지 못하면 걷잡을 수 없이 불안하고, 무기력하고, 두려워진다. 마치 물 묻은 손가락으로 유리잔 가장자리를 문지를 때 나는 소리를 듣는 것과 같다. 머릿속을 가득 채우는 그 울림이 잦아들 때까지 기다려야 한다. 그래야만 다시 숨을 쉴 수 있다.

2

"젠장, 이거 너무 하고 싶다"

몇 달 전 제이콥은 어딘가에서 버진그룹의 회장 리처드 브랜슨이 화성으로 로켓을 보낼 계획을 하고 있다는 기사를 읽었다. 25만 달러면 버진 갤럭틱에서 판매하는 우주여행 티켓을 살 수 있다는 내용이었다. 나는 그 말을 믿지 않았다. 차라리 내 눈을 찌르고 말지.

"진심이야"

제이콥은 무척 진지해 보였다.

"다시 돌아올 수 있을 거라는 보장도 없는데?" 내가 대답했다.

"그런데?"

"우리를 다시 못 볼 수도 있잖아. 당신의 가족을 다시는 못 본다고. 친구들도 그렇고"

"그게 그렇게 나쁜 일일까?" 제이콥이 미소 지었다.

시답잖은 농담을 던지고선 제이콥은 게임을 시작했다. 사실 나는 제이콥이 진심으로 우주여행이 가능하다고 믿고 있음을 느꼈다. 가능만 하다면 우주로 떠날 생각을 하며 사는 것도. 늦은 밤, 나는 괜히 버진 갤럭틱을 검색해 봤다. 웹사이트를 둘러보니 아주 인상적이었는데, 턱수염을 기른 브랜슨이 아스팔트 도로 위에 서서 옆모습을 보이며 찍은 사진을 보니 어딘가 신비롭기도, 정말로 믿을만한 사람인 것 같기도 했다. 그리고 이런 문장들이 써 있었다.

버진 갤럭틱은 이 아름답지만 연약한 행성에서 우리가 직면하는 여러 문제를 해결하려면 우주 공간을 더욱 잘 활용해야 한다는 사실을 알고 있습니다. 우주로 가면 우리는 바깥에서, 그리고 뒤편에서 새로운 관점으로 세상을 바라볼 수 있습니다.

제이콥은 늘 우주에 가고 싶어 했다. 그 매혹적인 꿈은 그의 수많은 생일선물과 크리스마스 선물로 이어졌다. 크리스마스 선물을 준비하다가 양말 밑바닥에서 은박지에 포장된 우주 비행사용 냉동건조 아이스크림을 발견하기도 했다. 어느 해 크리스마스에 나는 제이콥에게 비싼 망원경을 사줬다. 제이콥은 그 망원경으로 아이들에게 달을 보여주고, 초점을 완벽하게 조정하려고 몇 시간을 애쓰기도 했다. 제이콥은 늘 모험적이고 유쾌한 사람이었다.

제시가 태어났을 때, 제이콥은 사뭇 자랑스러운 표정으로 조그마한 제시를 포대기에 안고선 이른 계획을 세웠다.

코스타리카, 도쿄, 샌프란시스코, 시드니를 여행할 계획을. 나는 늘 그런 제이콥보다 몇 걸음 뒤처져 불안해했고, 두려운 게 없는 제이콥의 반대편에 머물며 우리는 음과 양처럼 함께했다. 늘 무언가 잘못되기를 기다리면서. 하지만 그때까지도 지금과 같은 일은 일어나지 않았다.

"신발 끈 좀 묶어" 나는 제이콥에게 자주 이렇게 말했고 제이콥은 늘 이 말을 무시했다. 줄곧 걸려 넘어질 위험을 감수하며 풀린 신발 끈을 매달고 걸었다. 오토바이를 타던 제이콥은 어느새 스쿠터를 타기 시작했다. 그러고는 발판에 발이 닿지도 않을 만큼 작은 우리 아이들을 뒷좌석에 태우고 유치원과 학교에 데려주었다. 그 모습을 보는 나는 늘, 늘 숨죽이며 앞으로 일어날지 모를 재앙을, 그 전화를 기다렸다.

언제부터 나는 재앙을 즐기지 못하고 두려워하게 된 걸까? 그런 일은 한 번도 일어나지 않았는데도. 그 전화를 받은 적이 없는데도.

나는 비로소 숨쉬기 시작했다. 다시 호흡하기 시작했다.

나는 언제부터 그런 삶을 믿게 된 걸까?

"우리는 정말 행운아야"

나는 그러지 말았어야 했다. 계속 재앙을 기다렸어야 했다. 곧 현실이 될 재앙을.

어떻게 그렇게 자만했던 걸까?

내가 의사를 몰아붙이며 제이콥이 죽는 건지 물었던 날부터 5일이 지났다. 제이콥의 가족과 함께 병원 맞은편 카페에 앉아 말도 없이 퍽퍽한 비스킷과 연한 차를 마신 지도

5일째 되는 날이다. 어느 순간부터 밖을 서성이며 아무에게나 전화하기도 하고, 누구에게도 전화하지 않기도 한다. 그러다 병원에서 온 전화를 받았다. 며칠 전까지 인위적 혼수상태*에 있던 제이콥이 다시 돌아왔다는 소식이다. 죽지 않았다. 제이콥이 돌아왔다. 살아났다. 죽지 않았다. 제이콥의 검사 사진도 좋아 보인다. 믿을 수 없는 일이다. 하지만 이전의 모습은 아니다. 이전의 제이콥이 아니다.

제이콥이 이곳에 온 지는 11일이 지났다. 내가 욕실에 쓰러진 제이콥을 발견한 날부터, 초밥을 사며 지킬 수 없을 여름 계획을 짰던 날부터 11일이 지났다. 병원에서는 제이콥을 병실로 옮긴 다음 문 옆에 24시간 돌봐줄 간호사와 경비원들의 명단을 걸어주었다.

"최근에… 아마, 최근에…."

"아마… 아마가 아니라, 아… 아아마." 제이콥이 몸을 돌려 우리를 본다.

"아… 아아마 별거 아닐 거야. 봤어? 그냥. 아마가 아니라, 아… 아아마."

제이콥은 더 이상 침묵하지 않는다. 끊임없이 얘기한다. 침대에 꼿꼿이 앉아 앞만 바라보며 단편적인 단어 조각들로

* 의학적으로 의도한 혼수상태이자 '바르비튜레이트 코마' 혹은 '바브 코마'라고 불리는 이 상태는 펜토바르비탈이나 티오펜탈 같은 바르비튜레이트 약물을 활용해 인위적으로 일시적인 혼수상태(깊은 무의식 상태)에 빠지게 하는 것을 말한다.

방안을 가득 채운다.

"봤어? 그냥 아마…가 아니라 아아아마."

제이콥은 특유의 요크셔 억양으로 계속 무언가를 말하려 한다. 잠시 미소가 스치고, 제이콥은 우리를 즐겁게 해 준다. 조시의 아내 데브가 내 옆에 앉아 제이콥의 장단에 맞춰 준다.

"아… 아아마, 맞아요, 아아아마."

제이콥이 웃는다. 나는 그 표정에서 안심을 읽는다. 제이콥은 이미 다른 행성으로 향하고 있다. 그만의 로켓에 타서. 라디오를 두드리며 누군가 제이콥의 말을 들어주기를 바라고 있다. 누군가가 제이콥의 말을 들을 수 있기를.

"무슨 말인지 알겠어요. 듣고 있어요."

제이콥이 우리를 본다.

"잘 들려, 제이콥." 우리는 말한다.

"대앙, 재앙, 재앙. 최악이야." 제이콥이 대답한다.

"맞아, 최악이야, 제이콥."

"사랑해, 제이콥. 사랑해."

속이 좋지 않다.

"그래!" 제이콥이 대답하며 다른 쪽으로 고개를 돌린다.

"인도사람? 저 남자 인도사람이야?"

"서인도. 저 남자는 서인도 출신일 거야."

병실을 지키는 경호원인 저 남자의 이름은 저스티스다. 정확히는 아닐 수도 있다. 우리는 대화를 나눴었고, 저스티스는 내게 자신이 그레나다에서 어린 시절을 보냈다고 말해주었다. 나는 목소리를 낮춰 그 사실을 말해주고, 제이콥은 개의치 않아 한다. 거리낌이 없다. 웃고 있지만, 필사적으로 끊임없이 이야기한다. 파티에서 술에 취한 외교관처럼 잡담을 늘어놓으며 손가락으로 이곳저곳을 가리킨다. "인도 산업은 흥미롭나? 인도의 흥미로운 산업… 인도사람…."

"듣고 있어?… 듣고 있어?… 내 말을 듣고 있어?"

"응, 제이콥. 우리 여기 있어. 듣고 있어."

제이콥이 안심한다. 눈을 반짝이며 미소 짓는다. 로켓에 탄 제이콥이 이제 다른 곳으로 향한다.

제이콥이 한 손을 든다.

"하이파이브!"

제이콥은 데브와 하이파이브한다.

"하이파이브!"

그리고 나와 하이파이브한다. 멋진 순간이다. 제이콥은 여전히 여기에 있다. 사실 다른 곳에 있지만, 계속 이곳으로 메시지를 보내고 있다.

"그래, 제이콥. 듣고 있어. 무슨 말인지 알아."

제이콥은 침착해졌고, 베개에 편안하게 몸을 기댄다. 그러고는 엄지손가락을 입에 넣고 빤다. 나는 그에게 입 맞추고, 제이콥은 간호사들을 쳐다본다.

"정말 좋은… 정말 좋은…. 정말 좋은 사람들이야."

"맞아, 모두 친절하지."

그러다 제이콥이 나를 똑바로 바라본다. 마치 〈오즈의 마법사〉에 나오는 사자처럼 어깨를 추어올리고 눈살을 찌푸린 채로.

“키가 작은, 자근 느낌이 들어. 그러니까 자근… 적은 키… 작은 느낌, 알지?”

“그 적은, 자근, 적은 거.” 제이콥이 반복해서 말한다.

어떤 느낌인지는 몰라도 우리는 제이콥의 말을 알아듣는다. 여전히 사랑스럽지만, 아이처럼 약해진 제이콥의 모습을 보며 가슴이 무너진다. 나는 이곳을 나가 제이콥을 차에 태우고 집으로 돌아간 다음, 함께 계단을 올라 우리의 침실에 돌아가고 싶은 충동을 느낀다. 집으로 가면 나는 그 우울한 도트 무늬 병원복을 벗긴 다음 파자마를 입혀줄 것이다. 제이콥에게 있지도 않은, 그렇지만 내가 어떻게든 찾아줄, 기적처럼 깨끗이 세탁되어 서랍에 가지런히 접혀 있을 파자마를. 그러면 제이콥은 침대 위로 올라가고, 나는 그 옆에 바짝 붙어 내 무릎을 제이콥의 정강이에, 얼굴을 제이콥의 등에 붙인 채 이불을 덮을 것이다. 그렇게 세상은 원래대로 돌아갈 것이다. 되감는 것이다. 나는 앞으로 다가올 삶을 살고 싶지 않으니까. 지금껏 알던 삶이 곤두박질치며 느끼는 끔찍한 멀미를, 내 중심을 뒤흔드는 이 두렵고 무서운 우회로를 마주하고 싶지 않으니까.

제이콥이 쓰러지기 전의 삶으로 돌아가고 싶다. 이 재앙이 벌어진 후의 삶을 마주하고 싶지 않다.

‘대앙, 재앙, 재앙…. 최악이야.’

최악이다. 하지만 그것보다 더, 훨씬 더 큰 감정은…. 슬픔이다.

제이콥은 늘 뭔가 먹고 싶어 한다. 배고파한다. 이곳에 온 지 12일째 되는 날이다. 셰퍼드 파이*가 나왔고, 조시가 숟가락으로 제이콥에게 파이를 먹여준다. 조시가 정성스럽게 제이콥을 먹이는 모습은 사뭇 감동적이다. 제이콥은 다시 뜨거워지고 있다. 체온이 오르고 있다.

그러나 상태는 나빠지고 있다.

다시, 또다시.

"내 앞에서 비켜. 내 앞에서 비키라고!"

제이콥은 온종일 알 카포네**처럼 소리친다. 간호사 한 명이 그런 제이콥을 제지하며 도움을 요청한다. 제이콥은 주먹을 날리기 시작했고, 주먹질이 심해지자 우리는 이 상황을 막기 위해 베개로 벽을 쌓는다.

"내 앞에서 비켜."

제이콥의 억양이 이렇게까지 좋았던 적이 있었을까. 미국 드라마에 나오는 배우가 따로 없다. 나는 이 순간을 마음에 새긴다. 제이콥이 주먹을 휘두르는 동안 그의 눈이 내 얼굴을 쫓는 모습을 본다. 제이콥은 나를, 다른 사람들을 다치게 하지 않으려고 필사적으로 노력하고 있다. 이제 간호사 네 명이 붙어 제이콥을 진정시킨다. 나는 밖으로 나간다. 복도를 아무리 걸어도 제이콥의 비명이 들린다.

너무 두렵다. 말로 표현할 수 없을 정도로 두렵다.

* 다진 고기 위에 으깬 감자를 얹어 오븐에 구운 요리

** 미국 시카고의 마피아 조직 '시카고 아웃핏'의 두목

젠장…. 젠장…. 젠장할…. 제기랄…. 젠장….

젠장. 나는 너무 두렵다. 병원 화장실 구석 칸 안에 쪼그려 앉아 큰소리로 숨과 콧물을 삼키며 굵은 눈물방울을 흘린다. 밖에 누군가가 있다는 사실을, 차례를 기다리고 있다는 사실을 알지만, 지금, 아주 조금이라도 평화와 고요를 느낄 수 있는 곳은 이곳뿐이다. 아무도 나를 보지 않고, 아이들을 위해 필사적으로 마음을 다잡지 않아도 되는 곳. 제이콥이 점점 더 산산이 부서져 가는 지금, 그 끔찍한 상황에서 잠시 벗어날 수 있는 곳이다.

'내 앞에서 비켜…. 젠장…. 젠장…. 젠장….'

제이콥은 랍비였던 적도, 테러리스트였던 적도, 나이 듦에 우울해하는 영업사원이었던 적도 있지만, 정신 나간 미치광이였던 적은 없다.* 그러나 제이콥은 이 역할을 지나치게 잘 소화해 내고 있다.

돌아오니 다시 괜찮아진 제이콥은 멍하니, 쥐고 있던 침대 시트를 반듯하게 펴며 고개를 벽 쪽으로 돌린다. 이내 우리는 구급차가 오기를 기다린다. 제이콥을 퀸 광장에 있는 국립병원의 집중치료 병동으로 데려다줄 구급차를. 그 국립병원은 세계 최고로 손꼽히는 신경외과이자 제이콥의 주치의가 제이콥에게 최고의 선택일 것이라고 이야기했던, 이 병원에서 10분 정도 떨어진 곳이다.

* 영화배우를 하며 맡았던 배역들에 관한 설명이다.

의료진들은 제이콥에게 대체 무슨 일이 일어나는 것인지 여전히 알아내지 못했다. 아직도 제이콥에게 무슨 문제가 있는지 모른다. 하지만 제이콥의 상태는 MRI 결과와는 다르게 점점 나빠지고 있다.

우리는 모두 피곤하고, 매우 지쳐 있다. 나는 어느 벽, 제이콥과 멀리 떨어진 어떤 곳에 이마를 댄 채 울음을 터뜨리고는 제이콥과 제일 친한 친구인 매티에게 전화해 그의 아내이자 늘 나를 위해주는 좋은 친구 엘리자와 이야기한다.

"제이콥의 상태가 더 이상 좋아질 것 같지 않아, 엘리자."

나는 병원 4층 엘리베이터 근처에 서서 문이 열리고 닫히기를 기다리며 제이콥이 그랬듯 얼굴을 벽 쪽으로 돌리고 핸드폰을 귀에 바짝 붙여 최소한의 사생활을 챙기고 있다. 지금 나의 통화 내용은 아주 사적이니까.

"그 사람이 좋아질 것 같지 않아…."

마침내 구급차가 도착했고, 조시가 제이콥과 함께 차에 탄다. 제이콥의 엄마, 아빠, 데브가 구급차를 따라갔고 나는 아이들을 보기 위해 집으로 향한다. 너무 늦은 시간이다.

"제정신이 아니야… 제정신이 아니야…."

제이콥은 온종일 지치지도 않고 소리친다.

"제정신이 아니야…. 제정신이 아니야…."

이후 데브는 제이콥이 진정제를 맞고 새 침상에 누웠고, 조시와 데브를 보자 확실히 안정되었다고 전했다.

마침내, 제이콥은 있어야 할 곳에 있다. 집에서 멀리 떨어진 곳에. 제이콥이 한 번도 경험해 보지 못한 세상을 마주하면서. 그 순간 내가 언니의 생일을 잊었다는 사실을 깨달았다.

붉은 벽돌로 지어진 영국 국립 신경학 및 신경외과 병원은 퀸 광장에 있는 정원과 마주 보고 있다. 정원은 늘 관광객과 환자들과 학생들로 붐빈다. 1859년에 설립된 이곳은 영국 최초의 신경계 질환 전문 병원이다. 근처에는 늘 이동식 MRI 트럭이 주차되어 있고, 그 옆을 지나면 딸깍거리는 자석 소리에 다른 환자가 사진을 찍고 있다는 사실을 알 수 있다. 우버 기사들이 주차금지 구역인 공원 옆에 아무렇게나 차를 대놓는 바람에 새로운 환자들을 이송하기 위해 대기하고 있는 구급차 기사들의 속을 태운다. 광장 한구석에는 무화과나무 한 그루가 있는데, 벌써 자동차 보닛과 도로에 열매를 흩뿌리며 그 옆을 지나는 사람들이 바닥에 자국을 남기게 만든다. 도시 한가운데 있는 오아시스인 이곳에서는 사우샘프턴 로우에서 들려오는 자동차 소리에 더해 관광객들을 위한 상점과 매춘이 성행하는 숙박업소들의 소음이 들리는데, 멀리서 들려오는 모든 소음 덕에 이 공원의 새소리가 더욱 두드러진다.

병원 복도를 걸으며 나는 눈에 보이는 모든 손 소독제를 사용한다. 집중치료실의 관리 지침이 명확해서다. 이곳의 간호사들은 우리가 만났던 여느 간호사들과 다르다. 소리 없이 움직이며 여러 두뇌 질환과 뇌 병변으로 고통받는 환자들을 친절하게 돌본다. 이 병동은 곧 1층에 있는 새로운 병동으로 옮겨질 예정이다. 새로 칠한 페인트 냄새를 맡으면 늘 희망에 부풀곤 한다.

제이콥의 맞은편에는 서른도 채 되지 않은 것 같은 젊은 남자가 있다. 그 남자는 휠체어에 앉아 침을 흘리며 다리에 덮고 있는 담요의 실밥에 집중하고 있다. 남자의 이름은 라메쉬라고 했다. 그는 산소 호흡기와 산소 탱크와 혈압계에 연결된 여러 전선과 튜브를 달고 있는데, 그것들은 높은음으로 울리는 경고음으로 불협화음을 만들어내며 간호사들에게 환자가 아직 숨 쉬고 있다는 것을 알려주고, 그렇지 않을 때를 경고해 준다.

그가 몸을 돌리자 머리가 반절 정도밖에 남지 않은 모습이 눈에 들어온다. 왼쪽 두뇌가 있어야 할 곳이 비어 있다. 그 위로 기름기에 찌든 진료 기록지가 아슬아슬하게 붙어 있다. 기록지에는 누군가가 두꺼운 검은색 펜으로 '이 덮개를 제거하지 마시오'라고 휘갈겨 써놓았다. 남자는 이따금 내가 움직일 때마다 고개를 젖힌 채 느릿하게 시선을 움직인다. 라메쉬의 친구들이나 친척들이 병문안을 올 때면 그에게 건네는 다정한 말들이 들린다. 그는 말할 수도, 집중할 수도 없지만, 그래도 친구들은 아이패드로 그에게 사람들의 얼굴을 보여준다.

이제 제이콥은 5일간 스테로이드를 맞는 치료를 시작했다. 그의 의식은 계속 표류한다.

제이콥의 엄마가 병원에 왔고, 불현듯 제이콥이 정신을 차렸다. 언젠가 제이콥은 이 병원에 와본 적이 있다. 다발성 경화증 때문에 매달 이곳에 와서 주사를 맞았기 때문이다. 하지만 제이콥이 쓰러지기 전인 3월에 주사가 갑자기 취소되었다. 우리는 무엇인지 모르는 그 주사 때문에 제이콥이 쓰러졌다. 그것 때문에 전 세계에 있는 다른 스물한 명과 마찬가지로 제이콥도 쓰러진 것이다. 그 불가사의한 주사를 맞던 중에는 열두 명, 주사 처방이 취소된 이후 9개월 동안에 아홉 명이 쓰러졌다. 하지만 최근까지 우리는 제이콥이 이 주사와 관련된 스물두 번째 환자이고, 영국에서는 유일한 사례라는 사실을 몰랐다.

"저 여기 정말 자주 왔어요, 엄마."

이 말을 끝으로 제이콥은 다시 잠들었다. 그러다 제이콥의 여동생이 들어오자 다시 잠에서 깨어났다. 지금 제이콥은 두 주먹을 꼭 쥐고 멍하니 두 눈을 뜬 채로 아랫입술을 빨아들이며 윗입술과 윗니를 튀어나오게 만드는 그 이상한 행동을 다시 한다. 마치 어설프게 프레디 머큐리를 따라 하려는 것처럼. 제이콥의 볼 근육이 움찔거린다. 그는 또 다른 단계로 접어들고 있다.

똑똑하고 사랑스러운 동서 데브는 내가 제이콥의 곁에 없을 때 그 모든 과정을 기록해 왔다.

잠

진정됨

의식이 맑아짐

혼란스러워함

불안해함

불편해함

진정제를 맞음

멍함

아주 멍함

제이콥을 보는 것은 흥미롭다. 두려우면서도 흥미롭다. 제이콥은 내가 가장 좋아하는 관찰 대상이다. 단 하나의 관찰 대상.

나는 시도 때도 없이 구글을 들여다본다. 매번 인상을 찌푸린 채로. 대체 제이콥의 무엇이 문제인지 알아내려고. 이제는 전문가가 다 되었다. 매일 새로운 이론이 생겨나기 때문이다. 그 안에서 나는 말도 안 되는 생각을 한다. 점점 더 말도 안 되는 생각을 한다. 나조차 충격받을 만큼 방어적으로 변하고 있다.

제이콥을 잃고 있다는 느낌은 제이콥이 알 수 없는 방법으로 어떤 단체에 잡혀 있는 것일지도 모른다는 이상한 생각과 섞이며 더욱 심해지고 있다. 그러면서도 밤낮으로 병원에 오는 제이콥의 가족들을 위해 얌전히 옆으로 비켜준다. 제이콥의 부모님, 형제, 자매는 마치 릴레이 경기처럼 병원을 오가며 제이콥에게 다정한 말과 미소를 건네고, 나는 그 속에서 철저하게 소외된다.

제이콥이 쓰러지고 딱 1년이 된 6월이 지나고 7월이 왔지만, 아직도 우리는 아무것도 알지 못한다. 제이콥의 입에서 나오는 단어들이 점점 줄어들고 그는 더욱더 조용해지고 있다. 우리는 유물을 발굴하는 고고학자처럼 제이콥이 내뱉는 단어들을 조심히 쥐고 먼지를 털어낸다. 거의 알아차리기 힘든 순간들도 생겨나기 시작한다. 제이콥은 두 손을 옆에 놓은 채로 유영하듯 시트 위로 손가락을 움직인다. 그러고는 침묵 속 보이지 않는 무언가에 몰두하며 머릿속 어딘가에서 길을 잃은 모습을 보인다. 눈썹을 치켜올리고, 윗입술을 말고, 마치 제이콥만이 들을 수 있는 고요한 콘체르토를 연주하듯 계속해서 손가락을 까딱인다.

나는 나의 또 다른 삶, 그러니까 내 일을 최대한 효율적으로 해내려고 노력하고 있다. 언젠가 한 미국 스튜디오 운영자가 영국에 왔고, 내게 자신의 호텔에서 회의를 할 수 있겠냐고 물었다. 그녀는 영국에 며칠간 머물렀고, 중간 정도에 접어든 여자 연쇄살인범 스릴러 영화의 수정 작업이 어디까지 진행되었는지 알고 싶어 했다. 이상하게도 저녁에 집에 돌아가 작품 속 주인공인 여자 연쇄살인범이 교도소 면회 중 자신이 그토록 증오하는 엄마를 어떻게 질식시켜 살해하는지를 생각하다 보면 어쩐지 기묘한 안도감이 느껴지곤 했다.

그녀와의 만남을 위해 의무적으로 머리를 빗고 마음을 다잡을 수 있었다. 하지만 우리가 호텔에 도착했을 때 그 운영자는 시차 적응에 힘들어하며 무언가를 먹고 싶어 했고, 나는 현기증과 함께 눈앞이 흐려지는 것을 느꼈다. 곧 두 증상이 뒤섞이고, 회의가 절반쯤 진행됐을 때 나는 내가 제정신이 아닐 뿐만 아니라 가벼운 대화조차 하지 못하는 상태라는 것을 알아차렸다. 우리가 서둘러 떠나온 그 호텔 식당은 너무 시끄러웠고, 수다스러운 관광객들이 너무 많았으며, 내가 사는 악몽 같은 현실과 너무 동떨어진 세상이었다. 호텔에서 5분만 걸어 나가면 그 동떨어진 삶의 주인공, 한때 우리의 것, 나의 것이었던 삶은 사라져버리고 마는 것이었다. 나는 양해를 구하고 급히 자리를 떠났다.

돌아오는 길에 제이콥을 담당하는 의사 중 한 명인 K 의사를 만났다. 미소를 짓고 있던 그 남자 의사는 매력적이고 실력도 훌륭하다. 어쩌면 다른 생에서는 나와 저 의사가 사랑에 빠질지 모르겠다는 생각을 했다. 그는 거의 열광적인 반응을 보이며 내게 말을 전했다.

"'항NMDA 수용체 뇌염'이라고, 혹시 들어보셨어요?" 의사는 살짝 과할 정도로 열정적으로 물었다. 병원에서는 또다시 제이콥의 혈액 표본을 검사했지만, 감염 징후는 발견하지 못했고 지금 의료진들은 항NMDA 수용체 뇌염 증상으로 종종 발생하는 종양을 의심하고 있었다. 그 사실에 우리는 매우 기뻐하며 제이콥의 증상이 암이기를 바랐다. 암에 걸렸다는 사실에 안도하는, 대체 우리는 어떤 세상에 살고있는 것일까? 항NMDA 수용체 뇌염 양성 진단을 받으면 결과는 긍정적일 것이라는 생각이었다. 나는 감히 제이콥이 원래 모습으로 돌아올 수 있을 거라는 희망을 품게 됐다.

항NMDA 수용체 뇌염은 자가 면역세포가 뇌에 염증을 일으키면서 생기는 희소한 질병이라고 한다. 보통 젊은 여성에게 나타나며 결과가 바로 나오는 것도 아니고, 발병 가능성도 크지 않다. 하지만 나는 이 의사가 마침내 실낱같은 가능성을 잡고 들떠 있다는 사실을 알아차렸다.

제시와 메이블이 제이콥을 너무 보고 싶어 한다. 나는 아이들이 어떻게 반응할지 걱정하면서도 지난 며칠간 두 사람을 병동에 머물게 했다. 아이들도 제이콥을 봐야 한다고 생각했던 나는, 당시 병원에 도착하자마자 용기를 잃고 메이블에게 아래층에 가 있으라고 말했다. 아이를 혼자 내버려 두었다. 사실 아래층이었는지, 차 안이었는지, 모든 것이 끈적거리고 차디찬 바닥이 깔린 접수처 앞이었는지는 기억나지 않지만, 아이의 기억 속에 오래도록 안 좋은 기억으로 남을 실수였다. 아마 고통스러운 어른의 세계를 보지 않았으면 하는 마음에서 그랬던 것 같다. 메이블이 조금 더 오래 열네 살에 머무를 수 있기를 바라니까.

우리가 두 아이를 침대에 눕히고 이불을 덮어줄 때, 두 아이가 아주 어렸던 시절 한밤중 잠에서 깨어 무서워할 때, 제이콥과 나는 이렇게 말해주곤 했다.

"우리는 늘 너를 사랑해…. 우리는 여기 있을 거야…. 아무 데도 가지 않을 거야"

어떻게 그렇게 확신할 수 있었던 걸까?

머릿속에 어느 구절이 떠오른다. 누가 말했는지는 알 수 없지만.

"어린 시절은 지켜지지 않은 약속이다"

우리는 그 약속을 어겼다.

이제는 메이블의 손을 잡고 옆에 서서 제이콥을 볼 수

있게, 그것이 최악의 장면이라고 해도 볼 수 있게 해주어야 한다. 이 아이도 그럴 자격이 있다. 몇 달 뒤, 나는 메이블에게 어른들도 실수를 한다고 말해줄 것이다.

어쩌면 메이블은 그 누구보다 더 제이콥을 봐야 한다. 우리는 두 아이 중 한 명을 편애하지 않지만, 메이블은 제이콥을 더 따랐다. 아이들에게서 우리의 DNA를 찾아내는 마법 같은 과정은 그 자체로 큰 기쁨이었다. 단단하고, 단도직입적이고, 정직하고, 따뜻한 제이콥의 성격을 메이블은 많이 닮았다. 그녀는 움직이고 놀기를 좋아하는 제이콥의 영향과 응원을 가장 가까이에서 받으며 늘 제일 먼저 높이 뛰고, 제일 먼저 언덕 아래로 달려가던 아이다. 또한 모든 것에 근심이 없고 다른 사람들과 함께 춤추고 노는 아이이기도 하지만, 제이콥과 함께 조용하게 그림을 그리고 관찰하고 귀를 기울이기도 했다. 그러니까, 이 둘의 관계는 늘 가까우면서도 특별했다.

내게는 아이들과 함께 모험을 떠났던 제이콥의 사진이 아주 많다. 우리의 모험 계획은 늘 전화 한 통으로 바뀌곤 했는데, 내가 일을 하느라 집에 늦을 때면 제이콥이 아이들의 하루를 다시 꾸며주어야 했기 때문이었다.

제이콥이 쓰러지기 몇 달 전, 우리는 갑작스럽게 암스테르담으로 여행을 떠났다. 어느 추운 3월 아침, 운하가 얼었다는 게 그 이유였다. 100년에 한 번 있을까 말까 한 일인데, 그렇다면 금요일 방과 후에 아이들을 데리고 저녁까지 암스테르담에 가지 않을 이유가 없었다. 사진 속 제이콥과 메이블은 그 주 내내 나폴리를 여행하고, 옥상에 나란히 앉아 반짝이는 항구를 배경으로 웃으며 피자를 먹고 있다. 어느 여름에는 제시와 메이블이 제이콥과 기차여행을 떠났는데, 파리에서 베를린, 스플리트까지 다른 곳에 도착할 때마다 내 핸드폰이 울리며 사진이 올라왔다. 천둥과 폭풍을 만나 흠뻑 젖은 사진이나 베를린 최고의 핫도그를 먹는 사진들이. 어떨 때는 희미한 불빛에 모습을 드러낸 유령처럼 얇은 해파리와 함께 물 밑에서 웅얼거리며 알아들을 수 없는 세 사람의 대화가 담긴 짧은 아이폰 동영상이 전송되기도 했다.

나는 앞으로 몇 년 동안 적어도 아이들에게는 이런 추억이 있다고 스스로 되뇔 것이다. 적어도 그런 추억들이 있었다고. 사람들 대부분이 평생 얻을 것보다 더 많은 추억이. 그리고 기억에 남아 있다는 것은 살아 있는 것이라고.

기억에… 남아 있는 것은… 곧 살아 있는 것이라고.

◆

병원에 온 제시를 두고 제이콥은 잠을 이기지 못한다. 제시가 제이콥의 손을 잡지만 제이콥은 그를 알아보지 못한다. 그러고는 점점 더 많이 잔다. 우리는 조시와 함께 집으로 향했다. 남동생 휴와 휴의 아내 소피가 우리에게 점심을 만들어줄 것이다. 엄마는 정원에 앉아 와인을 마시고 있다. 아이러니하게도 엄마는 어느 병원에서 공연하는 앨런 베넷의 연극에 출연한다. 엄마의 연극과 출연진들에 관련된 재미있는 이야기로 우리는 잠깐이나마 활기를 되찾는다. 늘 내 옆에 있어 주는 언니 도르카스는 집안 전체에 꽃을 장식해 두었다. 우리는 파라솔 밑에 모여 앉아 맛있게 구워진 치킨과 샐러드를 먹는다. 식사 후 조시와 제시는 월드컵 축구 결승 경기를 본다. 축구에 관해서는 해야 할 말이 있다. 제이콥에게, 우리에게 축구가 어떤 의미인지.

나는 주로 엄마와 함께 시간을 보내며 자랐다. 엄마가 축구를 좋아하지 않은 것은 아니다. 하지만 보통 축구는 아빠가 아들에게 알려주곤 하니까. 그러다 보니 우리 형제자매의 어린 시절에서 축구는 그렇게 의미가 크지 않았다.

제이콥의 아빠 버나드는 염장 고기와 손드하임의 뮤지컬을 좋아하는 취향부터 다정함과 관대함까지 많은 것을 물려주었으나 제이콥은 그런 아빠의 취향과 관계없이 혼자서 축구를 좋아하게 되었다. 제이콥은 열성적인 토트넘 팬이었고, 제시와 메이블과 함께 그 열정을 나눴다. 어느 정도였냐면, 우리는 제시가 태어나기도 전에 시즌 티켓을 마련해 두었다.

처음에는 주말과 저녁에 추위를 견디면서까지 경기를 봐야 한다는 것이 너무 싫었다. 하지만 어느 순간 나는 제이콥이 그런 추억과 경험으로 제시와 메이블에게 유산을 남겨준 것이라는 사실을 깨달았다. 어느 동네에서도, 어느 나라에서도, 어떤 새로운 학교에서도 아이들은 축구를 통해 새로운 친구를 만날 수 있다. 그들 사이의 연결고리가 되어주기 때문이다. 조시는 아스널의 열렬한 팬이다. 토트넘과 아스널의 경기가 있는 날이면 두 형제는 말도 섞지 않았다. 그런데도 축구는 둘을 이어줬다. 제이콥을 다시 원래대로 돌려줄 방법도 축구일 것이다. 점점 더 깊이 빨려 들어가고 있는 이 지옥에서 우리가 제이콥의 머릿속 웅덩이에 던지는 작은 돌들은 그의 기억 표면에 작은 물결을 만들어낼 것이다. 이 현실이 지난 뒤에 그 물결은 제이콥이 사라지지 않고 어딘가에 존재한다는 사실을 우리에게 알려줄 것이다. 끝내 제이콥에게 가닿아 그가 귀를 기울이게 할 소리가 되어줄 것이다.

지금 우리는 너무 지쳤다. 모든 상황에 기진맥진하고 있다. 정신을 차렸다가 다시 잠드는 것을 반복하는 제이콥을 지켜보는 동안 상황은 점점 더 혼란스러워지고, 마치 제이콥이 스스로 문을 닫아버린 것처럼 호흡은 날이 갈수록 얕아진다. 제이콥이 쓰러진 지 어느덧 2주가 지났고, 병원에서는 아직도 제이콥을 치료할 방법을 알아내지 못했다. 수술, 간질, 면역학, 신경학, 전염병, 다발성 경화증 전문의까지 제이콥을 담당하는 의사들은 점점 더 많아지고 있다. 남자와 여자, 간호사와 의사들이 모인 수많은 팀이 제이콥의 혈액과 척수를 뽑아간다. 제이콥의 침상과 복도 구석에 모여 숨죽인 목소리로 속삭이는 의료진의 얼굴에는 걱정과 혼란이 떠오르지만, 우리가 지나갈 때면 그 표정은 재빠르게 노련한 미소와 목 인사로 바뀐다.

최첨단 IT 기술을 다루는 사람들이 제이콥의 머리에 씌워진 그물망으로 전선을 연결하고, 병상 옆에 세워진 모니터 속 들쑥날쑥한 그래프는 이제 제이콥이 매시간 발작을 일으킨다는 사실을 알려준다. 우리는 이제야 그가 연주하듯 손가락을 움직였던 것과 입술을 빨아들이던 행동이 이런 상황의 전조였다는 것을 알아차린다. 멋지게 땋은 새까만 머리와 건조한 농담이 매력적인 제이콥의 간호사 케이샤는 우리에게 오늘 제이콥이 자신의 이름과 생일을 기억해냈다고 말해준다. 제이콥의 의식이 날로 흐려지는 가운데 희망적인 소식이다. 깊은 동굴에서 들려오는 메아리처럼 산발적인 단어들이지만, 자세히 귀를 기울이면 알아들을 수 있다고 말한다.

"이름 말씀해보시겠어요?"

"제이콥."

"생년월일은요?"

"22년 7월 12일."

"여기가 어딘지 아세요?"

"몰라요."

제이콥의 아빠가 내게 보낸 문자에는 오늘 저녁 제이콥이 C 의사에게 엄지손가락을 치켜세워줬다고 쓰여 있다. 나는 집 근처 골목 구석에 있는 편의점에 서서 그 문자를 읽고 울음을 터뜨렸다. 우리를 휩쓸어간 이 거대한 바다는 우리가 제이콥처럼 최면 상태에 빠져들 지경에 이를 때까지 빠르게 해류를 바꿔왔다. 그래서 우리는, 친절하게도 우리를 걱정해 주는 사람들의 질문에 대답해 줄 수 없다.

"세상에… 아직도 제이콥의 병명이 뭔지 모른다는 건가

요?”

“설명하기가 어렵네요…. 깨어 있긴 하지만 깨어난 상태가 아니에요…. 제이콥은 이제 전과 달라요…. 상황이 계속 변하고 있어요.”

어느 날 병실로 들어가자 제이콥이 침상에 앉아 있고 간호사들이 주변을 돌아다니며 채혈을 끝낸 뒤 그를 씻겨주려 하고 있었다. 어제의 제이콥은 한마디 말도 없이 냉랭했지만, 오늘의 제이콥은 나를 보자 멍한 상태로 두 팔을 활짝 벌리는 대담한 자세를 취해 보인다. 이렇게 변덕스럽고 조그만 변화들은 마치 구름 사이로 쏟아지는 빛처럼 그를 보러 온 사람들을 기쁘게 하고, 동시에 눈을 멀게 한다.

“당신은 너무 친절해. 당신은 너무 배려심 넘쳐. 당신은 너무 사랑스러워.” 제이콥이 말한다.

제이콥의 칭찬과 함께 간호사들이 내게 유쾌하게 웃어 보인다. 감동적이다. 내가 제이콥이 원하는 방식으로 제이콥을 돌본 것이기를. 동시에 불안하다. 이렇게 과하게 칭찬을 한다는 것은 제이콥이 아니라는 의미니까. 쏟아지는 과장된 말들, 제이콥이 간호사들을 보는 눈빛, 관객들을 확인하는 들뜬 모습은 제이콥이 이미 이 방에 없다는 것을 말해준다. 나는 안다. 제이콥은 배우지만, 놀랍게도 관심을 받고 싶지 않아 하는 사람이었고, 사람들을 웃기기보다는 웃는 것을, 매혹하기보다는 매혹당하기를, 중심이 되기보다는 듣기를 좋아하는 사람이었다.

어느새 입술을 빨아들이는 행동이 더 심해졌고, 나는 제이콥에게 립밤과 크림을 듬뿍 발라준다. 그럴 때면 제이콥은 얼굴을 일그러뜨리고는 이틀 동안 내게 말 한마디 하지 않는다. 입을 뗄 때면 침상에 앉아 열정 넘치는 호스트를 연기하며 간호사들이 마치 제이콥이 전혀 모르는 저녁 식사 초대 손님인 것처럼 소개를 시작한다.

"이 분은 리사…."

이 사람의 이름은 리사가 아니다.

"페니."

제이콥이 간호사의 명찰을 눈으로 훑으며 정정한다. 이름을 잘못 안 게 부끄러운 눈치다.

"이쪽은 아비예요…. 내 사랑스러운 부이… 부잉… 부이이…. 부인이에요."

저녁이 되어 제이콥은 조시에게 축구 이야기를 하다 금세 잠들었다. 그러다 갑자기 일어나 "우리 이걸 대본으로 써야 해. 대본으로 써야 해."라고 말한다.

조시가 제이콥에게 자신이 누군지 아느냐고 묻는다.

"내 동생이잖아."

그러자 C 의사가 제시를 가리킨다.

"그럼 이 사람은 누구예요?"

"멋지고 잘생긴 내 아들이죠." 제이콥이 자랑스럽게 대답한다. 그런 다음 제이콥은 제시를 끌어당겨 입을 맞춘다. 이리저리 꼬인 전선이 제이콥의 입술을 때리지만, 제이콥은 생기 넘치는 모습으로 제시를 끌어안는다.

마침내 제이콥의 결과가 나왔다. K 의사는 만족해한다.

그의 말이 맞았다. 항NMDA 수용체 뇌염이다. 요추 천자*검사 결과 강한 양성 반응이 나왔고 이 진단은 상황을 완전히 바꿔놓았다. 우리가 그토록 기다렸던 결과다. 이제 의료진은 필요한 모든 치료를 할 수 있다. 제이콥의 침상 옆에 혈장 교환 기계를 설치한 뒤 5일 동안 혈장, 즉 모든 적혈구, 백혈구, 혈소판, 단백질, 영양분이 들어 있는 밀짚 색 액체를 뽑아낼 것이다. 그런 다음 뽑아낸 혈장을 검사하고, 그 자리에 옥타플라스라는 액체를 넣어 제이콥의 두뇌에 계속해서 염증을 일으키는 악독한 항체들을 없앨 것이다. 발작을 진정시킬 약물도 추가로 처방하고, 스테로이드와 면역 억제제 치료도 병행할 것이라고 한다. 제이콥은 괜찮아질 것이다. 나는 믿고 싶다. 그것이 사실이었으면 한다. 하지만 마음 한 구석에서는 제이콥이 절대 괜찮아질 수 없을 것이라는 생각이 자라나며 희망을, 낙관을 끌어내린다.

구글 검색을 너무 오래 하는 바람에 컴퓨터가 꺼져버렸다. 노트북을 찾으러 집안을 돌아다니던 도중, 이른 아침 햇살이 내리는 우리 집 정원에 찾아온 여우들을 발견했다. 여우들을 빤히 쳐다보자 여우들도 나를 쳐다봤고, 어느 순간 그 무리에서 덩치가 가장 큰 한 마리는 당당한 태도로 주방 창문으로 다가와 유리창을 누르듯 코를 댄다. 심지어 반려견 스타일러가 미친 듯이 유리창을 긁으며 위협해도 눈 하나 깜짝하지 않을 정도로 대담하기까지 하다.

* 척추 아랫부분에 바늘을 꽂아 골수를 뽑아내는 것

스타일러와 나는 침실로 후퇴해 여우들이 창고 지붕을 발톱으로 긁는 소리를 듣는다. 코미디 영화의 한 장면처럼 스타일러가 하울링을 하지 못하도록 주둥이를 꽉 잡는다. 여우들에게 지지 않으려는 스타일러의 의지는 자랑스러울 지경이다. 자신의 주인은 겁쟁이인 데다 위축된 채 무너졌지만, 이곳 어딘가에는 싸우고자 하는 의지가 남은 생명체가 살고 있다는 것을 여우들에게 알려주려는 그 의지.

구글 검색을 통해 접속한 위키피디아에는 이렇게 쓰여 있다.

> 항NMDA 수용체 뇌염은 항체가 원인이 되어 발생하는 두뇌 염증성 질환의 한 종류이다. 초기에는 발열, 두통, 피로감과 같은 증상을 동반한다. 다음 단계에서는 일반적으로 잘못된 신념(망상)이나 다른 사람들은 보거나 듣지 못하는 것들을 보고 듣는 환각 등의 정신병적인 증상으로 발전한다. 해당 질환을 앓는 환자들은 불안해하거나 혼란스러워하는 경우가 많다. 시간이 더 지나면 발작, 호흡 저하, 혈압 및 심박 수 변화와 같은 증상도 흔히 발생한다.
> 환자의 절반 정도에서는 종양이 발견되는데, 가장 흔한 것은 난소에 발생하는 기형종이다. 공식적으로 인정된 또 다른 원인은 헤르페스 바이러스 뇌염이며, 이외 다른 경우의 원인은 아직 밝혀지지 않았다. 일반적으로 해당 질환은 뇌척수액에서 발견되는 특정한 항체로 진단한다. MRI상으로 두뇌는 정상적으로 보이는 경우가 많다. 오진도 흔하다.
> 치료는 보통 면역 억제성 약물로 진행하며, 종양이 있는 경우 수술

로 제거한다. 치료가 초기에 진행될수록 예후가 좋고 치료 후 약 80%의 예후가 좋다. 그렇지 않은 경우에 장기적인 정신 및 행동 장애가 남을 수 있다. 약 4%가 해당 질환으로 사망한다. 재발률은 약 10% 정도이다.

같은 문장들을 여러 번 읽는다.

장기적인 정신 및 행동 장애가 남을 수 있다.
약 4%가 해당 질환으로 사망한다.

그러고는 구글링을 그만둔다. 나는 들뜨고 싶다. 의사들과 함께. 하지만 C 의사는 여전히 조심스러워한다.

"우리는 이 숲을 벗어난 게 아니에요. 아직 그 안에 있어요."

실제로 그 말은 진실이기도 하다. 제이콥은 힘겹게 버티고 있다. 제이콥의 몸은 머릿속에서 자기 자신을 공격하는 NMDA 수용체 뉴런들을 버텨내려고 애쓰고 있다. 심박수는 이리저리 날뛰고, 혈압은 위험할 정도로 올랐다가 떨어지며, 호흡은 날이 갈수록 얕아진다. 지난밤에는 발작이 더 심해졌다. 제이콥은 늘 졸려 하고, 아주 조용해진다. 약을 주사하기 때문이다. 그의 의식이 표류한다. 너무 작은 소리로 웅얼거려서 아주 가까이 몸을 숙여야만 제이콥의 말을 들을 수 있다.

마지막 날, 이전의 제이콥과 닮은 제이콥의 모습이 그나마 남아 있던 그 마지막 날, 나는 침상 옆에 앉은 제시에게 제이콥이 하는 말을 들었다.

"완벽한 세상에서는 우리 모두 잘 지낼 거야. 완벽한 세상에는 암도 없어. 완벽한 세상에서는 우리 모두 서로 사랑해. 완벽한 세상에서는…"

그 얘기를 듣고서야 아무도 제이콥에게 종양이 없다는 사실을 알려주지 않았다는 것을 깨달았다. 제이콥이 암에 걸리지 않았다는 사실을. 제이콥은 스스로 암에 걸렸다고 생각하고 있었다. 제이콥에게는 종양이 없다. 제이콥은 항NMDA 수용체 뇌염을 앓고 있다. 나는 그 사실을 계속해서 말한다. 그 이름을 잊기라도 할까 봐 물어보는 사람들에게 계속해서 말해준다. 유일하게 제이콥에게만 말해주지 못했다.

이 병원에 온 지 16일째 되는 날이다. 나를 위해 출산 휴가를 빨리 끝내고 돌아온 내 상담사를 만난다. 러시 아워를 뚫으며 매일 병원을 오가고, 아이들을 돌보고 키우는 동시에 마감을 지키면서 대본을 써내고, 밤늦게 구글을 뒤적이다 잠을 설치던 모든 나날이 빠르게 그 대가를 지금의 내가 가져가고 있다. 그렇지만 내게는 상담사가 있다. 진심으로 감사한 일이다.

상담사를 만나기 직전의 나는 온갖 분노로 가득 차 있었다. 손가락 마디도 아팠는데, 밤마다 손을 너무 꽉 쥔 나머지 아침이면 모든 손가락이 저릿하고 뻐근했다. 나는 누군가를, 누구라도 탓하고 싶다. 이 힘든 나날에서 벗어날 방법을 알고 싶다. 우리 모두가 갇혀버린 이 곤경에서. 이 생생한 악몽에서 깨어나고 싶다. 사람들은 자주 이런 말을 하곤 하지만, 나는 이제야 그 말의 의미를 깨달았다. 내 삶, 원래의 내 다른 삶은 어딘가에서 계속되고 있고, 지금의 하루하루는 그저 표류하듯 흘러가는 것 같은 이 비현실적인 느낌. 그렇게 5분 동안 있는 대로 욕설과 분노를 쏟아내면, 내 앞의 친절한 상담사는 귀 기울여 이야기를 듣는다. 그녀는 나를 이 지옥에서 빠져나가게 해줄 퍼즐 한 조각이다.

그 순간 핸드폰이 울린다. 제이콥의 엄마와 의사 두 명이 함께 있다. 불현듯 제이콥의 상태가 나빠졌다고 한다. 그래서 삽관을 하고 산소 호흡기를 달아야 한다는 소식을 전했다. 그렇게 하면 제이콥은 더 이상 말을 할 수 없을 거라고 말한다.

제이콥이 더는… 말을… 할 수 없다고.

나는 상담실을 나와 병원으로 향한다. 제이콥과 이야기해야 한다. 그래야만 한다. 메이블에게 제이콥을 볼 수 있을 거라고, 다시 제이콥과 대화할 수 있을 거라고 말했던 것이 떠오른다. 어떻게 해야 할지 혼란스럽다. 아이들의 학교에 전화해서 아이들을 데려올 누군가를 불러야 한다. 제이콥은 더 버티기 힘들 것이다. 제이콥의 몸에서 일어나는 그 모든 일에 그의 뇌도 지치고, 폐도 숨이 차 헐떡거리고 있으니까. 하지만 병원에 도착해 제이콥을 보자, 나는 이 모든 것들이 아무 상관 없다는 사실을 단번에 깨달았다. 제이콥에게는 지금 단지 평화가, 휴식이 필요하다.

병원에서 내게 전화한 건 그저 예우 차원이었다. 내 동의가 필요한 일이 아니다.

"사랑해, 제이콥." 나는 약물로 인해 혼수상태로 흘러 들어가는 제이콥에게 말한다.

"깊이, 깊이." 제이콥이 속삭이듯 대답한다.

이것이 제이콥의 마지막 말이 될 지도 모른다.

그리고 제이콥은 절대 예전으로 돌아갈 수 없을 것이다.

"우리는 너를 늘 사랑해…. 우리는 여기 있을 거야….
아무 데도 가지 않을 거야"
어떻게 그렇게 확신할 수 있었던 걸까?
"어린 시절은 지켜지지 않은 약속이다"
우리는 그 약속을 어겼다.

3

2월의 어느 토요일 아침. 제이콥이 쓰러지기 4개월 전에 우리는 블라인드를 내린 채 늦잠을 자고 있었다.

'어제 정말 이상한 꿈을 꿨어…'

나는 꿈을 기억하는 일이 드물고, 솔직히 말해서 남들이 자기 꿈을 말해주려 할 때면 내 귀를 막아버리고 싶은 충동이 든다. 그 사람들에게 나는 그 이야기에 전혀 관심이 없다고, 꿈은 그저 두뇌가 파일을 정리하는 과정일 뿐이라고 말하고 싶다. 하지만 내 아이들은 예외다. 아이들의 꿈 이야기를 들으며 뒤죽박죽 섞인 여러 생각을 탐험하고, 그들의 내면에 어떤 일들이 일어나는지, 아이들이 느끼는 것과 내게 미처 다 말하지 않는 것을 알아낼 이론을 만들어내는 것을 좋아한다. 아이들이 잠든 뒤 종종 제이콥과 함께 이야기하곤 했던 그 이론들을.

아무튼, 내 꿈에 대해 제이콥에게 늘여놓았다.

"나는 창밖을 바라보고 있었어. 아래층에 있는 예전 침실에서. 그때 검은 스카프에 검은 소총을 들고 검은색 옷을 입은 남자들이 눈에 들어왔지. 그 남자들은 차에서 내린 다음 질서정연하게 우리 이웃집들로 들어왔어. 조용하게, 거리에 검은 잉크를 쏟은 것처럼 움직이던 그 남자들은 점점 가까워지고, 나는 그 사람들이 곧 우리 집에도 들어올 거라는 사실을 알고 있었어"

내 이야기가 끝났는데 침묵이 흘렀다. 나는 제이콥이 다시 잠들었다고 생각했지만 아니었다.

제이콥은 제이콥의 꿈 이야기를 했다.

"내가 침대에 누워 있는 것 같았어. 침대 같긴 한데, 내 침대는 아니었어. 모두가 나를 둘러싸고 쳐다보고 있는데 나는 말을 하지도, 움직이지도 못했어"

그리고 제이콥은 몸을 돌려 나를 봤다.

"정말 끔찍한 꿈이었어"

제이콥의 속눈썹에는 아직 잠이 내려앉아 있었다. 내가 제이콥에게 내 눈병이 옮을 수도 있으니 개수대 옆에 있는 크림을 꼭 바르라는 말을 하기도 전에 그는 침대에서 일어나 욕실로 향했다.

"밤 늦게 뭘 먹는 것 좀 이제 좀 줄여"

내가 소리쳤다. 하지만 애초에 제이콥이 그 말을 들을 거라 생각하지는 않았다.

병원에서는 아래층에 새로 조성된 집중치료 병동으로

제이콥을 옮겼다. 그 병동으로 들어가려면 문을 두 개나 거쳐야 하는데 그 사이에는 자리에 앉아 TV를 볼 수 있는 접수처가 있고, 그곳은 늘 사람들로 붐빈다. 언뜻 보면 저렴한 호텔 로비 같기도 하다. 나는 잠시 이곳 어딘가에 미니바가 있었으면 좋겠다고 생각했다. 하지만 미니바는 없다. 깨끗이 닦인 플라스틱과 이상한 고무 재질 커버가 씌워진 의자뿐이다. 깨끗하면서 불필요한 요소 없이 딱 적당한, 두 문 사이를 지나가는 사람들을 위해 만들어진 곳이다. 누구도 이곳에 오래 머물 거라 생각하지 않으니까. 하지만 우리는 오래 머물고 있다. 시간이 지나며 이 공간은 우리 같은 사람들, 불안해하며 스타벅스 커피를 손에 쥔 채로 지나가는 의사들을 붙잡으려 하거나 병동으로 가는 문이 닫히기 전에 들어가려는 친인척들로 가득 찰 것이다.

낮에 방영하는 TV 프로그램 속 극적인 목소리도 계속해서 흘러나온다. 우리가 이 끝나지 않는 트루먼 쇼에 갇혀 있는 동안. 이따금 간호사가 TV를 끄기도 하는데, 어느 쪽이 더 안 좋은 건지는 모르겠다. 우리와 방문객들, 그 모두가 사랑하는 사람에 관한 고통스러운 소식을 나누는 순간, 밝은 분위기로 대화하는 것과 불편한 침묵 중 무엇이 더 나은 것인지. 우리 쪽은 기꺼이 이야기하는 사람들과 눈 맞춤을 피하는 사람들로 나뉜다. 나는 나쁜 소식이 전해질 때, 혹은 희망이 피어오를 때의 신호를 읽을 수 있게 됐다. 그렇게 어떤 사람들은 모두 사라지고, 다시는 나타나지 않는다. 또 어느 순간부터 날짜를 세기 시작했다. 숫자가 커질 때마다 가만히 자부심을 느끼며 이렇게 되뇐다.

"아직 여기에 있어…. 아직 여기에 있어."

주차하고 병원으로 서둘러 올라갈 때마다 나는 주문처럼 조용히 되뇐다.

제이콥이 있는 병동에는 침상 다섯 개가 있다. 그중 세 개는 간호사들이 앉은 책상을 향한다. 그리고 특별 병동 두 곳이 있다. 하나는 오른쪽, 하나는 왼쪽에. 제이콥은 오른쪽에 있는 특별 병동을 쓴다. 벽이 유리로 되어 있어서 간호사들이 늘 제이콥을 볼 수 있다. 훌륭하고 실력 있는 이곳의 간호사들은 제이콥의 몸을 돌려주고, 이를 닦아주고, 태를 확인하고, 약물을 투여해 준다. 그 모든 시간에 제이콥은 잠을 잔다. 지금 제이콥은 여러 스크린과 모니터에 연결된 전선들을 몸에 달고는 수면 뇌파를 측정하는 그물 모자를 다시 머리에 쓴 채로 누워 있다. 병동은 어딘가 현실과는 거리가 먼, 가상 세계의 한 공간같이 느껴진다. 병원에서는 지난밤 이 모자를 제이콥에게 다시 씌우기로 했다고 내게 말해줬다.

그새 제이콥이 산소 호흡기와 씨름하며 산소 관을 물어뜯기 시작했다. 1분 만에 마취과 전문의가 내려와 기관 절개술을 진행하고, 나는 의사가 제이콥의 어디를 잘라낼지 궁금해진다. 제이콥은 내가 아는 가장 강인한 남자지만, 목젖을 제거하는 수술만큼은 제이콥도 쉽지 않을 것이다. 나는 의료진이 이곳에서 제이콥의 목만큼은 제거하지 않을 거라 믿고 싶다.

전문의 수련 과정에 있는 친절한 S 의사가 지금 제이콥은 수술이 가능한 정도로 마취가 되었으니 하나도 아프지 않을 거라고 나를 안심시킨다. 의료진은 몸을 움찔거리고 눈을 깜빡이는 제이콥의 발작 증상을 가라앉히려고 계속해서 마취약을 투여한다. S 의사는 작년에 제이콥과 아주 비슷한 상황이었던 한 여성 환자를 진료했고, 지금 그 환자는 집으로 돌아가 아이들과 함께 생활하고 있다고 말한다. 우리는 이 얇은 지푸라기를 손에 쥔다. 나는 의료진에게 제이콥의 턱수염을 너무 많이 자르지 않아도 절개를 할 수 있는지 묻는다. 혹시나 실수할 가능성이 있는지도.

그동안 제이콥은 코에 꽂힌 관으로 영양분을 공급받으며 살이 많이 빠졌다. 이것도 제이콥을 위한 방법이라면 방법이라고 생각한다. 쓰러지기 전, 제이콥은 체육관에서 몇 달을 보내며 음식을 향한 사랑과 늘 싸워야 했으니까. 윗몸일으키기, 팔굽혀펴기, 무릎 들기 등을 하며 맛없는 토요일 점심에 대한 보상으로 유스턴 로드에서 가장 맛있는 델리* 를 파는 가게에 달려가 일주일 내내 먹을 파마산 치즈 몇 덩이와 얇게 썬 살라미를 사곤 했다. 불과 몇 분 전에 저녁 식사를 끝내고도 냉장고 문을 열어 간식거리를 찾던 그때 제이콥의 모습이 떠오른다. 한 번도 날씬했던 적이 없었던 제이콥은 지금 아주 가냘프다. 침상은 똑바로 젖혀져 있고, 제이콥의 다리는 벌려진 채 올려져 있으며, 머리는 약간 옆으로 기울어져 있다. 제이콥은 마치 연구실에 있는 표본처럼

* 염장 고기 및 치즈 등을 파는 가게

압정에 박힌 듯한 모습으로 누워 있다.

간호사들이 제이콥의 손에 패드를 덧댄 복싱 장갑을 끼워놓았다. 그가 이따금 몸을 움직이며 전선을 뽑아버리는 것을 막기 위해서다. 언젠가 체육관에 간 제이콥이 트레이너인 루이스가 들고 있는 패드에 형편없는 실력으로 펀치 연습을 했다는 말을 해주었던 때를 떠올리니 조금은 웃기기도 하다. 우리가 말을 걸 때면 제이콥은 가끔 혀를 조금씩 움직이는데, 마치 더는 쓰지 않는 언어로 말을 하려고 노력하는 것 같은 모습이다. 열이 계속해서 치솟는 바람에 제이콥은 땀에 흠뻑 젖었다. 흉곽에도 염증이 생겼고, 제이콥의 간도 제대로 기능하지 못한다. 폐렴 증상 역시 급격하게 좋아지고 나빠지는 것을 반복한다. 여러 감염 증상이 생겼다가 사라지고, 제이콥의 신장이 움직이지 않거나 간 기능이 떨어지는 나날들이, 제이콥이 다시 살아날 수 있을지 확신할 수 없는 밤들이 이어지고 있다.

영화라면 이렇지 않을 것이다. 영화라면 제이콥은 고요하게, 평온하게 누워 있을 것이다. 영화에서는 혼수상태에 빠진 환자의 주변이 얼마나 바쁘게 돌아가는지 그 누구도 말해주지 않으니까.

물리치료사들이 폐에 있는 노폐물을 빼기 위해 제이콥의 가슴을 세게 치고, 간호사들은 치료가 끝날 때마다 제이콥 주위를 급하게 돌아다닌다. 훌륭하고 실력 있는 의료진이 컨베이어벨트처럼 계속해서 오간다. 친절한 리키는 두 팔에 문신을 가득 수놓았다. 제니는 처음 봤을 때 인상이 좋지 않았지만, 곧 뉴질랜드인 특유의 따뜻함을 보여주었다. 우리는 제니를 '스튜어트' 혹은 '셰익스피어 캠'이라고 부르는데, 드라마 〈모던 패밀리〉에 나오는 캠이 셰익스피어 턱수염을 붙인 모습과 너무 닮아서다. 언제나 미소를 잃지 않는 마리셀은 늘 우리 옆에서 조용히 일하고, 제이콥에게 책을 읽어주거나, 음악을 틀어주거나, 그의 팔을 쓸어준다. 침착하고 성실한 베아트리체는 A등급을 목표로 스페인어를 공부하는 제시와 함께 세비야에 관한 이야기를 나눠준다. 대부분 고향에서 멀리 떨어진 이곳에서 일벌처럼 부지런히 일하는 이들은 자신의 가족처럼 제이콥을 돌보며 그의 회복에 힘쓴다.

우리는 매번 마음을 다잡으며 제이콥이 이번에도 잘 넘길 수 있을 거라고 생각하려 하지만, 체온은 계속해서 높아지며 열이 심해지고, 그 열은 다시 한번 제이콥을 잠식하고 있다. 호주 출신이자 앞머리 일부를 분홍색으로 가느다랗게 염색한 간호사 페니가 면봉으로 샘플을 채취해 가더니 대장균 검사에서 양성이 나왔다고 말해준다. 제이콥의 상태가 너무 좋지 않을 때에는 열을 내리고 제이콥의 머릿속에서 일어나는 엄청난 혼란을 가라앉히기 위해 얼음물을 적신 담요를 덮어놓는다. 수면 뇌파를 측정하는 그물 모자, 제이콥을 공장 노동자처럼 보이게도, 영화 〈헬레이저〉에 나오는 핀헤드처럼 보이게도 하는 그 모자가 제이콥 머리에 씌워졌다 벗겨지기를 반복한다. 마치 일주일마다 두피가 쉴 시간을 주는 것처럼. 나는 침상 발치의 모니터를 가로지르는 구불구불한 뇌파 그래프를 보며 대체 무슨 의미인지 해석해 보려다 번번이 실패했다. 하지만 곧 날카롭게 올라가는 선이 반복되는 것이 발작을 의미한다는 것을 알게 되었고, 잠이 부족해 흐릿한 눈으로 교대하는 근무자의 모습으로 제이콥의 엄마, 아빠, 타쉬, 조시, 데브에게 그 사실을 알려준다.

오래전 제이콥이 있는 병실의 유리 벽 너머 바로 옆 침상에는 20대 초반으로 보이는 젊은 폴란드인 청년이 있었다. 엄마인 비올레타가 그 청년을 돌봤는데, 비올레타는 감기와 비슷한 증상으로 아들이 쓰러진 후 이곳에 온 지 5개월이 되었다고 말했다. 목 아래가 전부 마비되었던 청년의 자세한 사연은 알지 못했다. 비올레타는 다정한 말투로 조심스럽게 말하곤 했지만 내 폴란드어 실력과 마찬가지로 그녀 역시 영어를 전혀 하지 못했기에 우리는 그저 서로 마주 보며 미소 짓는 게 전부였다. 그러다 어느 날 오랜만에 병원에 왔을 때 비올레타는 아들을 데리고 폴란드로 돌아가 없었다. 집에서 좀 더 가까운 병원에서 회복을 돕기 위해서였다.

이후 디즈니 공주처럼 예쁜 미소를 짓는 데다 '벨'이라는 딱 맞는 이름의 10대 후반 여자아이가 폴란드 청년이 있던 자리로 들어왔다. 벨은 이름 모를 병 때문에 몇 달째 침대에 꼼짝없이 누워 있었다. 매일 벨을 보러 온 그녀의 엄마와 동생이 다정한 목소리로 이야기할 때면 잠깐이나마 병동 분위기가 밝아졌다. 한 명이 벨의 긴 금발 머리를 정성스럽게 빗질하는 동안 나머지 한 명은 잡지를 보여주며 연예인들의 최신 가십을 읽어주었다. 토요일이 되면 벨의 남자친구가 기차를 타고 찾아왔고, 이내 두 사람이 함께 이야기하고, 속삭이고, 낄낄거리고, TV와 아이패드를 보며 시간을 보내는 소리가 커튼 뒤에서 들려오곤 했다.

하지만 언젠가 벨이 위층에 있는 재활 센터에 갈 준비를 하고 있다는 소문이 들렸고, 다음날 벨은 이 병동을 나갔다. 가만히 벨의 빈자리를 슬퍼하며, 그렇게 우리를 둘러싼 세트는 다시 한번 지금의 모습으로 바뀌게 된 것이다. 그다음에는 벨의 담당 의료진에게 감사했다는 가족들의 편지가 병원 입구에 있는 게시판 편지들 속에 더해졌다. 괜찮은 날에는 이런 편지들이 힘을 준다. 하지만 괜찮지 않은 날에는 그것들이 우리를 조롱하는 것만 같고, 제이콥이 원래대로 돌아왔으면 하는 기대는 절대 이루어질 수 없는 바람처럼 느껴진다.

또 어느 날은 한 젊은 남자 배우가 밤새 간호를 받았다. 그가 곧 죽게 될 것이라는 사실이 점점 더 분명해지면서 남자의 가족들은 초조하게 대기실을 서성였고, 그의 다정한 여자친구는 침착한 태도로 옆을 지켰다. 침상이 다섯 개밖에 없는 병동에 배우가 두 명이나 있을 확률이 얼마나 될까 하는 생각이 머리를 스쳤으나 우리가 있는 곳이 런던이라는 사실을 떠올리니 이해가 갔다. 이 젊은 배우는 몇 주 전만 해도 뮤지컬 〈그리스〉 순회공연을 하고 있었다. 아니, 〈더티 댄싱〉이었던가?

페이스북에는 재능 있고 사랑받는 스타가 너무 이른 나이에 져버린 안타까움을 담은 글이 쏟아졌다. 남자를 무너뜨린 감염은 빠르게 퍼졌다. 그 충격은 그의 엄마 얼굴에 그대로 새겨져 있었고, 제시와 나는 그들에게 스타벅스에서 산 초콜릿과 비스킷을 전하며 조용한 위로를, 그들이 마주한 이 거대한 비극과 고통에 비해 미약한 호의를 건넸다. 그들이 떠난 다음에는 또 새로운 환자가, 자리를 대신하길 반복했다.

나는 연속되는 이 상황들이 어딘가 모르게 익숙하면서도 낯설었다. 마치 또 다른 환자의 모습으로 우리 옆에 선 새로운 배우들이 연기를 시작하고, 그 초현실적인 감각이 우리를 감싸는 느낌. 계속해서 같은 장소에서 촬영하는 기묘한 프로그램의 출연자가 된 것 같은 느낌이 들기 시작했다. 환자들만큼이나 의사들도 자주 바뀌었다. 의사들이 한 병동에 머무는 기간은 3개월을 넘지 않고, 의사가 바뀌면 짧은 친밀감도 끝나며 우리는 또다시 다른 의료진들에게 적응해야 한다. 의사인 내 친구의 말에 따르면 환자와 유대감이 너무 깊어지지 않게 하려고 일부러 의료진을 이동시키는 것이라고 했다.

◆

제이콥의 아빠는 제이콥의 옆에서 영국의 극작가인 아널드 웨스커Arnold Wesker의 전기를 읽어주고 있다. 웨스커는 무대 연출을 감독하는 사람은 극작가라고 말했다. 영화 대본을 쓸 때도 그렇다. 작가는 대화 사이의 행동을 장치 삼아 관객의 시선을 끈다. 어쨌든 우리는 그렇게 생각한다. 일을 시작한 지 얼마 되지 않았을 때, TV 드라마 작품을 찍던 중 감독이 나를 불러 말했다.

"너는 이 페이지에 이미지 여섯 개를 넣었어. 내가 찍을 수 있는 건 두 개니까 어떤 것이 제일 중요한지 골라야 해"

나는 이런 관점으로 세상을 살았다. 무엇을 지켜야 하고 무엇을 버려야 할지 선택하면서. 끊임없이 들어왔다 나가는 이곳의 사람들을 바라보며 보석을 모으듯 머릿속에서 배우를 캐스팅하고, 이야기를 만들어왔다. 하지만 지금 이곳에 있는 우리는 모두 대사와 역할을 제대로 이해하지 못하는 형편없는 배우들이다.

마감에 쫓기며 도저히 불가능해 보이는 목표를 정하고선 대본을 완성하려고 몸이 달아 이른 아침까지 일하던 과거의 습성들은 어느샌가 일상에 스며들었고, 나는 틈틈이 늘 머릿속으로 장면을 상상하며 주위를 흐르는 대화를 편집하곤 한다. 조용히, 신중하게, 머릿속으로 불필요한 문장을 자르고 단어를 고르기 바빴다. 그렇게 저녁 식사를 함께하며 아이들이 말했던 무해한 이야기들도 재료가 되었다. 그럴 때마다 지금 이 순간이 누군가가 조작하거나 교묘하게 만들어낸 장면이 아니라 현실이라는 사실을 잊을 수 있었다. 무해한 대화가 이어지는 중에도 중간에 리듬이 끊길 때면 나는 머릿속으로 단어를 다시 조합하고, 어떤 문장이 나와야 했는지 다시 고민하곤 했다.

언젠가 이웃이 집에 없을 때 아마존 배달 기사가 우리

집 초인종을 눌렀다.

“19호에 이걸 전해드려야 하는데, 안 계시네요. 이 집 문 옆에 물건을 놓고 사진을 찍어도 괜찮을까요?”

그 짧은 순간에도 나는 이런 생각을 했다. ‘너무 길다. 더 짧고 산뜻하게, 이미지가 의도를 전달해준다는 사실을 믿어야 한다’

“19호에 아무도 안 계세요? 사진 좀 찍어도 될까요?”

‘훨씬 낫다’

이 과도한 각성 상태는 그 어떤 정상적인 소통을 할 때라 할지라도 내 정신을 끌어내 흩어지게 만든다.

아직 아기였을 때, 메이블은 손을 뻗어 다른 생각에 빠진 내 얼굴을 돌려 자신을 보게 하곤 했다. 심지어 한밤중에 아이에게 무언가를 먹일 때도 나는 자주 산만해지곤 했다. 그러나 이 각성 상태는 여전히 나를 깨어나게 하고, 똑바로 서게 하고, 캐릭터의 대사를 소리 내 말 하게 하고, 늘 더 나은 글을 쓸 수 있게 해준다. 더 잘 살 수 있게 해준다. 광기이자 불꽃이며, 습진 같은 존재이기도 하다. 그런 밤이면 제이콥은 말하곤 했다.

“좀 쉬어. 그러다 눈앞의 삶을 놓쳐버리겠어”

그래, 제이콥 말이 맞았다.

언젠가 아주 완벽했던 밤, 제이콥과 함께 정말 맛있는 저녁을 먹고 이국적인 어딘가의 아름다운 바다를 바라보며 나는 눈물을 흘린 적 있다. 너무 완벽한 밤이었으니까. 행복은 너무 불안하니까. 내게는 불완전함이 자연스러운데, 그곳은 너무 멋졌으니까. 하지만 이런 날이 계속된다면? 아마 지겨울 것이다.

제이콥이 이곳에 처음 왔을 때 함께 입원해 있던 청년 라메쉬의 상태가 좋아지고 있다. 어느 날 라메쉬의 형이 나를 불러 세우더니 라메쉬도 처음 입원했을 때는 제이콥과 비슷한 상태였다고 안심시킨다. 나는 기쁘면서도 불안하다. 라메쉬는 곧 재활 센터로 올라갈 것이다. 하지만 그는 아직도 두통에 고통스러워하고, 계속 침을 흘린다. 누구도 제이콥이 앞으로 어떻게 될 것인지 감히 내게 말할 수는 없다. 나는 언니에게 전화해 울분을 토하며 러셀 광장, 블룸버리를 거쳐 암웰 스트릿, 암웰 스트릿에서 리버풀 로드, 할로웨이에서 혼지까지 끝없이 지그재그를 그리며 집에 가는 길을 돌아간다. 내가 운전하며 흐느끼는 동안 언니는 가만히 내 이야기에 귀 기울이며 나를 위로한다.

여느 때처럼 미친 듯이 구글을 뒤적이던 어느 늦은 밤, 제이콥이 3월부터 참여하고 있는, 다발성 경화증 임상시험에 사용하는 면역 조절제에 관한 내용을 읽은 적 있다. 유럽에서 쓰인 의학 논문을 읽으며 다른 환자들도 같은 약을 처방받은 뒤 아프게 되었다는 사실을 알게 됐다. 두뇌 염증이 생긴 환자도 있고, 제이콥처럼 항NMDA 수용체 뇌염을 앓고 있는 환자도 있었다. 내가 이 최신 이론을 C 의사에게 보여주자 그는 나를 안심시키며 지금 최고의 의료진이 제이콥을 낫게 하려고 최선을 다하고 있고, 맹세하건대 모든 기록을 검토해 본 결과 그 당시에 처방된 그 약이 제이콥에게 잘 듣고 있었다고 말했다. 그때 두통과 무력감으로 고통받는 제이콥을 보며 우리는 다발성 경화증이 더 나빠지지는 않고 있는 거라고 애써 스스로 되뇌었다. 그렇게 나는 C 의사의 말에 의지하고 싶었지만, 이어서 그는 핸드폰을 내려놓으며 악담을 내뱉었다.

"우리는 아직 숲 안에 있어요"

숲이라고?

나는 블랙홀이, 끝없이 소용돌이치는 어두운 공간이 나오는 꿈을 꾸고는 한다. 어떤 사건에 대한 나만의 창의적인 해석을 짓밟으며 기어코 불쑥 들어오는 이런 훼방에, 은유적인 표현에 짜증이 치밀 때가 있다. 그럴 때면 마음속으로 대화를 다시 고치고 편집해 정리한다.

제시와 내가 길을 걷던 어느 날, 제시가 무언가를 가리켰다. 우리가 좋아하는 타파스 바 맞은편에 붙은 포스터였다. 우리는 길을 건너면서 그 포스터가 얼마나 우리의 상황에 맞는지 조용히 감탄하며 목이 멘 채 서로를 끌어안았다. 검은색 배경에 하얀색 글씨만 쓰인 단순한 포스터였다.

아직 안 잔다. 눈만 감고 있는 거야. —아빠가.

둘러보니 여기저기에 포스터가 붙어 있었다.

제시, 우리의 사랑스러운 아들. 제시 아이라 크리셰프스키.

제이콥과 내가 함께 밭을 갈고 심은 씨앗, 제시는 우리가 만난 지 채 몇 달도 되지 않았을 때 찾아왔고, 우리는 그 사실을 토론토에 있는 한 호텔에서 알게 되었다. 당시 나는 영국에서 온 다른 작가, 감독들과 함께 연극의 기원을 연구하고 있었다.

처음에는 그냥 몸이 아픈 거라고 생각했다. 다른 사람들이 밖에 나가서 노는 동안 호텔에 틀어박혀 룸서비스만 줄기차게 먹는 건 원래 내 모습이 아니었으니까. 그러던 어느 날 샤워하러 욕실에 들어갔을 때, 나는 거울에 비친 내 몸을 보며 불현듯 어딘가가 달라졌다고 생각한다. 나는 임신테스트기 세 개를 샀고, 세 번째 시도에 테스트기를 쥔 채 손을 떨며 내가 이미 짐작했던 사실을 다시 한번 확인했다. 곧바로 제이콥에게 전화해 몸이 좋지 않다고 말하며 살짝 단서를 흘렸다. 그러고는 돌아오는 비행기 안에서 펑펑 울음을 터뜨렸다. 왜 눈물이 나는지는 잘 몰랐지만, 그냥 감당하기 버겁다고 느꼈다. 하지만 말도 없이 공항에 마중 나와 두 팔을 벌린 채 미소 짓던 제이콥을 보자, 눈물을 흘리며 제이콥이 의심하던 그 사실을 털어놓았다. 내가 임신했다고.

"너무 멋지지 않아?" 제이콥은 이렇게 말했다.

그렇다. 사실은 너무나 멋진 일이었다.

우리는 아이의 이름을 제시로 지었다. 둘 다 마음에 쏙 드는 이름이었다. 이어서 '아이라'라는 중간 이름이 정해졌다. 후보였던 '손드하임'은 너무 과한 것 같고, '스티븐'은 제시라는 이름과 어울리지 않는다는 데 우리 둘 다 동의해서다. 다음에는 제시에게 내 성을 주어야 하는지에 관한 이야기가 나왔다가 빠르게 기각되었다. 성이 '모건 크리셰프스키'이면 너무 변호사 회사에 걸린 이름처럼 들리니까. 이후 우리는 히브리어로 '제시 아이라'의 의미가 선물이라는 사실을 알게 되었다. 그렇게 순식간에 우리에게 주어진 선물.

제시는 제이콥이 형편없는 커리를 요리해 주었던 우리의 첫 번째 데이트로부터 1년 후에 태어났다. 그날 우리는 제임스 본드가 되기 이전의 다니엘 크레이그가 나오는 아주 진지한 TV쇼를 봤다. 프로그램의 내용은 전혀 기억나지 않는다. 긴장한 채 서성이며 어떻게 행동해야 할지 고민하던 제이콥의 모습 말고는. 제이콥은 내 삶의 모든 부분에 아주 빠르게 스며들었다. 우리는 엄청난 속도로 가까워졌지만, 이따금 방해물이 있기도 했다. 두 번째 데이트 날, 제이콥은 택시도 없는 런던 동부의 후미진 곳에 있던 내 아파트에 저녁 식사를 하러 오다 길을 잃었고, 이에 나는 내게 전화한 그를 얕보는 듯한 말투로 대답했다. 세 번째 데이트에 우리는 잔뜩 들떠 집에 갈 방법조차 생각하지 않은 채 목적 없이 몇 시간 동안 거리를 돌아다녔다. 다섯 번째 데이트를 할 때쯤 제이콥은 사실상 우리 집으로 들어와 있었다.

배우. 나는 배우와 만나지 않기로 과거에 나 자신과 약속했었다. 하지만 내가 가장 사랑하는 사람들은 모두 배우이거나 한때 배우였다. 엄마, 언니, 남편의 동생, 친한 친구들까지도. 어렸을 때부터 내가 사랑했던 배우들에게는 무언가가 있었다. 그 사람들이 나와 가깝고 익숙해서만은 아니다. 활기찬 에너지와 '배우 모드'로 들어가는 능력이 늘 경이로웠다.

낯선 사람으로 가득하든, 관객이 한 명뿐이든 상관없이 배우들은 현장에서 늘 밝게 타오르며 우리를 즐겁게 해준다. 나의 아빠는 감독이었고, 수년 동안 전국 여러 곳에서 극장을 운영하기도 했다. 그래서 우리가 살던 집에는 늘 촬영 현장에서 가져온 소품 장식들이 있었고, 실제로 사람이 사는 공간이 아니었기 때문에 늘 쓰러지기 직전이었다. 우리 집은 자주 제작 스태프들의 속삭임과 더불어 개막이 가까워질 때의 기대감으로 가득했다. 엄마가 출연하는 작품일 때는 특히 더 그랬다. 집에서는 어김없이 첫 개막을 축하하는 파티가 이어졌고, 배우들은 좁은 부엌으로 꾸역꾸역 밀려들어오거나 낡은 소파 위에 널브러져 있곤 했다. 그때 동생 휴는 아직 아기였지만, 언니 도르카스와 나는 배우들과 스태프들의 온갖 감정 기복과 우스운 행동들, 한밤중에 일어나는 그 모든 몰지각한 행동들을 익숙하게 지켜봤다. 그래서 내 어린 시절은 목재 바닥을 통해 전해지던 밥 딜런의 리듬과 제니스 이안의 울림으로 채워져 있고, 나는 새벽을 깨우는 우유 배달차의 소리처럼 늘 이 소리를 자장가 삼아 잠들었다.

내 세상은 제이콥에게도 익숙한 것이었다. 우리는 만난 지 얼마 안 돼서 서로의 아빠가 20대 시절에 아는 사이였다는 사실을 알게 됐다. 지금은 돌아가신 내 아빠는 40년 전 로열셰익스피어극단에서 파견되어 케임브리지대학의 한 연극에 출연하던 제이콥의 아빠 버나드를 감독했다. 제이콥과 내가 만난 지 일주일이 되던 날, 한 생일 파티에 참석한 나는 TV 프로듀서로 일하던 버나드 옆에 앉게 됐다.

'크리… 셰프… 스키'

쉽게 잊히는 이름은 아니다.

버나드는 멋진 사람이었고, 나는 제이콥에게 이렇게 말하곤 했다.

"나는 당신보다 당신 아빠를 먼저 좋아했어"

버나드를 만나자 제이콥과 내가 같은 부류라는 생각은 더욱 견고해졌다.

엄마와 가장 친한 친구는 작가였다. 소설 작가. 내가 열두 살이었을 때 부모님이 이혼했고, 우리는 엄마의 친구와 그 아이들이 사는 런던 북부의 4층짜리 집에서 마법처럼 멋진 여름을 보냈다. 일요일에는 유대인이자 배우인 그녀의 전남편이 아이들을 데리고 점심을 먹었다. 저녁에는 작업실이 있는 꼭대기 층에서 내려와 요리하면서 우리와 많은 이야기를 나눴다. 당시 10대였던 내게는 너무 멋지고 인상적인 모습이었다. 그녀의 가족은 우리에게 스누피나 맥도날드와 함께 햄스테드에서 웨스트 엔드까지 무료로 갈 수 있는 루트마스터 버스*의 꼭대기 층이 얼마나 멋진지 알려주기도 했다. 나는 그 생활의 일부가 되고 싶었고, 우리가 이곳을 떠나지 않기를 남몰래 바랐다.

이렇게 다양한 사람들이 섞여 있는 가족이 내게 완벽한 삶 같았던 기억은 부모님의 이혼으로 인한 영향 때문이었

* 영국의 붉은 색 2층 버스

겠지만, 30년 후 내가 유대인 배우와 만나 아이를 낳은 것에 대한 시초가 되었다. 이 모든 게 우연은 아니었을 것이다. 내가 제이콥과 북부 런던에 있는 4층 집에 살며 낳은 아이들이 자라 10대가 되고, 그 웃음소리가 온 집안을 채우기까지. 어쩌면 아무렇게나 일어나는 것 같고, 뜻밖인 것처럼 빠르게 벌어지는 일들에 운명이라는 목적지로 향하는 절대적인 방향 감각이 깃들어 있었을지 모른다.

이후 빠르게, 그리고 완전히, 삶은 변해 가고 있다. 제이콥과 나는 항상 이랬던 걸까? 순식간에 주어진 선물. 그리고 제이콥과 나.

제이콥의 상태가 정말로 좋지 않았던 어느 날, 나는 제이콥의 엄마와 광장에 앉아 만약 제이콥이 죽는다면 어떻게 해야 할지 의논했다. 제이콥의 부모님은 섬세하고, 친절하고, 똑똑한 사람이지만, 그럼에도 이런 이야기를 함께하기란 쉽지 않다.

유대교의 장례인 시바Shiva는 사망 후 24시간 안에 시작해야 한다. 하지만 어떻게 해야 하는 걸까? 그건 대체 어떻게 진행되는 것일까?

"나랑 남편을 제이콥과 함께 묻는 방법도 있어" 제이콥의 엄마가 말했다. 좋은 방법일 수 있으나 문제도 있다. 제이콥의 부모인 주디스와 버나드는 좋은 친구 사이로 지내고 있지만, 몇 년 전 이혼했기 때문이다. 하지만 나는 그저 제이콥이 쉴 수 있는 어딘가가 있다는 사실에 안심할 뿐이다.

병원에서 제이콥을 혼수상태로 유도한 지 몇 주 뒤, 나는 제이콥에게 주려고 했던 생일 축하 카드를 발견했다. 거기에는 이런 문장이 하나 써 있다.

> 이제 슬슬 매장이나 화장 중에 뭐가 더 좋은지 선택해야 할 나이가 된 것 같네.

최근 몇 년 동안 우리는 만약 둘 중 한 명이 죽는다면 어떻게 해야 할지 논쟁을 거듭했다. 처음에는 장난이었지만, 시간이 갈수록 논쟁에 열기가 더해졌다.

전통적으로 유대인은 땅에 묻힌다. 그렇다면 우리는 함께 묻히게 되는 걸까? 묻혀야 할까? 나는 그걸 원하는 것일까?

"나는 밀실 공포증이 있고, 상자 안에 누워 있고 싶지 않아. 우리가 좋아했던 곳, 아이들을 키우던 곳 근처에 내 재를 뿌리고 늘 함께 있는 게 더 좋지 않겠어?"

제이콥은 그 장소들에 갈 때마다 내가 서성이고 있을 거라고 생각하면 소름이 끼친다고 말했다.

"왜 내 즐거운 산책 시간을 망치려고 해?"

하지만 결국 제이콥은 포기했다.

"상관없어. 그럼 그곳에 안 갈 테니까 당신 마음대로 해"

죽음 뒤에 오는 존재의, 이토록 참을 수 없는 가벼움이란.

지금 제이콥과 연결된 모니터에서는 계속해서 소리가 흘러나오고 있다. 산소 주머니가 오르내린다. 그는 살아 있다. 계속 살아가고 있다. 제이콥은 살기 위해 계속해서 싸우는 중이다.

우리가 사는 곳에서 10분 거리에 있는 핀즈버리 공원에서는 매년 와이어리스Wireless라는 뮤직 페스티벌이 열린다. 지난 몇 년간 제시와 메이블은 그 페스티벌에 참석했고, 올해도 예외는 아니다. 며칠 전, 나는 제이콥이 쓰던 메모 판에 핀으로 꼽힌 페스티벌 티켓을 발견했다. 티켓을 보며 이내 겁에 질렸다. 몇 년 전 이맘때쯤 제이콥은 페스테벌 영상을 찍어 내게 보여줬고, 나는 아이들이 군중 속으로 몸을 던질 때 제이콥이 그 옆을 지키며 언제든 그들을 구하기 위해 팔을 뻗을 준비를 하고 있다는 사실을 알게 됐다. 제이콥은 젊음의 광기와 무질서함, 끝도 없이 계속되는 시끄러운 랩 음악, 발에 채는 맥주 캔과 햄버거 포장지를 개의치 않고 마음 편히 그 순간을 즐겼다.

나는 가정을 이루고 난 뒤부터 부모가 함께하는 가정의 사치스러움을 당연하게 누려왔다. 내가 부모님과 한집에 살았던 건 너무 오래전 일이었고, 엄마와 아빠가 함께였을 때도 나를 키워준 건 엄마였기에 초반에는 이런 풍요에 적응할 시간이 필요했다. 그래서 제이콥의 그 티켓이 상상 이상으로 무서웠다. 내게 티켓은 이미 너무 무거워져 그 어두움과 끈질김을 숨길 수 없을까 봐 걱정될 만큼 아픈 상처를 건드린 것이었다. 우리의 여정을 뒤돌아보자 지금껏 내가 운 좋게 피해 어떻게든 히치하이킹을 할 수 있었던, 그 수많은 위태롭고 어려운 상황에 제이콥을 닮은 구멍이 생긴다. 제이콥이 있어서 무사히 건너왔던 나날들이 지금에야 선명해진다. 머릿속으로는 내가 아는 한부모 가정들을 떠올리며 혼자서도 훌륭하고 풍족하게 아이들을 키워낸 그들의 모습에 감탄한다. 하지만 한 사람, 딸을 낳을 때부터 혼자였던 내 친구의 말이 떠오른다.

"운동회 때 너 혼자 아이를 응원한다고 생각해 봐"

이건 어떻게 해야 할까? 제이콥이 없다면 나는 혼자 어떻게 해내야 할지 막막해진다.

나는 아이들이 어렸을 때 제이콥과 함께 가던 라티튜드 페스티벌이 열리기를 기다렸다. 달빛이 내리는 밤, 사우스월드 근처에 있는 사람들이 가득한 공원에서 울려 퍼지던 가이 가베이의 호소력 짙고 거친 목소리가 그립다. 우리는 어렸던 두 아이를 어깨에 올린 채 모든 노래를 따라 부르곤 했다.

"커튼을 넓게 펼쳐봐…"

"1년에 하루만 이런 날이 온다면, 나는 제대로 살 수 있을 거야"

하지만 이제 아이들은 몸집도, 키도, 목소리도 커졌다. 팔도 다리도 길어져 옆에 있는 내가 난쟁이처럼 보이고, 팔을 아무리 뻗어도 내 품으로는 아이들을 안아 지켜줄 수 없다. 제이콥이 옆에 없으니까. 용감하고 무엇도 두려워하지 않는, 아이들의 10대를 함께 항해해 줄 우리 가족의 선장이 이제는 없으니까.

지금 제이콥은 잠을 자고 있다. 체온을 내리기 위한 얼음 담요 밑에 누워 한없이 뜨거워진 채로. 우리 집 침실에서

핀스버리 공원을 울리는 유명 래퍼의 목소리가 들린다.

제이콥은 이곳에서 수천 마일 떨어져 있는 곳에 홀로 서 있다. 이 모든 소리를 잊은 채로. 나는 제이콥이 그립다. 너무 그립다. 보고 싶어 죽을 것 같다.

조시가 아이들을 와이어리스 페스티벌에 데려갔고, 나는 데브와 함께 하이게이트 연못에 도착해 수영복을 입고 어색하게 줄을 선 다음 한 방향으로 계속 돌며 수영한다. 그러다 이따금 지나는 물새나 건장한 몸으로 수영을 즐기는 사람들 틈에서 수년간 연락이 닿지 않았던 대학 시절 친구를 우연히 마주쳤다.

"너는 요즘 어때?"

뭐라고 대답해야 할지 모르겠다.

'제이콥이 혼수상태야….'

'정신이 나갈 것 같아….'

'어제는 자살하고 싶은 생각이 들었어.'

그 일은 제이콥이 지난 내 생일에 깜짝 선물로 준비한 중고 미니 쿠퍼를 운전하던 중에 일어났다. 나는 병원에서 돌아오는 길에 신호에 멈춰선 채 킹스 크로스에 있는 시계를 쳐다보고 있었다. 그러다 이대로 계속 운전해 하이게이트에 있는 다리로 가면 그대로 뛰어내릴 수도 있겠다는 생각이 들었다. 마치 따뜻한 욕조에 몸을 담그는 것 같은 느낌. 그 안도감에, 편안함에 충격을 받았다. 자살은 좀 더 날카롭고, 분노에 차고, 몸부림에 가까운 것이지 않을까 생각해 왔으니까.

하지만 그 순간 신호가 바뀌었다.

내 아이들을 두고, 우리 가족을 두고 감히 이런 생각을 품었다는 엄청난 죄책감에 휩싸이며 계속해서 운전했다. 그러면서도 한편으로는 만약 내가 이렇게 말하면 주위 사람들이 어떻게 반응할지 궁금증해졌다.

'킹스 크로스에서 신호를 기다리다가. 정말 그럴까 하는 생각이 들었어. 여기서 뛰어내릴까, 아니면 〈그레이 아나토미〉*나 한 편 더 볼까.'

하지만 나는 친구에게 아무것도 말하지 않았다. 물속에서 수영하며 아무것도 모른 채 미소 짓는, 오랜만에 만난 대학 친구에게.

"괜찮아…. 잘 지내…."

나는 극적인 고백이 몰고 올 후폭풍을 피한 것에 안도하며 계속해서 수영한다. 곧이어 연못에서 나와 몸을 닦은 뒤 비좁은 탈의실에서 어색하게 등을 돌린 채 젖은 다리 위로 청바지를 걸치고는 데브와 함께 식당에서 그리스 음식을 먹었다. 식사 후에는 데브와 조시의 집으로 다시 돌아와 루비, 레오와 함께 소파에 앉아서 〈모던 패밀리〉를 본다. 이들은 우리 아이들보다 어린데 착하고 속 깊은 아이들이다. 레오는 내 기분이 좋지 않다는 사실을 알기라도 하듯 내게 가까이 붙어 앉고, 두 아이는 내 옆자리를 따뜻하게 데우며 함께

* 미국의 유명 의학 드라마

웃음을 터뜨린다.

데브의 집에서 나온 뒤, 나는 조시와 내 아이들을 데리고 왔다. 그들은 친구들과 함께 축제 현장에서 몸을 부딪치며 행복하고 상기된 얼굴로 어둠 속을 걸어 집으로 돌아가고 있다. 나는 조시, 데브, 두 사람의 아이들, 우리 아이들에게 감사함을 느낀다. 집에 와 부엌에서 제시를 꼭 끌어안은 메이블을 쳐다보던 중, 메이블의 속삭임이 귀에 들어온다.

"무슨 일이 있어도 우리는 즐겁게 지낼 수 있어."

나는 이 말을 붙잡는다. 이 말에 매달린다.

이틀 뒤면 제이콥은 마흔여섯이 된다. 그는 아직 혼수상태다. 의식 없이 잠만 잔 지 3주가 되었다. 하지만 그래도 우리는 광장에서 제이콥의 생일파티를 열 예정이다. 이 생일파티는 괴롭게 이어지는 제이콥의 겨울잠을 있는 그대로 받아들이고 보여주기 위해 앞으로 내가 세심하게 준비할 많은 괴상한 짓의 일부가 될 것이다.

늘 내 옆을 지키는 든든한 아군이자 전우인 제시와 메이블은 브런스윅 광장에 있는 마트에서 차가운 음료수와 케이크를 사다 병원 맞은편 공원, 이제는 햇살에 노랗게 그을린 풀들이 깔린 그 공원으로 나른다. 버나드가 샌드위치를 만들어왔고, 매일 꾸준히 제이콥을 보러오는 가족과 친구들은 담요를 깔고 누워 함께 샴페인과 맥주를 마시며 케이크를 나눠 먹는다. 단면에 무지개색 층이 보이는 레드벨벳 케이크다. 나는 이 모든 상황이 얼마나 말도 안 되는지를 생각하며 희미하게 피어오르는 부끄러움을 느낀다. 신부 없는 결혼식, 고인 없는 장례식이나 마찬가지인 셈이니까. 언니가 알파벳 J로 장식한 편지를 가져와 케이크 옆에 둔다. 제시와 메이블은 사촌들과 놀고, 친구들의 10대 아이들은 광장 안 벤치에 앉아 맥주를 마신다. 조시와 데브는 할 수 있을 때 기회를 잡아 휴가를 떠났다.

제이콥은 축하와 밤샘 간호 그 중간 어딘가에 머무른다. 이 불확실한 상황 속에서 추는 위험하게 흔들리지만, 아직 어느 쪽에도 멈추지 않았다. 제이콥의 체온이 다시 오르고 있다. 리툭시맙, NMDA 수용체에 대한 항체의 공격을 늦춰 주어야 하는 면역 억제제가 듣지 않는다. 수치가 계속해서 오르고만 있다. 약간은 음침해 보이는 마취과 의사가 복도를 지나가는 나를 불러세운다. 수면 뇌파를 재는 모자가 제이콥에게 다시 씌워진다. 그가 물기 어린 침대에서 자는 동안 계속해서 나타나는 변화무쌍한 발작 증상을 측정하기 위해서다.

"그러니까, 지금 제이콥을 보면 이전의 제이콥처럼 보일 거예요. 하지만 깨어나고 나면 그렇지 않을 겁니다. 많이 힘들 거예요." 의사는 차분하게 경고한다.

이런 말은 처음 들어봤다. 누군가가 내 앞에서 이렇게 직접 말한 것은 처음이다. 지금까지는 나를 안심시키려는 의사들과 간호사들의 얼굴에서 상황이 좋지 않다는 표정만 읽어냈을 뿐이었다. 하지만 늦은 밤 샅샅이 뒤지던 위키피디아와 의학 논문 이외에 이렇게 누군가에게 그 사실을 직접 듣고 이해한 것은 처음이다. 그 누구도 이렇게 솔직하게 말해주지 않았다. 내 안에는 두 가지 감정이 싸운다. 의사의 얼굴에 주먹을 날리고 싶기도 하고, 한편으로는 그를 붙들며 매달리고 싶기도 하다. 진실을 듣고 싶으니까. 드라마에서 들을 법한 대사가 아니라 확실한 의사의 소견을, 사실을 들어야 하니까.

또 다른 꿈을 꿨다. 하지만 이번에는 얘기를 나눌 제이콥이 옆에 없었다. 나는 집 꼭대기에 있는 우리의 침실에 혼자 누워 있었다. 제이콥이 논쟁 끝에 벽에 붙인 손 그림 밑에. 나는 박제된 새를 장식하고 싶었지만, 제이콥은 소름이 끼친다며 반대했다. 제이콥은 나비와 벌을 더 좋아했다. 결국, 나비와 벌이 이겼다. 제이콥이 원한 옆은 분홍색 벽지도. 제이콥은 나를 위한 침실을 만들고 싶다고 했다. 10대에 들어서기 전 어린 시절에 일곱 번이나 이사했던 나를 위해서라는 다정한 이유가 있었다. 그래도, 나는 제이콥에게 이유를 물었다.

"내가 없더라도 괜찮을 거라는 사실을 알았으면 하니까" 제이콥이 대답해 주었다.

바로 이런 것들, 이런 말들을 나는 이제야 다시 떠올리고, 곱씹는다.

나는 지금 또다시 연못에서 헤엄치고 있다. 요즘에는 하이게이트 연못에 자주 간다. 어떨 때는 데브와 함께, 어떨 때는 친한 친구 제인과 함께 간다. 제인은 내게 새빨간 수영 모자를 사줬는데, 그 모자를 쓰면 어딘가 버스비 버클리 Busby Berkele*의 작품에 나오는 사람 같아 보여서 한 번도 쓰지는 않았다. 이 호수는 17세기와 18세기에 조성된 저수지 여덟 개가 모여 있는 곳이며, 런던의 물 수요가 증가하던 1777년 댐이 건설되었다. 내가 마지막 쉴 곳으로 점찍은 햄스테드 히스 공원의 일부이기도 하다. 전설에 따르면 보아디케아 여왕이 이 근처에 묻혀 있다고 한다. 여왕과 이세니족 전사 만 명은 배틀 브리지에서 패배를 맞이했다고 전해진다.

"적어도 좋은 이웃을 둘 수는 있겠네"

왜 우리가 매장이냐 화장이냐를 두고 논쟁할 때 이 기막힌 문장을 생각해내지 못했을까?

이렇게 대답했으면 좋았을 텐데. 그랬다면 제이콥도 내 옆에 함께 뿌려지는 모습을 볼 수 있을 텐데.

사실, 이곳에서 수영할 때면 어딘가 불길한 느낌이 든다. 뜨거운 여름이 시들고 저녁이 스며들기 시작할 때면. 나무 사이로 어스름한 빛이 비치는 모습은 아름답기도, 무섭기도 하다. 하지만 정말 무서운 것은 그 아래에 있다. 언젠가 연못의 물이 빠지면서 원래 이상하게 생긴 둥근 텐트와 낚시꾼들이 있던 곳에 온통 잡초에 얽힌 낡은 유모차와 도주 차량이 드러날 것만 같은 기분이다. 그 어두운 심연은 나를

* 미국의 영화감독 겸 안무가. 〈로마의 스캔들〉 〈42번가〉 등 많은 뮤지컬 영화를 제작했다.

불안하게, 두렵게 한다.

가끔 꿈속에서도 연못을 수영한다. 주변에 다른 사람이 있다는 사실을 알지만, 아무도 보이지 않는다. 저 깊은 곳 어딘가에서 나를 부르는 제이콥의 목소리가 들리고, 숨만 오래 참을 수 있다면 수면 밑으로 헤엄쳐 제이콥을 찾을 수 있을 것 같다. 나는 숨을 크게 들이마신 뒤 잠수한다. 안쪽은 어둡고, 탁하고, 끝없이 이어지는데, 그렇게 될 때 내가 있는 곳은 더이상 연못이 아니다. 나는 허드슨강 유역으로 가 있는다. 조류에 이리저리 휩쓸리다 자신의 선원들과 함께 어딘가로 사라진 헨리 허드슨의 이름이 붙은 곳. 얼음처럼 차갑고, 몸을 움직일 때마다 거의 끈적이는 것처럼 느껴질 정도로 얼음물이 질척거리며 따라붙는 곳. 나는 이내 이 물이 그대로 얼어붙을 것이라는 사실을 깨닫는다. 그리고 생각한다.

'그래, 당연히 제이콥은 여기 없어. 제이콥은 다른 행성에 있잖아. 제이콥은 다른 행성에 도착했어. 당연히 제이콥은 이 아래에 없어. 이 물 아래에'

곧이어 잠에서 깨어나고, 나는 비틀거리며 아래층으로 내려가 욕실 서랍에서 다시 잠을 자게 해줄 무언가를 찾는다. 이전에 제이콥을 위해 병원에서 가져온, 아직 상자 안에 있는 스테로이드 약 중에서.

◆

지금은 한밤중이다. 아니, 한밤중이 지난 시간이다. 목소리가 들린다. 메이블이 자신의 방에서 누군가와 이야기하고 있다. 아마 친구와 전화하거나 영상통화를 하고 있는 듯하다. 하지만 지금은 메이블이 잠들어 있어야 할 늦은 시간이다. 메이블의 방문 앞에 다다르자 나는 홀린 듯이 멈춰 귀를 기울였고, 이내 아이가 누구에게 말하고 있는 것인지 알게 됐다.

"응…. 그러니까… 오늘은 그랬어…. 그래… 아빠…."

메이블은 제이콥에게 들려줄 메시지, 443개의 메세지를 핸드폰에 매일 녹음해 왔다는 사실을 내게 말해줬다. 지금 우리는 겨우 50일째를 지나고 있다.

친구들에게 끊임없이 전화가 오자 나는 메신저에 '제이콥의 친구들'이라는 그룹을 만들었고, 몇 주, 몇 달이 지나면서 사람들은 더 많아졌다. 빌, 바즈, 다미안, 홀리, 애나벨, 데이지, 앤서니, 루시엔, 스테판, 제이미, 닉 S., 닉 H., 매티, 폴. 리치까지. 친구 목록은 점점 더 길어지고 있다. 한 친구는 제이콥을 위한 미사를 드린다고 말하고, 주디스는 자신이 다니는 유대교 회당의 랍비가 '미 셰베이라크Mi Sheberach', 신께 연민과 회복과 용기를 구하는 기도문을 제이콥에게 전했다고 말한다. 제이콥의 대학 친구인 로빈의 아내 제시카는 자신이 속해있는 불교 단체에서 모두 제이콥을 위해 염불을 외웠다고 했다. 내게 염불 내용을 보내주기도 한다. 가끔 저녁에 그 염불을 외워본다.

열린 창문으로 느껴지는 8월의 열기에, 나는 블라인드를 열어둔다. 제이콥이 잠들 때 그렇게 중요하게 생각했던 완전한 어둠이 이제는 두렵게만 느껴진다. 도르카스는 잠을 잘 때도 늘 핸드폰을 켜둘 테니 내가 힘들거나, 불안하거나, 잠을 못 이룰 때는 언제든 자신에게 전화하라고 말했다. 나는 이 모든 것을 두 팔 벌려 감사히 받는다. 염치없게도 모두 받는다. 제이콥을 살리기 위해서라면 무엇이든 할 것이다.

제이콥도 나도 딱히 신앙심이 깊지는 않지만, 유대교 문화는 제이콥이라는 사람의 중심이었다. 우리는 늘 연말연시와 축일을 기쁘게 즐겼다. 제이콥과 만난 지 얼마 되지 않은 시기에는 유대교 안식일이 되면 버나드나 주디스의 집에서 그들이 직접 준비한 저녁 식사를 함께했다. 닭고기 수프와 맛초 볼*과 잘게 자른 간 요리는 여전히 내게 익숙하면서도 위안을 준다. 그리고 제시가 태어났을 때 우리는 브리스Bris, 즉 아이가 할례를 받는 유대교의 종교의식을 치렀다. 그때 우리는 없는 살림에 장만한 새집 거실에서 우리의 가족, 내가 한 번도 본 적 없는 제이콥의 친구들과 함께 모였고, 제시는 조시의 무릎 위 쿠션 위에 누워 있었다. 우리는 어느 모헬**에게 돈을 주고 의식을 맡겼다. 제이콥은 그 모헬이 국립병원에서 일하는 의사라며 나를 안심시켰다.

시간이 지난 후 나는 내가 왜 그 의식을 반대하지 않았는지 의아해졌다. 호르몬 탓도 있지만, 제시가 자신의 아빠

* 유대교 의식에서 사용하는 누룩을 넣지 않고 구운 빵이나 과자를 으깨어 만든 경단

** 생후 8일이 된 남자아이에게 유대교 의식에 따라 할례를 해주는 사람

를 닮기를 원했던 마음 때문일 것이다. 하지만 아이들이 커가며 우리는 서로 다른 양육방식 때문에 많이 다투고 고민하게 되었다. 나는 아이들이 '유대교 색이 짙은' 집안 환경에서 자라며 혼란을 겪을까 봐 걱정했다. 나는 절대적인 것을, 정답을 원한다. 그리고 내가 섬기는 신이 누구인지 알고 싶어 하는 사람이다. 그런 나와, 제이콥은 스티븐 호킹의 책을, 리처드 도킨스의 『만들어진 신The God Delusion』을 열심히 읽고는 내가 믿음 대 종교에 관한 내용으로 이의를 제기할 때마다 논쟁하곤 했다. 그는 믿음이란 증명할 수 없는 무언가를 가지고 살아가는 것이고, 종교는 그 외의 모든 것 가족, 공동체, 역사, 질서처럼 우리의 의지로 좋은 부분을 선택할 수 있는 것이라고 말했다. 안식일과 축일들, 찰라*와 소금에 절인 소고기와 랏키**와 튀긴 생선, 관습과 의식과 노래까지. 나는 혼란스러우면서 매혹적이고, 불편하면서도 따뜻한 이 모든 것들과 함께, 그 모순들과 함께 살아왔다.

"나는 내가 섬기는 신이 누구인지 알아야 할 필요가 없어. 내 신은 과학이야" 제이콥은 늘 이렇게 쏘아붙였다.

"내게 기적은 블랙홀, 빅뱅이면 충분해"

이 모든 토론이 의미 없어진 지금, 우리가 믿어야 하는 신은 과학이다. 의사들은 제이콥 옆에 모여 차트를 들여다보고, 처방 약을 바꾸고, 수면 뇌파 기계에서 나오는 들쭉날

* 밀가루에 달걀을 넣어 만든 유대인들의 전통적인 안식일 빵

** 유대교 명절 하누카에 먹는 감자 팬케이크

쭉한 그래프와 인쇄물을 주의 깊게 보며 그것이 뇌 활동인지 발작인지 고민한다. 의료진을 보고 있으면 항상, 그들이 최선을 다하고 있다는 느낌이 든다. 약을 주사하고, 피를 뽑고, 제이콥을 MRI실과 CT실로 데려간다. 우리는 의사들이 모여 어려운 말을 나누는 회의 시간에 함께 참여해 제이콥의 두뇌를 찍은 사진들을 본다. 해마 부분이 밝고 선명하다는 것은 뇌염이 아직 완전히 나아지지 않았다는 의미다. 전두엽에도 염증이 퍼져있다. 제이콥이 발작을 일으키고 있는 것인지 깨어나고 있는 것인지 확신하지 못하는 날들도 있었다. 하지만 의료진이 이런 말을 하는 순간 확실해졌다.

"제이콥의 뇌는 이제 여러분과 저를 비롯한 그 누구와도 달라졌어요."

우리는 가족처럼 한 데 모여 이 흑백 사진들을, 어슴푸레한 세포들이 만들어내는 별자리와 달처럼 패인 병변들을 멍하니 쳐다본다. 그것들이 무엇을 의미하는지는 모르지만, 제이콥이 이 방에 함께 있었다면 분명 즐거워했을 것이다.

"혹시 뇌 손상이 있는 건가요?" 내가 묻는다.

확실한 건 아무것도 없다. 의사들은 일단 눈에 보이는 손상은 없다고 말하지만, 우리를 안심시켜주지 않는 미지근한 어투다. 우리는 의료진을 믿어야 한다. 약이 잘 들 것이라고 믿어야 한다. 병원에서 제이콥을 낫게 해 줄 것을 믿어야 한다. 우리는 이 무지 속에 살아야 한다. 과학을 신으로 모시며.

개그맨이자 작사가인 팀 민친Timothy David Minchin이 부른 '폭풍'이라는 노래가 있다. 제이콥이 좋아하는 노래다. 제이콥은 내게 그 노래를 자주 불러주었고, 가사 역시 제이콥의 가치관과 정말 비슷했다. 과학, 의학과 관련된 거대한 질문들을 넘어서는 가사의 재치와 우아함은 들을 때마다 놀랍다. 이 노래의 작사가는 어느 날 아내와 함께 커리를 먹으러 친구들을 만나러 간다. 이들은 지인 커플로 런던 북부 도심 아파트 맨 꼭대기 층, 흰 벽과 흰 카펫과 흰 고양이가 있는 곳에 살았다. 저녁 식사 자리가 무르익고 와인과 함께 혀가 풀려갈 때쯤, 다섯 번째 손님이자 호주에서 막 영국으로 온 '폭풍'과 온몸을 요정 문신으로 뒤덮은 '사수자리'가 점점 더 완강하게 고집을 부리기 시작하며 각자의 존재감을 드러낸다. 그 대립의 상황을 다룬 노래 가사이다.

런던 북부 도심 아파트 맨 꼭대기 층,
흰 벽과 흰 카펫과 흰 고양이가 있는 곳
너는 아무것도 알 수 없어. 지식이란 그저 의견일 뿐이니까…
인간의 몸은 불가사의한 존재야! 영혼의 본질을 설명하려 할 때면
과학은 궁지에 몰리고 말지…
제약 회사는 우리 모두의 적이야
우리 몸에 필요한 모든 자연 치료법을 짓밟으면서
약물에 점점 더 의존하게 하기 때문이지
부도덕하고 오직 탐욕에만 사로잡혀 있어
약초로 고칠 수 있는 병인데 왜 약을 먹는 거야?
동종요법*으로 고칠 수 있는 병인데 왜 화학 약품을 사용하지?
나는 우리가 모두 다시 대체의학으로 돌아가야 한다고 생각해

이 노래의 작사가는 더이상 침묵할 수 없었던 것이다.

'대체의학을…' 나는 말을 시작해

'정의하자면' 그리고 이어가지

효과가 있다고도, 그렇지 않다고 증명되지도 않았어

대체의학에서 효과가 입증된 것들을 뭐라고 하는지 알아?

바로 의학이야.

침대에 누운 제이콥을 바라보는 동안 이 노래가 계속 머릿속에 맴돈다. 가사는 마치 산소 호흡기의 쌕쌕거리는 소리와 박자를 맞춘 것만 같다. 날이 갈수록 제이콥의 몸에는 독약이 가득 찬다. 제이콥을 치료하는 의료진을 기다리며 나는 제이콥에게 도움을 줄 약이라는 의사들의 하나같은 의견이, 지난 4년 동안 제이콥이 매달 맞았던 주사와 그 약을 끊어야 했던 상황이 어쩌면, 어쩌면 제이콥의 상태를 더 안 좋게 만든 것은 아닐까 하는, 점점 커져만 가는 내 안의 모순과 싸운다. 그런데도 우리는 이 약들이 제이콥을 살려줄 것이라고 믿어야만 한다.

제시가 기적적으로 고쳐낸 제이콥의 침대 위 스피커로 흘러나오는 이 노래는 이렇게 끝난다.

* 질병과 가장 유사한 증상을 지닌 제조 약물로 치료하는 대체의학의 일종

나는 작고, 보잘것없고, 무지한 탄소 덩어리
내게 주어진 한 번의 삶은 짧고도 하찮네…
하지만 과학이 발전한 덕에 나는 아주 오래전에 살았던 내 할아버
지와 할머니보다 두 배는 더 살 수 있네
두 배는 긴 내 삶
아내를 사랑할 두 배는 더 긴 시간
친구들과 와인병을 기울이며 보낼 두 배 더 긴 시간
허리에 요정을 새기고 가슴엔 나비를 새긴 아름다운 히피들과
커리를 나눠 먹고 잔뜩 술에 취할 두 배 더 긴 시간

나는 이 가사를 불경처럼 외우며 희망의 끈을 붙잡는다.

두 배는 길게 살 내 삶
아내를 사랑할 두 배는 더 긴 시간

그러던 어느 날 내가 병실에 갔을 때다. 나는 아이들을 대기실에 두고 안으로 들어갔다. 제이콥의 병실에는 두 명 이상 들어갈 수 없다. 제이콥의 아빠는 막 나가려던 참이었다. 나는 제이콥의 침대 옆으로 다가가 속삭였다.

"좋은 아침이야, 제이콥"

제이콥이 미간을 찌푸렸다.

나는 조금 더 가까이 다가가 말한다.

"사랑해"

순간 제이콥이 살짝 눈을 깜빡였다.

제이콥의 아빠가 깜짝 놀란다. 제이콥은 지금까지 아무 움직임도, 아무 반응도 보여주지 않았으니까. 간호사는 오늘 아침 제이콥이 눈을 뜨려 했었다고 내게 말해줬다.

"사랑해, 제이콥. 내 말 듣고 있는 거 알아" 나는 제이콥에게 가까이 다가가 속삭인다.

그러자 제이콥의 입술이 살짝 움직인다. 입 모양이 '나'라고 말하려는 것 같다. 그 단어를 말하려는 듯, 신호를 보내려는 듯하다.

"사랑…. 사… 랑해"

영화라면 이렇지 않을 것이다. 영화라면 제이콥은
고요하게, 평온하게 누워 있을 것이다. 영화에서는
혼수상태에 빠진 환자의 주변이 얼마나 바쁘게 돌아가는지
그 누구도 말해주지 않으니까.

4

9월, 쉰 살이 된 나는 아이들과 함께 피렌체에 있다. 제이콥이 혼수상태가 된 지는 거의 네 달이 되어간다.

언젠가 제시와 메이블이 제이콥의 컴퓨터에서 나를 위한 계획 50개가 적힌 목록을 발견했다. 그중 하나가 피렌체로 떠나는 여행이었다. 내 카드로 항공권과 호텔을 예매했고, 3일간 여행할 계획을 세웠다. 이 여행을 제시와 메이블과 함께 떠나게 된 데는 제시가 '재미'에 관해 늘어놓은 엄청난 즉석연설이 이유가 되었다.

"생존으로는 충분하지 않아요. 살아갈 수 있어야죠"

제시의 말은 내 생일파티에서 내가 했던 말이다. 제이콥이 쓰러지기 전에 계획했던 내 생일파티, 주방에 놓인 긴 식탁에 친구들과 가족들이 모여 있던 그 시간에 제시도 잔을 들었고, 그때 제이콥은 깊은 잠에 빠져 누워 있었다. 나는 그 날을 어떻게든 기념하고 싶기도 했지만, 그보다 중요했던 것은 메이블과 제시가 이 방에 있는 사람들, 우리를 사랑하는 사람들을 보며 무슨 일이 있어도 우리를 사랑하는 사람들이 옆에 있다는 사실을 알기를 바랐다.

"내가 진짜 그렇게 말했어?" 제시가 말을 끝낸 뒤 나는 묻는다.

생존으로는 충분하지 않아요. 살아갈 수 있어야죠.

나는 마음속에 그 말을 적어넣고는 다시 생각한다.

'정말 바보 같네…. 저런 말이나 하고….'

단어들. 나는 이 단어들을 어디서 떠올린 걸까? 분명 어떤 영화에서 가져온 거겠지. 아니라면, 그 문장을 진행 중인 최종 대본에 넣어야겠다고 생각한다.

아마도 분명 병원에서 가까운 곳이자 이제는 우리 동네가 된 지역에 있는 이탈리안 레스토랑에서 제시의 훌륭한 중학교 자격시험 점수를 축하하며 건배한 뒤, 북부 런던에 사는 10대라면 꼭 거치는 관문인 레딩 페스티벌*로 향하는 제시에게 그 말을 속삭여주었던 것 같다.

그 당시에 병원을 나오기 전 제시는 제이콥의 침대를 서성이며 좋은 소식을 전하고 싶어 했지만, A로 가득한 성적표에도 제이콥은 반응이 없었다. 나중에 전해질, 나중에 함께 기뻐할 소식이 하나 더 늘었다. 제이콥이 놓친 또 다른 순

* 여름에 영국 버크셔 레딩 지역에서 열리는 뮤직 페스티벌

간이. 나는 이 순간을 사진으로 남겼다. 이렇게 기념할 순간을 디지털 사진으로 기록하는 것은 언젠가 제이콥이 놓친 순간을 우리가 함께 돌아볼 수 있을 것이라는 희망이 담긴 행위다. 언젠가 제이콥이 일어날 그날에.

이따금 제이콥은 눈을 뜨고 허공을 멍하니 바라본다. 혹은 입술이나 손가락을 움직이기도 한다. 친구의 친구이자 근처에서 일하는 훌륭한 이발사 개빈이 친절하게도 이발 도구를 가져와 미친 듯이 자란 제이콥의 머리와 수염을 다듬어주었다. 우리는 개빈이 제이콥의 머리를 자르는 동안 눈을 감은 채, 깊은 꿈 어딘가를 헤매면서도 빙그레 웃는 제이콥의 모습에 놀라워한다. 개빈이 제이콥의 눈꺼풀과 귀에 붙은 머리카락을 털어주자, 제이콥은 찬바람이라도 맞은 듯 그르렁거리는 콧소리를 낸다. 의료진은 제이콥이 아직 목소리, 발자국, 생활 소음은 들을 수 있을 거라고 말한다. 그래서 제이콥의 옆을 지키는 우리는, 제이콥의 엄마와 아빠, 여동생, 남동생, 데브, 나, 제시와 메이블은 늘 책을 읽어주고 노래를 불러준다. 오랜 친구인 제이미는 제이콥에게 우쿨렐레를 연주해 주기도 한다. 그럴 때면 연주에 맞춰 제이콥의 손가락이 움직인다. 우리 앞에 펼쳐지는 이 이야기 안에서는 시간이 느리게 흘러간다. 과거는 마치 다른 나라 이야기처럼 느껴지고, 제시와 메이블과 나는 말 그대로 가끔 그 나라에 들르곤 한다.

제이콥과 나, 우리 둘은 모두 몇 년 차이를 두고 갭이어를 피렌체에서 보냈고, 그 경험이 우리를 끈끈하게 이어주었다. 나는 성격이 정말 안 좋은 할머니 그리고 그보다 더 끔찍한 가족들과 함께 그 시간을 보냈고, 학생이었던 제이콥은 셰프로 일하며 피렌체를 여행했다. 이때부터 우리는 이탈리아와 사랑에 빠졌고, 그 사랑은 우리의 아이들에게도 전해졌다. 제이콥이 계획했던 이 여행은 이제 제시와 메이블이 완벽하게 도맡고 있다. 아이들은 여행에 온 마음을 쏟으며 마치 영화 〈전망 좋은 방Room with a View〉에 나오는 나이 든 덴홈 엘리어트처럼 나를 시장과 갤러리로 이리저리 끌고 다닌다. 우리는 줄을 서서 아이스크림을 사 먹으며 대성당의 지하실에 있는, 피렌체에서 가장 오래된 교회의 잔해를 조금은 무관심한 시선으로 바라봤다. 여행과 슬픔 사이에 있는 우리는 풍경에 집중하지 못하지만 그래도 이 여행에는 기쁨과 재미가 녹아 있다. 또 우리는 호텔 주방에서 파스타와 비스코티를 만들며 말도 안 되는 오후를 보냈다. 우리 셋은 진짜 셰프들이 옆에 있는 듯 열심히 요리하며 저녁을 준비하고, 함께 만들었지만 제시와 메이블은 싫어하는 닭 간 토스트를 먹으면서 아이들이 짓는 억지웃음을 보며 새어 나오는 웃음을 참기도 했다.

이어서 방문한 강이 보이는 좁고 아기자기한 미쉐린 스타 식당에서는 소금에 절인 은색 앤초비가 인형의 티파티에 어울릴 법한 작은 빨랫줄에 걸려 있고, 트러플과 퍼프 페이스트리가 섬세한 균형을 이루며, 단색 캐러멜은 당장이라도 게임을 시작할 수 있을 듯 체커 판 위에 올려져 나왔다. 잔뜩 들떠 피렌체의 좁은 뒷골목을 걷는 동안 웃음과 눈물이 함께 터져 나오고, 제시와 메이블은 30년 전 내가 매일 들르던 카페, 그 끔찍하게 싫었던, 아이 보는 일을 시작하기 전 갔었던 그 카페에 데리고 가는 동안 내 기분을 띄워준다.

그때의 나는 열여덟 살, 지금 아이들의 나이와 비슷했다. 종종 일을 마치고 나면 버스정류장 맞은편에 앉아 바삭한 설탕 옷과 커스터드 크림이 가득 든 파이를 입에 잔뜩 넣고는 버스를 타고 구불구불한 길을 지나 피에솔레 미노 광장으로 향하곤 했다. 이후 제시가 두 살이 되었을 때, 우리는 마차를 타고 이 도시를 돌아보았다. 그다음 메이블이 네 살, 제시가 여섯 살이 되었을 때 다시 이곳에 와 베키오 다리 위에서 젤라토를 먹었고, 그곳에서 아이들을 잃어버리는 바람에 몇 분간 숨이 멎어버리는 듯한 경험을 하기도 했다.

제이콥이 혼수상태에 빠진 지 몇 주 되지 않았을 때, 지난 8월에는 제시와 메이블을 풀리아*로 데려갔다. 제이콥이 꿈꾸던 이탈리아의 그 집은 수도가 고장 나고 가지치기 청구서가 매주 보내오며 조용히 우리의 돈을 갉아먹고 있었다. 이 집의 임대료와 관리는 늘 제이콥이 맡았다. 이제 이 집은 밑 빠진 독이 되어 나를 잠 못 들게 하고, 안절부절못하게 하고, 머리를 긁적이게 만든다. 그래도 내 남동생 휴와 그의 아내이자 내가 정말 사랑하는 올케 소피, 그리고 제시나 메이블과 나이가 비슷한 조카들 핀리, 마일로와 함께 보낸 즐거운 며칠은 여전히 내게 큰 위안이 되었다.

* 이탈리아 남부의 주

어떨 때는 나의 언니 도르카스와 남편 사이먼, 그 두 사람의 10대 아들 해리와 잠시 시간을 내어 만나기도 했다. 우리는 함께 헤엄치고 바비큐 파티를 하며 시간을 보내고, 나는 그러면서도 런던을 오가며 제이콥을 보러 가곤 했다.

훌륭한 셰프이자 늘 오빠처럼 내게 사랑과 지지를 아끼지 않는 남동생 휴는 폭풍우가 몰아치는 저녁 해변에 아이들과 함께 옹기종기 모여 찍은 사진을 내게 보내주었다. 휴와 아이들은 해변에서 바비큐 파티를 했고, 사진은 그 직후에 찍은 것이다. 8월의 짙은 더위를 가르며 내리는 비가 장관이었다. 어두운 구름이 위협적인 모습으로 머리 위에 드리웠지만, 그런데도 그 밤은 모두에게 모험 같았던, 아이들이 아직도 얘기하는 멋진 밤이었다. 흑과 백이 뒤섞인, 머리 위 불길한 우주를 나는 핸드폰에 담았다.

그 무렵 런던에도 비가 내리고 있었다. 나는 축축한 샌들을 신고 제이콥의 침대 옆에 앉아 제이콥을, 눈을 뜬 채 천장을 똑바로 바라보는 제이콥을 바라보고 있었다. 그러고는 제이콥의 머릿속을 채운 어둡고 천둥 치는 우주를, 간호사들이 제이콥을 지탱해 줄 때 제이콥의 머릿속을 돌고 있을 그 우주를 생각했다. 제이콥은 손가락을 움직이며 계속해서 눈을 깜빡였고 NMDA 수용체의 항체가 다시 움직이며 제이콥의 뇌를 가만두지 않는 듯했다. 그러다 제이콥은 호흡을 조절하려 애쓰며 발작을 일으켰고, 의료진은 세 가지 진정제를 다시 사용했다. 그렇게 제이콥은 또 한 걸음 뒤로 퇴보했다. 하지만 우리는 퇴보에 익숙하다.

우리 가족은 자주 '제이콥의 쾌유 기원'이라는 메신저 단체방에서 많은 대화를 나눈다. 주로 짧은 글이나 긴 비판의 글로 일상의 불만과 기쁨을 나눈다. 제이콥이 쓰러진 지 얼마 되지 않았을 때 만들어진 이 방은, 우리에게 꼭 필요한 소통 수단이지만, 때로는 정말 싫어지기도 한다. 제이콥의 상태가 불안해지기 시작하면 약속 시각, 의사들과 나눈 대화 녹음, 관찰기록, 우리 중 누군가가 병원에 오지 못할 때의 안도감, 슬픔, 제이콥의 사진, 물리치료사, 언어치료사들이 올리는 긴 글들이 대관람차처럼 단체방을 맴돈다. 주차하기 위해 달려가며 급하게 친 문장, 직장 회의에 참석하며 주위의 눈치를 보는 문자들이 섞이고, 때로는 서로 자신의 고충을 내세우며 긴장감이 고조되고 싸움이 터지기도 한다. 나는 그 누구도 이런 경험을, 이따금 자기 자신에게 화가 치미는 경험을 하지 않기를 바란다. 서로를 향해 소리치고 비명이 터져 나오는 경험을. 하지만 우리가 결국 살아남았다는 사실은, 가족으로서 우리가 얼마나 강한지를 보여주는 증거이기도 하다.

시간이 지난 뒤 지난 문자들을 되돌아보며, 나는 때때로 나 자신이 얼마나 냉혹하고 잔인해졌는지를 체감한다. 다른 사람들과 제이콥을 나누어 가진다는 느낌, 제이콥을 만나기 위해 시간을 정해 예약을 해야 한다는 그 생각 때문에 나는 이기적으로 굴고, 화를 내고, 제이콥을 잃은 사람이 나 혼자가 아니라는 사실을 잊어버린다.

"제이콥은 많은 사람에게 각각 다른 의미로 소중한 존재야"

어느 날 제이콥의 엄마 주디스가 이렇게 말했다.

나는 그 말의 의미를 곰곰이 생각하고, 깊이 받아들이려 노력했다. 나에게 제이콥은 나의 사람이고, 내 아이들의 아빠이며, 파트너이고, 사랑하는 사람이고, 남편이자 가장 친한 친구다. 나는 좁은 시야에 온통 사로잡혔고, 다른 사람들은 내 분노와 고통에 갇혀 그 주위를 조용히 서성이고만 있었다. 지금도 이때의 내 모습이 부끄럽다. 제이콥이 누군가의 아들, 누군가의 형, 누군가의 친구라는 사실을 잊었던 내 모습이. 사랑이란 단지 눈에 보이는 것만이 아니라는 사실을 잊었다는 것이. 20년이 넘는 나와의 시간을 초월해 혈연으로, DNA로 묶인 제이콥의 가족들과 내가 같은 길을 걷고 있다는 사실을 잊었다는 것이. 하지만 그럼에도 제이콥은 내 삶의 모든 순간에 엮여 있는 사람이니까.

나는 며칠간 풀리아에서 머물며 자신이 지금까지 한 일을 내게 보여주고 싶어 하는 우리의 정원사 주세페를 곧장 만났다. 주세페의 이탈리아 억양은 매우 거칠어서 유창하게 이탈리아어를 구사하는 제이콥이 없는 지금, 내 부족한 이탈리아어 실력으로는 더욱 알아듣기 힘들었다. 주세페는 특유의 무뚝뚝하고 침착한 태도로 채소밭과 올리브 나무를 향해 손짓하다가 기묘한 모양으로 자란 얇은 관목숲 옆에 서자 그는 당황하는 모습을 보였다.

"이것 좀 봐! 아주 멋지게 자랐지?(Jacob mi ha chiesto di coltivare dei meloni)" 주세페가 말했다.

리처드 스캐리*의 책에 나오는 것처럼 이리저리 엉킨 나뭇잎 사이로 호랑이 같은 줄무늬가 있는 초록색 수박과 멜론이 보였다. 그가 한 말을 번역해 보면 주세페가 훌륭하게 멜론을 키워냈다는 말이었다. 그리고 주세페를 보며 나는 깨달았다. 정원을 돌아보는 동안 그가 계속해서 말을 끊고 목소리를 가다듬던 이유가, 이해할 수 없었던 그 이유가 먼지 자욱한 8월의 공기 때문이 아니라 눈물을 참기 위해서였다는 것을. 이 정원에 서서 주세페가 이룬 이 모든 일에 감탄하면서도 상실감에 목이 메었다. 주세페가 제이콥에게 이 아름다운 정원을 보여줄 순간을 잃어버린 상실감에. 이 경이로운 풍경을 보지 못하게 된 제이콥의 상실감에.

"고마워요(Grazie), 주세페" 우리는 수박에 금이 갈 때 환호하고, 두 갈래로 갈라질 때는 거의 폭발하듯 소리를 질렀다.

주디스의 말이 맞다. 제이콥은 많은 사람에게 각각 다르게 소중한 존재다.

◆

다시 런던, 봄날처럼 따뜻하고 화창한 가을 날씨가 9월 말까지 이어지고 있다. 나는 밤마다 베개를 붙잡고 뒤척이

* 미국의 어린이 책 작가. 친근한 캐릭터와 섬세한 그림으로 유명하다.

며 새 매트리스를 사야겠다고 생각했다. 침대 끝에 매달려 제이콥이 늘 누워 있던 왼쪽으로 가지 않으려 애쓰면서. 매일 잠이 달아날 때마다 나는 제이콥이 어떻게 그렇게 한 번도 깨지 않고 잘 수 있는지 놀라곤 한다. 펜타닐, 프로포폴, 펜토바르비탈, 티오펜탈까지 마취약과 진정제들이 섞여 제이콥을 끊임없이 자게 한다. 캐모마일 차와 반신욕으로는 따라갈 수 없다. 불면증으로 견딜 수 없이 괴로운 밤이면, 나는 제이콥의 혼수상태를 부러워하며 만약 내 심장이, 내 폐가 그것을 견딜 수 있을 만큼 강하다면 어떨까 생각했다.

벽에서 4인치 정도 떨어져 비뚤어진 집의 침대를 아직도 제자리로 돌려놓지 못했다. 제이콥이 쓰러졌던 그때 의료진들이 제이콥을 이송하기 위해 옮겼기 때문이다. 침대는 몇 톤이라도 되는 듯 무겁고, 나는 우리가 이 침대를 어떻게 방까지 옮겼는지 모르겠다고 생각했다. 그 순간 스타일러는 내가 뒤척이며 발에 이불이 걸릴 때마다 으르렁거린다. 나는 제이콥이 스타일러가 침대 위에 올라오지 못하게 훈련하던 그 몇 달을 떠올렸다. 스타일러가 문을 긁던 소리, 얌전히 자신의 집으로 돌아갈 때 제이콥이 주던 간식까지. 마침내 스타일러는 울기를 멈추고 얌전히 아래층에서 자게 되었다. 제이콥이 떠나자 며칠 만에 그 모든 노력은 물거품이 되었지만.

나는 제이콥이 작은 변화를, 규칙이 깨지는 것을 얼마나 싫어하는지 안다. 다른 쿠션을 사는 것을. 의미 없이 의자를 사는 것을. 어느 웹사이트에서 찾은 감상적인 문구가 들어간 새로운 포스터를 거는 것을. 새벽 3시, 노트북에서 새어 나오는 불빛을 마주하며 내가 한밤중에 사들인 물건들을 집에 들이는 것을. 그 모든 것들은 깊은 밤 둘 중 한 명은 뒤척이고 다른 한 명을 쿡쿡 찌르며 나눴던 대화 주제였고, 우리는 그렇게 이야기하며 무의미한 걱정을 공유하곤 했다.

"그 의자에 새로운 커버를 씌우는 건 어때?"

"말은 그만하고 자는 게 어때?" 제이콥은 대답하며 나를 끌어안았다. 둘 중 한 명이, 혹은 우리 두 사람 모두 뜨거운 숨과 체온 때문에 돌아누울 때까지.

어느 일요일 아침, 휴와 나는 영화 〈결혼 이야기Marriage Story〉를 보러 갔다. 두 남녀의 관계가 흘러가는 모습과 이혼의 과정을 고통스러울 정도로 아름답고 정교하게 묘사한 영화였다. 마지막 장면에서는 이혼한 찰리가 뮤지컬 〈컴파니Company〉에서 스티븐 손드하임이 부르는 '살아가는 것에 대하여Being Alive'이라는 노래를 부른다. 음도 맞지 않고 취한 상태에서 부른 데다, 찰리는 연극 감독이기도 하고 마지막 날을 기념하는 파티였으니 약간 과장되기도 했지만, 영화 속 캐릭터와 배우의 경계가 사라지는 듯한 놀라운 순간이 있었다. 그 순간 나는 찰리를 연기한 아담 드라이버와 함께 그 술집에 앉아 있는 듯한 느낌을 받았다. 누군가를 사랑하고 끝내 잃었지만, 그것을 후회하지 않는 사람. 그 흔적이 흉터로 남더라도.

제이콥이 쓰러지기 몇 달 전, 나는 〈데저트 아일랜드 디스크〉[*]에 출연해 달라는 요청을 받았다. 나는 음악 취향이 형편없기 때문에 솔직해야 할지 있어 보이려고 노력해야 할지 고민했다. 나는 제이콥에게 바치는 신청곡 중 하나로 '살아가는 것에 대하여'를 골랐다. 같은 뮤지컬에서 바로 전 순서에 나오는 '미안해, 고마워Sorry-Grateful'와 고민하다 고른 노래였다. 두 곡 모두 사랑의 복잡한 모습을 생생하게 담아내며 "내 평온을 뺏고 곤히 잠든 나를 깨우는 사람"이 있다는 사실에 "늘 미안하고 감사하다"라고 말하는 노래이다.

곤히 잠든 나를 깨워주던 제이콥이 그립다. 이따금 내가 지금 일어난 일들이 일어나기를 원했던 것인지 궁금해진다. 내 주위를 끊임없이 맴돌며 나를 금방이라도 집어삼킬 듯 공포에 질리게 하는 꿈을 계속 꾸어왔기 때문이다. 그 꿈에서는 음식이나 손님은 보이지 않지만, 제이콥과 나는 저녁 식사를 대접할 준비를 한다. 사람들이 들어올수록 제이콥은 가족과 친구들, 흐릿하게 보이는 여러 사람과 점점 더 지나칠 만큼 친밀하게 인사한다. 제이콥은 그들과 포옹하고, 칭찬과 찬사를 쏟아붓는다. 하지만 그중 나를 보는 사람은 아무도 없다. 더 심한 건 제이콥이 나를 보지 못한다는 사실이다.

나는 투명인간이다. 나는 아무것도 아니다. 벽지와 색이 똑같은 드레스를 입고 가만히 선 채 방안을 돌아다니는 제이콥을 본다.

그때 나는 알았던 걸까? 어떤 미래가 이미 정해져 있었

* 영국 BBC의 라디오 프로그램

다는 사실을?

가을이 되자 우리 주변의 모든 것이 서서히 허물어지고 있다. 주방 불이 꺼지지 않는다. 지하실 문 옆 배수구에서는 이유 모를 물소리가 들린다. 전자레인지는 팝콘을 튀기다가 집을 거의 다 태워버릴 뻔하고는 불꽃과 함께 장렬히 전사했다. 건조기도 작동을 멈췄다. 세탁기와 냉장고도 왔다 갔다 한다. 거실에서부터 꼭대기 층에 있는 침실 사이 벽에도 균열이 보이기 시작한다. 이웃은 자신의 집에도 똑같은 균열이 보인다며, 이전에 공습을 받았던 집터가 있는 근처 험한 풀밭의 플라타너스들 때문일 것이라고 말한다. 시에서 나무를 잘라줄 때까지 기다려야 한다고. 어느 날 밤에는 별안간 총소리에 잠이 깼는데, 욕실 바닥과 천장에 있는 거울이 깨지는 소리였다. 거울 뒤에 있던 벽이 갈라지면서 유리가 산산조각이 난 것이다.

나쁜 징조는 끊이지 않고 있다. 며칠 전에는 반려견 스타일러가 닭 뼈를 먹는 바람에 엑스레이를 찍고 치료를 하면서 지출이 1000파운드나 생겼다. 화장실로 도망치듯 뛰쳐 들어가 고함치며 울부짖던 날들도 있었다. 일요일 저녁, 아이들의 화학 숙제를 도와주거나 대체 어디로 갔는지 보이지 않는 네트볼 유니폼을 찾으며 좌절하기도 한다. 제시에게 첫 양복을 사줄 때도 마찬가지였다. 홀로 TV를 보는 제시를 보면 마음이 무너져내린다. 축구 경기를 보며 이따금 거드는 내 형편없는 분석으로는 그 옆을 채워주지 못한다.

제이콥의 빈자리가 너무 크다. 내가 제이콥에게 너무 많이 의지했다는 사실을 서서히 깨닫고 있다. 은행 업무, 자동차 관리, 세금 환급, 아이들과 함께 보는 축구 경기와 개인지도, 동물병원 예약까지. 제이콥이 이 혼란스럽고 지루한 일을 맡아 분류하고, 정리하고, 처리하는 동안 나는 내 일과를 이어갔다. 제이콥의 이름이 쓰인 은행 계좌와 청구서도 너무 많다. 나는 너무 많은 것에 눈을 돌려버린 채 미뤄두지 말자고 스스로 다짐한다. 옆에 있는 사람에게 멍하니 모든 일을 맡겨버리지 말자고, 그 사람이 쓰러졌을 때 서랍 속 열쇠 뭉치를 쳐다보며 런던 어딘가에 이 열쇠들로 열 수 있는 창고 두 개가 있지만, 그것들이 어디에 있는지는 전혀 모르게 될 정도로 어리석게 모든 것을 미루지 말자고 다짐한다.

우리의 공동 계좌를 보면서도 좌절한다. 계좌 비밀번호와 사용자 이름은 물론이고 세금으로 써야 할 돈이 들어 있는 계좌 비밀번호도 알지 못해서다. 불현듯 시야 한 편에 제이콥이 사무실로 쓰던 방 벽에 붙은 게시판 뒤로 비죽 나온 종이 한 장이 보인다. 나는 종이를 빼내어 그 안에 쓰여 있는 비밀번호들을 보며 왜 이전에는 이 종이 뭉치를 발견하지 못했는지 놀라워한다. 마치 이 바보 같은 숨바꼭질 놀이에 힌트를 주기 위해 제이콥이 일부러 빼놓은 것만 같다. 안도감이 온몸을 덮친다. 세금을 내고, 핸드폰 요금을 내고, 자동이체를 걸어두고, 창고 회사 이름도 확인한다. 제이콥이 쓰던 컴퓨터는 오븐에 넣은 듯 뜨겁다. 지금으로부터 몇 달 전 제이콥이 쓰러지고 난 후에 한 번도 끄지 않았다. 나는 주로 스팸 메일로 가득한, 답장하지 않은 이메일로 가득한 편지함을 확인하며 무능한 비서처럼 답장을 보낸다.

제이콥이 인터넷에 남긴 흔적은 유용하면서도 고통스럽다. 사진과 영상들은 우리가 무엇을 잃어버렸는지 일깨워주고, 제이콥의 목소리와 얼굴은 항상 잘려 있다. 나는 제이콥이 보냈던 메시지, 이메일을 살펴보며 그것들을 타고 제이콥의 내면을 여행한다. 나는 이 글들을, 제이콥의 머릿속을 들여다볼 수 있는 창문들을 사랑하게 됐다. 이 안에는 제이콥이 계획한 일들, 아이들의 학교 일정, 한 번도 지키지 못한 다짐들이 있다. 제이콥이 캐릭터와 씨름하며 지나칠 만큼 길고 풍부하게 적어둔 분석들을 보면 잊고 있던 오랜 친구의 얼굴처럼 그 당시가 다시 떠오른다.

스미스는 서투른 사람이다. 부끄러움이 많다…. 그런 스미스의 성격들을 구체적으로 생각해야 한다….

한 문장이 보인다.

릴리 콜*이야….

언젠가 극장에 우리가 함께 앉아 있을 때 제이콥이 썼던 문장이다. 그는 우리 옆에 앉은 갈색 머리에 키 큰 여자를 안

* 영국 모델이자 영화배우

다고 생각하며 미소 지었고, 나는 그녀가 따뜻하지만 제이콥을 알아보지는 못하는 듯한 눈빛으로 돌아봤을 때 제이콥의 눈에 떠오른 당황과 부끄러움을 은근히 즐기며 바라봤다. 제이콥은 마치 교실에 앉아 막 농담을 생각해낸 아이처럼 무릎에 둔 핸드폰에 이 문장을 써서 내게 보여줬다.

그 밑에는 킨*의 노래 '우리만이 아는 곳Somewhere Only We Know'의 코드가 적혀 있다. 분명 아이들이 다시 피아노에 관심을 두게 될 때쯤 우쿨렐레로 연주해서 놀라게 해주려는 생각이었을 것이다.

그리고 그 밑에는 쓰러지기 며칠 전 제이콥의 증상들이 적혀 있다.

두통

반점과 간지러움

어지러움

메슥거림

눈 통증

시야 흐릿함

이름이 잘 기억이 안 남

무언가에 집중하거나 대사를 외우기 힘듦

인지력 저하

손톱이 보라색으로 변함

* 영국의 얼터너티브 록밴드

몸 떨림

이탈리아 집에서 해야 할 일들이 있음

올리브 따기

배관공 부르기

수도세 내기

주세페와 멜론에 대해 이야기하기

제이콥이 2016년에 쓴 목록도 보인다.

애정 결핍

내가 사진이나 영상을 찍으면 화를 냄

나중에 다시 돌아볼 목록이다. 나중에 다시 살펴볼.

그리고 제이콥이 생각했던 내 단점을 적은 목록이 있었다.

사소한 짜증 이상의 감정들

이 '결혼'을 엮은 깊은 사랑과 우정 바로 옆에 놓인, 분노와 원망으로 꽁꽁 묶인 매듭

씁쓸함과 달콤함

찼다가 기우는 달

우리를 붙들었던 불평들

해결하려 노력했던 문제들

그래, 다시 돌아볼 문제다. 나중에 다시 살펴볼 문제들.

나는 그 무서운 꿈을 다시 꾼다.

메이블이 두 살이 되던 해, 제이콥과 나는 처음으로 부부 상담을 받았다. 우리가 만난 리나라는 상담사는 180cm가 넘는 큰 키에 손이 큰 독일 여자였다. 첫날 리나는 나를 쳐다보더니 안색이 창백해 보인다며 비타민을 잘 챙겨 먹고 있는지 물었다. 지난 몇 달간 잠을 잘 자지 못하고 모유 수유를 했기 때문일 거라고 생각했다. 제이콥은 내 무릎을 손톱으로 긁적이며 긴장된 웃음을 감추려 했다. 우리는 잔뜩 위축된 채 서로 말고는 다른 곳을 볼 수 없도록 이상한 각도로 놓인 의자에 걸터앉았다. 제이콥은 마음을 잘 열지 않았고, 상담을 끝낸 뒤 우리는 펍에 앉아 예의상 한 번은 더 가보자고 다짐하면서 웃으며 맥주를 마셨다. 우리에게는 선택지가 많지 않았고, 몇 달 동안 속마음을 꺼내보고 〈그랜드 디자인스〉*를 함께 보며 시간을 공유했지만, 간극은 쉽게 좁혀지지 않았다.

마침내 세 번째 상담에서 우리는 리나에게 마음을 열었다. 어두운 가을 저녁, 아이들은 잠들고 10대 베이비시터가 시간을 재고 있을 때 우리는 알렉산드라 궁전과 그 주변 아름다운 전망을 보며 젖은 나뭇잎이 깔린 도로를 따라 미끄러지듯 차를 운전했다. 북부 순환도로 가장자리에 자리 잡은 작고 깔끔한 그 하얀 집으로 가기 위해서. 리나가 시계 옆에 앉아 기다릴 그 집으로.

* 영국의 집짓기 프로젝트 다큐멘터리

리나는 갈색 종이를 벽에 고정해 두고, 우리는 그곳에 매주 삶의 이야기를 적었다. 제이콥은 한쪽에, 나는 다른 한쪽에. 제이콥은 초조해하며 흘러가는 시간을 지켜봤다. 상담하게 된 이유, 교육, 음악과 더불어 불행을 웃음으로 넘기는 것의 장점에 관한 논쟁, 부유함과 가난함에 관한 이야기, 가족의 경계, 내가 좋아하는 친구들과 제이콥이 정말 싫어하는 친구들에 관한 이야기들. 만약 우리가 모든 걸 솔직하게 이야기할 수 있었다면 함께 문제를 극복해 나갈 수 있었을 것이다.

또 다른 어느 오후, 우리는 새로 꾸민 거실에 소파를 어디에 둬야 할지 고민하고 있었다. 우리는 계속해서 서로가 정한 자리를 깎아내리며 싸웠고, 결국 새로 칠한 벽에 머리를 기대고 흐느끼는 결말로 이어졌다. 리나는 우리의 모습에서 두 청년을 보고 우리가 그것을 볼 수 있게 해주었다. 서로를 알아가는 부분은 건너뛴 채 각자가 다른 사람이라는 것을 인정하지 못하고 소파 카탈로그와 유아용 흔들의자로 싸우기도 화해하기도 하는 두 청년을. 그때는 제시가 막 태어났을 시기였고, 제시의 이름을 두고 싸우던 중 나는 제이콥의 가운데 이름이 무엇인지 모른다는 사실을 깨달았다.

"알프레드…. 알피는 어때?"

"유대교에서는 보통 가까운 사람 중에 살아 있는 사람 이름은 안 붙이는 거 몰라?"

"이름에 알프레드가 들어가는 사람이 우리 주변에 누가 있는데?"

"글쎄, 아빠의 사촌 빼면…. 나?" 제이콥이 슬픈 표정으로 대답한다.

"제이콥 알프레드…"

제이콥은 친구들에게 영원한 알피였다.

아이가 생기기 전까지 우리는 함께 취해본 적도, 휴일을 함께 보내본 적도, 크리스마스에 함께 있어 본 적도, 함께 살아본 적도, 심지어 문을 세게 닫으며 며칠 동안 말도 하지 않는 싸움도 해본 적이 없었다. 우리는 집을 사고, 은행 계좌를 합치고, 삶을 합쳤지만, 우리 중 누구도 가족이나 친구 이외에는 누군가와 함께 살아본 적이 없었다. 함께하는 시간은 우리 자신의 모습까지 포함해 모든 것이 새로운 경험이었다.

우리는 자주 절망하고, 자주 웃었다. 진솔되게 마음을 터놓았고, 더 나아지고자 하는 서로의 마음과 함께 결심을 지키고자 하는 마음으로 문제를 해결해 나갔다. 나름 TV 프로그램, 영화, 극장, 음식, 손드하임을 좋아하는 취향까지 잘 맞았고, 제이콥은 어떤 상황에서도 나를 웃게 했다. 그래서 우리 둘 중 누구도 우리가 잘 맞는 사람인지를 알아보기도 전에 아이를 만들어버리는 최악의 실수를 했을 수도 있다는 사실을 인정하지 않으려 했다.

리나와 몇 주를 함께 보낸 뒤, 우리는 서로에 관해 더 잘 알게 되었다. 서로 다른 우리의 이야기가 하나로 연결되고, 갈림길이 마침내 하나로 합쳐지는 듯한 느낌. 우리의 삶은 이렇게 하나로 모이기까지 숱한 우연과 아슬아슬한 순간들로 가득했다. 리나는 함께 자라는 나무와 그 뿌리 같은 시적인 이야기를 해주었다. 상담 후 우리는 술에 잔뜩 취해 감사한 마음으로 서로의 손을 잡고 포옹했다. 어긋남을 한 번 더 피한 순간이었다. 이야기를 나누며 제이콥이 한때 보라색 작업복을 입고 다녔다는 사실을 알고 나자 도저히 놀리지 않을 수 없었다. 제이콥은 군악대장으로 활동했던 내 10대 시절을 놀리며 즐거워했다. 그렇게 우리는 서로 협박할 거리와 다른 사람들 앞에서 놀림당할 만한 과거를 공유했다. 삶의 지침, 사랑했던 사람들, 헤어짐과 화해, 지금의 우리를 만들고 묶어두었던 어린 시절을 나눴다. 서로의 비밀을 알게 되었다. 리나를 만나러 간다는 것은 우리가 마침내 서로의 이야기와 역사를 공유하게 되었다는 의미였다.

◆

날씨가 점점 추워진다. 누군가가 제이콥에게 메시지를 남기고 있다. 포스트잇들이 붙어 있던 게시판은 이제 가족 사진으로 가득하다. 예쁜 글씨로 희망찬 말들을 적은 메시지에는 늘 작은 그림들이 그려져 있다. 꽃. 토끼. 누가 이 메시지를 썼는지는 모른다. 재활 센터에 근무하는 간호사가 썼다는 소문도 있지만, 아직 확실한 물증은 없다. 시간이 지날수록 모든 곳에서 메시지들이 보이기 시작한다. 다른 침상에도, 대기실 구석에도, 환자 이동을 도와주는 담당자의 카트 위에도. 새 이를 줄 필요도 없는 병원의 이 요정들이다.

제이콥은 10월 말이 된 지금까지 계속 잠들어 있다. 가끔은, 지금은 더 자주 몸을 움직인다든지 눈을 뜨며 깨어난 것처럼 보일 때도 있지만, 아직은 아니다. 병원에서는 약물을 바꿔가며 진정 상태를 조절하고, 제이콥이 깨어날 준비가 됐는지 시험한다. 하지만 그 순간 다시 발작이 일어나 제이콥은 눈을 계속 깜빡거리고 손가락을 불안하게 움직인다. 의료진은 제이콥을 다시 재운다. 그래도 의료진은 제이콥이 우리의 말을 들을 수 있을 거라고 말한다. 우리가 여기 있다는 사실을 알 것이라고.

메신저로 '제이콥 감각 자극 프로그램'을 사람들에게 알린다. 제이콥의 진정 상태가 깊더라도 계속해서 그에게 말을 걸며 소통하려고 노력해야 한다는 권고를 들었기 때문이다. 그래서 대화와 수다를 이어가고, 손드하임의 곡을 틀고, 제이콥에게 여러 책을 읽어준다. 이따금 열정 넘치고 머리가 짧은 여자가 제이콥에게 책을 읽어주곤 하는데, 그 사람이 어디에서 왔는지는 잘 모르지만, 병원에 오는 자원봉사자인 것으로 보인다. 하지만 이런 사람들의 노력은 대부분 아무 소용 없는 것처럼 보인다. 우리가 할 수 있는 건 제이콥의 감각을 자극하려 노력하며 제정신을 유지하는 것이다.

이제 제이콥의 병실 게시판에는 목록 하나가 붙었다.

주의사항

자극이 과하면 피부가 붉어지거나, 땀이 나거나, 눈이 감기거나, 근긴장도가 올라가거나, 심박수가 급속도로 증가할 수 있습니다. 만약 이러한 증상이 나타나면 즉시 행동을 멈추고 휴식하게 해야 합니다.

자극은 10-15분 정도만 주어야 하고, 그 후에는 불을 끄거나 침상 옆을 비워주는 등의 휴식기가 있어야 합니다.

내 침대 위에도 이 내용을 적어두기 위해 머릿속으로 외워둔다.

어느 날은 조시의 목소리를 들은 제이콥이 눈을 뜨고 미소 짓더니 무언가 말할 것처럼 입술을 움직였다. 요즘 들어 점점 더 많이 보이는 모습이다. 제이콥은 갑자기 땀을 흘리거나 기침하거나 구역질을 하고, 종종 자극이 과할 때면 의료진들이 달려와 제이콥의 기관 안쪽으로 긴 플라스틱 관을 넣어 이물질을 흡입해내야 한다. 나는 이럴 때마다 병실을 나간다. 어떻게 봐도 터무니없긴 하지만, 어렸을 때부터 숨이 막히는 것을 무서워했고, 그건 내가 가장 싫어하는 것이기도 하다. 내가 병동 구석으로 숨어 귀를 막으면 아이들은 나를 놀린다.

좋은 소식은 항암제의 일종인 새로운 약 보르테조밉 bortezomib을 써서 제이콥의 뇌에 휘몰아치는 NMDA 수용체 항체들을 조절할 수 있는지 확인하기로 한 것이다. 다른 모든 약이 실패로 돌아갔다는 사실을 의료진이 인정했기 때문이다. 보르테조밉은 항암 화학 요법에 쓰이는 약이고, 아직 자금을 지원받지 못했기 때문에 실험적인 방법이다. 하지만 비슷한 다른 몇몇 사례에서 결과가 좋았고, 공급처를 확보하기 위해 노력하고 있다고 하니 우리는 이 기회를 긍정적으로 받아들이기로 한다.

우리는 계속 돌아가는 컨베이어 벨트처럼 오고 가는 의사들을 붙잡아 상담을 부탁하고, 의사들은 현재 상황이 마라톤과 같으며, 시간이 걸릴 것이고, 아직 확실한 것은 아무것도 없다고 말한다. 우리는 고개를 끄덕이고 미소 지으며 감사를 전했지만, 몸과 마음은 지쳐 너덜너덜해진 상태다. 또 어느 날은 눈에 띄게 젊은 의사가 제이콥이 지금 이 상태가 되기 전 휠체어에 얼마나 앉아 있었냐고 물었다. 나는 우리가 게시판에 붙인 여러 사진 중 스키를 타는 제이콥의 사진을 가리키며 제이콥을 돌보는 사람들과 제이콥을 보러 온 사람들에게 제이콥이 어떤 사람인지 상기시킨다.

내 마음 깊은 곳에 있는 무언가가 끊어진다.

"제이콥은 오토바이를 탔어요."

"테니스도 좋아해요."

"우쿨렐레도 할 줄 알아요."

"과학과 학문에도 관심이 많았어요."

내게 질문한 의사들은 얼핏 20대 중반도 되지 않는 것 같아 보인다. 제이콥이 이런 생활을 했을 때 이들이 태어나기나 했는지도 의문이다.

하지만 나는 말을 이어간다.

"그리고 제이콥은 국립극장 무대에 서요. 가장 최근은 작년이었네요."

"〈오슬로〉였던가? 〈오슬로〉 보셨어요? 제이콥보다 요시 베일린 역할을 잘 소화한 사람은 없을 거예요. 주변에 한 번 물어봐요."

“쓰러졌던 그 주에는 영화를 찍고 있었어요. 그전 주에는 TV에 나오는 뭔가를 찍고 있었고요.”

“제이콥은 올드 패션드 칵테일을 좋아해요. 드라마 〈웨스트 윙〉* 도요. 작곡가 톰 레러의 노래도 좋아해요.”

“파스트라미** 도 좋아해요. 모르타델라*** 와 브레사올라**** 도요. 유대교식으로 절인 소고기도. 사실 고기는 다 좋아해요. 간은 빼고요. 간 요리는 다 싫어해요.

“그리고 이탈리아어를 정말 잘해요. 유창하게요. 본인은 잘 못한다고 하지만. 오페라도 좋아해요. 진짜 오페라가 아니라 자기가 아는 그 비슷한 것들요. 뮤지컬도 좋아하죠. 정말 좋아해요. 손드하임 노래를 부를 줄 알아요. 잘은 아니어도 멋지게 부르죠. 모두를 울릴 수 있을 만큼 ‘나는 장미를 보내지 않을 거예요I Won’t Send Roses’를 애절하게 부르기도 해요. 뮤지컬 〈맥 앤 메이블〉에 나오는 노래요. 그래서 딸 이름을 메이블로 지었어요. 우리 둘 다 그 노래를 좋아해서요. 그 뮤지컬에 나오는 노래들을, 그 이름을 좋아해요. 가수 드 라 소울도 좋아해요. 미국의 힙합 그룹 N.W.A.도요.”

“그리고 제이콥은 가끔 짜증나게 굴기도 해요. 신경을 거슬리게 하기도 하죠. 자신감도 없어요. 고집도 세고. 하지만 그 사람은 친절해요. 다른 사람 말에 귀를 기울이죠. 그리

* 미국 대통령과 보좌관들의 일을 그린 정치 드라마
** 향신료와 소금에 절여 건조, 훈연한 소고기
*** 이탈리아 볼로냐에서 만든 소시지
**** 소고기를 향신료와 소금에 절여 만든 이탈리아 가공육

고 웃음소리. 처음에는 창피해하며 뒤에 앉은 사람들의 눈치를 보게 하지만, 더 크게 웃게 만드는 웃음소리기도 해요. 주위 분위기를 바꿔놓죠. 어떤 객석에 있어도 분위기를 즐겁게 만들어요. 모든 것을 잊게 만드는 웃음이죠.

춤도 춰요. 제이콥이 춤을 춘다고 말했던가요? 저처럼 바보 같고 웃긴 문워크를 하는 게 아니에요. 제 레퍼토리는 항상 똑같거든요. 무대에서 제가 그 춤을 추려고 하면 제이콥은 늘 조용히 저를 말리곤 했죠. 제이콥은 진짜 춤을 춰요. 저를 가까이 끌어당겼다가, 한 바퀴 돌게 하고, 편안하게 풀어준 다음, 저를 웃게 해 줘요. 훌륭한 사람이에요. 멋진 사람. 아름다운 사람.영리한 사람이죠. 훌륭한 아빠, 훌륭한 파트너, 훌륭한 형, 훌륭한 아들, 훌륭한 친구예요."

"제이콥은 이런 사람이 아니에요. 한 번도 이런 적 없어요. 건장하고 건강했어요. 휠체어랑은 거리가 먼 사람이었어요. 지금 이 상황과 전혀 어울리지 않는 사람. 이렇게 누워 있기만 하는 사람이 아니에요. 전혀 아니에요. 만약 이러지 않았다면, 이렇게 되지 않았다면, 그랬다면…."

"제이콥은… 아직도… 이 모든 걸 하고 있었을 거예요."

의사들은 멍하니 노트에 무언가를 급히 적더니 내게 사과한다. 그들은 친절한 젊은 의사들이다. 그러나 나를 무서워하고 있다. 의사들은 도망치듯 급히 떠난다. 그들을 쫓아낸 괴물이 되어버린 나는 다시 나의 자리인, 침상 옆 의자로 돌아온다. 그리고 잠자는 제이콥의 모습을 바라본다. 어떤 날에는 제이콥의 위에 올라타서 뺨을 때리며 이렇게 말하고 싶다.

"그만, 이제 그만 해. 충분히 힘들다고."

제이콥은 연기하는 중이고, 이건 연극을 공부하던 대학 시절의 짜증나는 수행평가 같다는 생각이 들어서다.

"그룹별로 모여. 이제 반절은 바닥에 누워서 죽은 척해. 나머지 절반은 누운 사람들에게 손은 대지 말고 어떻게든 깨워봐, 잠자는 사자놀이* 같이"

제이콥은 잠자는 사자놀이를 하고 있다. 나는 그 놀이에 질렸다. 너무 지쳐버렸다.

제이콥의 손목에 내 손가락을 감으며 얼마나 살이 빠졌는지 가늠해 본다. 제이콥은 살이 많이 빠졌고, 다리는 나무 막대기처럼 변했다. 지금은 욤 키푸르** 다. 속죄의 날. 단식과 기도를 해야 하는 날.

나는 제이콥에게 몸을 가까이 기울인다.

"메이블이 오늘 새로 안경을 맞췄어."

제이콥은 그 순간을 놓쳤다. 사실은 모든 순간을 놓쳤다.

그런 다음 나는 병실을 가로질러 나간다. 그 순간, 제이콥이 눈을 뜬다.

제이콥의 눈동자가 나를 따라오고 있다.

* 사자 역할을 맡은 사람은 바닥에 누워 자는 척하고, 사냥꾼 역할을 맡은 술래는 사자에게 손을 대지 않고 일어나게 만들어야 하는 놀이

** 유대교의 제일 중 하나. 하루 동안 아무 일도 하지 않으며 단식과 속죄의 기도로 기념한다.

"제이콥은 진짜 춤을 춰요. 저를 가까이 끌어당겼다가, 한 바퀴 돌게 하고, 편안하게 풀어준 다음, 저를 웃게 해 줘요. 훌륭한 사람이에요. 멋진 사람. 아름다운 사람. 영리한 사람이죠. 훌륭한 아빠, 훌륭한 파트너, 훌륭한 형, 훌륭한 아들, 훌륭한 친구예요."

5

12월. 올해 하누카는 12월 초에 있고, 버나드가 라트케* 요리를 맡기로 했다. 나는 음식으로 유대교 축제를 기억한다. 유월절**에는 맛초볼 스프, 쓴 약초, 숨겨둔 맛초***접시 위에 놓인 큰 소뼈가 생각난다. 연초를 기념하는 유대교의 대축제 '로쉬 하사냐'에는 꿀에 담근 사과와 벌꿀 케이크를 먹는다. '욤 키푸르'에는 단식하며 아무도 이를 닦지 않는다. 마지막으로 '하누카'. 제이콥이 모든 축제의 왕이라고 부르는 이 날에는 소금에 절인 소고기, 라트케, 도넛을 먹는다. "그리고 크리스마스도 있잖아" 제이콥이라면 아이들에게

* 감자로 만든 팬케이크

** 이스라엘 사람들의 조상이 이집트를 탈출한 것을 기념하는 유대교 축제

*** 유월절에 유대 가정에서는 식탁 위에 맛초 세 층을 쌓는데, 가운데 맛초의 반을 집 안에 숨기고 이후 숨겨둔 맛초를 찾는 어린이에게 상을 준다.

말했을 것이다. 이 모든 유대교 문화의 긍정적인 면이다.

병실에 있는 우리는 계절의 변화를 거의 알아차리지 못한다. 나는 모두가 귀찮아하는 크리스마스 트리를 샀다. 협박까지 하고 나서야 아이들은 가지 위에 반짝이는 장식을 두른다. 대기실에서는 가짜 나무가 불빛들을 깜빡이며 축제 분위기를 낸다. 우리는 제이콥의 게시판 위를 꼬마전구로 장식한다. 간호사들이 쉬는 곳인 직원 사무실은 방문객들이 들고 온 케이크와 파이로 터져나갈 듯하다. 병원 담당 간호사 제니는 "뭐든 좋으니 초록색 음식"을 먹고 싶다고 말한다.

환자들이 떠나는 만큼 새로운 환자들이 들어온다. 이제 겨우 열여덟 살, 메이크업 아티스트를 꿈꾸던 아름다운 소녀 제나는 제이콥이 그랬듯 몇 달 동안 머리에 수면 뇌파 기계를 달고 누워 있다. 제나는 어느 주말 복통을 호소하다 갑자기 쓰러졌다고 한다. 제나의 부모님과 여동생은 늘 미소를 띤 채 제나의 얼굴을 쓰다듬으며 침대 곁을 맴돈다.

크리스마스 광고가 넘치는 TV 근처에서 우리는 괜찮은 물건들을 선물로 주고받는다. 남아프리카에서 온 제나의 벽에 붙은 사진 속 그 아이는 우리 아이들처럼 파티에 가고, 셀카를 찍고, 친구들과 함께 웃고 있다. 의사들은 제나의 병명이 무엇인지 갈피를 잡지 못했다.

브라이언은 신경계 면역 질환인 길랭-바레 증후군에 걸려 영혼이 몸 안에 갇혔지만, 눈과 입술은 움직일 수 있어서 아내인 다이앤과 소리 없는 대화를 나눈다. 곧 할머니가 되는 다이앤은 아마추어 연극에 관심이 아주 많고, 우리는 복도의 오른쪽과 왼쪽에 각각 비켜선 채 간호사들에게 길을 비켜주며 서로를 알게 되었다. 그렇게 우리는 함께 이야기하며 이곳을 잠시 잊고 바깥세상으로 눈을 돌린다.

집중치료실과 외래 진료소가 마주 보는 곳에 있는 테이블 위에는 판매용 크리스마스 자선 카드가 놓인다. 청진기와 트롤리에 크리스마스 장식을 감은 간호사와 의사들의 모습이 잠깐씩 눈에 들어온다. 버나드는 늠름한 모습으로 간호사들에게 초콜릿과 음료수를 나눠주고, 명찰에 적힌 간호사들의 이름을 꼼꼼히 기억한다. 복도 끝에 있는 성당에서는 환자와 봉사자들이 뒤섞여 함께 캐럴을 부른다. 성당은 19세기 스테인드글라스로 장식되어 있고, 화려한 제단이 놓여 있다. 어떻게인지는 모르겠지만, 원래 건물에 남아 있던 이 아름다운 공간 한 조각은 이리저리 긁힌 합성수지 벽과 바닥만 가득한 나머지 병원 건물 사이에서 살아남아 한데 섞여 있다. 앉아 있기 좋은 곳이다. 힘든 날이면 이곳에서 촛불을 켜고 누군가에게, 모두에게, 전 우주에 기도한다. 이슬람교의 기도 시간이 되면 간호사들이 매트를 꺼내 이슬람 최고의 성지인 메카가 있는 방향으로 옮긴다. 가끔은 환자 이송 담당자가 이곳에서 점심을 먹는 모습을 보기도 한다.

우리는 다시 위태로운 며칠을 보내고 있고, 요며칠 제이콥의 배가 부풀어 오르고 있다. 의료진은 다시 제이콥의 옷을 벗기고 얼음 담요로 몸을 감싼다. 나는 언니에게 전화해 제이콥이 죽을지도 모른다는 두려움을 털어놓는다.

버나드가 자신의 생일을 맞아 운하 근처에 있는 식당을 예약했다. 물론 긴장감과 걱정은 사라지지 않았지만, 우리는 먹고 이야기하며 함께라서 다행이라고 느낀다. 아이들도 할머니, 할아버지, 아빠, 사촌들과 함께하며 행복해한다. 내 가족들 모두가 바쁜 와중에도 시간을 내어 매일같이 요리를 해주고, 아이들을 데려다주고, 우리를 안아주고 지지해 준다. 우리가 계속 나아갈 수 있게 해주는 가장 큰 힘이다. 가족들이 없었다면 버틸 수 없었을 것이다. 하지만 이제 이 생활도 6개월에 접어들고 있다. 우리 모두 각자의 삶으로 돌아가야 한다. 그리고 나는 글을 써야 한다.

요즘 BBC에서 방영하는 TV쇼의 두 번째 시즌 대본을 쓰고 있다. 이혼한 변호사들과 그들의 삶을 다루며 사랑과 결혼의 모습을 보여주는 내용이다. 나는 훌륭한 제작 책임자인 제인과 루시, 편집자 엠마와 클레어에게 많이 의지하면서 작품을 이어가고 있고, 이들이 속한 제작사 이름도 이에 걸맞은 '자매들'이다. 이들은 그 어느 때보다 나를 자매처럼 대해주었다. 내 시간에 맞춰주기 위해 자신들의 일정을 끊임없이 바꾸고, 병원 근처에 있는 카페에서 회의하거나, 마감이 임박해서야 겨우 건네주는 대본을 받으려고 기다려주기도 하는 고마운 친구이자 동료들이다. 소파나 회의실에서 내가 한두 시간 정도 눈을 붙일 수 있게 배려해 주기도 한다. 그러다 제이콥이 당장 그날을 넘길 수 있을지 확신할 수 없는 날이면 울고 있는 내게 달콤한 젤리와 차를 주며 메모할 준비를 한다. 그리고 늘 불행과 죽음 같은 블랙 유머로 가득한 내 말에 웃어줄 준비가 되어 있는 사람들이다. 우리 집 반려견을 산책시켜 주고, 라자냐를 가져다주고, 문자를 보내고 전화를 걸어주고, 신경 써주는 많은 사람, 그런 좋은 친구들에 속하는 사람들이다.

여배우이자 훌륭한 요리사인 미라는 한밤중 허기가 찾아올 때 내가 냉장고 뒤에 서서 차갑게 식은 그대로 퍼먹을 맛있는 커리를 만들어준다. 그리고 일요일마다 시골집에서 돌아오는 사랑스러운 이웃집 여자는 우리 집 문 앞에 꿀, 달걀, 달리아 꽃다발을 선물해 주곤 한다.

나는 이 모든 전개가 지루할 수 있다는 사실을 안다. 우리가 그렇듯, 제이콥도 이 모든 상황에 지쳤을 것이다. 이 상황들로는 절대 대본을 쓸 수 없다. 이 영화에 들어갈 대본을. 기껏해야 몇 장면이 다일 것이다. 아마 내가 엄마, 메이블과 함께 언덕을 산책하는 모습과 지난 12월 말 서머셋 하우스*에서 스케이트를 타는 모습이 단편적으로 들어갈 것이다. 아니면 반려견을 데리고 안개 낀 황야를 산책하며 꽁꽁 언 하이게이트 연못을 슬프게 바라보는 내 모습을 넣을 수도 있다. 또 어쩌면 내가 꿀이 든 병을 들어 올리고 눈물을 글썽이며 달걀 상자를 집어 드는 모습도 넣을 수 있다.

모두 실제로 일어난 일이다. 실제로 우리에게 일어난 일이다. 그리고 본격적으로 펼쳐지는 비극에 관해 그 누구도 말해주지 않는 사실은 그 모든 것이 두렵고 정신없다는 사

* 영국의 미술관. 겨울이면 스케이트장이 설치된다.

실이 아니다. 비극이 지루하다는 사실이다. 기다림이 지루하다는 사실. 하지만 이 시간이 지나가기 전까지는 다음 장면으로 넘어갈 방법을 알 수 없다. 영화였다면 완곡하게 돌려서 표현할 것이다. 뇌염 탓을 할 것이다. 하지만 사실은…. 제이콥의 배가 부풀었다. 너무 고통스럽게, 위험할 정도로 부풀었다. 사실… 부푼 배 안에 가득한 것은 제이콥의 대변이다. 의사들은 제이콥의 장에 구멍을 뚫어야 할지도 모르는 이 위험 상황을 걱정스러운 표정으로 지켜본다.

내 머릿속에는 한 가지 생각뿐이다.

'이런 식으로 죽는 건 아니야. 제이콥은 이렇게 죽으면 안 돼.'

의료진은 수술을 결정하고 제이콥을 본관으로 이송하지만, 수술하기에는 너무 불안정한 상태였기 때문에 다시 되돌아온다. 진정제 투여량이 늘어나고, 의료진은 다시 한 번 제이콥을 더 깊이 재운다. 이 모든 순간에 간호사들은 조용히 할 일을 하며 이전에 많이 봤던 상황이라고 우리를 안심시킨다. 페니, 사랑스러운 간호사 페니. 언젠가 수술복이 아닌 멋진 빈티지 옷을 입고 자전거에 올라 어린 아들 조지를 데리러 가는, 더 재미있는 삶을 사는 페니의 모습을 본 적이 있다. 나는 페니를 위한 자전거 등과 조지를 위한 고양이 게임을 사서 약간은 수줍은 마음으로 포장해 둔다.

사랑하는 사람의 생사가 위태로울 때, 그 결과가 간호사들에게 달렸을 때 느끼게 되는 기묘한 애정이 있다. 그 상황을 바꿀 힘이 간호사들에게 있다는 사실을 알고 있을 때 느끼는 그 묘한 친밀감. 단 1mg으로 삶과 죽음이 결정될 수 있는 위태로운 상황. 이곳의 간호사들은 국민 보건 서비스의 최대치를 보여준다. 그들은 제이콥의 배를 마사지해주고, 몸을 움직여주며 침상에 누워만 있는 제이콥의 다리를 움직일 수 있게 도와준다. 페니는 관으로 민트차를 제이콥의 배로 직접 넣어 염증을 가라앉히고 대변을 볼 수 있도록 하자는 기발한 아이디어를 낸다. 그렇게 그 일은 간단하게 해결된다.

제이콥이 고통에 찬 몸부림을 멈춘다. 체온도 내려간다. 크리스마스는 놓쳤지만, 박싱데이*에는 내가 귀에 대고 속삭이며 입을 맞추자 미소를 짓는 듯한 표정을 보여준다. 페니가 주기적으로 주사하는 보르테조밉이 효과를 보이는 것 같다. 이 약물을 주사하기 위해 특별한 훈련을 받은 페니는 보호장비를 전부 갖춘 채 마치 엑스칼리버처럼 금속 상자에서 조심스럽게 약물을 꺼낸다. 우리는 날이 갈수록 제이콥이 고통이 옅어지는 모습을 본다. 이제는 경련도 거의 없어졌고, 의료진은 제이콥이 깨어날 때까지 조금씩 진정제를 줄이기로 한다. 지금은 제이콥의 다발성 경화증을 낫게 하려고 투여한 그 약이 NMDA 수용체의 항체를 만들어내 제이콥을 이렇게 만들었을 것이라는 사실에 모두 동의한다. 제이콥의 혈액 속 NMDA 수용체가 앞으로 몇 달간 양성일

* 크리스마스 다음날인 12월 26일로, 현대에는 특별 할인 판매를 하는 쇼핑 시즌을 말한다.

것이라는 사실에도.

나는 오가는 의사들을 붙잡고 다른 환자들, 그 약 때문에 같은 병에 걸린 전 세계 스물 한 명의 환자를 조사해 보았냐고 묻는다. 의사들은 만약 그 환자들을 찾는다고 해도 그 양상은 일회성이고 서로 관련지을 수도 없을뿐더러 치료 효과를 유의미하게 비교할 수 있을 만큼 많은 숫자도 아니라고 말한다.

"하지만 만약 같은 뱀에 물린 거라면 같은 해독제로 치료할 수도 있는 거잖아요."

의사들은 그렇게 해결할 수 있는 일이 아니라고 말한다. 나는 고개를 끄덕이며 이해한 듯 굴지만, 그러지 못한다. 더군다나 이런 질문의 의미도 점점 없어지고 있다. 제이콥은 돌아오고 있고, 이겨내고 있으니까. 결국, 우리는 할리우드 영화 같은 끝을 마주할 수 있을지 모른다. 그렇다 할지라도, 시작은 쉽지 않다.

제이콥은 여전히 잠을 잔다. 그러다 깨어난다. 눈을 뜬 채 가만히, 병실 맞은편을 응시하며 사람들의 얼굴을, 바삐 움직이는 간호사들을 쳐다본다. 그리고 다시 잠에 빠져든다.

◆

1월 중순, 제이콥은 다시 눈을 떴다. 이번에는 꽤 오래 눈을 뜨고 있다. 그리고 어느 날은 침상에 앉아 있다. 또 어느 날은 미소 지으며 우리의 말에 반응하고, 말도 하려고 한다.

말을 하지는 않았지만, 기도에 꽂힌 관 때문에 하지 못한 것이다. 그리고 제시의 생일 하루 전인 1월 셋째 주가 되었다. 제시는 들뜬 모습으로 제이콥에게 새로운 소식을 전한다.

"아빠?"

병원 침대에 누운 제이콥은 몸을 기울인 제시에게 미소 지으며 눈을 크게 뜨고 있다. 나는 그 모습을 영상에 담는다.

"저 임시 면허증 받았어요. 이제 곧 운전할 수 있어요, 아빠."

제이콥이 기도에 관을 꽂은 채 만족이 묻어나는 그르렁 소리를 낸다. 마치 고양이가 가르랑거리는 소리 같다. 나는 그 모습을 찍어둔 영상을 자주 들여다보며 가만히 감탄한다. 제이콥이 돌아왔다. 우리와 함께 있다. 의사들도 기뻐한다. 더는 복도에서 속삭이지 않는다. 하이파이브하듯 우리를 대한다. 나만의 생각일 수도, 나만 그렇게 믿는 것일 수도 있지만.

날이 좋을 때면 간호사들은 휠체어에 작은 모니터와 산소탱크를 달고서 소풍을 가듯 광장으로 제이콥을 데려간다. 이동식 산소 호흡기를 단 제이콥은 털모자에 선글라스를 낀 채 햇빛을 흠뻑 받는다. 의료진은 제이콥이 점점 도움을 덜 받아도 되는 상태로 좋아질 것이고, 호흡도 잘 할 수 있게 될 거라고 말한다. 잠자는 동안 머리를 고정하기 위해 커다란 검은색 벨크로로 이마를 감싼 제이콥은 어딘가 뱀을 부리는 사람 같기도, 중동의 독재자 같기도 하다. 제이콥이 이 웃긴 모습을 보지 못해 아쉬울 정도다.

아무도 모르는 사실이 있다. 이달 초, 제이콥이 처음 눈을 뜨고 감기 시작하던 때, 내가 그에게 입을 맞추려고 다가가면 제이콥은 내 얼굴 전체를 핥곤 했다. 불안하고 아름다우면서도 기묘한 광경이었다. 제이콥은 마치 아이처럼 혀로 다시 한번 세상을 느끼려 하고 있었다. 나는 제이콥의 눈이 먼 것이 아닌지 걱정한다. 하지만 다음날 제이콥의 눈은 다시 지나다니는 사람들을 쫓았다. 제이콥은 다시 돌아오고 있다. 삶으로. NMDA 수용체는 아직 양성이지만, 수치도 좋아지고 있다. 처음으로 제이콥이 살아날 수도 있겠다는 생각을 한다. 정말로 다시 돌아올 수도 있겠다는 생각.

언젠가 제이콥이 내게 이렇게 말했다.

"만약 내가 기저귀를 차야 할 정도로 상태가 안 좋아지면, 못 걷게 되면 말이야. 당신이 나를 쏴줘"

"그렇게는 안 해" 나는 대답했다.

그 당시에 우리는 부엌에 서 있었다. 제이콥이 쓰러지기 몇 달 전이다. 아마 그는 신문을 읽고 있었고 나는 아침 식사를 준비하고 있었다. 그리고 몇 분 뒤 제이콥은 끝내 나를 울게 만들었다.

"당신이 내 병간호를 하지 않았으면 좋겠어. 만약 걷지도 못하고 내 뒤도 못 닦는 상황이 되면, 그냥 끝이야. 안락사를 도와주는 병원으로 갈 거야"

"걷지도 못하는데 그 병원에는 어떻게 가려고?"

나는 그의 말과 태도가 점점 거슬리기 시작했다. 게다가 그때는 토요일 아침이었는데, 지금 생각해도 어쩌다 대화가 그렇게 흘렀던 것인지 모르겠다. 아침 10시도 안 됐었는데.

"나를 거기로 데려다주는 건 불법이 아니잖아"

"지금 꼭 이런 얘기를 해야 해?"

"응"

"그래. 그런데 내가 싫다면? 내가 당신을 돌봐주고 싶다면?"

"당신이 내 병간호를 안 했으면 한다니까…"

이후에, 몇 달 후에, 나는 제이콥의 컴퓨터에서 안락사 병원을 검색한 기록을 찾게 된다. 오카도* 나 손톱 무좀과 관련된 기사와 나란히.

제이콥은 산소 호흡기를 거의 뗐고, 음식을 먹는 방법을 다시 배운다. 기관에 삽입한 풍선이 부풀며 제이콥이 질식하지 않도록 해준다. 훌륭한 작업치료사 수는 전문가다운 모습으로 제이콥에게 음식을 먹인다. 나는 수가 병원에서 나온 딸기요거트 통을 들고 있는 동안 의자에 앉은 제이콥이 놀랍도록 쉽게 숟가락질을 하는 모습을 영상에 담는다.

"삼킬 때 불편하지는 않아요?" 수가 묻는다.

제이콥은 고개를 끄덕이며 미소 짓는다.

"좋아요. 따갑지는 않아요? 목구멍이 쓰라린 느낌은요?"

제이콥이 고개를 젓는다.

"준비되면 언젠가 목소리를 들려줄 수 있겠어요, 제이콥?"

* 영국 최대의 온라인 식료품 업체

“네, 물론이죠.” 제이콥이 그르렁거리며 조용히 대답한다.

거칠고 걸걸한, 약간 루더 밴드로스 같은 목소리지만, 분명 제이콥이다. 7개월 만에 처음으로 내뱉은 제대로 된 말이다. 두 눈이 욱신거리다 이내 눈물이 차오른다. 오늘 제이콥이 말하는 모습을 볼 줄은 몰랐다.

“훌륭해, 깨끗하게 잘 들려. 아주 좋아.”

키가 크고 우아하고 팔다리도 긴 수는 자애로운 선생님처럼 미소 짓는다.

나는 영상을 찍는 것을 멈추고 핸드폰을 내려놓으며 말한다.

“정말 훌륭해, 자기.”

제이콥이 굳은 표정으로 나를 쳐다본다. 그러다 고개를 돌린다.

지난 며칠간 나는 제이콥의 이런 모습을 몇 번이나 보았다. 자신감이 붙어가는 제이콥의 모습을 보며 그가 새롭게 삶으로 나아가는 법을, 자신의 몸으로, 자신으로 돌아오는 법을 배우는 데 집중하느라 그런 것이라고 속으로 되뇌었다. 그렇다고 하더라도 제이콥의 반응은 날이 갈수록 분명해지고 있다. 아이들은 미소로 맞아주지만, 나에게는 어쩌다 고개만 끄덕여줄 뿐이다.

2월 초가 되었다. 우리는 제이콥을 광장으로 데리고 나간다. 이제 제이콥은 산소 호흡기를 완전히 뗐고, 대부분 침묵하지만, 가끔 걸걸한 목소리로 몇 마디를 내뱉는다. 조시의 아이들인 루비와 레오는 마치 교황을 호위하듯 제이콥의 휠체어 양옆을 꼭 잡고 있다. 담요와 목도리와 모자로 꽁꽁 싸맨 제이콥은 아직 겨울 분위기가 남아 있는 광장으로 들어가며 미소를 짓고 있다. 가족들은 이 광경을 보며 바깥세상으로 돌아온 제이콥의 모습에 감탄한다. 버나드, 조시, 메이블과 사촌들이 뒤를 따라다니는 동안, 제이콥은 담요 밑에 웅크려 눈을 깜빡이며 가족들이 보내는 숭배의 눈빛을 흘려보낸다. 말은 없지만, 이곳에 우리와 온전히 함께 있는 제이콥은 모두에게 포옹과 입맞춤을 듬뿍 받는다. 스타일러 또한 제이콥을 보자마자 벌떡 일어나고, 제이콥은 마침내 기억이라도 난 듯 손을 뻗어 스타일러를 가까이 끌어당기려 한다. 우리가 스타일러를 그의 무릎에 앉히자, 제이콥은 스타일러의 털에 얼굴을 묻는다. 감동적이면서도 약간은 기묘한 재회다. 우리가 공원 산책을 이어갈 때도 제이콥은 스타일러를 향한 깊은 애정을 내비쳤다.

나는 이 모든 순간을 영상으로 기록한다. 그 영상을 다시 볼 때 가장 부끄러운 건 아이 같은 말투로 제이콥에게 말을 건네는 내 모습이 아니라 나만 빼고 모두에게 웃어주는 제이콥의 모습이다. 때때로 내가 말할 때 제이콥은 당황스럽고 약간은 짜증스러운 표정으로 카메라를 바라보고, 간호사인 페니, 병실에 함께 있는 환자인 브라이언이 나와 함께 있기 전까지는 그 표정을 풀지 않는다.

짧은 여행을 마치고 다시 돌아와 제이콥은 침대에 눕고, 메이블은 침상에 기대어 노래를 불러준다. 메이블은 아름다운 목소리로 제이콥이 좋아하는 아델의 노래를 부르고, 제이콥은 자신의 팔을 쓰다듬으며 노래하는 메이블의 얼굴을 사랑스럽게 쳐다본다.

"멋진 노래였어." 몇 달간 기관에 관을 삽입했기 때문에 목소리는 아직도 거칠었지만, 제이콥은 마치 다른 세상은 전부 지워버리려는 듯 메이블에게 온 신경을 집중한다. 이번에도 나는 헨드폰을 들고 조용히 끼어들어 영상을 찍는다. 제이콥이 그 시선을 느낀 듯 내 쪽을 살짝 돌아본다. 제이콥이 나를 노려보는 것 같다고 느낀 것은 내 착각일까? 이후 내가 작별인사를 하자 제이콥은 아이들에게 시선을 고정한 채 나를 보려고 하지도, 내 인사에 대답해주지도 않는다. 나를 향한 제이콥의 감정은 거슬림을 넘어서고 있다. 제이콥은 당황하고 있다. 다시 한번 나는 내가 너무 지나치게 걱정하고 있다고 되뇐다. 제이콥은 멀쩡하다. 제이콥은 겨울잠을 자던 심술궂은 곰처럼 그저 서서히 깨어나고 있을 뿐이다.

그러다 우쿨렐레 연주자인 제이콥의 친구 제이미가 병원에 왔다.

"제이콥, 제이미가 왔네?" 나는 웃으며 말한다.

제이콥은 제이미를 따뜻하게 반긴다. 그러다 나를 쳐다보지도 않은 채 손을 들고서 말한다.

"밖에서 기다려주시겠어요? 저 문밖에서 기다려주세요."

제이미와 나는 혼란스러운 표정으로 서로를 바라봤고, "나? 내가 밖에서 기다렸으면 좋겠어?" 내가 대답했다.

"네, 그래 주시면 고맙겠어요."

더욱 단호한 모습이다.

"그렇게 해주세요."

마치 간섭이 과한 스태프를 대하는 듯한 말투다. 나는 고분고분하게 의료용 쓰레기통과 석션을 받고 있는 옆 침상 브라이언 사이로 추방된 채 안을 들여다본다. 조심스럽게 손가락으로 귀를 막는다. 제이미는 아이가 못되게 굴어 부끄러워하는 부모처럼 유리 벽 너머로 간간이 나를 쳐다본다. 나는 언니에게 전화를 건다. "제이콥이 나를 계속 무시하고 있어."

그로부터 4일이 지났고, 밸런타인데이다. 나는 새빨간 하트 모양 풍선과 케이크를 들고 병실로 들어선다. 이번에는 병실에 다른 사람들이 없다. 한 번도 본 적 없는 간호사 한 명만 병실 한구석에 조용히 앉아 제이콥의 약물을 확인하고 있다. 내가 들어가자 간호사는 제이콥의 반응을 기대하며 미소 짓는다.

"제이콥, 봐요. 아내분이 오셨어요."

제이콥은 고개를 들지도, 나를 쳐다보지도 않는다. 간호사의 눈썹이 살짝 치켜올라간다.

"제이콥. 저기 봐요, 아내분이 예쁜 풍선을 가지고 오셨어요."

나는 풍선을 제이콥의 침대에 묶는다. 그리고 미소 지으며 이 뻔한 선물을 보고 좋아해 주기를 바란다.

"해피 밸런타인데이, 제이콥!"

제이콥은 그 풍선을, 자신의 얼굴과 병실이 전부 비치는 풍선을 올려다보고는 불편한 표정으로 다시 나를 쳐다본다. 제이콥의 얼굴에서 당황스러움이 읽힌다. 그 순간 나는 카드까지 써오지 않기를 잘했다고 속으로 생각했다. 간호사는 안절부절못하는 모습으로 자신이 보던 모니터 쪽으로 손을 뻗으며 이 분위기를 풀어보려 애쓴다.

"아내분께 선물 드릴까요?"

간호사가 비닐에 싸인 붉은 장미를 제이콥의 손에 억지로 쥐여준다. 주유소나 가판대에서 팔 것 같은 값싼 장미다. 제이콥이 내게 선물했던 딥티크 향초와 아름다운 꽃다발이 머릿속을 스친다. 제이콥은 매번 다르게, 매번 세심하게 밸런타인데이를 챙겼다. 고급 해산물 식당에서 식사하기도 하고, 싸고 맛있는 수제버거를 먹을 때도 있었다. 몇 년간은 계단에서 재빨리 먹어치우거나 포장 음식을 먹으며 보내기도 했다. 작년에 제이콥은 산 중턱에 있는 식당에서 내게 귀걸이를 선물했다. 그때 스키 때문에 근육통에 시달리던 우리는 끙끙 앓으며 그 식당까지 올라갔고, 지나칠 정도로 많이 먹었다. 사실 밸런타인데이는 우리에게 그렇게 중요한 날이 아니었다.

"전형적으로 상업적인 기념일이잖아" 우리는 이렇게 말하곤 했으니까.

하지만 오늘, 제이콥은 간호사를 쳐다보고, 다시 나를 보며 퉁명스럽게 장미를 받는다.

"여기요. 아내분에게 장미를 드려요, 제이콥."

마지못해 내게 장미를 건네는 그를 보며 깨닫는다. 마음 깊은 곳에서 이미 나는 알고 있다.

"이 사람은 제 아내가 아니에요."

따지고 보면 틀린 말은 아니다.

'남편…. 파트너…. 저 사람은… 사실 우리는…'

그렇다고 해도. 나는 3일간 온몸을 떨고 있다. 떨림이 너무 심한 나머지 하루는 사람들에게 발밑에 땅이 느껴지냐고 묻기까지 한다. 아마 그래서일 것이다. 어쩌면 그래서 이렇게 몸이 떨리는 것일지 모른다.

나는 평소처럼 생활한다. 그저 가끔 입 밖으로 꺼낸다.

"제이콥이 내 얘기 해?"

제이콥을 보러 온 사람들은 내 말을 들으며 놀라면서도 믿기지 않는다는 듯한 표정을 짓는다. 나는 언니에게 전화한다.

"널 잊은 게 아니야."

모두가 알고 있지만, 말하지 않는다.

"말도 안 되는 일이야…. 정말 말도 안 돼." 언니는 나를 위로한다. 하지만 나는 내 꿈을, 또다시 나를 뒤쫓는 그 검은 기억을 계속해서 떠올린다. 또 다른 어느 날, 제이콥은 살짝 잠이 들었고, 체온이 올라간다. 주디스와 내가 병실 안에 있었는데, 제이콥이 내게 이렇게 속삭였다.

"때가 됐어…"

나는 제이콥이 무슨 말을 하려고 했던 것인지 주디스와 이야기를 나눴다.

"이제 빛을 발할 시간이라는 거지…" 주디스는 제이콥의 말을 이렇게 받아들였다. 나는 그 말을 죽음을 앞둔 사람의 예감으로 받아들였다. 낙관과 비관, 몽상가와 현실주의자. 당연히 제이콥은 나를 잊지 않았을 것이다.

"이 사람은 제 아내가 아니에요"

"여자친구예요"

제이콥은 이 말을 덧붙이고 웃으며 이렇게 말했을 것이다.

"이 사람은 제 아내가 아니에요…. 아직은"

하지만 내 발밑에 있는 땅은 여전히 흔들린다. 여전히, 나는 아침에 침실 계단을 내려오며 벽을 짚어야만 한다.

"어떤 게 제일 걱정돼?" 제이콥이 혼수상태에서 깨어나기 몇 달 전, 한 친구가 내게 물었다. 전과자들이 운영하는 병원 근처 카페의 구석에 앉아 커피를 마실 때였다. 커피 맛도 좋고, 창문 옆에 소파가 있어 의사들과 안색이 창백한 방문객들이 한 데 앉아 카페 라떼를 마시는 모습이 보이는 곳이었다.

"제이콥이 깨어나서 나를 기억 못 하는 거"

"그런 영화 본 적 있어" 친구는 웃으며 대답하고는 내게 커피를 한 잔 더 가져다주러 일어섰다.

당연히 그런 영화를 본 적이 있을 것이다. 오랫동안 쓰이던 패턴이니까. 클리셰니까. 밥값을 할 만큼 날카로운 편집자라면 주저 없이 빨간 펜으로 금을 그어버릴 이야기다.

"뭐가 나아? 제이콥이 너를 못 알아보는 것과 목숨을 잃는 것 중에서?"

나는 이따금 이 기억을 떠올리며 마음속으로 그 친구에

게 빨간 펜으로 금을 긋는다. 진실을 말하는 사람들에게, 뻔뻔할 정도로 대담한 사람들에게 속으로 이렇게 금을 긋는다. 마리 앙투아네트처럼 그들을 살핀다. 내 생각을 읽는 듯한 말을 하면 화가 난다. 내 생각을 읽지 못해도 화가 난다. 그 어려운 시험을 통과하는 사람은 아무도 없다. 제이콥이 나를 잊었을 리 없다. 다른 영화에서는 사람들이 누군가를 잊지만….

〈토탈 리콜〉 〈첫 키스만 50번째〉 〈메멘토〉. 아니, 아니다. 〈이터널 선샤인〉 같은 영화에서는. 하지만 우리의 영화는 이렇게 끝나지 않을 것이다.

2월이 가기 전 아이들과 발토랑스*로 스키 여행을 다녀왔다. 데비와 조시와 루비와 레오도 함께했다. 일주일 동안 우리는 눈 덮인 산에 몸을 던지며 핫초코를 마셨다. 지금 내게 가장 필요한 일이었다. 산에 가면 머리를 비울 수 있다. 처음 스키를 타기 시작한 건 내가 서른두 살 때였다. 10대 때 슬로바키아로 짧게 스키 여행을 다녀오긴 했지만, 그때는 허름한 오두막 지붕에서 여드름투성이 이탈리아 남자애와 붙어 있느라 스키는 뒷전이었다. 내가 다시 스키를 탈 수 있게 해준 건 제이콥이었다. 제이콥은 불만 가득한 10대처럼 불평하는 내게 장비를 입히고, 뒤에서 밀면서 스키를 타게 만들었고, 결국 나는 스키 타는 법을 배우게 되었다. 지금

* 프랑스 알프스산맥에 있는 스키 여행지

은 아주 긴장하면서, 침착하지는 못하지만, 그래도 스키를 탄다. 아이들이 스키를 탈 수 있을 만큼 컸을 때도 제이콥은 새벽부터 아이들의 몸부림과 항의를 버텨가며 내복을 입힌 뒤 초보자용 코스로 아이들을 데려갔다.

우리 네 가족은 푸른 하늘과 새하얀 눈밭에서 함께 스키를 타며 완벽한 휴일을 보냈다. 그렇지 못한 휴일이면 나는 어딘가 찢어지고 멍든 채로 마감에 쫓기며 노트북을 들고 호텔 바에 앉아 붉어진 얼굴로 환히 웃으며 나머지 셋을 맞이하곤 했다. 제이콥은 내가 노트북을 가지고 다니며 아침에는 스키를 타고, 오후에는 아이들이 스키 타는 동안 일을 할 때 가장 만족스러워한다는 사실을 알게 되었다. 하지만 이번 여행에서 나는 무너져내렸다. 메이블과 제시가 가장 어려운 코스에서 거침없이 점프하며 스키를 타는 동안, 나는 지친 몸으로 흐느끼며 슬로프를 뒤로 미끄러져 내려가는 것을 즐겼다. 그러고는 숨을 헐떡였다. 몸도 마음도 편치 않았다. 조시와 데브가 메신저로 계속해서 알려주는 제이콥의 상태는 여행 내내 우리를 따라다니며 냉정하게 정신을 깨웠기 때문이다.

제이콥이 깨어난 지 얼마 안 되었을 때, 물리치료사들은 기구를 사용해 제이콥이 턱받이에 머리를 괴고 두 발로 서 있을 수 있도록 도와주었다. 제이콥은 왼손으로 풍선을 가볍게 띄우며 오른손으로 옮겼다. 느리고 조심스럽지만, 꽤 정확하게 움직였다. 어떤 것들은 비교적 쉽게 돌아온 듯했다. 어느 날 제이콥은 주디스에게 이탈리아어로 말했고, 또 어떤 날은 버나드와 주디스가 집에서 가져온 샐러드와 아스파라거스를 게걸스럽게 먹어치우기도 했다.

누군가 아이패드에 영화를 다운받아 오면 제이콥은 아이패드로 〈코민스키 메소드〉*를 보곤 했다. 아직은 단기 기억이 완전히 돌아오지 않아 어디까지 봤는지 잊어버리는 바람에 모든 에피소드를 몇 번씩 보긴 하지만. 다시 광장에도 나가기 시작했다. 스타일러와도 다시 만났다. 미친 듯이 활발한 우리 집 래브라두들**을 향해 제이콥은 조건 없는 애정을 보냈고, 함께할 때면 늘 다시는 놓고 싶지 않은 듯 스타일러를 꼭 껴안았다. 우리가 휴일을 보낸 뒤 제이콥에게 스타일러를 데려왔을 때도 둘 사이에는 이전처럼 견고한 유대감이 보였고, 나는 질투심에 살짝 발끈했다. 이제 개에게까지 질투를 느끼다니, 나는 이렇게 더 깊은 바닥을 찍는다.

병원에서는 제이콥의 목에 있던 관을 빼고, 관이 있던 자리에 작은 반창고를 붙인다. 나는 그 모습에 가만히 눈길을 빼앗긴다. 제이콥이 마치 그 구멍으로 숨을 쉬고 있는 것처럼 느껴지는 날이 있는데, 아주 가끔이긴 하지만 우리의 재촉에 제이콥이 무언가 대답할 때면 반창고가 살짝 오르내리는 모습이 보인다. 우리는 매일 제이콥을 보러오는 사람들의 이름을 적어두기 시작했다. 제이콥이 그 사람들을, 그

* 노년기의 사랑과 우정을 그린 미국 드라마

** 래브라도 레트리버와 푸들을 교배한 개

날들을, 자신이 무엇을 했는지를 기억할 수 있도록. 우리가 제이콥에게 끝없이 가져다주는 신문과 포도와 비스킷 옆에 자리 잡은 이 기록장은 몇 주, 몇 달이 지나면서 더욱 몸집을 불렸다. 그리고 마침내, '재활 센터'라는 마법의 단어가 등장한다.

제이콥이 병실을 옮길 거야.

나는 들떠서 메신저에 있는 모두에게 이 소식을 전한다. 자리가 나기를 기다리는 동안 제이콥은 가까운 병동에 있을 것이다. 제이콥에게 요거트와 함께 생명까지 불어넣어 준, 기적 같은 실력을 지닌 언어치료사 수는 우리를 격려하듯 환하게 웃는다. 좋은 일이다. 좋은 신호다. 제이콥이 집중치료실을 떠난다.

"정말 잘 됐어요, 그렇죠?"

제이콥이 고개를 끄덕이며 미소 짓는다.

"기쁘지 않으세요?"

제이콥이 고개를 끄덕이다가 나를 보자 인상을 찌푸린다.

"잘 모르겠나 봐요." 내가 말한다.

"당신을요. 나는 당신이 누군지 몰라요." 제이콥이 대답했다.

나를 모르는 제이콥이. 나를 잊으려면 나를 알아야 한다. 하지만 서서히, 제이콥이 나를 잊은 것이 아니라는 사실이 분명해지고 있다. 제이콥은 나를 알지도, 내가 누구인지 갈피를 잡지도 못한다.

나는 가족들의 사진을 A4용지 크기로 뽑아 제이콥의 침상 옆에 붙여달라고 부탁했다. 다음날 병실에 가자 내가 뽑은 사진들이 제이콥의 침상 주위에 붙어 있다. 내 사진만 빼고. 제이콥이 원하지 않아서였다. 주변 사람들이 권하자 제이콥은 마지못해 시야에 닿지 않는 싱크대 뒤, 왼쪽 끝에 내 사진을 붙이게 해준다. 수는 제이콥이 볼 수 있도록 사진과 간단한 설명을 적은 책을 만들어주라고 말했다. 제이콥이 자기 자신과 우리를 기억할 수 있도록.

"나는 누구일까?"

맨 처음 페이지에 있는 제이콥의 사진 밑에 쓰인 문장이다.

"이 사람은 내 아들 제시. 이 사람은 내 딸 메이블. 이 사람은 내 여자친구 아비…."

나는 제이콥이 매번 내 사진만 빠르게 넘겨버린다는 사실을 눈치챘다.

이유를 물으니 제이콥은 가볍게 대답한다.

"모르는 사람이니까."

그러고는 가만히 나를 쳐다본다. 거의 적대감을 담은 눈빛이다.

"그 사람은 아비야." 내가 대답한다.

"아니, 아니야." 제이콥이 고집스레 말한다.

나는 금방이라도 속을 게워낼 듯한 느낌을 받으면서도 한편으로는 궁금하다. 제이콥의 이 기묘한 폭로를 들을 때면 충격적이고 고통스러우면서도 여러 감정이 충돌한다. 하지만 어쩌면 그렇게 놀라운 일이 아닐지 모른다. 마음속 깊이 느껴지는 속상한 감정을 이해하는 것, 그 감정을 꺼내어 들여다보고 그 이유를 알아내려는 욕망에는 어딘가 매혹적인 면이 있다.

"그래, 그래서 내가 제이콥이 찾는 아비가 아니라는 거지?" 나는 살짝 몰아붙인다.

제이콥이 고개를 끄덕인다.

하루는 핸드폰 카메라를 내 발 쪽으로 향한 채 우리의 대화를 녹음했다. 어느 순간부터 나는 옷에 신경을 쓰지 않게 되었다. 뒤꿈치를 구겨 신은 하얀색 컨버스 운동화 밖으로 삐져나온 내 양말은 색도 모양도 이상하다. 영상 속 대화는 어느새 익숙하게 흘러간다. 나는 나에 관해 이야기하고, 제이콥은 내 얘기에 반박한다. 그러면 나는 다시 나 자신을 변호한다. 혹은 제이콥을 떠보기도 한다.

"그럼 아비는 어디로 갔을 것 같아?" 내가 묻는다.

영상에는 다리를 꼰 채 초조하게 바닥을 두드리는 내 발만 찍혀 있다.

"아비는 다른 사람에게 갔어" 제이콥이 말했다.

영상을 다시 보던 나는 으르렁거리던 제이콥의 목소리가 처음보다 약간 나아졌다는 사실을 깨닫는다. 이제 제이콥의 목소리는 무료함에 빠진 카펫 영업사원처럼 들린다.

"정말? 왜 아비가 다른 사람에게 갔다고 생각해?"

나 자신을 3인칭으로 부르고 있다는 사실이 믿기지 않는 순간이었다.

"아비는 새로운 삶을 살기로 했으니까" 제이콥은 그 이유까지 정해버렸다.

'세상에, 말도 안 돼'

"그래…. 알았어…. 음, 당신 뇌에 염증이 생겼다고 얘기해준 거 기억하지?"

"응"

"그 이후로 당신 삶이 담긴 모든 파일이 바닥에 쏟아져 섞여버렸어. 그리고 지금 제이콥은 그 파일들을 하나씩 다시 정리하고 있는데, 그중 하나가 나야. 나중에 내가 담긴 파일을 다시 꽂는 법을 배우게 되면, 그때는 내가 아비라는 사실을 알아봐 줬으면 좋겠어"

"아니, 당신은 아비가 아니야"

제이콥이 웅얼거렸다.

"그래, 알았어. 하지만 내가 아비야"

"아니, 당신은 아비가 아니야"

제이콥이 대답했다.

"내가 아비야"

이 실랑이는 둘 중 한 명이 지칠 때까지 계속되었다.

"아니야"

"맞아"

"아니야"

"맞아"

제이콥을 맡은 신경정신과 의사들과 심리학자들은 내게 제이콥의 말에 이의를 제기하지 말라고 말한다. 늘 방어

적이고 살짝 신경질적인 내가 총알처럼 지나가는 자신을 붙잡지는 않을까 늘 겁에 질린 것처럼 보이는 제이콥의 정신과 의사 T는 이후 우리에게 이론 A와 이론 B 방법을 활용해 보자고 말했다. 직원실과 복도에 반쯤 걸친, 병원 전체가 그렇듯 덥고 끈적한 특별 병동에 앉아 T 의사는 이렇게 가정하며 제이콥에게 이야기했다.

"이론 A는 이래요. 제이콥, 당신의 말이 맞아요. 이분은 아비가 아니에요"

초반에 함께했던 면담 시간에 들은 이야기다. 이후부터는 제이콥과 함께 면담에 참여하지 못했다. 제이콥이 내가 함께 있는 것을 원하지 않을 것이기 때문이었다. 언젠가 제이콥에게 아비 모건이라고 불릴 사람과. 지금의 내가 아닌 진짜 아비가 될 사람과. 제이콥은 그때가 되어서야 나를 아비 모건이라고 불러줄 것이다. 지금의 제이콥은 나를, 아비 모건을 사칭하는 사기꾼을 어떻게 부를지도 결정하지 못했다.

"하지만 항상 이론 B도 존재해요, 제이콥" T 의사가 말을 이어갔다.

"우리는 그 어떤 것도 절대 완벽하게 확신할 수 없어요. 그러니까, 제이콥 당신이 99% 옳다고 가정해 볼게요. 당신이 100% 맞을 수는 없어요. 그러니 이분이 아비 모건일수도 있다는 그 1%의 가능성부터 시작해 봅시다"

제이콥은 멍하니 뒤를 쳐다본다.

"그럴 수 있겠어요?" T 의사가 머뭇거리며 신중하게 말을 뱉는다.

“아니요” 제이콥이 대답한다.

“확실해요, 제이콥?”

“네”

나는 그에게서 깨끗이 지워졌다.

제이콥이 고개를 끄덕이다가 나를 보자 인상을 찌푸린다.
"잘 모르겠나 봐요." 내가 말한다.
"당신을요. 나는 당신이 누군지 몰라요." 제이콥이 대답한다.
나를 모르는 제이콥이. 나를 잊으려면 나를 알아야 한다.
하지만 서서히, 제이콥이 나를 잊은 것이 아니라는 사실이
분명해지고 있다. 제이콥은 나를 알지도, 내가 누구인지
갈피를 잡지도 못한다.

6

3월이다. 이혼한 변호사들의 이야기이자 내가 집필 중인 TV 드라마 〈더 스플릿〉의 배우들과 근사한 식당에서 저녁을 함께 먹는다. 촬영 시작 전 친목을 다지는 자리다. 나는 이곳에 오기 전 여전히 재활 센터에 들어가기 위해 기다리고 있는 제이콥의 병실에 들렀다. 제이콥이 병원에 온 지 275일째 되는 날이다.

"오늘 〈더 스플릿〉 배우들하고 저녁 먹으러 갈 거야, 제이콥"

"아니야" 제이콥이 아이패드 속 셜록 홈스를 연기하는 베네딕트 컴버배치의 모습에 푹 빠진 채 포도를 먹으며 대답했다.

나는 핸드폰으로 또다시 제이콥의 모습을 담았다.

"내가 〈더 스플릿〉의 대본을 써"

"아니야. 당신이 아니라 아비 모건이 써"

그러면서 제이콥은 '자신의' 아파트를 정리해야 한다고 내게 말했다. 나는 그 아파트가 어디에 있는지 물었다.

"햄스테드"

제이콥의 상상 속 아파트는 적어도 좋은 동네에 있는 모양이다. 아파트와 관련된 망상은 오래가지 않았지만, 나는 제이콥의 말을 듣고 놀랐다. 언젠가 아이들이 크면 햄스테드로 이사하자는 이야기를 나눈 적이 있어서다. 풍경이 탁 트인 아파트로. 제이콥은 머릿속으로 이미 햄스테드에 아파트를 얻었다. 나 없이. 이 일이 있기 전, 그러니까 제이콥이 집중치료실을 떠나기 며칠 전, 그는 내가 가져다준 스무디를 조용히 받아 마셨다. 그러다가 아주 조용히, 제이콥이 말했다.

"당신이 어떻게 연기를 계속 하는 건지 모르겠어. 어떻게 당신이 제시와 메이블의 엄마인 것처럼 모두를 속일 수 있는 건지. 하지만 나는 당신의 정체를 알아"

"내가 누군데, 제이콥?"

제이콥은 눈물을 가득 머금고는 내가 있는 쪽 어딘가를 바라본다.

"왜 내 아이들을 그렇게까지 신경 쓰는 거야?"

"착한 아이들이니까"

"아이들에게 다른 마음이 있는 거야?"

나는 혼란스러운 표정으로 제이콥을 쳐다봤다.

"무슨 말이야?"

그러다 불현듯 깨달았다.

"성적인 의미로?" 내가 당황스러운 목소리로 내뱉았다.

제이콥이 고개를 끄덕였다.

내가 대답하려는 그때, 환자들에게 무작위로 책을 읽어주는, 머리가 짧은 여성 자원봉사자가 미소 지으며 신경에 거슬리게 문 근처를 계속 배회했다.

"안녕하세요, 제이콥. 책 읽어드릴까요?"

"네, 부탁해요"

나는 우리가 정신없이 빠져들었던 디스토피아 공상과학 TV 드라마인 〈웨스트월드〉* 속으로 들어간 듯한 느낌을 받는다. 그 드라마 속 소름 끼치는 안드로이드 로봇 '호스트'와 비슷한 취급을 받는다는 생각에 마음이 불편하다. 나는 침묵하는 제이콥을 보며 자리를 비켜줘야 할 순간이라는 사실을 깨달았다. 제이콥은 의자에 걸터앉아 『프린세스 브라이드』**를, 이전에 제이콥이 갖고 있던 게 닳아버려 내가 새로 사준 그 책을 열정적으로 읽어주는 자원봉사자의 목소리에 집중했다. 2년 전 크리스마스에 나는 제이콥에게 그 책을 새로 선물했다. 제이콥이 가장 좋아하는 책이어서다. 내가 그 책을 선물했던 2016년 크리스마스에 찍은 제이콥의 짧은 영상이 있다. 34초짜리 영상이다. 영상 속 제이콥은 내가 선물한 월넛 우쿨렐레를 풀어본다. 제이콥은 거실에 서서 내 선물을 보며 진심으로 기뻐 보이는 미소를 짓는다. 티셔츠

* 인공지능 로봇들이 있는 테마파크 '웨스트월드'에서 일어나는 일을 다룬 드라마

** 상상의 왕국 플로린에서 벌어지는 일을 담은 판타지 동화

에 밑단을 접어 올린 청바지를 입고 운동화 뒤를 꺾어 신은 모습이었다.

"세상에. 너무 예쁘다…"

제이콥은 몇 가지 코드를 연주하고, 메이블과 제시가 그에 맞춰 노래를 불렀다.

"음정이 안 맞네…" 제이콥이 웃음을 터뜨렸다.

제이콥이 순수하게 기뻐하는 모습이 담긴 34초. 나는 이 영상을 보고 또 본다. 가장 힘든 밤에. 너무 외로운 밤, 내가 미치는 것은 아닐까 생각하며 악몽 속에서 헤매는 밤, 이 영상은 내가 미치지 않았음을 알려주는 이정표가 된다. 모두 현실이었다. 나는 제이콥의 삶에 존재하던 사람이었다. 내가 제대로 알고 있는 것이다. 수년 동안 제이콥의 마음에 들지 않는 선물을 하기도 했지만 그 해는, 그 우쿨렐레는…, 제이콥은 그 선물을 정말 좋아했다. 제이콥은 나를 사랑했다. 나는 미치지 않았다. 미치지 않을 것이다.

지금까지 제이콥이 보인 증상들이 정리된 보고서에는 이렇게 적혀 있다.

> 카그라스 증후군: 2월 중순에서 말까지 크리셰프스키 씨는 자신의 파트너를 대상으로 한 환시와 망상 증세를 보였다. 이러한 환각이 있다는 사실은 인지하지만, 자신의 파트너가 사기꾼이라는 믿음은 변하지 않았다.

보고서에는 처음에 제이콥이 아이들도 알아보지 못했

다는 사실 역시 적혀 있다. 나는 그 모습을 보며 걱정했지만, 재빨리 그 사실을 무시해 버렸다. 심지어 제이콥이 내게 이렇게 물었는데도.

"저 여자애는 누구야?"

나는 제이콥에게 그의 앞에 있는 여자아이는 딸 메이블이고, 그 사실을 절대 잊어서는 안 된다고 단호하게 말했다. 제이콥은 순순히 고개를 끄덕였다.

그 후부터 제이콥은 아이들을 기억해냈다.

아이들을 잊어버리는 것은 견디기에 너무 힘든 일이었을 것이다.

카그라스 증후군. 이 진단명을 처음으로 찾아낸 건 제시였다. 늦은 밤 인터넷을 뒤지던, 이 답답한 상황을 빠져나가보려던 내 행동이 이제 제시에게 그대로 옮겨갔다. 나는 구글을 돌아다니다 학생들이 만든 형편없는 영상들을 찾아낸 적 있다 대부분 스페인어로 찍힌 그 영상들은 이렇게 흘러간다.

"안녕, 마누엘(Hola Manuel)"

학생 두 명이 카페에서 만나는 장면이 아무렇게나 찍혀 있다.

"안녕, 후안(Hola Juan)"

"오늘 하루 어떻게 보냈어?(Qué tal tu día?)"

두 학생은 어색하게 앉아 커피를 마시며 '일상적인' 대화를 나눈다. 두 번째 장면으로 넘어가자 똑같은 학생 두 명이 같은 장면을 반복한다.

"안녕, 마누엘(Hola Manuel)"

하지만 이번에는 한 명이 다른 한 명을 멍하니 바라본다.

"누구세요(Perdón te concozco)?"

그러고는 자리를 떠난다. 마누엘은 의아한 듯 그 친구를 바라보더니 자신의 턱을 긁적인다. 이어서 소름 끼치는 음악과 함께 크레딧이 올라간다.

기억하자. 만약 제이콥이 심리학과 학생이라면, 영상에 직접 출연해 연기는 하지 않는 편이 좋다. 하지만 이 영상은 카그라스 증후군을 설명하는 목적에서는 훌륭한 편이다. 카그라스 증후군은 1923년 이 증상을 처음으로 발견한 프랑스의 정신과 의사 조셉 카그라스의 이름을 딴 병명이다. 이후 나는 뇌염 때문에 카그라스 증후군이 나타난 사례는 전 세계를 통틀어 제이콥이 두 번째라는 사실을 알게 된다. 다른 한 명은 어느 일본인 남자로, 역시 자신의 아내를 알아보지 못하는데, 그 남자는 다시 돌아오지 못했다. 이 증후군은 보통 제이콥보다 나이가 많은 치매 환자들에게 나타나고, 주로 여성들에게 많이 발생한다. '가면 증후군'이라고도 알려져 있는데, 이는 자신이 다른 사람들을 속이고 있다고 생각하는 정신질환이다. 보통 배우자가 망상의 대상이 된다. 하지만 망상을 경험하는 환자는 동물, 물체, 심지어 집까지도 거짓말이라고 생각하기도 한다.

조셉 카그라스의 환자였던 마카브르 부인은 남편과 다른 사람들이 모두 닮은 사람으로 바뀌었다고 믿었는데, 조셉 카그라스는 이러한 행동을 '닮은 것에 관한 환상'이라고 불렀다. 신기하게도 제이콥에게 아비 모건이 어떻게 생겼냐고 물으면 키 크고 긴 머리에 눈동자가 푸른 사람이라고 대답한다. 하지만 내 눈동자는 갈색이고, 어깨까지 오는 머리카락도 갈색이며, 아무리 끌어올려도 내 키는 160cm 언저리밖에 되지 않는다. 제이콥의 망상에는 또 다른 기묘한 면이 있다. 가끔 제이콥은 공중에서 무언가를 뽑아내는 듯한 행동을 한다.

나는 또 긴 다큐멘터리 일부를 잘라놓은 어느 유튜브 영상을 본다. 자동차 사고를 당한 뒤 자신의 부모님을 알아보지 못하는 한 스페인 청년의 이야기다. 자기 자신을 돌볼 수 없게 된 그 청년은 부모님과 함께 앉아 행복한 모습으로 오래된 사진첩을 보고, 지하에 있는 집과 위층을 오가며 즐겁게 지낸다. 카메라 앞에 선 청년의 엄마는 자기 아들과 함께 사는 방법은 찾게 되었지만, 예전처럼 아들과 나누던 유대감과 따뜻함은 사라졌다고 말한다. 그 청년은 이전의 기억 속 엄마를 더는 알아보지 못한다.

어느 날은 나는 제이콥과 흥정한다. 내게 질문을 던져보라고 부탁한다. 제이콥이 좋아하는 음식은, 축구팀은, 휴일은 무엇인지. 나는 모든 질문에 제대로 대답한다. 제이콥은 놀라는 것이 아니라 마술쇼 관객처럼 눈앞의 마술사가 어떻게 자신의 손목에 있는 시계를 감쪽같이 가져간 것인지 알아내려는 듯 의아한 표정으로 나를 쳐다본다. 놀라움과 불신이 섞인 눈빛. 이후 나는 이 눈빛에도 익숙해졌다.

언젠가 우리는 아이들이 태어났을 때를 떠올리며 이야

기했다. 나는 메이블이 태어난 직후 병원에 있는 내 침상에서 조그마한 메이블과 함께 잠에 빠져든 제이콥의 모습을 떠올렸다. 당시에 두 사람의 모습을 보며 새벽 5시에 잼을 바른 빵과 차를 마셨는데, 진정으로 인생에서 가장 행복한 순간이었다. 나는 이따금 그날을 이야기하며 제이콥이 그 기억에 젖어 기뻐할 수 있도록 한다. 내가 이어지는 제이콥의 말을 받아들일 수 있을 때까지.

"정말 눈부신 날이었어"

"그랬지…" 제이콥이 웃으며 내게 대답했다.

"당신도 그 모습을 봤으면 좋았을 텐데"

〈더 스플릿〉의 배우들과 함께 멋진 식당에 앉아 저녁을 먹으며, 나는 참지 못하고 온갖 소식을 쏟아낸다. 내게 일어나는 일들을 이해하려 애쓰며 모든 말을 뱉는 것이다. 나는 횡설수설하며 멍하니 내 접시로 음식을 덜어 게걸스럽게 먹고, 숨도 제대로 돌리지 못한다. 재능 있고 매력적인 배우 스테판 망간과 니콜라 워커는 나를 웃게 하고 편안하게 대해준다. 분명 그들에게 나는 정신이 나간 사람처럼 보일 것이다. 이렇게 해야만 한다. 나는 누구든 대화할 수 있는 사람, 내 얘기를 들어줄 수 있는 사람을 찾아 내게 벌어지는 일들을 털어놓을 것이다. 마치 스탠드업 코미디언처럼 내 몸짓을 연마하고, 이야기가 어디에서 쳐지는지 살피고, 웃음이 터지면 쾌감을 느낀다. 친구들, 동료들, 가족, 이웃, 청소부에게까지. 동네 카페에서 일하는 이탈리안 바리스타가 당황한 표정으로 예의상 고개를 끄덕이며 내게 공짜 크루아상을 건넬 지경이 되어서야 나는 모든 일을 떠벌이는 것을 그만두어야겠다고 생각했다.

내 직업은 캐릭터를 만들어내는 것이다. 수년 동안 썼던 각본과 무대극에는 마거릿 대처, 찰스 디킨스, 에멀린 팽크허스트, 넬리 티어넌처럼 실제 인물이 나오기도 하고, 허구의 인물이 나오기도 했다. 나는 살인자, 사이코패스, 인신매매 피해 여성, 포주, 성 중독자, 종군 사진기자, 간호사, 형사, 뉴스 리포터, 기자, 여성 참정권 운동가, 군인 캐릭터를 구축하기 위해 약탈자처럼 깊이 정보를 탐색한다. 제이콥이 쓰러진 여름에는 넷플릭스에서 방영하는 〈클레오파트라〉 관련 드라마 대본을 쓰고 있었다.

종종 배우들이 캐릭터 분석을 요청하는데, 그럴 때면 나는 대본을 쓴 뒤 한참 후 내용을 되돌아보며 장면을 다시 확인하고 자세한 내용을 찾아본다. 이렇게 대본을 다시 읽어보면 내가 생각하지 못했던 캐릭터의 특징들이 떠오를 때가 있다. 이따금 나는 내가 무의식적으로 얼마나 대담한 선택을 했는지, 배우들이 얼마나 마음을 다해 그 선택에 따르는지를 보며 놀란다. 그 캐릭터들은 내 창조물이고, 나는 그들에게 고난이나 장애를 줄 수도, 어린 시절의 트라우마나 페티시를 부여할 수도 있다. 그리고 배우들은 오직 배우만이 지닌 능력으로 종이 안에 있는 캐릭터들을 기적처럼 자신의 것으로 만든다. 내가 그 캐릭터를 만들어냈다는 사실이 잊힐 만큼 완벽하게. 하지만 지금은, 내 처지만큼은 다르다. 내가 쓰고 만들어낸, 평생토록 연기하고 있는 나의 이 역할은 지금 흔들리고 있다. 지금 나는 다른 사람의 역할을 잘못 맡은 데다 제대로 소화하지도 못하는 형편없는 배우다.

하지만 감사하는 마음이 없지는 않다. 전혀 없는 것은 아니다. 삶이 펼쳐지는 모습을 보고 있으면 과할 만큼 감상적일 때가 있으니까. 제이콥이 나와 이 세상을 어떻게 보는지를 알아갈 때면. 오래된 격언을 모르는 것은 아니다….

"이 모든 게 다 소재야…"

나는 많은 사람에게 이 얘기를 여러 번 듣고 있다. 그렇다고 이미 내 머릿속에서 줄거리가, 서사가, 대본이 형태를 갖춰가고 있지 않다는 것은 아니다. 나는 누구보다 빠르게 매일이 새로운 순간들을 은근히 즐기며 좋은 이야기와 소재가 있다는 사실을 알아차리기 때문이다. 자기 학대적인 취향이 있는 사람처럼 새로운 고통과 아픔에 매료된다. 머릿속에 나중에 다시 볼 내용. 다시 찾아볼 내용이라는 파일을 만들어 별표를 붙여둔다. 수년간 모아온 《뉴욕타임스》와 《베니티 페어》* 기사들처럼. 대기실이나 비행기 내에 비치된 잡지에서 찢어낸 페이지들처럼.

'모든 게 소재지. 맞아….'

하지만 지금 이건, 이건 그러기에는 너무 절박한 문제다.

최악은 제이콥을 보러 온 사람들, 주로 내가 잘 알지 못하는 친구들이나 먼 친척들이, 긴장해서 무슨 말을 해야 할

* 미국의 연예정보 패션 월간지

지 모르는 그 사람들이 어떤 어려운 상황에도 긍정적인 면은 있다는 말을 입 밖으로 뱉을 때 그 고통스러움을 즐기는 척 웃어넘겨야 한다는 것이다.

"뭐, 처음 만난 것처럼 다시 사랑에 빠질 수도 있잖아요"

그러면 나는 무례하게, 매정하게, 날카롭게 대답한다.

"휠체어에 앉아서 대소변도 못 가리는 무직 배우랑 데이트하는 건 좀 곤란하죠"

나는 좋은 사람이 되어주지 못한다. 증오에 찬 말을 내뱉고 사납게 쏘아붙인다. 나 자신이 불쌍하게 여겨진다. 나는 분노에 찬 채 메신저에 문자를 써 내려간다. 그리고 많이 운다. 그럴 때면 제시는 이성적으로 차분하게 내 말을 들어준다. 메이블은 내 손을 잡고 팔을 쓸어내리며 내 고통을 가만히 함께 나눠준다. 문자를 다시 읽어보며 나는 제이콥의 가족이 내 마음을 세심하게 살피고 친절하게 대해주기 위해 얼마나 노력했는지 깨닫고 있다.

하지만 나는 분노한다. 다시 분노로 가득 차 그 정의를 찾아본다.

분노 - 통제할 수 없는 격렬한 감정 또는 맹렬한 욕망

특히 화가 났던 날이 있다. 제이콥이 스타일러에게 쏟는 모든 애정의 방향이 잘못된 것임을, 원래 나를 향한 것임을 확신하게 됐던 어떤 날. 하지만 그건 이상하게 위안이 되었다.

3월 말, 제이콥은 마침내 재활 센터로 옮기게 되었다. 요즘 제이콥은 나를 아이들과 자신을 돌봐주기 위해 어느 정부 기관에서 나온 사람쯤으로 인식하며 병실에 함께할 수 있게 해준다. 며칠 전, 광장 맞은편 오래된 교회에 있는 한 카페에서 나는 데브의 친구이자 이곳의 수석 고문인 O 의사를 만났다. 우리는 카페에 앉아 커피에 케이크를 곁들이며 쥐덫을 설치하고 있는 방제회사 직원에게 어색하게 미소 지었다. 친절하고 차분한 O 의사는 가만히 나를 안심시켜 줬다. 그는 놀라울 정도로 회복되는 환자들을 많이 봤다고 했다. 다시 희망에 불이 붙는 순간이었다.

재활 센터는 요양원 같기도, 정신병원 같기도 했다. 우리가 기대하던 고급 호텔과는 거리가 멀다. 이 병원의 중심 부분에는 장식이 있는 돌계단으로 연결된 한 층이 있는데, 이곳에는 마치 초등학교에서 볼 법한 체육관과 환자들이 멍한 눈으로 TV를 보거나 치료사들과 함께 퍼즐을 맞추는 식당이 있다. 페니, 리치, 케이샤가 병실 협탁에 계속 늘어나는 제이콥의 짐을 내려놓는 동안 우리는 가만히 집중치료 병동의 평화로움과 침착함을 그리워한다.

저녁 시간, 제이콥은 내가 사온 미트볼을 먹고 다른 환자들은 공용 식당에서 전자레인지용 식판에 담긴 셰퍼드 파이를 먹는다. 나는 내 맞은편에 앉은 남자에게 미소 짓는다. 만화 캐릭터처럼 키가 크고 60대쯤 되어 보이는 그 남자의 회색 머리는 마치 전구에 손가락이라도 넣은 듯 사방으로 부스스하게 뻗어 있다. 다리를 꼬고 비스듬히 머리를 기울인 그는 어딘가 루치안 프로이트*의 그림을 떠올리게 하고, 나는 말아 피우는 담배를 두 손가락 사이에 끼운 그의 모습을 상상한다. 남자는 약간 의심스러운 눈초리로 나를 쳐다본다. 한쪽 눈은 붙어 있는 것이 아닐까 싶을 정도로 무겁게 감겨 있지만, 다른 한쪽 눈으로는 제이콥을 알아보는 듯 미소 지으며 런던 토박이 말투로 말한다.

"저 여자 집에 데려가서 같이 자려고 하는 거지?" 이런. 제이콥은 흥미 없는 얼굴로 슬쩍 돌아볼 뿐이다.

이곳의 모든 것들은 깨끗이 닦여 있지만, 살짝 끈적하다. 제이콥은 유리 패널로 막힌 구석 자리, 간호사들이 바로 옆에 있고 좁은 복도가 내다보이는 곳을 배정받았다. 제이콥의 옆에는 교양 있어 보이는 로버트라는 남자가 있다. 무언가 몸과 마음을 쇠약하게 했던 병에서 회복되고 있는 것으로 보이는 로버트는 이따금 제이콥을 보며 미소 짓거나 눈인사를 하기도 한다. 제이콥은 날카롭게 로버트를 무시한다. 이후 우리는 로버트가 정신분석가라는 사실을 알게 됐다. 나는 그가 이곳을 어떻게 생각할지 궁금하다. 이곳의 사람들은 마치 사교 클럽처럼 제이콥을 구성원으로 영입하려 하지만, 제이콥은 들어가고 싶어 하지 않는다.

이상하게도, 이 모든 것은 장점일 수도 있다. 제이콥에게 내가 필요하니까. 케이크를 먹고 싶을 때, 이야기 상대가

* 지그문트 프로이트의 손자로 극사실주의적인 초상화와 누드화를 그렸던 화가로 알려져 있다.

필요할 때, 영화를 다운받을 때, 새로운 티셔츠를 가져다주고 세탁할 옷을 가져갈 때, 차가운 스무디를 먹고 싶을 때, 코코넛 치킨 수프를 먹을 때, 신문을 읽을 때, 주중에는 《더 가디언》, 주말에는 《옵저버》를 읽을 때, 그의 핸드폰으로 온 메시지를 읽어야 할 때, 지루함을 쫓을 때. 그가 침대에서 체육관까지 무사히 간 것을 자랑스러워하는 사람이 필요할 때. 봉과 역기로 매트에서 스트레칭하고, 들어 올리고, 다시 근육을 기르는 곳으로 향하는 제이콥을 축하해 줄 때도. 제이콥은 매일 간호사의 손을 빌려 씻은 다음 운동복으로 갈아입고, 처음에는 휠체어로, 그다음에는 보행 보조기로 도움을 받아 옮겨간 뒤, 마침내 발을 끌며 혼자 걷는다.

제이콥은 누구와도 말하려 하지 않는다. 하지만 우리, 버나드, 주디스, 조시, 루크, 데브, 친구들, 내 가족 휴, 도르카스, 엄마, 파트리샤는 각자의 일이나 회의를 바쁘게 소화하면서도 제이콥을 찾아와 밥과 책을 챙기며 대화를 나눈다. 또 제이콥은 늘 운동한다. 전문 치료사들이 양치질하는 법, 차를 내리고 머그잔을 씻는 법을 가르치며 제이콥이 다시 세상과 연결되도록 돕는다. 언어치료사들은 제이콥의 단조로운 음색에 변화를 주기 위해 호흡 훈련에 노력을 기울인다. 늘 미소 짓는 얼굴에 살짝 냉정하지만 현실적인 신경심리학자 B 의사는 널뛰는 제이콥의 심리 상태를 알아내려 애쓴다. 가끔 제이콥은 큰소리로 이야기하거나, 팔을 움직이거나, 자면서 술을 마시거나 운전하는 흉내를 낸다. 약이 다시 처방되고, 뇌전증 약도 다시 채워진다. 하지만 일상으로 점차 돌아오고 있는 제이콥의 상태에는 아직 풀리지 못한 비밀이 있다. 아직 완전히 돌아오지 못했다는 것이다.

어느 날 T 의사가 바쁜 걸음으로 나를 지나치는가 싶더니 멈춰섰다. 갑자기 어떤 생각이 떠오른 듯했다.

“제이콥 씨가 보호자분을 떠나려고 한 적이 있었나요?”

나는 망설였다.

“제가 알기로는 없어요. 그러니까…. 사이가 좋지 않을 때도 있었지만…. 기억나는 건 없네요”

“음…. 이런 망상 증세를 보이는 사례 중에서 80%가 실제로 관계를 끝내고 싶어 했다는 연구결과가 있거든요” 그가 대답했다.

그 대답을 끝으로 그대로 가버렸다.

“80%라고…?”

◆

제이콥이 쓰러지기 5년 전, 나는 에미상 후보라는 영광스러운 자리에 올랐다. 훌륭한 친구이자 프로듀서인 제인 페더스톤과 다시 한번 만나 작업한 BBC 시리즈 〈디 아워〉라는 작품이었다. 수상은 못 할 것 같았다. 그래도 제이콥과 나는 시상식에 참석하기로 했다. 우리는 LA의 고급 호텔에서 나흘을 보냈다. 호텔에서는 예약한 것보다 더 좋은 방을 주었고, 성격 좋은 벨보이는 우리에게 친절하게 대해주었다. 우리는 그곳에서 여러 특혜를 받았다. 수영장 옆에 자리한 식당에서 끝없이 나오는 뷔페에서 우리는 와인을 마시고 맛있는 음식을 먹고 할리우드를 여행하며 깔깔거리며 즐거워했다.

시상식 당일, 나는 드레스에 몸을 끼워 넣고 끔찍하게 생긴 신발을 신은 뒤 아주 느릿하게 시상식장으로 향하는 리무진 안에서 몇 시간을 보낸다. 이 시상식에서 그 누구도 말해주지 않았던 것은 제이콥이 스타 배우가 아니고 날씬하지 않다면 아무도 드레스를 입으라고 요구하지 않는다는 사실이었다. 나는 레드카펫에서 그 누구도 내 드레스를 만든 디자이너가 누구인지 묻거나 왜 입을 옷을 미리 생각하지 않았는지 비난하지 않기를 빌었다. 검은 턱시도를 입은 제이콥은 훨씬 말쑥해 보였다. 다시는 이런 곳에 오지 말아야겠다고 머릿속으로 생각했다. 하지만 늘 그렇듯 다행히도 카메라와 마이크는 작가들을 스치듯 지나 손을 흔드는 할리우드의 스타들에게로 향했다.

우리는 이전에도 이런 행사에 와본 적이 있었다. 하지만 그렇다 해도 사람 구경은 늘 흥미로운 법. 나는 유명한 작가들을 보며 혼이 나가 있었다. 당시에 〈모던 패밀리〉 작가이자 감독이자 프로듀서인 스티븐 레비탄이 내 뒤에 앉았다. 〈브레이킹 베드〉의 시나리오 작가 빈스 길리거는 우리의 오른쪽에, 왼쪽에는 아론 소킨*이 앉아 있었다.

* 〈어 퓨 굿 맨〉 〈소셜 네트워크〉 등 유명 작품을 집필하고 감독한 미국의 시나리오 작가이자 감독

마침내 '최우수 드라마 시리즈 작가상' 시상이 시작되었을 때, 나는 시상식이 끝난 뒤 햄버거를 먹으려면 얼마나 걸릴지 고민하고 있었다. 그 순간 수상자가 발표되었다. 나였다. 수상자로 내가 발표되었다. 제이콥은 기쁨에 겨운 모습으로 나를 쿡쿡 찌르고, 혼란스럽고 어안이 벙벙한 표정으로 자신을 쳐다보던 나를 일으켜 세웠다. 나는 반짝이는 드레스와 못생긴 신발을 신고 비틀거리며 계단으로 향했다. 왜 그 불편한 신발을 신었는지는 지금도 도무지 알 수가 없다. 신발이 편할 거라는 환상에 사로잡혀 있었던 것 같다. 신발뿐만 아니라 나를 둘러싼 모든 상황이 현실이 아닌 것처럼 느껴졌고, 앨리슨 제니와 안나 페리스가 건네주는 트로피를 받았다. 페리스는 키가 큰 편이 아닌데도 내게 상을 주려 몸을 굽혔다. 나는 돌아서서 바다처럼 넘실거리는 여러 얼굴들을 마주했고, 위대하고 훌륭한 사람들이 나를 쳐다봤다. 순간 머릿속이 텅 비었다.

'젠장…. 왜 할 말을 준비 안 했지?'

그 자리에서 나는 맹세코 마이클 더글러스를 봤다. 영화 〈쇼를 사랑한 남자〉에서 리버라치 역을 맡아 놀라운 연기를 펼치며 에미상을 탈 만한 활약을 충분히 보여준 배우. 내 눈에 비친 그는 분명 왜 자신이 출연한 영화를 쓴 작가가 아니라 내가 이 상을 탔는지 이해하려고 노력하는 눈치였다.

"저 사람 누구야?" 분명 그는 오른쪽에 앉은 남자에게 이렇게 말했다.

나는 정신없이 횡설수설하며 꼭 해야 할 감사 인사를 전하고, 허공을 쳐다보며 더듬더듬 말을 이어갔다. 그러던 중 공항에서 일어났던 재치 있는 일화 하나를 기억해냈다. 로스앤젤레스 국제공항에서 출입국 관리관이 내게 정말 에미상 시상식에 가는 것이 맞냐고 물었던 이야기였다. 이 이야기를 이어가는 동안 나는 내게 두 가지 선택지가 있다는 사실을 깨달았다. 농담을 던질지, 지금까지도 인급하지 못한 가장 고마운 사람의 이름을 말할지. 하지만… 결국….

"이제 그분들이 제 말을 믿겠네요"

웃음과 박수가 터졌다. 나는 미소 지으며 팔을 들어 자랑스럽게 에미상 트로피를 흔들었다. 그렇게 수상이 끝났다. 그리고 나는 몇 초 만에 무대 뒤로 들어가 기자들 앞에서 즉석 인터뷰를 하고, 다시 객석으로 돌아가 내 등을 두드리며 축하해 주는 사람들에게 둘러싸였다.

나는 하지 못했다. 끝내 잊어버리고 말았다. 내가 가장 사랑하는 사람의 이름을 말하지 못했다. 제이콥의 이름을. 나는 그 이름 대신 농담을 던졌다.

물론 그 이후 나는 제이콥에게 사과했고, 제이콥은 관대하게 받아주며 그 일을 빠르게 잊어버렸다. 파티에 참석한 우리는 에미상을 들고 있으면 어디를 가든 그곳 모두가 마치 신생아를 보듯 우리를 향해 미소 짓고 친절하게 대해준다는 사실을 알게 되었다. 우리가 에미상을 리무진 안에 두고 내리면 우리는 아무것도 아닌 사람이 된다는 사실도. 아무도 우리를 보지 않았고, 미소 짓지도 않았으며, 그저 가만히 쳐다볼 뿐이었다.

다음날, 제이콥이 빌린 할리 데이비슨 오토바이를 타고 우리는 말리부로 드라이브를 갔고, 파도가 부서지는 태평양을 내려다보며 바삭한 크랩 케이크와 랍스터를 먹었다. 화려한 친구들을 만나고 저녁을 먹으며 마티니를 마시는 것은 그만두었다. 그렇게 우리는 런던으로 돌아왔다. 그리고 말은 하지 않았지만 이후로 제이콥과 나, 두 사람 모두 우리의 관계에 균열이 있다는 사실을, 그 균열이 늘 존재했다는 사실을 알고 있었다. 그 틈이 서서히 벌어져가고 있었다는 것도. 그로부터 몇 달 후, 우리는 함께 다시 상담을 받으러 갔다. 또다시. 우리가 아직도 이따금 이야기하며 웃음 짓는 리나와의 상담 몇 년 후에. 그때와는 뭔가 달랐다.

제이콥이 나를 완전히 용서하기까지 2년이 걸렸다. 그렇게 긴 기간도 아니었다. 있을 수 있는 일이다. 하지만 그 시간은 많은 것을 말해주었다. 많은 것들이 드러났다. 가만히 나눈 대화들 속에서.

나는 함께 달리던 가장 가까운 친구의 손을 놓았다. 그를 앞서서 달려 나갔다. 뒤도 돌아보지 않고 결승선을 통과했다. 그 모든 시간에 제이콥은 끊임없이 나를 응원하며 지원해 주었다. 그리고 그것은 지금껏 나를 쫓아왔다. 여전히 나를 쫓아온다. 제이콥이 쓴 그 목록. 내가 제이콥의 핸드폰에서 찾은 그 목록. 제이콥이 내게 분노하는 일들을 적은 그 목록이.

“두 분 모두 어떤 일에 화가 나는지 목록을 만들어봤으면 좋겠어요”

린…. 우리가 만난 부부 전문 상담사의 이름은 린이었다.

나는 목록을 만들지 않았다. 제이콥은 목록을 만들었다. 제이콥이 써내려간 목록을 읽는 건 너무 고통스러웠다. 사실이었기 때문이었다. 내 최악의 모습. 제이콥은 내 최악의 모습을 봤다. 어쩌면 그래서 제이콥은 나를 잊어버린 것일까? '…80%는… 망상 증세를 보이는…, 관계를 끝내고 싶어 했다는…' 제이콥이 정말 그랬다고 해도 이런 식일 줄은 생각하지 못했다.

지금 나는 거의 모든 날 누군가 주먹으로 가슴을 세게 때리는 듯한 느낌을 받으며 산다. 마치 말발굽에 치인 것같이. 말 그대로 심장이 아프다. 제시와 메이블도 알아차릴 정도로. 메신저에 수많은 메시지가 오간다. 제이콥의 망상에 반하는 말을 하면 안 된다는 말을 들은 이후 모두 고군분투한다. 제이콥의 상태에 맞춰주기 위해. 하지만 내 피해망상은 점점 커져만 간다. 나는 다른 환자들의 파트너들은 상담 시간에 함께 참여하고 있다는 사실을 최근에 깨달았다. 환자들과 가족의 소통을 돕기 위한 워크숍을 운영한다는 것도 알게 되었지만, 누구도 나를 불러주지 않는다. 내 존재감이 점점 더 옅어진다. 모두에게 힘든 일이다. 그 누구의 잘못도 아니지만 상처받는다.

어느 날 조시는 이렇게 말했다.

"진짜 말도 안 되는 일이야…" 조시가 나를 위해 해주는 말들을 들으면 어쩐지 안심이 된다.

"빌어먹을 헛소리야…. 개 같은 소리라고"

이따금 제이콥의 의식은 어딘가를 표류한다. 의료진은 제이콥의 정신병 치료제를 조절한다. 유창하게 말하고 경청하다가도 불현듯 주제에서 벗어나는 제이콥에게 수면 뇌파 기계를 다시 붙인다.

집중치료 병동에서 처음 만난, 아일랜드 출신의 친절한 M 의사가 잠시 재활 센터에서 근무하고 있다. 의료진은 제이콥이 다시 발작을 일으킬 수도 있다고 말한다. 제이콥은 병원에 오는 친구들에게 자신이 많은 생각을 하고 있다고 털어놓는다. 어느 날은 나를 울게 만든다.

"당신을 몰라서 슬퍼."

나는 그 말이 진심이라는 것을 안다.

"그래, 맞아. 제이콥." 나는 케이크로 제이콥의 사랑을 산다. 혹은 이상한 장난으로.

언젠가 나는 주인 없는 휠체어에 앉아 제이콥을 지나치며 그의 손에 당근을 쥐여주었다. 그리고 떠났다. 제이콥은 혼란스러운 표정으로 내 뒷모습을 유심히 쳐다보는 느낌이었다. 나는 제이콥의 관심을 받으려 무슨 짓이든 한다. 제이콥이 나를 모른척할 수 없게.

〈더 스플릿〉의 제작 회의를 하던 중, 핸드폰이 울린 적 있다.

제이콥의 번호였다.

"제이콥?"

"여보세요" 부자연스러운 목소리가 돌아온다.

이내 그 뒤에서 어떤 목소리가 들렸다.

“아내분에게 지금 뭘 하고 있는지 말해볼래요?”

“지금 당신에게 전화하고 있어. 치료 중이야” 제이콥이 말했다.

“그렇구나, 제이콥. 전화해 줘서 기뻐” 내가 미소 짓자 회의실 안 사람들이 나를 쳐다봤다.

“그래” 제이콥이 말했다.

“지금 누구랑 통화하는 거예요, 제이콥?”

수화기 너머 목소리가 들렸고 나는 그 목소리가 T 의사라는 사실을 알아차렸다. 제이콥이 내게 전화하게 만든 기발한 생각을 떠올린 건 T 의사였다. 어떤 경우에는 망상 증세를 보이는 환자가 자신이 생각하는 사기꾼과 전화통화를 하는 것이 효과가 있기 때문이었다. 때로는 그 사람의 목소리를 부정하는 쪽으로 흘러가기도 한다. 환자가 있는 방에 들어오기 전에 큰소리로 이야기를 시작하며 들어오는 방법도 있다고 한다. T 의사는 무언가 새로운 방법을 시도하는 것처럼 생각하지만, 나는 이미 구글에서 봤기 때문에 알고 있었다.

제이콥은 점점 더 친절해지고, 내가 병원에 오기를 기다리기도 한다. 내게 돌아올 거라는 희망으로 부스러기 같은 흔적을 늘어놓을 때면 심지어 미소를 짓기도 한다. 하루는 제이콥이 내게 팔을 둘렀다. 우리는 마침내 제이콥이 나를 알아본 것처럼 어색하게 포옹했다. 둘 다 거짓이라는 사실을 알고 있었지만.

"제이콥?" 뒤에서 들리는 목소리가 다시 한번 재촉했고
"모르겠어요" 제이콥이 대답했다.
전화가 끊겼다. 나는 회의로 돌아갔고 조용한 굴욕감이 나를 찔렀다. 편집하고 있던 대본으로 돌아가 조금 전까지 읽던 부분이 무엇인지도 모르는 채 말했다.
"여기…. 여기 이 부분 조금 잘라낼까요?"

부활절을 맞아 우리는 풀리아에 다녀왔다. 엄마와 휴와 소피와 그 아들들도 함께. 우리 집은 아드리아해가 내려다 보이는 새하얀 도시인 오스투니의 끝자락에 자리 잡았다. 날씨는 맑고 따뜻했으며, 저녁에는 선선한 바람이 불어왔다. 가족들은 수영장에 뛰어들고, 아이들은 올리브 나무들 뒤 작은 땅에 제이콥이 만들어놓은 경기장에서 테니스를 즐겼고, 우리는 아이들이 찾을 수 있도록 트룰로의 돌담에 난 작은 구멍에 달걀 모양 초콜릿을 넣어두었다. 저녁에는 지붕에 올라가 올리브 나무가 펼쳐진 풍경과 그 안에 점처럼 반쯤 숨어 있는 트룰로들을 볼 수 있었다. 아름다운 경치였지만 편히 즐기지 못했다.

최근까지 다시 잠을 못 이뤘다. 이따금 소피와 휴가 새벽 3시까지 나와 함께 있어 주기도 하고, 인터넷 신호가 잘 잡히는 거실에 누워 핸드폰이나 넷플릭스를 보거나 TV에서 흘러나오는 중얼거림을 들으며 깨어 있기도 했다. 가슴의 통증은 점점 심해지고, 나는 스트레스를 받고, 피곤하고, 많이 울기도 했다. 어떻게 될지 모르는 미래가 불안하고, 앞으로

펼쳐질 현실이 두려워서. 가족들은 내 손을 잡으며 위로를 전했고 엄마는 햇빛 아래 앉은 내 등을 쓸어내렸다. 하지만 무언가 잘못되고 있다는 두려움은 점점 커질 뿐이다. 가슴 속 고동 소리는 커지고, 고통과 욱신거림도 심해지고 있다.

나는 풀리아에서 집으로 돌아와 의사를 보러 간다고 약속하며 지난날, 우편으로 온 병원 검사지를 놓친 스스로를 자책한다. 제이콥이 쓰러지기 몇 주 전, 또 다른 검사지를 내 코앞에 들이민 적이 있다.

"제발 병원 좀 가. 산부인과 검사를 안 받은 지 벌써 5년째라고"

나는 종종 함께 일하는 감독이자 친구인 사라에게 가슴에 통증이 있다고 털어놓는다. 아마 소화불량인 것 같다고. 파스타를 너무 많이 먹어서일 것이다. 아이스크림도. 다이어트 콜라도. 몇 달 동안 커피와 초콜릿도 너무 많이 먹었다. 게다가 이제는 자면서도 병원에 왔다 갔다 할 수 있을 정도로 운전을 많이 하기도 했다. 어쩌면 안전벨트 때문에 아픈 것일지도 모른다. 사라는 내게 병원에서 검사를 받아보라고 권한다.

"검사는 몇 분이면 끝나…. 그다음부터는 신경 안 써도 되잖아."

그렇게 나는 검사를 예약하고 병원을 찾았다. 쌀쌀한 어느 봄날 메이블, 루비, 데브와 찍은 사진 속 나를 보며 약간 초조하고 부어 보이기는 해도 놀라울 만큼 건강한 것 같다고 스스로 되뇐다. 얼굴에도 생기가 돈다. 심지어 행복해 보이기까지 한다. 도르카스는 자신과 함께 가는 게 어떻냐고 물었지만, 나는 언니를 안심시켰다.

"금방 끝나. 아무 일도 아닐 거야"

내 검사를 진행하는 P 의사는 〈곰돌이 푸〉에 나오는 호랑이 티거처럼 웃는 얼굴에 활기가 넘친다. 그는 끝이 뾰족한 부츠에 안감이 특이한 슈트를 입었고, 옷깃에는 어벤저스 배지를 달았다. 나는 진료실 침상에 누워 재빠르게 유방촬영술을 마쳤다. 고무장갑을 낀 간호사의 도움을 받아 투명하고 납작한 아크릴 같은 기계 사이에 왼쪽 가슴을 구겨 넣으며 두 가지 생각을 한다. 첫 번째, 정말 불편하고 수치스럽다. 두 번째, 이 기계를 만든 사람은 분명 남자일 것이다. 영원히 끝나지 않을 것처럼 느껴지는 검사 도중 의료진은 바늘로 피부에 구멍을 내어 살점을 아주 약간 뽑아낸 뒤 조직검사를 진행한다. 화면에 비친 내 가슴을 본다. 제이콥의 뇌를 찍은 MRI와 다르지 않은 흑백 사진이다.

검사가 끝나고, P 의사는 살짝 미소 지으며 내 손을 잡는다.

"결과를 봤는데, 유방암 양성 반응이 나올 가능성이 99%입니다."

젠장…. 젠장…. 나는 의사를 쳐다본다.

나는 함께 달리던 가장 가까운 친구의 손을 놓았다. 그를 앞서서 달려 나갔다. 뒤도 돌아보지 않고 결승선을 통과했다. 그 모든 시간에 제이콥은 끊임없이 나를 응원하며 지원해 주었다. 그리고 그것은 지금껏 나를 쫓아왔다. 여전히 나를 쫓아온다.

7

'영웅은 여러 모습으로 등장한다.'

나는 머릿속으로 이 말을 계속해서 되뇐다. 그러고는 마치 1970년대에 만들어진 형편없는 공상과학 영화처럼 끊임없이 들리는 MRI의 간헐적인 전자음에 박자를 맞춰본다. 어렸을 때 좋아했던 스매시 광고가 생각난다. 머리가 금속인 외계인들이 나와 우리 지구인들이 으깬 감자를 만드는 방식을 비웃던 광고. 거대한 튜브 같은 기계 속으로 천천히 미끄러져 들어가며, 그 광고 음악을 머릿속으로 불러본다.

'스매시로 으깬 감자를 만들어요….'

어릴 적 나는 TV를 많이 봤다. 건강에 안 좋다거나 머리를 나쁘게 만든다는 인식이 생기기 전까지 TV는 우리를 행복하게 해주는 전자 베이비시터였다. 〈더 투모로우 피플〉* 〈더 바나나 스플릿〉** 〈더 제너레이션 게임〉***까지. 나와 휴 그리고 도르카스는 거의 모든 주제곡을 알고 부를 수 있을 정도였다. 나는 〈더 리버 버드〉의 주제곡을 떠올린다.

"춤추고 있나요…. 묻고 있나요? 그래요, 나는 묻고 있어요…. 그리고 춤춰요."

헤드폰으로 들리는 목소리가 금속이 부딪히는 소리와 함께 가만히 끊긴다.

"좋아요. 다음 검사는 3분 정도 걸려요."

나는 의료진에게 스캔 사진을 찍는 시간을 조각조각 나누어달라고 부탁했다. 그리고 내게 말을 걸어달라고, 계속 말을 걸어달라고도 부탁했다. 사진을 찍는 데만 한 시간 반이 걸렸고, 진정제도 투여해야 한다. 도르카스가 밖에서 기다리고 있고, 방사선 촬영을 도와주는 직원은 기계 안으로 나를 데려가려고 내 손가락을 거의 벗겨내듯 떼어내고 있다.

나는 아크릴 상자 두 개에 가슴을 매단 채 엎드려 눕는다. 기묘한 광경이다. 거울로 통제실에 있는 방사선사와 조수가 보인다. 두 사람은 머리를 숙인 채 화면에 띄워지는 사진들을 보며 계속해서 나를 안심시킨다. 내가 쓰고 있는 헤드폰으로 그들의 목소리가 흘러나온다.

지난주에는 뼈를 스캔하는 기계 안에 누워 있었고, 내 얼굴에서 약 1cm 위에 일반적인 TV 크기 정도 되는 평평한 금속판이 있었다. 그때는 엄마가 내 손을 잡아줬다. 내 골격을 완전하게 찍어야 하므로 허리를 움직이지 않으려 애쓰며

* 1970년대 영국의 어린이 공상과학 시리즈

** 물로 된 캐릭터들이 등장하는 1970년대 미국 어린이 모험 TV 쇼

*** 가족에서 세대가 다른 두 명이 한 팀으로 참가하는 영국의 퀴즈 쇼

살짝 고개를 돌리자, 미소 짓는 엄마의 얼굴이 보였다. 마치 샌드위치 토스터 안에 들어와 있는 기분이었다. 그런데도 결국 울음을 터뜨렸다. 한 번도 울어본 적 없는 사람처럼. 아이처럼 엄마를 부르며, 내 손가락을 잡고 위로의 말을 속삭이는 엄마를 옆에 두고 흐느꼈다.

내 아킬레스건은 기계다. 금속이 부딪히는 소리. 삑삑 울리는 소리. 기분 나쁜 흡입의 느낌. 기계 안으로 들어가고 나오는 그 과정. 제이콥이 이 모든 것을 겪는 광경을 보기만 해도 힘들었는데, 이제 내가 직접 겪어야 한다. 아이들은 나를 잘 안다. 언젠가 엘리베이터에 잠시 갇혔을 때, 메이블은 내게 기대 말을 걸며 안심시켜 주었다. 제시는 기차가 터널을 뚫고 지나갈 때면 나를 달래주곤 했다. 언젠가 제이콥이 집 안으로 전화를 받으러 뛰어 들어가며 무심결에 나를 차에 가둔 적이 있었다. 거실 창문 앞에 서서 전화기를 귀에 댄 채 즐겁게 이야기하는 제이콥을 보며, 나는 차 안에 앉아 밖을 지나가는 이웃들을 소리쳐 부르며 구조를 요청했다.

"세상에…. 엄살도 심하지…" 제이콥은 그 일로 일주일이나 나를 놀려댔다.

나는 일상생활을 하려면 꼭 필요한 곳에서 밀실 공포를 느낀다. 차에서, 비행기에서, 엘리베이터 같은 곳들에서 공포를 느낀다. 길고 어두운 터널을 지나기라도 할 때면 시간이 느려지고 생명이 빠져나가는 것처럼 미친 듯한 두려움이 밀려온다. 출구 없이 갇혀버린 듯한 느낌이 든다. 한 번은 의자에 가만히 앉아 있기만 했는데도 공황이 심해져 미용실을 박차고 나온 적도 있었다. 다시 미용실로 돌아가 나머지 절반을 다듬을 때까지 나는 일주일 동안 머리를 반만 자른 채 살아야 했다.

배우들이 늘 겪는 카메라 테스트가 떠오른다. 배우들은 의상을 입고 세트 한쪽에 선 채로 어떤 것이 좋고 어떤 것이 안 좋은지 논의하는 여러 부서 사람들의 시선에 갇혀 자세히 평가되고, 무심한 듯 자존감을 지키며 그것을 견뎌낸다. 하지만 배우들은 역할을 연기하는 것이다. 그들은 나와 다르다. 지금의 나는 한심하다. 나는 겁쟁이다.

'제이콥은 이런 걸 수천 번은 견뎠어.'

하지만 눈물은 계속해서 쏟아지고, 나는 내가 믿지도 않고 존재한다고 생각하지도 않는 신을 찾으며 울부짖는다. 방사선 전류가 나를 덮친다. 마치 산 채로 묻히는 것만 같다. 이렇게 다시 한번 내 의지를 다진다. 나는 화장을 선택할 것이다. 죽어서도 이런 상자 안에 눕지는 않을 것이다.

"잘 참았어요, 아비. 다음 검사는 5분 정도 걸릴 거예요."

"세상에…. 엄살도 심하다니까" 제이콥의 목소리가 귀에 들리는 듯하다.

내가 죽을 수도 있다는 가능성도 생각해야 한다. 내 왼쪽 가슴에서 6cm짜리 종양이 발견되었고, 14cm나 퍼져 있다. 그나마 좋은 소식은 종양이 내부가 아니라 외부로 뻗어나갔고, 림프절 세 부분을 제거해 생체검사를 한 결과 림프절까지 전이되지는 않았다는 것이다. 곧 내 가슴과 유두가 없어질 것이다. 그래도 이 정도는 희망적인 상황으로 보일 정도다. 내가 살 수만 있다면. 내 증상은 '삼중음성 유방암'으로, 에스트로젠 수용체, 프로게스테론 수용체, 사람 표피 성장인자 수용체가 없어 호르몬 치료와 표적 치료제가 잘 듣지 않는 유형이다. 공격적이면서 비교적 희귀한 유형이고, 유방암 환자 중 약 15%에게서 발견된다.

암이 빠르게 자라나고 있다. 병기는 3단계, 등급도 3단계다. 앞으로 20주간 항암치료가 이루어진다. 처음 여덟 번은 2주 간격으로, 나머지 열두 번은 매주 받아야 한다. 그다음 유방 절제술을 받고, 수술 3주 뒤부터는 4주간 방사선 치료를 받는다. 내 항암치료는 내년 2월에나 끝날 것이다. 내가 제이콥을 따라잡고 있다는 생각이 든다. 이제 우리 둘 다 항암치료를 받게 될 것이다. 나는 제이콥의 침상 끝에 걸터앉아 서로의 약 목록을 살펴보며 겹치는 약물을 발견할 때마다 빙고라도 외치고 싶은 심정이다.

지금은 6월이다. 제이콥이 병원에 온 지 1년이 되었다. 제이콥과 나의 스캔 사진 모두에서 기묘한 아름다움이 느껴진다. 내 가슴의 종양은 조직과 피부를 나타내는 하얀 층에 검은 구멍으로 나타난다. 제이콥 뇌의 좌엽과 우엽, 단기기억과 장기기억을 통합하는 데 중요한 역할을 하는 해마 주변의 어두운 부분은 마치 오래도록 아무도 닿지 못한, 잊힌 은하계처럼 보인다. 우리의 몸, 빠르게 돌아가는 우리의 우주가 컴퓨터와 CT 화면에 크게 띄워지고, 그 안의 은하계가 띄워지면 의사들과 방사선 촬영 기사들, 종양 전문의들은 그 신비로운 구조를 깊이 들여다보며 심사숙고하고 분석한다.

나의 언니 도르카스는 예전부터 늘 재미있는 것을 찾아 다녔다. 카디프에 있는 할아버지 할머니 집에서 긴 여름 휴가를 보낼 때마다 나와 남동생 휴를 데리고 모험을 떠나곤 했다. 1930년대에 지어진 교외 저택들의 자갈 외벽, 배리 아일랜드로 떠나는 한낮의 여행, 니커보커 글로리*와 웰시 케이크**와 분홍 소시지와 감자튀김의 기억이 함께 뒤섞인다. 어떤 해에는 언니가 요리법과 십자말풀이를 담당하는 《카디프 가제트》 신문의 편집장을 맡았고, 나와 휴는… 무엇을 맡았더라…. 연재만화였나? 또 어느 습했던 여름날에는 짚과 면 조각으로 작은 박람회장을 만들기도 했다. 할머니가 가장 아끼는 도자기 접시에 흙을 퍼담아 자갈로 길을, 꽃잎으로 화단을, 사탕 껍질로 연못을 만들어 작은 정원을 만들었던 적도 있었다.

이 두 사람이 흔들리는 나를 붙잡아준다. 망토를 숨긴, 나를 구해줄 어벤저스다. 종양 전문의, 외과 의사, 간호사들과 어깨를 나란히 하는.

'영웅은 여러 모습으로 등장한다. 영웅은 여러 모습으로 등장한다.'

내 암 선고가 막 확정된 후 세인트 존&엘리자베스 병원 건너편의 비싼 카페 안에서 만난 동생과 언니는 마치 충실한 부하처럼 내 양쪽에 앉았다. 언니와 남동생은 내게 커피

* 긴 유리잔에 아이스크림, 과일, 크림을 담은 디저트

** 밀가루와 버터를 넣어 납작하게 구운 웨일스의 전통 간식

를 사주고 손을 쓰다듬으며 내가 제시와 메이블을 볼 때 느끼는 혈육 간의 애정을 보여줬다. 말하지 않아도 수많은 시간 서로의 삶에 깊이 뿌리내리며 함께 살아온 사람들만이 줄 수 있는 위안. 나는 행운아다. 정말 행운아다. 나는 숨을 몰아쉬며 남동생에게 몸을 기댔다. 피를 나눈 사람들과의 유대감, 사랑과 함께 나눈 추억이 나를 지탱해 준다. 사실 내가 이 상황을 잘 헤쳐나갈 수 있을지 자신이 없다. 하지만 내가 약해진다면 두 사람이 나를 이끌어줄 것이다. 어렸을 때 우리가 그랬던 것처럼.

어릴 적 할아버지 할머니 집과 가까운 거리로 만화책을 사러 가곤 했다. 그 기억이 아주 생생하게 떠오른다. 그 당시에는 단돈 10펜스면 캐러멜, 초콜릿, 과자들을 살 수 있었다. 그 집에 딱 하나 있던 손님방에서 불량식품을 먹으며 보고 또 봤던 소녀 만화와 10대 잡지들까지. 현실이 끼어들기 전, 나의 어린 시절을 채웠던 그 여름날들. 모든 어린 시절에는 미래로 향하는 문이 열리는 순간이 있다.

"아."

내 병명을 들은 제이콥의 반응이다. 나는 비좁은 침상에 앉아 제이콥의 얼굴을 마주 본다. 제이콥은 나무 손잡이가 달린 플라스틱 의자에 앉아 있고, 바퀴 달린 책상 위에는 주스와 아이패드와 병원에서 준 강낭콩 모양 접시에 담긴 잡동사니들이 혼란 속에서 나름의 조화를 이루고 있다.

"그건 안 좋은데." 제이콥이 눈썹을 찌푸린다.

'그렇게 생각해? 진심이야?' 하지만 나는 이 말을 입 밖으로 뱉지는 않는다.

“그렇지. 그래도 여전히 많은 사람이 당신을 보러 올 거고, 책도 가져다줄 거야. 그리고 나도 중간중간 올게.”

“어떤 중간중간?”

“치료받는 중간에. 항암치료 말이야.”

제이콥이 덧붙여 말한다.

“그건 안 좋은데.”

“그렇지.” 내가 대답한다.

그리고 제이콥은 아주 형편없는 표정 연기 같은, 눈물 없이 우는 것 같은 표정을 짓는다. 이것은 자신이 슬프다는 것을 보여주는 제이콥만의 방식이 되었다.

“그래도 칼루치오*는 갈 거지?”

나는 고개를 끄덕였고 제이콥은 보고 있던 넷플릭스 드라마에 다시 집중한다.

‘이상하네.’

내 암에 관해서 뭔가 더 괜찮은 말을 해야 한다. 뭔가 더 심오한 것들이 있을 것이다. 하지만 지금, 우리의 영화에서, 이 장면은… 너무… 똑같은 게 반복되고 있잖아…. 우리의 영화를 각색한, 나의 암을 주제로 한 영화를 만드는 머릿속 회의에서 편집자가 불쑥 끼어든다.

‘먼저 해야 할 말이 있어. 솔직히… 이건… 지루해.’

‘그래…. 맞아…. 이미 제이콥이 혼수상태를 겪을 때 나온

* 런던에 있는 이탈리안 레스토랑 체인

장면이잖아.'

맞다. 투병은 지루한 것이다. 마치 P 의사가 유쾌하게 웃으며 이렇게 말할 것만 같다.

"이제부터 많이 불편해지실 겁니다."

많이 불편하다. 나는 지루함과 불편함 사이를 왔다갔다 한다. 하지만 좋은 점도 아주 없지는 않다. 항암치료를 받는 김에 그동안 못 봤던 작품들을 많이 볼 수 있으니까. 요즘 보고 있는 〈왕좌의 게임〉 전 시즌도 아주 괜찮은 선택인 것 같다. 온종일 소파에 누워 있다 보니 두 가지 사실을 알게 되었다. 첫 번째, 낮에 TV를 보는 인구 집단은 당나귀 보호소나 상해 보험에 관심을 갖게 된다는 것이다. 혹은 프로그램 알고리즘이 그렇게 생각하게 만들거나. 두 번째, 〈더 파이오니어 우먼The Pioneer Woman〉*은 중독성이 엄청나다는 사실이다. 나는 그 방송을 정말 많이 찾아본다.

〈더 파이오니어 우먼〉을 진행하는 리 드럼몬드는 적갈색 머리에 쾌활한 블로거, 작가, 음식 작가, TV 유명 인사다. 리는 남편인 라드 드럼몬드가 목장에서 일하는 동안 카우보이 칠리 요리나 굵게 빻은 옥수수 요리를 만든다. 구글 정보에 따르면 그녀는 오클라호마에서 그녀가 '머크'라고 부르는 식당 '머칸타일'을 운영하는데, 하루에 무려 6천인분의 식사를 준비한다고 한다. 그리고 리가 애정을 담아 말보로 맨이라고 부르는 남편 라드 드럼몬드의 목장은 무려 43만 3천 에

* 요리 레시피와 조리도구 등을 소개하는 미국 방송

이커로, 미국에서 손꼽힐 만큼 규모가 크다. 우리 아이들은 이제 카우보이 칠리라면 질색하게 되었다. 나는 자신에게 경고한다…. 이제 구글링은 적당히 하기로.

앞으로 사람들은 내게 말할 것이다. "제이콥이 못 알아볼 만도 하네요. 머리카락이 없으면 다른 사람 같으니까요" 그저 몇몇 사람들이 선의로 하는 말이겠지만, 일리는 있다. 첫 항암치료 전 머리를 민 나는 지금 정말 다른 사람처럼 보인다. 몸집이 큰 아기 같은 모습에다 목 주위 잔머리 때문에 마치 영화 〈콰드로페니아〉*에 나오는 단역처럼 보인다. 로알드 달 원작 영화 〈더 위치스〉**에 나오는 마녀의 가발을 벗긴 모습 같기도 하다. 그런데도 나는 이 모습이 꽤 잘 어울린다는 천진난만한 자신감을 갖고 내 사진을 찍는다. 제이콥은 내가 찍은 내 사진조차도 아비 모건이 아니라고 고집한다. 이전에 찍은 그 어떤 사진도 아비 모건이 아니라고 한다. 이 사기꾼은 생각했던 것보다 더 오래전부터 우리 주위에 있었던 모양이다.

내 호기심은 '우리 가족을 버리고 떠난 그 아비 모건은 대체 어떻게 생겼는지'에까지 닿는다. 그 아비 모건이 길고 검은 머리에 푸른 눈이라는 사실은 알게 되었지만, 코는, 얼굴형은 어떨까? 나는 어떤 얼굴들이 섞여 있는 것인지, 거꾸로 뒤집혀버린 제이콥의 머릿속 캐비닛의 어떤 파일에서 아

* 오토바이를 타며 약에 취한 영국 모드족의 이야기를 다룬 영화

** 마녀들의 정기 총회를 우연히 목격한 소년의 이야기를 다룬 영화

비 모건을 데려온 것인지 궁금해진다. 머릿속에서 나는 또 다시 형편없는 형사가 되어 그녀의 모습을 그려본다. 모순적인 사실은 이런 일에 늘 더 익숙했던 사람이 제이콥이었다는 점이다. 제이콥의 책상 위 게시판은 지금껏 작업했던 무대에서 썼던 소품이나 촬영 현장에서 훔쳐온 이상한 안경, 넥타이핀, 다른 캐릭터들의 액세서리로 가득하다.

아비 모건은 코스튬을 찾아다니며 어느 날 불현듯 자신과 나와 아이들이 입을 갱스터 슈트와 조직 폭력배의 애인 컨셉 드레스를 가지고 집에 오는 것을 좋아했던 사람이다. 비 오는 밤 이스트 런던의 후미진 곳으로 가족을 데려가 영화 〈벅시 말론〉*의 주인공들처럼 팻 샘의 카페 안 비밀 무대에서 가짜 커스터드 파이를 던져대기도 했다. 우리 네 명은 비옷을 입은 채 1930년대풍으로 아름답게 꾸며진 극장 바닥을 미끄러지며 면도 크림으로 만든 파이를 잔뜩 맞아 얼굴에 머리카락이 딱 붙은 모습으로 미트볼을 먹고, 칵테일을 마셨다. 어지럽고 상기된 채였지만, 살아 있음을 느끼던 밤이었다.

그 즐겁던 순간…. 즐거운 기억들이 아무리 힘든 날에도 우리를 지탱해 줄 것이다. 그 기억들이 다시 상기시켜줄 것이다. 내가 존재했다는 것을. 내가 무사히 살아갈 수 있다는 것을. 내 아이들이 지금보다도 더 경이롭고 기적 같은 존재

* 1930년대 미국 금주법 시대, 무기를 만드는 갱 조직 댄디파와 팻 샘파의 패권 다툼을 다룬 영화. 두 갱은 크림을 뿜으며 다툼을 벌인다.

가 될 수 있다는 사실도 이에 한몫한다. 나는 우리에게 꼭 필요할 치료비가 어느 정도일지 마음속으로 생각해 둔다. 아이들은 나를 사랑하고 지탱해 주며, 내가 암을 무기 삼아 잔소리를 늘어놓으려 할 때마다 하품을 해댈 정도로 강하다.

나를 사랑해주는 사람들에게 더할 나위 없이 감사하게 된다. 제이콥이 쓰러진 날 처음으로 전화했던 내 친구이자 나와 함께 각자의 암을 이겨낸 재키도, 늘 변치 않고 내 옆에 있어 주는 엄마와 동생과 언니도, 내가 너무 아파 침대에서 나오지 못할 때 제이콥을 돌봐준 제이콥의 가족도, 늘 전화와 메시지와 꽃과 케이크를 보내며 옆을 지켜준 친구들에게도. 그 자리에 그대로 있어 준 고마운 사람들. 오랜 친구들과 새로운 친구들, 아이들의 학교에서 알게 된 학부모들, 이웃들은 이제 내가 기댈 수 있는 사람들이 되었다. 내 주위에 있는 이 모든 사람이 제이콥의 부재를, 제이콥이라는 큰 구멍을, 아직도 심장을 정통으로 맞은 듯 내 밤잠을 방해하는 그 상실감을 채워준다.

솔직히 말하면, 생각했던 것만큼 나쁘지는 않다. 삶에서 너무 많은 시간 동안 두려워만 했던 나 자신에게 화가 나는 동시에 그런 나를 변하게 해준, 두려움이 없었던 제이콥의 소중함을 더더욱 느낀다.

1월이면 제이콥은 벽에 붙은 지도를 보며 그동안 우리가 가봤던 장소를 지우는 것을 시작으로 여행 계획을 짰다. 캘리포니아, 코스타리카, 방콕, 밴쿠버. 크리스마스에는 남아프리카 여행을 계획했었지만, 이번에는 그전에 제이콥이 쓰러졌다.

열여덟 살이 되기 전까지 외국에 한 번도 나가보지 못한 나와 달리 내 아이들은 많은 경험을 누렸다. 제이콥은 캐스팅 감독과 프로듀서들이 있는 곳에서는 과묵했지만, 산과 바다와 사막에서는 겁이 없었다. 아이들이 아주 어렸을 때, 우리는 차를 타고 시칠리아를 여행하며 차를 세우고 바위 위에서 얼음이 언 물 위로 뛰어내리기도 했다. 제이콥은 프랑스를 여행할 때, 산에서 내려오는 기차의 침대칸에서 내려 다음 기차를 기다리는 그 한 시간 사이에 제이콥은 배낭을 메고 스키 부츠를 손에 들고는 우리를 어느 뒷골목에 있는 버거집에 데려갔다. 세계 최고의 재즈 뮤지션과 랩 아티스트들이 다녀간 곳이라는 사실을 어딘가에서 읽었고, 실제로 그 가게의 버거 맛은 주변 모든 가게를 통틀어 최고였다. 그리고 여전히, 내가 먹은 모든 버거 중에 가장 맛있는 곳이다. 제이콥이 없는 삶이었다면 나는 기차를 놓칠까 불안해하며 기차역 안에서 평범한 샌드위치를 사 먹고 기다렸을 것이다. 늘, 항상, 나는 불안해하며 살았다. 제이콥은 그런 나를 늘 안심시키고, 웃게 하고, 용기를 불어넣었다. 나는 매번 그런 제이콥에게 고마웠다. 절벽에서, 집라인에서. 다이빙대 밑 깊은 물속으로 밀어 넣어준 것에 대하여.

내가 그토록 불안해하고 우려하던 진짜 위험은 사실 안에 있었다. 그 위험은 내 가슴 안에 둥지를 틀고 있었다. 나는 평범한 삶의 끝이 얼마나 가까운지 모른 채로는 그 절벽을 두 번 다시 걷지 않을 것이다. 그 끝으로 걸어온 내게 보이는 것은, 절벽 너머에 있는 것은, 죽음이다. 어둡고, 끝이 없고, 무엇인지 알 수 없는. 그리고 나는 아직 죽고 싶지 않다. 아직은. 하지만 언젠가는 죽게 될 것이다. 언젠가는. 언젠가 저 절벽 너머로 가야 할 때가 온다면, 나는 두 팔을 벌리고 멋지게 뛰어내릴 수 있기를 바란다. 제이콥이 가르쳐 준 것처럼. 하지만 여전히 남아 있다. 죽음은 여진히 내 옆에 남아 있다.

'그래, 그런데 제이콥이 아플 때 다 했던 거잖아…. 죽음이라는 주제, 삶의 무상함. 그냥 제이콥이 다시 돌아온 부분 전까지는 잘라내면 안 돼?' 내 머릿속 편집자가 분통을 터뜨리며 다시 한번 끼어든다. 나는 삶은 유한하며 죽음의 시간이 다가오고 있다는 느낌을 아주 오래도록 떨쳐내지 못했다. 10년 전 맨체스터에 있는 병원에서 숨이 다해가는 아빠를 5일간 보살피면서 나 자신에게 끊임없이 말했다. "기억해…. 지금을 잊지 마. 달라져야 해…. 달라야 해…. 넌 달라질 거야…. 삶에는 리허설이 없다는 걸 기억해야 해" 하지만 이후, 마치 아이를 낳을 때의 고통이 흐려지듯, 나는 그 다짐을 잊고 살아왔다.

나는 암을 앓고 있는 사람들의 인스타그램에 집착하며 호전되지 않음에도 투병 생활을 버티는 그 사람들에게 경외감을 느낀다. 블로그를 돌아다니며 평생 두 명 중 한 명에게 영향을 미치는 이 병과 함께 사는 법을 배우거나 죽게 될 사람들을 본다. 이런 최악의 순간에도 사람들은 팬들이 선물로 보냈다는 바디 크림과 값비싼 수면 마스크를 내보이며 간접 광고를 한다. 암에 걸린다는 것은 정신적으로, 육체적으로, 실질적으로 돈이 많이 드는 일이니까. 나는 또 몸이 아프거나 죽어가는 사람이 파는 그 형편없는 물건을 기꺼이 사들인다. 내 광대뼈가 아플 정도로 웃음을 터뜨리게 해줬다는 사실이 고마워서다.

그 밖에도 나를 위해 노력해 주는 사람들, 감사해야 할 사람들이 너무 많다. 나를 치료해 주는 멋진 종양 담당 의사 P와 A는 UN으로 가야 할 만큼 훌륭한 의사들이다. 우리 집으로 찾아와 항암 약물을 직접 주사해 주는 간호사들에게도 감사한다. 나는 이들의 이름을 계속해서 되뇌며 떠올린다.

감사한 사람들은 또 있다. 내게 얼마나 고마운 일을 해줬는지 잘 모르는 사람들. 어느 날에는 우리 집 길목에 있는 여우 배설물을 나 대신 치워주는 이웃의 모습을 봤다. 결국, 나를 다시 나로 돌아오게 하는 것, 내가 누구인지 다시 깨닫게 해주는 것은 이렇게 작은 일들일 것이다. 그리고 그중 어떤 것들은 제이콥에게도 자석처럼 자기장을 뻗쳐줄 것이다. 제이콥이 어디에 있든.

◆

매주 받는 항암치료가 어느새 4주째에 들어섰다. 나는 제이콥과 마주 앉아 침상 위를 정리하려 한다. 완전히 기진맥진하고, 살도 많이 빠진 상태이다. 잔인할 정도로 힘들다. 말도 안 될 정도로. 그리고 제이콥은 전혀 도와주지 않는다.

나는 제이콥 주변을 정돈한다. 내가 반쯤 먹은 비스킷과 침상 주변에 또다시 쌓인 오래된 오렌지 껍질을 버리는 동안 제이콥은 나를 그저 지켜본다. 이제 7월이 된다. 곧 제이콥의 생일이다. 이번에는 제이콥도 자신의 생일파티에 참석할 수 있을 것이다. 제이콥은 점점 나아지고, 강해지고 있다. 살짝 프랑켄슈타인 같은 모습이긴 하지만 이제 계단도 오르내리고, 움직일 수 있다. 치유되고 있다. 날이 갈수록 이전의 모습을 되찾고 있다. 어쩌면 몇 주 안에 퇴원할 수도 있다는 말도 나오기 시작한다. 근육이 눈에 띄게 늘고, 종아리의 힘줄도 다시 보인다.

이곳은 너무 덥다. 병실에는 여름에도 라디에이터가 켜져 있어 너무 뜨겁다. 눈이 아래로 처져 있던 환자는 몇 달 전 퇴원했다. 옆 병실에 있는 브라이언도 상태가 나아지고 있다고 아내인 다이앤이 내게 전해줬다. 나는 제이콥보다 더 병색이 완연하다. 지난주, 제이콥이 체육관에 가 있는 동안 그의 침상에 누워 있었는데 손에 자루걸레를 들고 지나가던 어느 불친절한 간호사 한 명이 나를 발견하고는 침상 끄트머리에 멈춰 섰다.

"여기 누워 계시면 안 돼요. 지금 뭐 하시는 거예요?"

"죄송해요. 몸이 안 좋아서요"

"몸이 아프면 여기 말고 다른 곳으로 가세요"

맞는 말이었다. 몸이 아플 때 병원 말고 어디로 가냐고 따졌을 수도 있겠지만.

병실을 정돈한 뒤 제이콥이 배고파해서 밖으로 나선다.

우리는 산책 겸 걸어 60년대만 해도 가장 현대적이었던 쇼핑몰인 브런즈윅 광장에 도착했다. 메뉴까지 모두 외울 만큼 익숙한 패스트푸드 식당들이 있는 곳이다. 제이콥은 내내 미소 짓는다. 몇 주 전 제이콥은 내게 다정한 태도로 입을 맞추려 하기도 했다. 나는 장난스럽게 웃으며 피했다. 마치 열정만 넘치고 능숙하지 못한 10대 같은 스킨십이었다. 하지만 나는 잔뜩 기대하며 T 의사에게 이 일을 말했다. 어쩌면 이 상황이 돌파구가 될 수도 있다는 희망을 품으면서. T 의사는 눈썹을 치켜세우고 걱정이 분명한, 사실은 걱정을 넘어 들뜬 듯한 표정을 지었다.

"좋습니다. 이렇게 저에게 말씀해 주시는 게 중요해요. 아마 지금 처방한 항정신병 약물 때문에 그런 행동을 하신 것 같습니다. 약물을 약간 줄여야겠네요"

마치 방금 키스를 했다고 친구들에게 고백했는데, 내게 키스한 당사자가 그 사실을 부정했다는 것을 알아차린 10대 소녀가 된 것 같은 기분이었다.

'우린 그대로야, 그렇지…? 그건 아무 의미 없는 행동이었어'

제이콥을 보살필수록 내 마음도 내 몸처럼 연약하다는 사실을 깨닫게 된다.

'엿이나 드세요, T 의사 선생님'

하지만 이 말을 내뱉지는 않았다.

"아 그렇군요…. 저도 아마 그런 이유일 수도 있을 거라고 생각했어요"

그렇다고 해도, 제이콥은 어딘가 바뀌고 있다. 우리는 칼루치오의 야외 좌석에 앉았다. 제이콥은 나를 바라보고, 나도 제이콥을 바라본다. 남들 눈에는 기묘하게 보일 커플이다. 보행 기구를 낀 제이콥과 대머리에 퉁퉁 부은 내 앞으로 전채 요리가 나오기 시작한다.

"당신은 뒤통수가 평평하네." 제이콥이 불현듯 나를 관찰하며 이제는 익숙해진 둘 사이의 침묵을 깨뜨린다.

나는 조심스럽게 내 부라타 치즈를 먹으며 제이콥을 올려다본다. 지난여름 제이콥을 창피하게 했던 기억들을 건드리고 싶지 않다.

"뭐라고?"

그리고 그렇게 제이콥의 손이 책상을 가로질러 내 뒤통수를 가만히 쓰다듬는다. 그 손의 온기가 너무 익숙해서 놀란다. 제이콥은 늘 내 뒤통수가 평평한 이유가 아기였을 때 유모차에 너무 오래 누워 있었기 때문이라고 말하곤 했다. 그리고 이 순간, 제이콥의 머릿속 어딘가에 있는 자석들이 서로 부딪치며 기억의 파동을 만들어낸다.

"아비…. 아비 모건이랑 비슷하네."

'그래, 제이콥. 아비 모건이랑 비슷하지.'

내 부라타 치즈를 자른다. 그리고 제이콥을 바라본다. 그가 미소 짓는다. 나도 미소 짓는다.

제이콥에게 언젠가 내가 제이콥의 등에 점이 몇 개 있는지 세어본 적이 있었다고 말하고 싶어진다. 그리고 제이콥의 왼쪽 귓불에 손을 대면 아주 오래전, 10대 시절 귀를 뚫었던 구멍이 막히며 생긴 딱딱한 물집이 만져진다는 사실도. 제이콥이 운전하는 옆자리에 앉아 음악을 들으며 멍하니 그쪽 귀를 만지면 제이콥이 짜증을 내곤 했다는 것도. 내가 제이콥 몸의 모든 곳을, 제이콥이 내 몸의 모든 곳을 알고 있다는 사실을 제이콥에게 다시 상기시키고 싶다. 신체적 약점, 가장 아름다운 부분, 몸에 새겨진 작은 불행의 흔적 모두를 서로가 알고 있다는 것을. 나는 내 아랫입술 바로 왼쪽에 있는 상처를 가리키며 제이콥에게 묻고 싶어진다. 이따금 부엌에서 나른하고 게으르게 시간을 보내며 제이콥이 그 상처가 생긴 이유를 기억하고 있는지 묻곤 했던 것처럼.

"사과나무. 당신이 여덟 살…. 아니 아홉 살…. 당신이 아홉 살 때 과수원에서 사과나무를 타다가 생긴 상처지"

"맞아. 그럼 이 상처는?" 나는 내 왼쪽 검지에 있는 매끄러운 흉터, 다른 손가락보다 창백한 피부를 가리킬 것이다.

"빵칼에 베인 상처…. 당신이 열네 살 때지?"

나는 말하고 싶다.

'나는 당신을 알아. 당신은 나를 알고.'

하지만 그러지 않는다. 너무 피곤하니까. 나는 암을 앓고 있으니까. 그래서 나는 그냥 이렇게 말한다.

"디저트 먹을래?"

의료진은 제이콥이 나를 해칠 가능성을 걱정한다. 정신과 의사, 심리학자, 신경과 전문의, 작업치료사까지 제이콥을 담당하는 모든 의사가 모인 회의에서 말이 나온다.

"제이콥이 공격성을 보인 적이 있나요?"

"아니요."

대답을 하고선 유튜브에서 본 학생들의 영상을 떠올린다. 카그라스 증후군을 다룬 그 영상. 형편없던 연기. 소름끼치는 음악. 내 머릿속에서 그 영상 중 하나가 빅토리아 시대 배경으로 변하고, 그 안에서 누군가를 칼로 찌르는 장면이 재생된다. 이 생각은 기묘한 데다 오류도 있는데, 1923년까지 카그라스 증후군이라는 이름은 존재하지도 않았기 때문이다.

"아니요, 제이콥은 한 번도 저를 공격적으로 대한 적이 없어요."

이 말은 사실이다. 제이콥은 늘 다정하다. 마치 제이콥에게 있던 최고의 장점이 남아 있는 것처럼, 모두가 떠난 식탁에 행복한 표정으로 남아 있는 마지막 손님처럼. 제이콥의 따뜻함과 유머는 그 자리에서 그대로 나를 바라보고 있다.

"제이콥은 절대 그러지 않을 거예요."

제이콥은 이 회의에 참여하지 않는다.

"그런 사례가 실제로 있어요. 그래서 걱정하는 겁니다." 이번에도 T 의사다. 나는 T 의사를 똑바로 쳐다본다.

T 의사와 내 머릿속에서 같은 영상이 재생되는 것이 분명하다.

'세상에. 이 사람들은 내가 제이콥을 집으로 데려가게 허락하지 않을 셈이다.'

"제이콥은 괜찮아요. 저랑 있으면 괜찮아요." 나는 단호하게 대답한다.

진실이기도 하다. 우리는 서로 행복한 타협점을 찾았다. 나는 제이콥에게 케이크와 디저트를 사주고 제이콥은 웃으며 마지못해 하면서도 나를 받아들인다.

“그래도 나는 아비가 아니야? 아비 모건이 아니야?”

“아니야” 제이콥은 낄낄거리며 웃는다. 제이콥이 내 머리를 만졌던 그날부터 일주일 후, 우리는 차를 마시러 밖으로 나가기도 했다. 작은 샌드위치와 스콘도 곁들여 우리가 차를 마시는 동안 사우샘프턴가의 온화한 소음이 안개처럼 창문을 덮었다. 큰 발전이다. 최소한 제이콥이 내게 대답을 해주고 있으니까. 제이콥이 다른 사람에게는 말을 잘 한다는 건 이미 잘 알고 있다. 재활 센터로 가기 몇 주 전, 제이콥은 내 남동생을 옆으로 끌어당기며 속삭이듯 말한 적이 있다.

“너도 저 여자가 아비 모건이 아니라는 거 알지?”

내 남동생은 조심스럽게 대답을 골랐다.

“음, 제 눈에는 우리 누나 같은데요… 그러니까… 그래요. 아비 모건인 것 같지는 않네요”

보통 제이콥은 내가 직접적으로 질문하는 것을 불편해한다. 하지만 나는 이미 오래전 이론 A와 이론 B라는 헛소리에 지쳐버렸고, 몇 주 전부터는 신경도 쓰지 않고 있다. 내 멋대로 한다.

“그럼 왜 아이들이 나를 엄마라고 부르는데?” 나는 다시 질문한다.

이제 나는 제이콥의 케이지를 흔들며 그가 철창으로 얼

마나 가까이 다가오는지 확인한다. 혹은 내가 이따금 떠올리는 상상처럼 자신만의 로켓에 타 있다가 깊은 물웅덩이에 추락한 제이콥이 수면 위로 얼마나 고개를 내미는지를. 제이콥은 작은 스콘에 잼을 올리며 내 눈을 똑바로, 오래도록 들여다본다. 이것 또한 큰 발전이다. 멀티태스킹을 하고 있으니까. 육체적으로, 정신적으로 힘든 일을. 먹으면서 동시에 생각하는 일을 하고 있다.

"그건 왜 그런지 아직 잘 모르겠어"

"이상한 일이네" 내가 대답했다.

늘 웃는 얼굴인 제이콥의 작업치료사는 제이콥이 남은 평생 보살핌을 받아야 할 거라고 말한다. 누군가가 제이콥을 씻겨주고, 옷을 입혀주고, 화장실에 가는 것을 도와줘야 할 거라고.

"아마 24시간 붙어 있어야 할 거예요."

그리고 제이콥은 기저귀를 차야 할 것이다. 발기도 힘들어질 것이다. 산 넘어 산이다.

"정말 많이 좋아졌어요. 하지만 신경 쪽으로는 생각만큼 호전되지 않은 것 같아요."

B 의사가 미소 지으며 말한다.

우리는 아직 회의 중이다. 제이콥에 관한 마지막 회의. 제이콥의 가족들도 이 거대한 의료팀 사이에 함께 앉아 있다. 열 명에서 열다섯 명 정도가 회의실에 모여 서로의 말을 듣고 또 듣고, 말할 차례를 기다린다. 무엇에 중독되었는지 모르고 모여 있는 상담치료 모임의 사람들처럼.

"이제 일상생활을 하려면 모든 부분에서 제이콥을 설득하고 유도해야 할 겁니다." 우리는 제이콥을 어떻게 돌봐야 할지 질문하고 논의한다. 제이콥의 사회복지사 브렛에게 도움을 요청할 수도 있다. 늘 우리를 안심시키는 브렛은 캐나다 출신에 드라마 하이스쿨 뮤지컬의 아마추어 버전에서 튀어나온 것만 같다. 출연진이 모두 서른다섯 이상인 하이스쿨 뮤지컬. 제이콥의 돌봄의료 종사자이자 늘 쾌활하고 웃는 얼굴인 케이티도 힘을 북돋아준다.

"제이콥의 상태는 정말 많이 발전했어요."

나는 이 말에 매달린다.

"항NMDA 수용체 뇌염 환자 중 80%가 완치된다고 들었어요." 나는 희망적으로 말한다.

B 의사는 그 말을 놓치지 않는다.

"제이콥은 그 80% 중에서 가장 심한 경우에 속하죠."

이어서 내가 제이콥을 돌볼 수 있을지에 관한 우려가 나오고, 나는 잠시 동안 그 이유를 알아차리지 못하다가 내가 암에 걸렸다는 사실을 깨닫는다. 그 사실을 계속해서 잊어버리고 있다. 마치 사야 할 마지막 재료를 잊어버린 채 무언가 빠졌다는 생각만 하며 마트에 우두커니 서 있는 것처럼. 지금 내 얼굴은 스테로이드 때문에 너무 많이 부어 있는 나머지 피부가 당겨 눈을 뜨기조차 힘든 상태니까.

"그러니까 보호자가 아직…."

"항암치료가 6개월 남았죠." 내가 대답한다.

내가 앞으로의 상황을 어떻게 감당해야 할지 혼란스러

워진다. 이 남자를 집으로 데려가 간호하고, 아이들을 학교에 보내고, 작품 대본을 만들어내고, 내 암을 치료하는 이 모든 일을.

"침대도 새로 샀어요. 제이콥의 침실에 사무실을 꾸미려고요."

나는 이 말로 사람들의 주의를 돌린다. 이들에게 내가 자신 있다는 것을, 해낼 수 있다는 것을, 이 남자를 집으로 데려갈 수 있다는 사실을 보여줘야 한다. 제이콥이 있어야 할 곳으로. 왜냐하면, 나에게는 그런 정신 나간 믿음이 있으니까. 제이콥을 집으로 데려간다면, 계단을 내려가 그 하얀… 우리가 고생해서 만든 그 하얀 주방… 조명으로 가득한…. 그 주방으로 데려가 우리가 만든 의자에 앉히면… 그러면 마법처럼 이곳이 자신의 집이라는 사실을, 내가 나라는 것을, 자신의 파트너이자 아내라는 사실을 제이콥이 기억해낼 것 같은 믿음이.

회의 내내 의료진은 노트에 무언가를 적고, 나는 이 회의가 우리를 안심시키기 위한 것인지, 자신들이 안심하기 위한 것인지 헷갈린다. 왜냐하면 우리는, 제이콥과 마찬가지로 이곳에 매일 오는 것이 일상이 된 채 1년이 넘는 시간을 보냈으니까. 제이콥의 재활 치료 당번 표에 맞춰 일정을 정하고, 메신저로 방문 시간을 맞추고, 각자 노력하며 서로에게 쉴 수 있는 공간을 주려 노력했으니까. 무엇보다 우리는 너무 지쳤다.

"내가 침대를 새로 샀다는 말을 했었나?"

회의에서 나오며, 나는 매번 돌아오는 이 시간이 얼마나 내게 큰 압박을 주는지 깨닫는다.

우리는 제이콥이지만, 제이콥이 아닌 사람을 집으로 데려간다. 낯선 사람이 되었지만, 전혀 낯설지 않은 사람을. 그리고 나는 두렵다. 정말로, 두렵다.

아래층의 성당에서는 작업치료사가 제이콥에게도 들어가기를 권했던 성가대가 환자들을 위해 노래한다. 언젠가, 사람이 죽을 때 마지막으로 기억하는 것은 소리인데, 그것이 태어나서 처음으로 배우는 감각이기 때문이라는 글을 읽은 적이 있다. 우리는 심지어 아이들이 배 속에 있을 때부터 노래를 불러준다. 말로는 할 수 없는 것을 음악으로 전하기 위해서. 다정하고 감동적인 경험이다.

합창단을 맡은 쾌활하고 훌륭한 여자 단장은 두들기듯 피아노를 치고 위아래로 뛰어다니며 나이를 불문하고 모인 여러 환자를 이끈다. 제이콥은 비틀스의 노래들을 좋아하게 되었고, 합창단장은 기꺼이 노래를 들을 수 있게 해준다. 제이콥은 자리에 앉아 노래에 완전히 몰입하며 하나도 맞지 않는 음을 낸다. 여전히 누구와도 이야기하지 않지만, 목이 터질 듯 노래한다.

체격이 큰 한 30대 청년이 고함치듯 노래하는 사람들 가운데에서 찢어진 운동화를 신은 채 어린아이처럼 걷고 있다. 나는 그를 보러온 부모님이 그의 이름을 부르는 소리를 듣는다. 하지만 남자가 부모님을 향해 방해하지 말라는 듯 손을 흔들자 그들은 조용히 뒤쪽에 있는 좌석에 앉는다. 나는 잠시 눈길을 빼앗겼지만, 제이콥을 돌아보자 여전히 노래에 집중하고 있다.

'갑자기…. 내가 지난날의 반도 못 한 사람이 된 것 같아….'

나는 내가 이 모든 것을 어떻게 버텨낼지 혼란스러워진다. 어떻게 감당해야 할지 모르겠다. 땅 밑으로 깊이 빠져든다. 깊이… 빠져든다.

아이들이 각각 여덟 살과 열 살, 지금보다 훨씬 어렸을 때 우리는 캐나다에서 마법 같은 휴일을 보내고 있었다. 선상 가옥에서 보낸 일주일. 캐나다 휘슬러의 새파란 물 위에서 래프팅하고, 목장에서도 하루를 보냈다. 마지막 주에는 장난감처럼 작은 수상 비행기를 타고 밴쿠버섬으로 날아가면서 그 아래에 펼쳐진 광활한 호수를, 19세기 목재 산업의 중심이었던 밴쿠버에서 더글러스 전나무와 삼나무가 벌목되어 떠내려갔던 서부 해안을 바라봤다. 술 취한 선장이 모는 예인선을 타고 서핑을 즐기며 고래를 구경하고, 밴쿠버의 섬인 토피노 만으로 가는 길을 따라가다 해산물 식당에 들러 맛있는 음식을 먹기도 했다. 또 어느 날 밤에는 우리 가족 모두 자전거를 타고 구불구불한 도로를 따라 식당으로 향하기도 했다. 식당에서 나와 숙소로 출발할 때쯤에는 이미 어두워진 후였다. 하지만 자전거에는 조명이 달려 있지 않았다. 택시도 다니지 않았고, 숙소로 돌아갈 다른 방법은 없었다. 그나마 큰길 옆 물가에 좁고 긴 조선대*가 있었다. 별 하나 뜨지 않은 어두운 밤, 오른쪽으로는 이따금 자동차

들이 지나 다녔는데, 우리는 사슴이라도 된 것처럼 그 불빛이 우리를 비춰주기만을 바랐다.

"해보자"

제이콥이 두려울 때마다 주문처럼 내뱉는 말이었다. 1,000피트도 넘는 코스타리카의 상공 위, 아래로 펼쳐진 나무 지붕들 위에서 스파게티 면만큼이나 얇은 집라인zipline을 탔을 때 제이콥은 이렇게 소리쳤다.

"눈 떠. 이 좋은 경치를 다 놓치겠어"

태국에서 깊은 물속으로 다이빙할 때도, 그리스에서 아이들이 산소 탱크를 메고 호흡을 정리하는 법을 배울 때도 마찬가지였다. 방콕의 열기 속에서 우리의 갓난아이들을 무릎에 앉힌 채 오토바이 택시 뒤편에 앉아 수많은 자동차 사이를 가로지를 때도. 그때와 비교해 보면 그저 평범하게 자전거를 타는 것뿐이었지만 우리 옆에는 끝없이 펼쳐지는 숲뿐이었기에 위험할 수도 있는 상황이었다. 그래도 제이콥은, 낡은 자전거에 올라탄 제이콥은, 별도 없는 어두운 밤 우리를 이끌었다. 내가 탄 자전거는 너무 오래되어 거꾸로 페달을 밟아야만 멈춰설 수 있었다. 내 발이 어디에 있는지, 페달이 어디에서 끝나는지조차도 보이지 않을 정도로 주위는 어두웠다. 우리는 너무 늦게까지 밖에 있지 말라고, 곰을 조심해야 한다던 가이드의 경고를 떠올렸다. 그 당시에 여행을 떠나기 전 봤던 〈그리즐리 맨〉**이 생각나는 순간이었다.

* 배의 건조, 진수, 수리 등을 위해 경사진 평면에 만들어진 시설

아이들도 겁에 질렸고, 제이콥은 노래를 부르며 중간중간 우리를 부르곤 했다.

"제시…?"

"저 여기 있어요…"

"잘 하고 있어…. 메이블…?"

"여기 있어요, 아빠…"

"아비?"

나는 조금 멀리 떨어져 있었다.

"난 괜찮아"

이따금 지나는 자동차 불빛들이 너무 가까이서 우리를 스쳤다. 하지만 돌아가기에는 너무 멀리 왔고, 포기하기에는 숙소가 가까워지고 있었다. 정말 어두운 밤이었다. 마침내 그 어둠을 뚫고 숙소에 도착했을 때, 제이콥은 웃음과 함께 터져 나오는 우리의 안심 섞인 한숨과 상기된 얼굴을 핸드폰에 담았다. 그 플래시가 터지며 우리의 동공이 붉은색으로 반짝였다.

제이콥이 아프고 나서 밤마다 사진들을 뒤적이고 또 뒤적이며 마음 둘 무언가를 찾다가 그때 찍은 사진을 발견했다. 사진을 찾아내고, 소중히 마음에 담고, 제이콥이 늘 우리의 손을 잡고 이끌어줬다는 것을, 가장 두려운 순간을 최고의 모험으로 만들어줬다는 사실을 다시 한번 기억할 것이

** '티모시 트레드웰'이라는 환경운동가가 그리즐리 곰을 주제로 찍은 다큐멘터리. 이후 트레드웰은 그리즐리 곰에게 목숨을 잃었다.

다. 그러니까, 이건 내가 할 수 있는 최소한의 일이자 모든 것이다. 그리고 유일한 것.

지난날의 반이라도 되는 사람으로 당신을 다시 끌어내는 것.

내가 제이콥 몸의 모든 곳을, 제이콥이 내 몸의 모든 곳을 알고 있다는 사실을 제이콥에게 다시 상기시키고 싶다. 신체적 약점, 가장 아름다운 부분, 몸에 새겨진 작은 불행의 흔적 모두를 서로가 알고 있다는 것을. 나는 내 아랫입술 바로 왼쪽에 있는 상처를 가리키며 제이콥에게 묻고 싶어진다.

8

8월, 제이콥이 쓰러지고 맞이하는 두 번째 여름이다. 정식 퇴원일은 9월이지만, 결국 주말까지 당겨졌고, 우리는 제이콥을 데리고 병원에서 나올 생각이다. 의사들에게 제이콥이 집에 돌아갈 준비가 됐다는 사실을 설득했다. 그는 병원에서 443일을 보냈다. 작업치료사들은 우리 집을 영상으로 찍어 보여달라고 부탁했고, 나는 핸드폰을 들어 주차장부터 현관, 복도, 거실을 지나 계단을 오르내리며 부동산 업자처럼 꼼꼼히 집을 영상에 담아왔다. 벽에 흠집이 났다며 양해를 구하고, 난간을 더 설치하겠다고 약속하는 내 목소리가 흔들리는 영상 안에 배경음악처럼 깔린다.

우리가 사는 곳은 크라우치 엔드. 위키피디아에서는 이곳이 영국 중심부와 동떨어져 있는 곳이라고 한다. '크라우치'는 '끝' '경계' 등을 가리키며 영향력의 바깥을 의미한다. 영국 북부 헤링게이 서쪽에 있는, 넓이가 5마일쯤 되는 지역이고, 카페, 배우, 젊은 엄마들이 많은 동네다. 나는 20대 중반에 이곳에서 작가이자 엄마의 가장 친한 친구의 집에서 그 딸을 봐주는 일을 했다. 내가 가장 좋아하는 이 동네의 장점은 버긴스*가 많았다는 것이었다. 이제 이곳에는 극장 두 개, 게일스**, 아주 괜찮은 철물점이 들어섰다. 사실 정확히 말하면 우리는 그 경계에 있는 스트라우드 그린에 사는데, 이곳은 핀즈버리 공원과 비슷한 거리에 있지만, 나에게 더 알맞은 지역이다. 내가 몇 년 동안 집필한 50년대 뉴스룸을 배경으로 한 드라마 〈디 아워〉에서 등장한 장소인 혼지 시청 건물에 사무실을 얻어 사용했다. 낡고 오래되었지만 웅장한 건물이다. 정말 행복했던 시간이었다. 내가 한 장면을 수정하면 바로 다음날 복도 끝에서 그 장면이 그대로 카메라에 담겼다. 가장 좋았던 점은 아이들을 목욕시킬 시간에 맞춰 집까지 걸어갈 수 있었다는 것이다.

나는 제이콥의 치료사들은 오지도 않을 방과 여러 공간까지 찍었다. 우리는 그동안 이 집을 무너뜨리고 다시 확장해 왔다. 말 그대로 아이들과 집이 함께 자란 셈이다. 내가 쓴 영화들도 함께 만들어졌다. 주방은 영화 〈철의 여인〉을 쓰며 넓어졌다. 침실은? 〈서프러제트〉 덕에 만들어졌다. 계약금은 HBO에서 방영한 〈박싱 데이 쓰나미〉를 쓴 돈으로 냈다. 피 묻은 돈이었다. 다른 사람들의 존재로 영감받아 쓴

* 영국의 친환경 슈퍼마켓 체인

** 영국의 베이커리 카페 체인

글이니까.

그런데도 내 삶을, 내 세상을 찍으며 나는 무언가를 증명하기라도 해야 하는 것처럼 긴장한다. 더는 나를 기억하지 못하는 파트너를 집으로 데려오려 노력한다는 것은 마음이 무너져내리도록 수치스럽고 부끄러운 일이다. 내가 영화 〈미저리〉*의 주인공인 애니가 될까 봐 두렵다. 자신이 좋아하는 대상에 집착하는, 그 말 없는 정신병자 스토커처럼 보일까 봐. 머릿속으로 침대에 사슬로 묶인 제이콥의 모습을 상상한다. 나는 내가 마침내 제이콥을 붙잡아버렸다는 것이 두렵다. 그렇게 의지가 강하고 독립적인 제이콥이, 이제는 내게 너무 의존하고 있다. 내가 케이크와 여행과 극장과 공원으로 제이콥을 혼자 걷지 못하게 만들어버린 것은 아닐까? 나는 여전히, 나 자신을 탓한다. 부질없는 일이지만, 잠들지 못하는 밤이면 형사처럼 우리의 과거 속 나를 자세히 들여다본다. 내가 뭘 잘못했을까? 사람들이 우리에게 왜 이런 일이 일어났는지 의문을 품으며 물어보면 나는 이렇게 대답한다.

"일어나지 않을 이유가 없잖아?"

사실은 머릿속으로 계속 되뇌던 말이다. 내가 가진 이 모든 것이, 산산이 부서져버리는 상상을 한 번도 하지 않았던 것은 아니다. 제이콥이 쓰러지기 몇 달 전 어느 날, 집으

* 스티븐 킹의 소설을 원작으로 한 영화. 소설가인 남주인공과 그의 소설에 광적으로 집착하는 여자 애니의 이야기가 담겨 있다.

로 운전해 돌아오는 길이 생생하게 떠오른다. 나는 길을 정확히 알고 있었고, 집으로 가는 길로 좌회전할 때쯤 어떤 생각이 머리를 스쳤다.

"만약 제이콥이 내일 죽는다면, 나는 어떻게 해야 하지?"

현관에 다다를 때쯤에는 제이콥에게 펼쳐질 최악의 시나리오를, 내게 펼쳐질 완전히 새로운 세상을 상상하게 되었다. 그렇게까지 나쁘지는 않았다. 상상 속 나는 용감하고 당당한 과부였다. 독립적이고, 여행도 다니고, 새로운 사람도 만났다. 이후, 내가 감히 이런 꿈을 꾸었다는 것, 그렇게 나쁘지 않은 악몽이라는 환상을 품은 것이 정말 경솔한 일이었다는 사실을 깨달았다. 내가 우리를, 제이콥을 이렇게 만들어버린 것은 아닐까? 제이콥은 중간 즈음에 멈춰 서서 완전히 돌아오지 못하고 있으니까. 조용히 소름이 끼치며 비명을 지르고 싶은 날들이 있다.

제이콥이 마침내 집으로 돌아왔다. 나는 우리가 처음 제시를 집에 데려왔던 그때를 떠올린다. 제이콥과 나는 마치 모세처럼 바구니 안에 누운 제시를 바라보고만 있었다. 환불 영수증도 없이 담겨 있는, 우리의 희망이자 꿈인 이 작은 살덩이와 어떻게 살아가야 하는지 전혀 모르는 채로. 우리는 제시를 침대에 눕히려고 열심이었지만, 허둥대는 바람에 둘 다 바구니의 똑같은 손잡이를 잡았고, 태어난 지 며칠 되지도 않은 제시는 바구니에서 벽난로로 굴러떨어지고 말았다. 그 후 몇 주 동안 우리는 제시를 떨어뜨린 직후에 그랬던 것처럼 양가죽 위에 아이를 조심스럽게 눕히고 작은 얼굴에 있는 먼지를 걱정스레 털어내며 제시가 괜찮은지 끊임없이 확인했다. 지금, 침대 옆에 앉아 멍하니 벽을 바라보는 제이콥을 보고 있자 그때와 같은 두려움이 천천히 스며든다. 우리가 해낼 수 있을까? 더 최악인 것은 이런 생각이 든다는 것이었다.

'젠장. 제이콥은 이제 계속 집에 있어야 해.'

퇴원 전, 나는 제이콥의 침상 끝에 걸터앉아 우리 집을 찍은 영상을 보여줬다. 이제 제이콥은 내가 가까이 있을 수 있게 해주고, 새로운 진전을 보이며 최근부터는 나를 친구라고 부른다. 나는 국가에서 지정해 준 누군가에서 친절하긴 하지만, 제이콥에게 살짝 불편한 애정을 쏟는 사람으로 변했다. 뭐랄까, 마치 목사를 위해 밥을 해주는 신도나 좋아하는 가수를 따라다니다가 결국 친해지게 된 소녀팬 같은 느낌. 병원에서 제이콥의 삶은 이제 침상 옆 장바구니와 이케아 가방에 담겨 왔다. 나는 집안의 어디가 바뀌었는지 그에게 짚어준다. 새로운 의자, 자리를 옮긴 테이블, 더 많아진 벽의 사진들까지. 제이콥은 멍하니 시선을 주다가 오렌지색 벤치, 노란색 현관처럼 익숙한 것들이 보이면 이따금 고개를 끄덕인다. 우리는 몇 주 동안이나 벤치와 현관을 어떤 색으로 칠할까 고민하며 지역 공구상에서 여러 색을 사다 섞고 또 섞었고, 매번 새로운 페인트 통을 들고 돌아오던 제이콥은 결국 해바라기처럼 완벽한 노란색을 찾아냈었다.

나는 제이콥의 사무실을 침실처럼 바꿔놓았다. 값비싼 벽장수납형 침대는 싱글 침대로 바뀌었다. 조명 배선도 바꾸고 펠트로 된 회색 침대 머리 판 쪽으로 옮겨두었다. 보조 테이블도 들여놓았다. 제이콥의 소변 통과 더불어 알렉사* 스피커를 둘 곳이다.

벽에는 제이콥에게 뭔가를 떠오르게 해주기를 바라며 내가 가져다 놓은 그림과 사진들이 붙어 있다. 자동차 보닛 위에 펼친 지도처럼 제이콥에게 과거의 무언가를 떠오르게 할, 그리하여 결국은 제이콥을 다시 돌아오게 할 또 다른 단서들도 있다. 제이콥이 아프기 불과 몇 주 전 액자에 넣은 힙합 가수들의 순위표, 제이콥이 쓰러지기 전 1월에 마지막으로 공연했던 연극 〈오슬로〉의 포스터 같은 것들. 7월에 찍은 최근 사진은 어디론가 없어져 버렸는데, 우리 모두 제이콥이 두 번 다시 맞을 수 없을 거라고 생각했던 제이콥의 생일 파티 사진이었다. 제이콥이 약간 당황한 듯 웃으며 우리 모두가 보는 앞에서 내가 만든 레몬 케이크를 자르고 있는 사진. 그의 옆에 앉아 웃고 있는 제이콥 엄마의 푸른 셔츠가 오렌지색 벤치와 아름답게 어우러진다.

제이콥을 사랑하는 가족들의 사진들을 그의 곁에 더 많이 붙여둔다. 5월, 어느 해변에서 미소 짓는 메이블과 사촌 루비의 사진 한구석에는 내 얼굴이 나와 있다. 나는 아주 조금만 보이게 찍혔는데, 내가 나와 있으면 제이콥이 싫어할까 봐 무서워하는 것처럼 보이기도 한다. 그 옆에는 몇 해 전 크리스마스에 내가 선물로 준 우리의 애창곡 가사가 액자에

* 아마존에서 개발한 인공지능 플랫폼

담겨 있다. 이후 제이콥은 그 노래는 우리의 애창곡이 아니라고 말했고, 그것 때문에 싸우기도 했다. 그래도 나는 어쨌든 그 액자를 원래 제이콥이 쓰던 방에 걸어둔다. 그 위에는 내가 매일 아침 제이콥을 깨울 때 들여다보는 시계가 있다. 우리가 병원을 떠나기 전 의료진이 끊임없이 말했던, 제이콥에게 필요한 자극의 일부다.

이 방에서 제이콥은 엔터프라이즈호의 선장처럼 '우리의 삶'이라는 우주선을 운항하곤 했다. 비행기표를 예매하고, 돈을 이체하고, 선생님들에게 이메일을 보내며 우리의 일정을 관리하고, 학교 일정과 직장 일정을 맞췄다. 어려운 스도쿠 퍼즐을 훌륭하게 풀어내는 사람처럼 이 모든 일을 즐기며 해냈다. 축구나 하키 게임을 보러 갈 때면 제이콥은 언제나 터치라인과 가까운 자리를 찾아냈다. 아이들이 10대 초반에 접어들어 미친 듯이 즐거워하며 참석하던 파티와 바르미츠바*에 관해서도 마찬가지였다. 제이콥은 옷을 차려입고 면도까지 하며 어린 소녀들의 운전기사를 자청했다. 아이들의 행복과 흥분을 공유하며 그 재잘거림을 듣는 즐거움으로, 막 성인기에 접어드는 소녀들이 마지막 순간 자신을 쫓아내기 전까지 기꺼이 그 기쁨을 함께했다. 또, 금요일 아침이면 아이들 학교의 학부모인 마리아, 필리파, 데니스, 리사 K와 함께하는 커피 타임을 갖기도 했다. 치과 예약, 병원 예약, 퀸 광장에서 매달 맞는 다발성 경화증 주사 일정까지도 제이콥이 맡았다. 나는 이것들로부터, 여러 일정을 알려주는 조용한 알림 소리에서 위안을 얻었다. 삶이 잘 돌아가고 있다고, 제이콥이 모든 것을 잘 해결하고 있다고 말해주는 그 소리로부터.

제이콥의 침대 옆 책상 위에는 한동안 사용하지 않은 애플 컴퓨터가 먼지를 뒤집어쓴 채 놓여 있다. 허리에 좋은 값비싼 빨간 의자는 일회용 장갑과 발 크림을 놓는 테이블이, 이 새로운 삶의 장식품이 되었다.

늦은 밤 나는 제이콥의 방 밖 계단에 걸터앉아 그의 잠꼬대를 듣는다. 이전에 제이콥의 소속사나 친구에게 온 전화를 훔쳐 듣던 것처럼. 이제 나는 제이콥이 자면서 내뱉는 일방적인 대화를 듣는다. 자신의 꿈속에서 제이콥은 이전처럼, 완벽하게 논리적으로 대화한다. 꿈속에는 당황스러움도, 멍한 눈빛도 없다. 꿈속에서 제이콥은 다시 자기 자신이 된다.

"자기야, 내가 열쇠 어디에다 뒀는지 알아?"

"아니다…. 내가 찾았어…"

"아니…. 아니야…. 그냥 바로 가자. 그 식당에서 먹을 수 있을 거야"

나는 계단에 걸터앉은 채로 귀에 익은 그 대화, 우리의 과거에서 제이콥의 꿈으로 이어진 그 대화에 기도하듯 말없이 대답한다. 우리가 함께했던 또 다른 삶, 익숙한 그 삶의 녹음테이프를 듣는 것처럼.

제이콥이 집으로 돌아온 처음 몇 주, 병원에 가는 차 안

* 유대교에서 열세 살이 된 소년의 성인식

에서 제이콥은 내 옆에 앉아 눈을 감은 채 헤엄치듯 손을 움직이며 허공을 움켜쥐었다. 그리고 자신의 첫 번째 무대를 축하하는 상상 속 친구들, 관객들과 악수했다.

"반가워, 여기서 보니 반갑다"

"공연이 좋았다니 다행이네"

"그래, 엄청나게 훌륭한 공연이지"

어떤 때는 상상 속 유리잔을 입술 앞에 댄 채 말하기도 했다.

"향이 정말 좋다…. 훈연 향이 훌륭해…"

아마 제이콥이 가장 좋아하는 칵테일인 올드 패션드를 마시고 있는 것 같았다. 이런 시각적 환각들이 종종 나타났다 사라지고 있다. 의사들조차 이런 행동이 발작의 일종인지, 그저 꿈을 꾸는 것인지 확신하지 못한다. 제이콥은 이제 신생아처럼 걷는다. 허리를 꼿꼿이 세우고, 손바닥을 펴 옆구리에 붙인 채로 TV와 화장실 사이에서 비틀거리며 방향을 다시 잡고, 손가락으로 벽을 긁다가 부엌에서 위층 복도까지 이어지는 유리 난간을 잡으면서. 이렇게 제이콥의 여정에는 끊임없이 위험이 도사리기 때문에 우리 중 한 명은 항상 뒤를 따라다니며 제이콥을 가만히 밀어주거나 침실 혹은 거실로 가는 것을 도와준다.

◆

제이콥이 집으로 돌아온 지 얼마 되지 않았을 때, 나는 그가 꼭대기 층에 있는 우리의 침실에 누워 있는 모습을 봤다. 예전처럼 스타일러가 옆에 있고, 메이블은 오른쪽에 누워 있었다. 제이콥은 나를 보며 거의 유혹에 가까운 미소를 지었다. 팔다리를 쭉 뻗어 스타일러를 쓰다듬으며. 마치 한 번도 떠난 적 없는 사람같이. 하지만 이런 모습은 그때가 유일했다. 제이콥은 마치 자신의 방 안에 반드시 머물러야 한다는 지시를 들은 것처럼 1층 밖으로는 거의 나가지 않는다. 그가 집으로 돌아왔던 첫날 밤, 나는 혼자 누워 제이콥이 더 이상은 끈적하고 숨 막히도록 더운 병동에 있는 모습을 떠올리지 않아도 된다는 사실에 안심했다. 불이 늘 켜져 있고, 멀리 떨어진 침상에서 누군가가 늘 고래고래 소리치는 그 병동에. 그러나 이 방, 우리의 방, 제이콥의 옷이 걸린 옷장이 있지만 더는 제이콥이 오지 않는 이 방에서 나는 두 번 다시 우리가 함께 잠들지 못할 것이라는 사실을 깨달았다.

매일 샤워를 마치고 나올 때마다 나는 제이콥이 좋아하던 재킷, 카고바지, 운동복 상의, 하와이안 셔츠가 한쪽에 구겨진 채 쌓여 있는 모습을 본다. 버건디색 항공 재킷은 언젠가 몹시 추웠던 주말, 더블린에서 함께 흑맥주를 마시고 정처 없이 행복하게 거리를 걸었을 때 입었던 옷이다. 엄청난 색감을 뽐내는 분홍색 셔츠는 새해 전날 코스타리카, 불꽃놀이로 반짝이던 해변에서 춤을 출 때 입었다. 쌀쌀한 일요일과 나른한 주말에 편하게 걸치던 점퍼들은 낡고 좀먹었지만, 제이콥은 계속 즐겨 입었다. 상을 받거나 결혼식을 갈 때처럼 드물게 참석하는 행사를 위해 빌렸던 턱시도 옷깃에는 촛농이 떨어진 얼룩이 그대로 묻어 있다. 신발들도 마찬가지다.

형형색색의 운동화들도 있다. 낡은 스웨이드 부츠에는 벌써 먼지가 쌓였다. 태국 여행에서 신었던 잠수용 신발도 있다. 성급하게 사고 나서 한 번도 신지 않은 옅은 크림색 워커는 일찌감치 뒤쪽으로 밀려나 있다. 선반 위에는 언젠가 날을 잡아 지폐로 바꿀 계획으로 모았던 20펜스와 파운드 동전들이 쌓여 있다. 해열제가 든 통, 손톱깎이, 제이콥이 병원에 입원하던 날 마치 목에 감겼던 사슬처럼 벗어 던진 우리의 반지는 이제 세면대 옆 비누 받침대에 놓여 있다. 이렇게 제이콥의 삶이 남긴 흔적들은 우리의 침실에 흩어져 있고, 나는 해변에서 무언가를 찾으며 걸어 다니는 사람처럼 그 흔적들이 고인 웅덩이 사이를 뛰어다닌다.

만약 제이콥이 죽었다면, 나는 어떤 의식처럼 이 모든 물건을 모아 자선 단체에 보냈을 것이다. 하지만 이것들은 마치 두 번 다시는 시작되지 않을 공연의 무대 의상처럼 그저 그 자리를 지키고 있다.

"세상에…. 엄살도 심하다니까…"

제이콥의 목소리가 다시 한번 머릿속에 울린다.

제이콥 말이 맞다. 하지만 그럴 수밖에 없는 순간이다. 그러나 그것보다, 이런 순간이 외롭다는 것보다 더한 건, 지루하다는 것이다. 아무도 이런 상실이 지루하다는 건 말해주지 않았다.

밤이면 나는 눈을 감고, 이따금 가슴 위에 베개를 올려

둔다. 무언가의, 누군가의, 제이콥의 무게를 느끼고 싶어서. 그리고 아침이 되면 아래층으로 내려가 제이콥을 깨우고, 옷을 입히고, 부축해서 아침 식사를 하러 간다. 그의 왼쪽 손과 손가락은 팽팽하게 긴장된 채 구부러져 있다. 신경이 돌이킬 수 없을 만큼 손상되었기 때문이다. 그래서 제이콥은 옷을 입거나, 신발 끈을 묶거나, 입으로 포크를 들어 올릴 수 없다. 우리가 고용한 간병인, 이탈리아 남부에서 온 머리가 덥수룩한 소년은 첫날 저녁 잔뜩 긴장한 채 나를 슬픈 눈으로 바라보더니 이것이 자신이 해야 할 첫 번째 일이라는 사실을 깨달았다. 제이콥의 기저귀를 갈아주어야 한다는 것과 우리의 일상을 이야기하며 악수할 때, 나는 소년과 내가 똑같이 겁을 먹었다는 것을 알아차렸다. 그리고 그 소년은 다음날 저녁부터 우리 집에 돌아오지 않았다.

병원에서는 제이콥이 간병인을 신청할 자격조건이 될 거라고 우리를 안심시켰지만, 이 시스템은 느릴뿐더러 무조건 실패하게 만들어진 것이 분명했다. 제이콥은 분명 자격이 있었지만, 10월까지 우리는 아무것도 지원받지 못한다. 기준은 너무 까다롭고, 대상자가 스스로 호흡할 수만 있다면 가족들은 재산 심사를 받아야 하고, 재산이 그리 많지 않아도 자격은 쉽게 박탈당한다.

계산을 해본다. 24시간 간병인을 붙인다면 우리 돈은 금세 바닥날 것이다. 일주일에 5일, 오전 8시에서 오후 6시까지 사람을 붙이는 것이 최선일 것 같다. 게다가 매주 치료사들도 불러야 한다. 매년 땅값이 비싼 지역의 작은 아파트에 사는 것만큼 돈이 나가야 한다. 나는 내 소속사에 전화해 재정 상황을 파악해 보고, 할리우드에서 들어오는 일을 찾아달라고 부탁했다. 내가 정말 열심히 일하면 간신히라도 이 돈을 벌 수 있다는 사실을 감사할 목록에 더한다. 하지만 제이콥을 집에서 돌보려면 그동안 저축한 모든 돈을 쏟아부어야 하고, 정기적으로 가진 돈을 전부 쓸어 모아야 할 것이다. 장기적으로는 무언가를 팔아야 할 것이다. 나는 늦은 밤 침대에 누워 머릿속으로 숫자들을 더하고 돈을 옮겨보며 퍼즐처럼 빠진 조각들을 맞춰보려 한다. 하지만 아무리 맞춰보려 해도 맞춰지지 않는 부분이 남는다. 사실 내 일은, 창작과 글쓰기를 할 수 있는 내 능력과 그 일에서 얻는 즐거움은 나를 이끌어주는 또 하나의 황금 실이 되어준다. 나는 믿고 일을 맡겨주는 소속사에 감사하며 되도록 모든 계약서에 서명하고, 간병인을 더 많이 고용할 것이다.

우리는 우리 집을 오고 가는 치료사들과 함께 더듬거리며 길을 찾아가고 있다. 물리치료사, 작업치료사, 언어치료사, 신경심리학자가 모두 힘을 합쳐 제이콥을 일으키고, 앞으로 나아갈 수 있도록, 다시 돌아올 수 있도록 돕는다. 제이콥의 기운을 북돋고, 마음을 진정시키고, 발작을 멎게 하고, 인지 능력을 올려주고, 몸과 두뇌라는 톱니바퀴에 기름칠해주는, 칵테일처럼 섞인 여러 약이 하루에 두 번, 제이콥의 입 안으로 들어간다.

그가 무너져내리는 날도, 내가 커피를 내리며 일상을 살아가는 동안 제이콥이 눈으로 가만히 나를 쫓는 날들도 있다. 밤이 되면, 나는 제이콥을 침대에 눕힌다. 어느 날 제이콥이 내가 입은 스웨터를 눈여겨보고는 말했다.

"내가 아비한테 사준 옷이네"

피스타치오 색 스웨터다.

"맞아, 재작년 크리스마스 선물로 사줬지"

"당신이 입으면 늘어나버릴 거야"

"그럼 벗을까?"

"응. 그게 좋을 것 같아"

우리 집 복도에는 큰 거울이 있다. 가끔 내가 제이콥을 벽에 기대게 한 뒤 고리에 걸려 있는 제이콥의 코트를 찾고 있을 때면 거울 속 자기 자신을 보는 제이콥의 모습을 보곤 한다.

"저 사람은 누구야?"

제이콥은 실망이 역력한 표정으로 가만히 자신을 들여다본다.

"잘 모르겠어"

"당신은 제이콥이야"

그런 다음 제이콥은 우리가 밖으로 나가기 전 늘 그러던 것처럼 재킷 매무새를 정리하거나, 5피트 9인 제이콥의 키보다 조금 더 커 보이려 가슴을 부풀리고 머리를 약간 들어 올리며 준비를 마친다.

"당신 참 잘 생기지 않았어?"

그러면 제이콥은 소년처럼 고개를 끄덕이며 나를 웃게 한다. 그럴 때면 제이콥 스스로가 나만큼이나 제이콥에게 낯설게 느껴진다는 사실을 알게 됐다.

우리가 어렵게 찾아낸 신경심리학자이자 매주 우리 집에 오는 보니케이트는 우리 집 부엌에 앉아 PTSD에 관해 이야기하고, 나는 제이콥이 병원 침상에 꼿꼿이 앉아 얼굴에 경련을 일으키며 두뇌에 전기를 흘려보내던 때를 떠올린다. 제이콥의 두뇌 스캔 사진이 재작년 9월, 제이콥이 아팠던 초기에 찍었던 것과 똑같아 보인다고 나 자신을 다독였지만, 항상 열정적인 호주 출신 언어치료사인 리즈는 내게 차분히 설명했다. 제이콥의 텅 빈 미소와 멍한 모습은 두뇌가 회복되는 과정이 아니라고. 그것은 영구적인 현상이고, 다시 돌아오지 않는, 두뇌 손상이라고.

집안은 늘 계속해서 사람들로 넘쳐나고, 스타일러는 소파로 물러나 집안을 드나드는 사람들을 경계 가득한 눈으로 지켜본다. 물리치료사들, 언어치료사들, 작업치료사들, 신경심리학자들, 간병인들이 오고 간다. 이 모든 사람이 제이콥에게 집중한다. 음악 분야에서 열심히 일하고 있는 타쉬가 제이콥이 들어갈 합창단을 찾아준다.

어느 날은 누군가가 제이콥에게 도무지 이유를 알 수 없을 정도로 작은 티셔츠를 입혀놓았다. 조나스 브라더스 콘서트에서 열광하는 10대처럼, 제이콥의 배가 티셔츠 아래로 불룩 튀어나온다. 티셔츠에는 이렇게 쓰여 있었다.

만약 나이 들수록 모든 것이 더 나아지는 것이라면, 나는 지금 완전하고 완벽한 삶의 수준에 다가서고 있다.

지금 콘플레이크를 입에 가득 욱여넣은 제이콥은 높이 쌓인 그릇에서 우유가 흘러내리고 있다는 것을 잊은 듯 보지 못한다. 그는 멋진 티셔츠나 값비싸고 헐렁한 맨투맨을 사느라 쇼핑만 몇 시간을 했던 사람이다. 나는 그런 것들은 그냥 허영일 뿐이었으니 중요하지 않다고 스스로 되뇐다. 하지만 그런데도…. 나는 아래층 화장실에 홀로 앉아 손으로 입을 막으며 터져 나오려는 비명을 틀어막는다.

또 다른 어떤 날에는 아미나의 부축을 받아 일어난 제이콥이 거실에서 줌바댄스를 추고 있었다. 신나는 올드팝 음악에 맞춰 초라한 모습으로 이리저리 움직이는 제이콥을 보고 있는 건 슬플 정도로 비참한 일이다. 원래의 제이콥은 훌륭하고 멋지게 춤추는 사람이었다. 지금처럼 유람선에 탄 나이든 연금 수령자가 아침 운동하듯 형편없이 움직이는 사람이 아니라. 그런 제이콥을 보며 이런 생각을 하는 나는, 정말 최악이다. 하지만 그런데도 나는 종종 그런 생각을 한다. 나 자신이 싫어질 만큼. 제이콥이 매일 항해하는, 제이콥의 두뇌 속 텅 빈 그 회색 섬들을 더 싫어하긴 하지만.

나는 늘 화가 나 있다. 그리고 지금은 항암치료 마지막 주이기도 하다. 욕실 바닥에 웅크리고 누워버린 내 옆에서 등을 두드리며 나를 안심시키고, 엄마는 반대편에 앉아 내가 이겨낼 수 있다고, 살 수 있다고 응원하며 용기를 북돋는다. 그런 가족들만큼이나 나 자신에게 미안해지는 날들도 있다.

종양을 없애는 항암 약물의 부작용으로 발목과 골반이 갉아 먹히는 듯한 고통을 느끼며 절뚝거리고, 그러면서도 분투하며 제이콥을 침대로 부축할 때 메스꺼움과 싸우며, 이 모든 현상은 정상적인 것이라고 두려워했지만, 암은 그렇게 두려워했던 만큼 전이되지 않았다고 자신을 다독인다.

뒷마당에 걸린 해먹에 누워 늦여름 햇살을 즐기면서 아이스크림에 온 정신을 빼앗긴 제이콥을 보며 생각한다.

'당신은 나보다 오래 살 거야.'

그리고 이런 생각은 어느 정도 사실이기도 하다.

구름 속 빛 한 줄기는 나를 맡은 훌륭한 암 전문의 A 의사가 온 힘을 다해 내 치료를 돕고 있다는 것이다. 그녀는 2주마다 항암치료제를 조절해 주는데, 발끝이나 손끝에 감각이 없어서 걸을 때마다 신발 밑바닥이 스펀지인 것처럼, 마치 맨발로 카펫 위를 걷는 듯 발이 땅 밑으로 푹푹 꺼지는 것 같다는 내 말을 귀 기울여 들어준다. 항암치료는 영화에서 본 것처럼 미친 듯이 속을 게워내거나 머리가 몽땅 빠져버리는 그런 것이 아니었다. 암과 싸우는 것이란 천천히 독에 중독되는 것, 육체가 점점 텅 비어가는 것, 어느 날 적혈구 수치가 너무 낮아져 산소가 부족해지는 바람에 다리를 움직이지도 못하고 네 발로 계단을 기어올라가게 되는 그런 과정이다. 이런 일이 벌어지면 나는 병실에 누워 끝도 없이 이어지는 쓰레기 같은 TV 프로그램을 보며 몇 시간 동안이나 수혈을 받아야 하고, 엄마는 고맙게도 카페를 부지런히 오가며 내게 차와 초콜릿 브라우니를 실어나른다.

언젠가 BBC 방송국 근처에 있는 한 카페에 서 있을 때, 작가들을 주제로 한가하게 떠드는 방송사 임원 두 명의 대화 속에서 내 이름을 들은 적 있다. 나는 화들짝 놀라 몸을 돌리고는 그 따뜻한 오후 머리카락이 다 빠진 머리 위로 모자를 눌러 쓴 채 귀를 기울였다.

"아니…. 이제 슬슬 한물가고 있다고 들었어"

그리고 두 사람은 떠났다.

병을 앓는 것이란 정말이지 구차하고 불편한 것이다. 병을 앓고 나야만 '건강이 제일이다'라는 오랜 격언이 사실이라는 것을 깨닫게 된다. 하지만 그보다 더 놀라운 건 내가 얼마나 가족이라는 이름에, 내 가족에, 한 가족의 일원이 되는 것에 의존하고 있는지 깨닫는다는 것이다. 건강한 아빠와 엄마, 아이들, 반려견과 함께하는 가족. 행복하고 화목한 가족. 최소한 겉으로라도. 그동안 가족과 보내는 삶과 즐거운 시간에 얼마나 의지했는지, 이런 생활을 내 삶의 기반으로 삼아 일 때문에 만나게 되는 모임이나 사교 모임에서 살짝 빠지며, 은근히 으스대는 마음으로 이렇게 말해왔는지.

"전 괜찮아요"

하지만 지금 우리는 괜찮지 않다. 괜찮은 것과는 너무 거리가 멀다. 우리 가족은 산산이 부서져 버렸다.

9월. 아이들은 학교로 돌아가고, 새 학년이 시작되는 두 번째 주면 늘 그랬듯 학생들은 그룹을 만들어 아카펠라 노래를 연습한 뒤 1년에 단 하룻밤, 알렉산드라 팰리스*에서 공연을 펼친다. 타쉬와 나는 이번 공연에 제이콥을 데려간다. 제이콥은 자신의 보행기구, 아기 띠는 없지만 쇼핑할 때 물건을 넣을 수도 있고, 쉬고 싶을 때 앉을 수도 있는 유모차처럼 생긴 보행기구를 밀며 우리보다 조금 앞서 걷는다. 제이콥은 우리가 좌석에 앉도록 그를 부축해 주는 동안 낯익은 학부모들을 보면 이따금 고개를 돌리거나 놀란 듯 미소를 짓는다. 이전의 제이콥은 항상 먼저 미소 짓고, 제시의 친구와 제일 먼저 악수하고, 안면이 있는 학부모에게 짧지만 따뜻한 인사를 건네곤 했다. 지금 제이콥은 사람들과 거의 눈을 맞추지 않은 채 지나가는 사람이 보행기를 훔쳐가기라도 할 것처럼 긴장하며 손잡이만 꽉 붙들고 있다.

항공기 격납고처럼 높고 거대한 공간에 관객이 가득 찬다. 무대 위에는 교복을 입은 아이들이 줄지어 오르내린다. 나는 머릿속으로 과거에 우리가 아이들과 함께 봤던 수많은 콘서트와 공연을 되짚는다. 하지만 그 어떤 것도 오늘 밤 이 공연과 비교할 수 없다. 제시와 메이블은 마지막 무대, 줄지어 선 여러 아이 중에서 서로 다른 솔로 파트를 노래한다. 블랙 아이드 피스와 제시 제이의 노래를 섞은, 기발하면서도 훌륭한 무대다. 우리는 환호하며 미소 짓고, 제이콥은 살짝 집중하기 힘들어하면서도 귀를 기울인다. 어딘가 감정이 북받치는 밤이다. 또 다른 인생의 중요한 지점, 다시는 제이콥과 함께하지 못할 것이라고 생각했던 시간이니까. 나는 작년을 떠올리며 제이콥이 얼마나 많이 나아졌는지 다시 한번

* 영국 런던의 공연장

깨닫는다. 이 순간을, 오늘의 승리를 마음에 새긴다. 그러면서도 동시에 제시와 메이블을 부끄럽게 만들지 않으면서 어떻게 이곳을 무사히 빠져나갈지 생각한다. 제이콥을 이곳에 데려오기 위해 우리가 얼마나 노력해야 했는지 아무도 모를 것이다. 굽은 팔에 셔츠를 끼워 넣기 위해, 도저히 벨트를 찾을 수 없는 상태에서 바지가 내려가지 않게 해두기 위해 얼마나 우스꽝스러운 춤을 춰어야 했는지. 더러운 돌계단을 제이콥과 함께 내려오는 단순한 일을 하려고 얼마나 식은땀을 흘려야 했는지.

우리가 차로 무사히 돌아와 자랑스러운 표정으로 공연장 밖을 서성이는 부모들 사이에서, 넘실거리는 미소의 바다에서 아이들을 기다리고 있을 때, 친절하고, 사려 깊고, 사랑스러운 친구이자 학부모인 리사가 서둘러 다가와 차창을 두드린다. 리사가 제이콥을 향해 미소 짓자, 그녀를 한 번에 알아본 제이콥이 함께 미소 지으며 창문을 내린다. 그러고는 열린 창문에 팔을 기댄 채 '의사소통'이라는 공이 오가는 게임을 포기하지 않고, 치료사들에게 배운 것을 잊지 않고 그대로 적용하려 하며 어딘가 부자연스럽게 대화를 시작하는 그의 모습에 나는 또 마음이 무너진다. 리사는 제이콥의 텅 빈 시선과 미소를 전혀 신경 쓰지 않는 것처럼 행동하지만, 나는 리사가 질문을 던지고 제이콥이 대답하기 전까지 계속해서 생기는 침묵의 시간을, 제이콥이 그 공을 떨어뜨리는 모습을 지켜보는 것은 무척 고통스럽다. 그 공을 주워 제이콥이 다시 던질 수 있도록 해주어야 한다.

"아이들 오늘 너무 잘 하지 않았어?"

나는 아이들이 차에 타자 제이콥에게 질문을 건넨다.

"정말 잘 했지."

그러나 제이콥과 내 모습을 숨기기란 쉽지 않다. 나는 이 낯설고 퉁퉁 부은 우리 두 사람의 모습에, 지금은 전혀 그렇지 않지만, 단단하고 건강했던 그때의 부모인 척 연기하는 우리, 마치 개헤엄을 치듯 허덕이는 우리에게 익숙해지려고 노력하는 아이들의 모습이 안타깝다. 제시는 친구들을 발견하고 함께 펍으로 가기 위해 차에서 내린다. 그렇게 밖에서 잠시 이야기하다 다시 몸을 돌려 차 문을 두드리고, 몸을 기대더니 제이콥의 손을 잡아 인사를 하고는 볼에 입을 맞춘다. 모두의 앞에서. 자신의 친구들 앞에서. 나는 그 모습이 못 견디게 자랑스럽다.

"이따 봐요, 아빠."

그러니 우리는 모든 것을 잃지는 않았다. 전부는 아니다.

우리는 항상 아이들이 더 있었으면, 저녁 식탁에 함께 앉아 대화할 아이들이 더 많았으면 했다. 그래서 대신 반려견 스타일러를 들였다. 스타일러라는 이름은 '자유형 선수'라는 의미의 프리스타일러Freestyler를 줄여서 부르는 것이다. 우리 둘 다 스타일러를 돌보는 것이 어느 때는 신생아를 기르는 것보다 힘들다는 사실을 깨닫곤 했다. 그때 스타일러는 복도 벽에 소변을 누고 신발을 죄다 물어뜯어 놨지만, 제이콥은 마치 아이들에게 그랬던 것처럼 스타일러를 관찰하고, 지켜보고, 그가 낯선 환경을 받아들일 때까지 천천히 알려주며 유대감을 쌓아갔다. 엄마는 아이들의 말에 귀 기울이는 제이콥만의 방식이 정말 좋다고 말하곤 했다. 사실이 그렇다. 제이콥은 외향적인 것처럼 보이지만 내향적이고 가정적인 사람이며, 집에 있을 때 제일 자신감 넘쳤다. 그가 느끼는 삶의 즐거움과 활기찬 논쟁을 향한 갈망과 웃음소리는 우리 가족의 식사 시간마다 생기를 불어넣었고, 종종 거실 너머에 있는 자신의 조수 알렉사를 불러 메이블이나 제시에게 들려주고 싶은 노래를 틀어주기도 했다.

"알렉사, 톰 미쉬의… 크레이지드림… 틀어줘"

음악이 흘러나오면 가사에 관한 토론이 시작되었다.

"봐, 파사이드* 노래를 듣는 얘기가 나오지…. 내가 꼭 들어야 한다고 했잖아"

그렇게 음악 지식 한 조각이 아빠로부터 아들에게 전해지고, 제시는 식탁에서 팬케이크를 먹으며 그 조각을 새겼다.

"알렉사, 파사이드 노래 틀어줘"

지금은 내가 빈 카드에 이야기할 거리나 아이들이 흥미를 느낄 만한 주제를 적어 제이콥과 함께 공유한다. 제시에게는 축구, 대학 진학, 음악 얘기를. 메이블에게는 춤, 영국 국립청소년극장, 결정을 내리는 방법에 관한 얘기를. 나는 식사 시간마다 제이콥의 머릿속에 작은 불씨를 피워낼 이 카드들을 내밀고 제이콥은 나를 빤히 쳐다본다. 이 제스처는 그가 배우지도, 하고 싶지도 않은 게임이라는 메세지다.

*　미국의 힙합 그룹

질문할 거리가 글로 적혀 눈앞에 놓여 있어도, 질문을 던진다는 생각조차도, 지금의 제이콥에게는 너무 낯설뿐더러 그 대답의 의미를 헤아릴 수도 없다. 그래서 우리, 제시와 메이블과 나는 함께 앉아 대화의 발판을 만들며 제이콥이 그것을 딛고 우리와 함께해 주기를 바란다. 가끔은 그렇게 되기도 한다. 이전의 제이콥이 보이는 순간. 냉소적인 코미디 같은 순간, 제이콥이 놀라움으로 가득한 눈을 크게 뜬 채 엉뚱한 감탄사를 내뱉는 순간 같은 것들.

"너 선불교 스님 같다." 식사 도중, 제이콥은 제시의 얼굴에 새로 자란 턱수염에 눈을 고정한 채 말한다.

"골!"

집으로 돌아온 후 처음으로 토트넘 경기를 다시 보러 갔을 때, 골이 터지고 관중들이 환호하며 제시가 몸을 일으켜 주자 이렇게 소리치기도 했다. 혹은 고개도 제대로 들지 못하는 제이콥이 다리를 끌며 메이블을 지나쳐 침대로 향하다 갑자기 멈춰 서게 만드는 섬광 같은 것들도 있다. 제이콥이 그냥 지나쳐버릴 때면 메이블은 조금 침울해하며 체념하는 듯하지만, 그래도 아빠에게 먼저 손을 내민다.

"사랑해요, 아빠"

그리고 그렇게 다시 모든 것을 잃어버리고, 고통스러운 침묵을 마지못해 받아들이려던 그때, "하늘만큼 땅만큼 사랑해, 내 딸"

그럴 때면 내 머릿속 '반딧불이 같은 순간들'에 새겨넣는다. 제이콥이 여전히 우리 곁에 있다는 사실을 상기시키는 작고 짧은 섬광의 순간들. 시간이 지나며 이 목록은 점점 길어졌다.

제이콥이 방에서 나와 스스로 유리컵을 꺼내 물을 따라 마신다. 그러고는 혼자서 위층 침대로 올라가 신발을 벗고 잠을 청한다. 제이콥이 "오늘 하루는 어땠어?"라고 묻고는 "오늘 예쁘네."라고 말한다. 그 사이에 내가 아이들에게 싸우지 말라고 말하자 제이콥이 단호하고 판단력 있는 반응을 보인다.

"애들 지금 안 싸우는데."

맞다. 아이들은 싸우고 있지 않다. 내가 그저 피곤해서 아이들을 조용히 시키려고 한 것뿐이다.

어느 날은 저녁 식사를 하며 제시와 메이블이 한 소설을 여섯 단어로 줄이는 게임을 했고 바보 같고 엉뚱한 말들이 오갔다.

"불행한 운명을 피할 수 없는 사랑"

"서퍼 연인들을 공격해 죽임으로써 복수하는 상어"

제이콥은 내내 침묵하다 불쑥 내뱉었다.

"그 남자는 천천히 건강을 회복하고 있다"

제이콥은 가만히 자기 자신에게 감탄했다.

또 다른 날, 제시가 갑자기 대사를 던졌다.

"죽느냐, 사느냐…"

제이콥은 좋아하는 TV 프로그램에 푹 빠져 있었다. 끊임없이, 한순간도 쉬지 않고. 흘러나오는 드라마 〈프렌즈〉에 고정한 눈을 돌리지도 않은 채, 제시가 말하지 않은 나머지 대사를 채워 넣었다.

"그것이 문제로다"

가혹한 운명의 돌팔매질을 맞고도 견뎌야 하는가, 아니면 파도처럼 밀려드는 재앙에 맞서야 하는가? 죽는다는 것은 잠드는 것 그 이상도, 이하도 아니며, 잠듦으로써 우리는 육체를 지닌 존재가 피할 수 없는 수많은 고통과 마음의 아픔을 끝낼 수 있다. 이것이야말로 우리가 열렬히 바라 마지않는 결말이 아닌가. 죽는다는 것은 잠드는 것. 잠이 들면 꿈을 꾸지….

이따금 우리 셋은 집 안에 서 있고, 제이콥은 우리가 갈 수 없는 멀리 떨어진 방, 다른 층 어딘가를 헤매고 있는 것 같다는 생각이 든다. 우리는 현관문을 열고 검게 그을린 벽들, 우리가 함께했던 삶이 남긴 그을음과 잔해들을 재빨리 눈에 담는다. 그리고 무너져내리는 현관과 부엌을 내려다보며 계단을 조심스럽게 기어올라간다. 또 다른 층, 또 다른 문을 열면 벗겨진 벽지와 페인트 거품이 튄 걸레받이가 보인다.

"제이콥?"

"여기야…. 나, 이 위에 있어" 제이콥은 불타버린 이 삶 깊은 곳 어딘가에서 우리를 부른다.

신발도 없이 그을린 바닥을 걷는 우리의 발에는 불길에 휩싸인 가구나 불타버린 장신구처럼 함께한 기억의 파편들이 밟힌다. 이 재앙의 원인은, 이 모든 것을 시작한 불꽃은 모든 바닥과 벽을 할퀴고 지나갔다. 우리는 그 삶의 잔해를 주워 빛에 비춰보며 어떤 것을 간직할 수 있는지 살펴본다. 나는 가만히 그 고통스러운 목록, 우리 모두가 몰래 머릿속으로 확인하고 있는 체크리스트, 과거와 현재를 비교하는 그 목록을 본다. 제이콥이 할 수 있는 것과 할 수 없는 것이 무엇인지 살피는 그 목록을. 과거의 제이콥과 현재의 제이콥을. 우리는 제이콥이 던지던 질문을, 과열되던 논쟁을, 제이콥의 웃음소리를 못 견디게 그리워한다. 하지만 모든 것이 두꺼운 잿더미에 덮여버린 지금, 매일은 너무나도 고요하다.

가끔 제이콥은 소리 내 우리를 부르곤 한다. 그 외침은 〈프렌즈〉의 웃긴 대사일 때도 있고 저녁 식사를 하며 관찰한 우리에 관한 질문일 때도 있다. 머릿속으로 조용히 질문을 골라 가져오기도 한다. 우리는 식탁 앞에 앉아 제이콥이 그 질문들을 잘 찾아오기를, 우리에게 던져주기를 기다린다. 보통 그 질문은 그저 일반적인 내용이지만.

"닭고기 좀 더 줄래?"

그래도 최소한 제이콥은 뭐라도 입 밖으로 뱉어내고, 무언가를 원하고, 어떤 요구를 하며 그 끝없는 침묵을 깨려 한다. 그렇지 않고 그 침묵 속을 헤맬 때는 방 안에만 틀어박혀 마치…. 나와야 할 필요성을 잊어버린 사람처럼 행동한다. 가끔 그 어두운 나날을 견디지 못한 우리가 결국 제이콥의 방문을 두드리고 열었을 때, 한때 우리의 삶을 지탱해 주었던 무언가가 없어진 텅 빈 구멍과 빛줄기만 남긴 채 제이콥은 사라져버리고 없는, 그런 최악의 상상을 하기도 한다. 그렇게 우리가 모든 것을 포기하고 슬퍼하려 할 때, 제이콥은 다시 우리를 부른다.

"TV가 곧 폭발할 거야"

우리 중 한 명은 벌떡 뛰쳐나가 리모컨을 눌러 그 엄청난 문제를, TV 화면 한구석에서 서서히 줄어들며 폭발을 알리는 시간을 보이지 않게 한다. 그러면 제이콥은 다시 한번 〈프렌즈〉에, 보고 또 봤던 그 드라마에 빠져든다. 레아 공주 판타지가 나왔던 에피소드, 로스가 레이철의 이름을 불렀던 에피소드, 라스베이거스에 갔던 에피소드, 조이의 새 여자친구가 나왔던 에피소드까지. 나는 제이콥을 봐줄 새로운 신경정신병학자 D 의사에게 제이콥이 왜 이렇게 이 드라마를 좋아하는 것일지 물은 적 있다. D 의사는 곰곰이 생각하더니 대답했다.

"음, 제 생각에는 그 드라마 속이 즐거워서 그런 것 같아요. 눈에 익은 사람들이 있고, 나쁜 일이 일어나지 않는 곳이니까요"

그 드라마는 제이콥이 돌아온 처음의 몇 주, 이제는 몇 달로 변해가는 그 시간 동안 간간이 우리에게 휴식처가 되어 주고 있다. 언제든, 기분이 어떻든, 우리 중 한 명은 별다른 이유 없이 가만히 앉아, 혹은 의자 팔걸이에 기대어 이제는 익숙해진 드라마 속 농담에 웃음을 터뜨리게 됐다. 우리 집 마루에는 〈프렌즈〉의 주제곡이 늘 울려 퍼진다. 가끔 이런 생각이 들 때도 있다.

'언제가 이 노래 때문에 내가 제이콥을 죽이고 말 거야.'

사랑하는 사람을 독살하는 법을 구글에 검색한다. 제이콥의 얼굴 위에 베개를 덮어버릴까 생각하기도 한다. 하지만 언젠가 나는 그런 영화를, 베개 밑에 깔린 사람이 몸부림치는 장면을 본 적이 있다. 형사들은 그 사람의 콧구멍 속 흩뿌려진 피만 보고도, 뇌에 산소가 부족할 때 나타나는 그 모습을 보며 피해자의 사인이 질식이라는 사실을 쉽게 알아냈다. 무엇보다 나는 감옥에 가고 싶지 않다. 지금 갇혀 있는 감옥이면 충분하다.

언젠가 한 친절한 여자가, 나도 잘 모르고 제이콥은 더 잘 모르는 여자가 내게 말한 적 있다.

“차라리 제이콥이 죽는 게 더 나았을 수도 있겠어요”

입 밖으로 말하지는 않지만, 나는 생각했다.

‘그건 나만 할 수 있는 말이지, 당신이 어떻게 감히…. 엿이나 먹어…. 꺼지라고…’

나는 또 다른 리스트를 써내려간다. 제이콥에게 화가 나는 것들에 관해서. 나는 제이콥이 아직도 나를 모른다는 것이 화가 난다. 제이콥이 나를 한 번도 안아주지 않았다는 것과 우리 가족의 삶이 어떻게 돌아가는지 모른다는 것이 화가 난다. 그 무엇도 신경 쓰지 않는다는 것이 화가 난다. 또, 아이들이 제이콥과 이야기하고 싶어 할 때 침묵한다는 것이 화가 난다. 소파에 남은 푹 패인 자국에 화가 난다. 제이콥이 〈프렌즈〉만 본다는 것이 화가 난다. 제이콥이 그토록 좋아했던 〈브레이킹 베드〉도 보지 않는다는 것이. 그리고 제이콥이 죽지 않았다는 것이 화가 난다.

나는 이 마지막 문장에 많이 괴로워한다. 합리적이지 않은 생각은 아니다. 이해할 수 있는 생각이다. 하지만 그래도, 내가 저런 말을 썼다는 것이, 저런 생각을 했다는 사실이 받아들이기 힘들다.

이런 것보다 감사한 일들에 관한 리스트를 써야 한다는 건 안다. 대충이긴 하지만 그런 책들을, 훌륭하고 유명한 책들을, 친구들이 좋은 마음으로 준 베스트셀러 속 좋은 충고들을 이미 읽었다. 『참을 수 없는 것들을 참아내기Bearing the Unbearable』 『슬픔의 반대편The Other Side of Sadness』 『괜찮지 않아도 괜찮아It's OK That You're Not OK』 『역경을 마주하고 회복력을 기르고 기쁨을 찾는 법Facing Adversity, Building Resilience, and Finding Joy』이라는 이름이 붙은 책들을. 암을 극복하는 내용을 담은 두꺼운 책들도 있다. 나는 이 책들을 늦은 밤 넷플릭스를 볼 때 노트북을 받치는 용도로 쓴다.

〈프렌즈〉에서 로스가 '발목이 두껍다'같이 레이철의 단점을 리스트로 만드는 에피소드가 있다. 나는 제이콥과 그 에피소드를 보며 머릿속에 같은 리스트를 만들어봤다. 다른 남자와 함께하는 다른 삶을 상상하며. 로스 역시 다른 사람, 다른 삶의 단점을 또 다른 리스트에 써 내려간다.

레이철이 없는 삶.

그 단점은 간단하다. 단 한 줄이다.

"그녀는 레이첼이 아니다"

나는 옆에 앉은 제이콥을, 나와 함께 저녁 식사를 무릎에 얹은 제이콥을 쳐다본다. 그는 입에 요거트 숟가락을 문 채 잠에 빠져 있다. 나는 그대로 앉아 만약 이 감옥을 빠져나간다면, 다른 남자와 다른 삶을 살면 어떨지 떠올려본다. 그 답은 단순하다. 그 남자는 제이콥이 아니다.

내가 칼릴 지브란*은 아니지만, 다른 곳으로 떠나거나, 도망가거나, 죽거나, 다른 삶의 선택지를 생각할 때면, 결론은 늘 모든 것을 아무것도 아닌 것으로 만들어버리는 이 생각으로 다시 돌아온다.

나는 제이콥의 입에서 요거트 숟가락을 꺼낸다. TV도 끈다. 그리고 제이콥 뒤에 서서 함께 발을 질질 끌며 그를 침실로 데리고 간다.

나를 기억하지 못하는 남자, 반쯤은 죽어가는 아빠…. 그런데도 나 역시 이 남자가 꽤 마음에 든다. 그렇다 해도, 이 남자는 제이콥이 아니다.

* 유럽과 미국에서 활동한 레바논의 대표 작가. 인생과 사랑의 근원적인 문제를 제기하고 그 답을 찾는 작품으로 잘 알려져 있다.

나는 또 다른 리스트를 써내려간다. 제이콥에게 화가 나는 것들에 관해서. 나는 제이콥이 아직도 나를 모른다는 것이 화가 난다. 제이콥이 나를 한 번도 안아주지 않았다는 것과 우리 가족의 삶이 어떻게 돌아가는지 모른다는 것이 화가 난다. 그 무엇도 신경 쓰지 않는다는 것이 화가 난다.
또, 아이들이 제이콥과 이야기하고 싶어 할 때 침묵한다는 것이 화가 난다. 소파에 남은 푹 패인 자국에 화가 난다.
제이콥이 〈프렌즈〉만 본다는 것이 화가 난다.

9

제이콥의 머리에 칼이 꽂혀 있다. 오늘은 핼러윈이다. 밝은 얼굴로 부엌에 서 있는 제이콥의 사진을 찍으며, 나는 내 재치에 감탄한다. 우리가 자주 들르는 파티용품 가게에서 산 이 기발한 플라스틱 머리띠는 제이콥이 지금까지 겪은 일들을 보여주는 블랙 코미디 같은 것이니까. "저 머리띠로 할래, 아니면 유령으로 할래?" 몇 분 전, 나는 제이콥에게 물었고, 제이콥은 칼이 달린 머리띠를 골랐다. 내가 유령을 맡았다. 딱 맞는 역할이다. 아슬아슬하게 죽음을 피했으니. 줄어든 종양을 보여주는 코스튬을 입을까도 생각해 봤지만, 너무 과한 것 같아 그만뒀다. 일주일 전, P 의사는 기뻐하며 의자에서 뛰듯이 달려 나와서는 내 임상 결과가 완벽하다고 말했다. 암이 거의 사라졌다고. 이제 남은 건 그 잔해를 전자파로 없애는 것뿐이다.

"그 과정은 어렵지 않아요"

우리는 다른 소식을 축하한다. 내 마지막 항암치료다. 친한 친구이자 항암치료 동료인 재키는 내게 풍선을 쥐여준다. 이유는 전혀 알 수 없는 기린 모양의 풍선이다.

나는 제이콥의 침대 끄트머리에 앉아 앞으로 며칠간 수술 때문에 집을 비울 테지만, 걱정할 필요 없다고 말해준다.

"그래도 걱정되는데." 제이콥이 눈썹을 찌푸리며 대답했다.

나는 이렇게 말해도 될지 잠시 고민한다.

'나 암에 걸렸어.'

이렇게 말하면 모든 사람이 친절해지지만, 그건 조금은 슬픈 일이다.

어느 해의 핼러윈, 나는 묘비에 서 있는 천사처럼 긴 드레스를 입었다. 긴 회색 머리를 늘어뜨리고, 회색 낯빛에, 수의 같은 회색 시폰 원피스였다. 어린아이들은 내 모습을 보며 겁에 질렸고, 드레스가 너무 긴 데다 굽 높은 신발을 신는 바람에 계속 넘어져 무릎을 다쳤다. 또 다른 해의 핼러윈에 제이콥은 노란색 콘택트렌즈와 뿔테 안경을 꼈다. 악마의 화신을 표현한 그 의상을 입고는 이웃집 곳곳을 돌아다녔다. 이웃들은 정말 친절했지만, 몇몇 사람들은 10월 마지막 날 벌어지는 이 이교도들의 축제를 거부하며 불을 끄고 문을 닫아버리기도 했다. 하지만 우리는, 23번가에 살던 우리는 늘 호박을 준비하고 어둠이 내리기도 전에 불을 밝혔다. 우리 둘 다 핼러윈을 왜 그렇게나 좋아하는지는 잘 모른다. 핼러윈 밤을 보내며 먹는 수많은 사탕과 초콜릿 때문일 수도 있다. 하지만 나는 핼러윈이 우리가 죄책감 없이 즐길 수 있는 유일한 축제라는 사실을 잘 안다. 이 축제는 유대교도, 천주교 행사도 아니니까. 의무를 지키지 않아도 되고 가족들을 찾아가지도, 같이 밥을 먹지 않아도 된다.

제이콥도 핼러윈을 1년 중 가장 좋아한다. 나는 그 이유를 제이콥에게 말한다.

"아니야."

"그럼 뭔데?"

"나도 몰라."

지금도 제이콥은 핼러윈에 충실하다. 나는 문을 열고, 제이콥에게 사탕 그릇을 내밀라며 고개를 끄덕인다. 제이콥은 좀비같이 텅 빈 눈을 한 채 의무적으로 그릇을 내민다. 한때 우리 집 뒷마당을 뛰어다니며 물싸움을 하고 나무 위 집에서 놀던 아이들은 이제 거뭇한 수염을 단 채 건장한 목소리로 우리 집 문을 두드린다.

"트릭 오어 트릿?"

제이콥은 그중 많은 아이를 안다. 종종 축구 경기나 뒤풀이 파티에 아이들을 데려다주곤 했기 때문이다. 이웃집 아이, 이제 10대를 훌쩍 넘긴 그 아이는 제이콥이 쓰러진 이후 한 번도 제이콥을 보지 못했다. 그 아이는 한 손 가득 초콜릿을 집으며 제이콥에게 미소 짓는다.

"안녕하세요, 제이콥!"

제이콥은 멍하니 쳐다보더니 알아보는 척 연기한다. 하지만 제이콥은 알아보지 못했다. 그러고는 문을 닫는다. TV

를 본다. 사탕과 초콜릿을 아주 많이 먹으면서. 우리는 단어 맞추기 놀이를 한다. 제이콥도 꽤 잘한다.

쟁반

번영하다

토하다

이 세 단어로 제이콥은 가장 많은 점수를 얻었다. 제이콥의 게임 실력이 점점 늘어간다. 나는 이것도 '반딧불이 같은 순간들'에 적어넣는다. 이번 달에 보인 발전은 이게 전부다. 우리는 제이콥의 약이 조정되기를 바란다. 발작과 간질약, 항정신병약과 항우울제 때문에 제이콥이 더 무기력하고 피곤한 것이라고 확신한다. 약을 먹을 때마다 제이콥은 눈을 감고 깊은 잠에 빠져든다. 차 안에서, 소파 위에서, 대화를 나누는 도중에도 눈꺼풀이 내려오고, 저녁을 먹는 중간에 살짝 코를 골기도 하는데, 손님과 함께 있을 때면 들키지 않게 조용히 소리를 내며 잔다.

제이콥을 봐주는 국립병원의 훌륭한 신경외과 Z 의사는 뇌염을 치료하고 회복하는 과정에서 이런 갑작스러운 피로감을 느낄 수 있다고 설명하며 나를 안심시킨 적 있다. 그러고는 내게 뇌염과 관련된 읽을거리를 잔뜩 알려줬다. 1920년대 초, 기면성뇌염이 전 세계에 퍼지며 500만 명 이상이 감염되었는데, 올리버 색스는 자신의 책 『깨어남Awakenings』에서 그 증상을 생생하게 설명한다. 제이콥과 같은 병은 아니지만, 놀라울 정도로 비슷한 증상들을 담고 있다.

> 이 병에 걸린 환자는 의식이나 자각이 있기도 하지만, 완전히 깨어 있는 것은 아니다. 이들은 에너지, 추진력, 진취성, 동기, 식욕, 정서, 욕구를 전혀 보이지 않고 온종일 아무 말 없이 의자에 가만히 앉아 있기도 하다. 적극적인 관심도 보이지 않고, 완전히 무관심한 태도로 자신에게 벌어지는 일들을 받아들인다. 삶을 느끼지도, 그것을 전하지도 못한다. 마치 유령처럼 공허하고, 좀비처럼 수동적이다.

제이콥과 살아가는 것은 유령과 함께 사는 것과 매우 비슷하다. 제이콥은 신생아 같기도, 치매 걸린 노인 같기도, 우울해하는 10대 같기도, 아이 같기도, 가끔은 이전의 제이콥 같기도 하다. 하지만 대부분 침묵한다. 동기도, 목적도 없다. 우리는 제이콥을 우쿨렐레 수업, 합창, 다양한 치료, 영화관 나들이에 데려가며 최면에 걸린 것 같은 그 시간을 걷어내려 하지만 제이콥은 늘 피로감과 잠의 바닷속을 헤맨다. 간질, 뇌염, 위장, 신경, 다발성 경화증까지 그의 다양한 담당의들은 모두 사려 깊고 세심하지만, 병원이 과할 정도로 커지는 바람에 6개월에서 9개월에 한 번씩만 예약 진료를 받을 수 있게 됐다. 의사들은 첫 2년이 중요하며, 그러고 나면 제이콥의 회복 과정은 안정기에 접어들 것이고, 그때가 되면 제이콥이 얼마나 좋아졌는지 알 수 있을 거라고 말해준다. 하지만 장기적으로 보았을 때 제이콥이 받은 두뇌 손상 중에는 절대 회복되지 않는 것, 영원히 바뀌지 않을 수도 있는 부분도 있다고 말했다. 아직 제이콥에게는 더 많은 약이 필요하다. 하지만 우리에게도 무언가가 더 필요하다. 게다가, 나는 우리가 하는 이 게임에 점점 더 화가 나고 있다.

"오늘은 내가 아비인 것 같아?"

대답은 여전히 같다.

"아니."

내가 10대였을 때, 이웃에 살던 한 할머니가 아무 일도 없이 우리 집 문을 두드렸던 때를 기억한다. 공작 할머니라고 불리던 사람이었다. 그 할머니에게는 한때 매춘을 했다는 소문이 따라다녔다. 진짜인지 아닌지는 알 수 없지만, 어쨌든 떠들기 좋은 주제였으니까. 공작 할머니는 번진 립스틱에 파란 아이섀도를 서툰 솜씨로 바르고 다녔다(아마 이런 것 때문에 그 소문이 생겼을 것이다). 그러다 어느 날 누군가가 공작 할머니의 집에 쳐들어갔고, 의무감으로 울타리 너머를 들여다본 나는 창문으로 한 남자가 할머니의 책상을 뒤지고 있는 모습을 보았다. 엄마는 곧장 경찰을 불렀다. 경찰이 도착했을 때 그 남자는 당황하며 문을 열어줬고, 체념한 듯 인상을 찌푸리며 자신이 그 할머니의 아들이라고 밝혔다. 분명 이전에도 이런 일이 있었던 듯했다. 하지만 제이콥은 80대도 아니고, 치매 환자도 아니다. 제이콥은 마흔일곱 살이다.

우리는 도움이 필요하다. 지금 우리가 받는 것보다 더. 나는 좀비와 유령에, 사기꾼 역할에 지쳤다. 지금쯤이면 이제 제이콥은 나를 기억해내야 한다.

◆

D 의사와의 첫 진료는 할리 스트리트의 건물 4층에 있는 그의 사무실에서 진행된다. D 의사는 의자로 가득한 크고 하얀 방, 소파 맞은편 의자에 앉아 있다. 몸 선이 드러나는 바지와 부츠를 신은 D 의사는 어딘가 록밴드 멤버처럼 보이기도 한다. 처음에는 나와 제이콥이 그와 함께 이야기를 나눴고, 지금은 D 의사와 제이콥 둘만 이야기를 나누고 있다. 마지막에는 제이콥이 방을 나가고 나와 D 의사만 남아 이야기를 나눌 것이다.

어두운 층계참에 앉아 기다리자 안쪽에서 웅얼거리는 듯한 두 사람의 이야기가 들린다. 무슨 이야기를 하는지는 들리지 않는다. 그렇게 대화가 계속되고, 약간 눈이 감기려는 찰나 문이 열리면서 화들짝 놀라 잠에서 깼다. D 의사는 내게 다시 들어오라는 뜻으로 고개를 끄덕인다. 간병인 다니엘이 제이콥을 데리고 나가서 따뜻한 차를 건네주고, 나는 낮은 소파에 앉아 높은 의자에 앉은 D 의사를 마주한다. D 의사는 제이콥이 그동안 겪은 일에 비해 언어 구사력이 놀라울 정도로 유창하다고 말한다. 나는 제이콥과 카그라스 증후군에 관해 이야기를 나누었냐고 묻고, D 의사는 그랬다고 대답한다. 주위에서 적극적으로 D 의사를 추천했고, 나는 다른 의사의 의견을 간절히 듣고 싶었다. D 의사는 분명 제이콥에게 흥미를 느끼고 있었고, 이후 나는 D 의사가 쓴 보고서를 건네받아 읽었다.

우리는 아비와의 관계가 어떤지 이야기를 나누었다. 제이콥은 자신이 서른 살 때 아비를 만났다고 말했다. (아비는 처음 만났을 때 제이콥이 스물일곱 살, 혹은 스물여덟 살이었다고 대답했다.) 맨 처음 제이콥은 아비와의 관계에 아무 걱정이 없다고 말했다. 나는 제이콥에게 "아비가 더는 아비가 아닐까 봐 걱정되세요?"라고 직접 물었다. 제이콥은 "이전의 아비와는 다른 사람인 것 같아요"라고 답했다. 나는 제이콥에게 언제부터 그런 느낌이 들었는지 물었고, 그는 아프고 난 이후부터 늘 그런 생각이 들었다고 말했다. 제이콥은 자신이 2018년 6월부터 2019년 1월까지 유도 혼수상태에 들어갔다고 말했다. 그 혼수상태에서 깨어난 이후로는 자신의 옆에 있는 사람이 과거의 그 아비가 아닌 것 같다고 말했다(다른 것들과 마찬가지로). 나는 정신과 의료진이 제이콥에게 이 문제에 관해 어떤 말을 했는지 물었다. 제이콥은 뇌염을 앓은 사람들이 주변 사람들을 기억하지 못하는 경우가 많고, 자신의 증상도 뇌염의 일부일 수도 있다는 말을 들었다고 했다. 이어서 제이콥은 "저는 그 말에 동의하지 않아요"라고 말했다.

나는 아비가 아비가 아닌 것 같다는 자신의 믿음을 어떻게 생각하냐고 물었고 이에 제이콥은 "어렵습니다"라고 대답했다. 나는 지금 아비와의 관계에서 어려움이 있냐고 질문했다. 제이콥은 "가끔은요"라고 말했다. 나는 그 어려움이 무엇인지 말해줄 수 있냐고 물었다. 제이콥은 "그 사람은 제가 자신을 진짜 아비로 봐주길 바라는데, 저는 그렇게 하기가 힘들어서 어려워요"라고 말했다.

아비와 제이콥은 현재 각방을 쓰고 있으며, 육체적 관계도 하지 않는 것으로 파악됐다. 제이콥은 직접적인 질문에 육체적인 관계를 원한다고 대답했다. 나는 왜 지금의 아비와 관계를 이어가고 싶냐고 물었다. 제이콥은 "관계를 이어가고 있지만, 이전의 아비와는 다른 사람과 맺고 있는 겁니다"라고 말했다. 나는 이전의 아비에게 무슨 일이 생긴 것인지 물었다. 제이콥은 "아비는 그냥 떠나버렸어요"라고 대답했다. 나는 아비가 그런 행동을 할 만한 사람인지 물었다. 제이콥은 "잘 모르겠어요, 제가 모르는 이유가 있겠죠"라고 대답했다. 그는 "새로운 아비는 완전 다른 사람이에요"라고 말했고 나는 어떤 점이 다른지 알아내려 했다. 제이콥은 아비의 얼굴이 달라졌다고 말했다. 나는 현재 아비가 유방암에 걸려 항암치료를 받고 있다고 말해줬다. 아비는 이전과 같은 사람일 수도 있지만, 삶에서 큰 변화를 겪었다고 말했다. 제이콥은 "그럴 수도 있겠네요"라고 대답했다. 나는 그 누구도 아비가 이전과 달라졌다고 생각하지 않는다고 지적해 주었다. 우리는 어떻게 두 사람이 이전과 같은 대화를 하고, 이전의 아비가 알던 것과 똑같은 것들을 알고 있고, 상호작용을 하고 있는 것인지에 관해 이야기했다.

또한, 이 상황이 어떻게 느껴지냐는 나의 물음에 제이콥은 매우 힘들고, 슬프고, 상실감을 느낀다고 대답했다. 그는 혼란스러워했지만, 분노하고 있지는 않았다. 나는 제이콥에게 아비가 어디 있는지 찾아보았는지 물었다. 제이콥은 그런 적이 없다고 대답했고 나는 그 이유를 물었다. 이에 제이콥은

"그냥 안 찾아봤어요"라고 대답했다. 나는 새로운 아비가 좋은 사람인지 물었다. 제이콥은 그렇다고 대답했다. 나는 그 아비가 제이콥을 사랑하는지 물었다. 제이콥은 그렇다고 대답했다. 나는 그녀의 사랑을 받는 기분이 어떤지 물었다. 제이콥은 "죄책감이 든다"라고 말했고 나는 왜 그런 기분을 느끼는지 물었다. 제이콥은 "그녀가 나를 돌봐주고 사랑해 주는데, 나는 그 사람을 아비와 같은 사람으로 보지 못해서 죄책감이 느껴진다"라고 대답했다.

나는 아비가 이전과 다른 사람이라는 주제에 관련해서 아비와 이야기를 나눠보았냐고 물었다. 제이콥은 그런 적이 없다고 대답했다. 나는 이유를 물었다. 제이콥은 "괜히 문젯거리를 만들기 싫어서요"라고 대답했다. 나는 이 문제를 전문가들 말고 다른 사람과 이야기해 본 적이 있냐고 질문했다. 제이콥은 아비와 아비에 관한 이야기를 나눈 적이 없다는 자신의 말에 모순되는 말을 하는 듯했다. 내 질문에 대해 제이콥은 '그냥 아비'와 자신의 믿음에 관해 이야기했다고 말했다. 나는 아비가 어떻게 말했는지 물었다. 제이콥은 "아비는 나름대로 해결책을 찾았어요"라고 대답했다. 나는 아비가 어떻게 해결책을 찾았는지 물었다. 제이콥은 "잘 모르겠어요"라고 대답했다. 마지막으로 나는 아비를 향해 공격적인 감정을 느껴본 적이 있냐고 질문했다. 제이콥은 부정하며 "저는 그런 사람이 아니에요"라고 대답했다.

나는 D 의사의 솔직함이 좋다. 하지만 내 뇌리에 남은 것은 제이콥의 카그라스 증후군이 사라질 것이라는 사실이 아니라 D 의사에게서 들은 이 말이다.

"지금의 아비를 가짜라고 생각하는 건 제이콥에게 점점 더 비합리적인 일이 될 겁니다."

나는 흥미로운 그 말에 질문을 던진다. 지금까지 제이콥이 나를 다시 알아볼 것이라는 기대는 계속 우울한 결과로만 이어졌다. 하지만 이건…. 이 말은 이해할 수 있다. D 의사는 내게 설명하며 제이콥이나 내가 이해할 수 있는 것보다 훨씬 심오한 무언가를 곰곰이 생각하는 것처럼 의자에 몸을 살짝 기대고 다리를 꼬며 머리를 뒤로 젖혔지만, 나는 그가 먹던 박하 맛 캐러멜이 그의 어금니 뒤쪽에 붙어 있는 모습을 본다.

"당신이 진짜 아비 모건이 아니라는 제이콥의 확신은 여러 면에서 종교를 바꾸는 것과 비슷해요. 아무리 합리적인 근거가 많더라도 그 단단한 신념을 바꾸기란 쉽지 않은 일이죠."

나는 이 다마스쿠스로 가는 길*너머에 있는 다른 것들을 샅샅이 탐색한다.

"지금의 아비가 매력적이라고 생각하냐고 질문하기도 했어요." D 의사가 말한다.

"뭐라고 답했죠?"

"그런 것 같아요…."라고요.

* 다마스쿠스로 가는 길에 개종한 바울의 일화에서 유래한 표현

D 의사는 대답했다.

'유대인 같은' '괜찮은 것 같은' '암 같은….'

나는 확실함을 갈구한다. 종교, 진단, 결혼, 인생의 제3막을 정확하게 마주하기 위해서. 하지만 지금 우리는 주위를 맴돌고만 있다.

날이 덥고 습하던 몇 달 전, 아직 항암치료를 받고 있을 때, 나는 핸드폰을 뒤적이며 거리를 뛰어다니고 있었다. 이따금 사악할 정도로 알아보기 힘든 구글 지도를 들여다보며 이곳이 어딘지도 모르고 멍하니 같은 자리를 돌고만 있었다. 마침내 방향을 찾은 나는 햄스테드 위쪽, 붉은 벽돌로 지어진 커다란 빅토리아식 테라스 사이에 자리 잡은 작은 집 한 채 앞에 섰다. 문을 열어준 로라는 따뜻하고, 열정 넘치고, 기운이 넘쳤다. 보모로 일했던 로라는 지금 소리와 에너지 전문 심리치료사로 일하고 있고, 나는 한 친구의 강력한 추천을 받아 로라를 만나러 갔다.

"로라는 정말 특별해. 암 환자를 많이 치료했는데, 다들 결과가 아주 좋아"

친구의 말대로 로라는 특별했다. 정말 특별하고 사랑스러운 사람이었다. 그녀는 끝이 없는 내 이야기를 잘 들어줬다. 아주… 오래…. 이제는 잘 정리해서 말할 수 있는 이야기들, 제이콥이 쓰러진 날과 그 이후 생존을 위한 우리의 싸움과 관련된 이야기들부터 3기 암 진단을 받은 내 이야기까지. 나는 말을 이어가며 안정을 찾았다.

"머리가 하얗게 센 남자가 있어요, 우리 옆에…. 이 유령

같은 존재들은… 과거와… 미래에서 온 영적 안내자들이에요. 나를 지켜보고 있는 이 사람은 우리 아빠인 것 같아요. 아빠가 내 주위에 있는 게 느껴져요. 그리고 독수리와… 벌들도… 벌들은 아주 중요해요. 부지런함, 활기, 일, 질서, 역량을 상징하니까요. 저는 벌들을 찾아다닐 거예요… 그리고 깃털도…. 이제 저는 우리를 안심시키려고 천사들이 보낸 하얀 깃털들을 주머니에 영원히 간직할 거예요. 공처럼 말린 휴지와 초콜릿 포장지도 같이요”

나는 그 모든 상황을 받아들였다. 감사하는 듯하며, 하지만 동시에 의심스러워하고 걱정스러워하며.

어린 시절 만성적인 질병이라는 자신만의 싸움을 이겨낸 로라는 이제 내게 붙잡을 사다리를 내려줬다. 천천히, 의심은 모래에 스며드는 바다 안개처럼 옅어지고, 우리의 대화는 나를 단단하게 감싸며 위로를 주는 말들로 녹아들었다.

내가 어느새 로라에게 빠져버렸다는 사실을 깨달았다.

“말도 안 돼…. 완전히 미쳤어…. 지금 뭐 하는 거야?” 나는 내 귀에 가만히 속삭이는 듯한 제이콥의 목소리를 애써 무시했다.

“쉿… 저리 가!”

“정말?” 제이콥이 미소와 함께 미간을 찌푸렸다.

제이콥에게서 추방되면서 나는 이 광기를 얻었다. 제이콥은 나를 떠났지만, 나는 머릿속에서 제이콥을 볼 수 있게 됐다. “도망가…. 이런 건 좀 너무하지 않아?” 제이콥이 나를 조롱했다.

"그래, 좀 너무하게 놔둬"

내가 이 소리의 바다를 헤엄치게 놔둬. 거짓을 말하게 그냥 놔둬.

언젠가 나의 생일, 제이콥은 단어 찾기 게임을 적은 카드를 건넸다. 나는 그 단어를 보고 선물이 무엇인지 알아내야 했다. 단어를 찾아 동그라미를 치고 또 치며, 나는 드디어 올 것이 왔다고 생각했다. 청혼을 받는 것이라고. 글자들에 동그라미를 치며 알게 된 선물은 프러포즈이긴 했다. 내가 생각하던 종류는 아니었지만.

공중그네

저글링

외줄 타기

"빌어먹을 서커스 기술 배우기 코스라고?" 나는 청혼에 대한 희망을 잃고, 욕을 내뱉었다. 자신이 오랫동안 고민했던 생일 선물을 내가 그리 좋아하지 않는다는 것을 깨닫자, 제이콥의 얼굴에 의아한 표정이 떠올랐다.

"당신이 뭔가 다른 걸 원했잖아…. 늘 받던 거 말고" 제이콥이 말했다.

"난 평생 곡예하듯 살아왔어, 이 멍청아" 나는 대답했다.

그렇게 이를 악물고 억지웃음을 지으며 마지못해 서커스 기술을 배우기로 하고, 이런 성격 차이는 화해하기 위해 고군분투하던 우리가 서로 작성했던 장단점 목록에 또 하나의 증거로 더해졌다.

내가 관찰한 제이콥

- 뜬금없는 행동을 한다. 생일 선물로 서커스 기술 배우기라니.
- 〈카다시안 따라잡기〉* 의 사색적 가치, 《데일리 메일》 사이트의 「사이드바 오브 셰임」** 의 사회 인류학적 가치를 부정한다.
- 앤초비를 싫어한다.
- 교양이 부족하다.
- 엄지손가락을 빠는 습관이 있다.
- 결정을 못한다.
- 남자로서 매력이 없다.

제이콥이 관찰한 나

- 차를 너무 오래 타서 친구들이 진절머리를 낼 때 혹은 주차 벌금을 내야 할 때처럼 필요할 때만 친절하다.
- 수준이 높지 않다. 〈카다시안 따라잡기〉나 《데일리 메일》의 기사 같은 것을 본다.
- 말차를 싫어한다.
- 유머 감각이 없다.
- 결정을 못한다.

* 미국의 유명인 카다시안 가족의 일상을 보여주는 리얼리티 프로그램

** 《데일리 메일》 사이트 한켠에 있으며, 외설적인 주제나 연예인 관련 기사를 요약해서 보여준다.

- 여자로서 매력이 없다.
- 그냥 매력이 없다!

런던 동부의 위험한 어느 모퉁이, 허름한 체육관 밖 젖은 도로 위에 무릎을 꿇은 제이콥의 모습이 떠오른다. 이 기억 속 제시와 세 살이 된 메이블은, 증기로 자욱한 창문에 코를 바짝 댄 채, 삶이 지루한 주부들, 외로운 회계사들을 딛고 인간 피라미드를 만들고 있는 나를 쳐다본다. 그 어떤 것도 섞이지 않은 순수한 기쁨과 자랑스러움을 담은 표정을 지으면서. 이렇게 나는 눈에 보이는 모든 비상구로 뛰쳐나갈 것이다. 탈출용 미끄럼틀에 몸을 던질 것이다. 일상을 벗어나 말도 안 되는 행동을 해보고, 웅웅 울리는 소리굽쇠 소리에 잔뜩 몸을 적실 것이다. 만약, 단 몇 분이라도 단순했던 과거의 삶으로, 아름다운 두 아이와 함께 깔깔거리며 내가 그 아이들의 엄마라는 사실에 감탄하고, 우스꽝스럽고 딱 붙는 네온 색 운동복을 입은 채 아이들의 자부심이 되었던 그 삶으로 돌아갈 수 있다면.

나에게는 평화가 필요하니까. 안심하고 싶으니까. 그럴 수 있다면, 나는 죽은 아빠의 영적 안내라도 기꺼이 받아들일 것이다. 나는 일상을 완전히 벗어났다. 그러니 이제 나는 대체 어떻게 해야 할까?

앤서니 밍겔라가 대본을 쓰고 감독한 영화 〈유령과의 사랑Truly Madly Deeply〉에서 내가 가장 좋아하는, 계속 떠올리는 장면이 있다. 1990년대 초반, 내가 막 런던에 왔을 때였다.

어느 비 내리는 오후, 나는 레스터 스퀘어에 있는 텅 빈 오데온 극장에서 이 영화를 봤다. 돈도 없었고, 평생 식당 종업원으로 살고 싶지 않다면 글을 쓰는 것밖에 방법이 없다는 사실을 알면서도 왜 글을 쓰지 않는지에 대해 더는 변명을 찾을 수도 없는 상태였다.

영화에서는 배우 줄리엣 스티븐슨이 어느 사람 많은 어학원에서 일하는 통역가인 니나 역을 맡았다. 니나는 첼리스트인 남자친구 제이미의 갑작스러운 죽음에 괴로워한 나머지 제이미의 유령을 불러내게 된다. 니나와 제이미는 재회에 기뻐하며 다시 연인으로서 관계를 이어간다. 하지만 시간이 지나자 니나는 밤에만 모습을 드러낼 수 있는 제이미의 현실을 마주하고, 그의 유령 친구들까지 만나게 되면서 제이미가 이제 자신의 삶에 맞지 않는다는 사실을 깨닫게 된다. 자신 역시 제이미에게 맞는 존재가 아니라는 것도.

니나는 바흐의 '첼로 소나타 3번'의 정교한 음이 감도는 집안에서 그 상실의 언어를 헤아리며 슬픔에 잠긴다. 나는 그 장면을 다시 본다. 결말의 한 부분에서 니나는 두 사람이 이제는 다른 세계에 살고 있다는 사실을, 삶과 죽음 사이에 갇혀 있다는 사실을 직시하게 된다. 아이를 낳은 한 친구를 만나고 집으로 돌아온 니나는 제이미와 유령 친구들이 카펫을 걷어놓은 채 바닥을 사포질해야겠다고 계획하는 모습을 목격한다. 이 모습은 니나의 한계를 건드렸다. 니나는 제이미의 친구들을 쫓아낸다. 니나와 제이미는 마침내 둘만 남고, 제이미는 말려 있는 카펫 위에, 니나는 나무 바닥에 앉아 마침내 자신들이 아주 혼란스러워하고 있다는 사실을 받아들인다.

"전에도 이랬었나?" 니나가 묻는다.

"뭐가?" 제이미가 대답한다.

"우리가 이전에도 이랬었나?"

제이미는 니나를 안심시키려 하고, 니나는 피곤해한다. 밤새 눈을 붙이지 못했다. 니나의 친구가 아이를 낳았기 때문이다. 하지만 니나는 말을 이어간다.

"있잖아…. 나 그 아이를 안았을 때… 그건… 너무 내가 원하던 삶이었어…. 내 모든 취향, 내가 좋아하던 것들을 당신이 세상을 떠난 후에 찾았어…. 당신이 싫어했다는 이유로… 비웃었다는 이유로 넣어뒀던 책들, 사진이랑 여러 물건…. 나는 몰랐어. 어떻게 전구를 갈아야 하는지, 배관공은 어떻게 불러야 하는지, 라디에이터는 어떻게 고쳐야 하는지…. 하지만 지금은, 전부 할 줄 알게 됐어. 그리고… 당신이 너무 그리웠어…. 당신이 너무 보고 싶었어…"

제이미는 니나가 무슨 말을 하려는지 확신하지 못하며 자신이 그 말을 제대로 이해한 것인지 알아보기 위해 니나에게 시 하나를 번역해달라고 부탁한다. 파블로 네루다의 「죽은 여인The Dead Woman」이라는 시였다. 지금 내가 그런 것처럼 밍겔라는 그 시를 대본에 쓰기 위해 허가를 받았다.

아니, 나를 용서하세요

당신이 더는 살아 있지 않다면

당신이, 사랑하는 내 사랑,

만약 당신이,

숨을 거두었다면

그 잎들은 내 가슴 위에 떨어지고,

내 영혼에는 밤낮으로 비가 내릴 거예요

내 두 발은 당신이 잠든 곳으로 향하려고 하겠지만,

하지만

나는 살아 있을 거예요

◆

우리 집 거실을 둘러본다. 새로운 의자가 들어왔다. 제이콥이 병원에서 열에 들떠 잠들지 못하던 처음 몇 달, 집에 있던 나 역시 잠 못 들며 한밤중에 샀던 의자다. 선반 맨 위에는 제이콥과 아이들의 사진이 다시 놓였다. 화려한 무늬가 그려진 오렌지색 쿠션 네 개도 새로 들어왔다. 제이콥이 싫어할 색이다. 쿠션보단 덜하겠지만, 제이콥이 좋아하지 않을 무채색 전등도 샀다. 하얀 테이블은 복도로 옮겼다. 몇 년 전 함께 샀지만, 이제는 거실에 맞지 않는 녹색 소파는 다른 곳에 처분하고 간병인이나 손님이 잘 수 있는 침대를 들였다.

위층에 있는 우리의 침실도 새로 꾸몄다. 제이콥이 좋아하지 않을 분홍색 의자도 샀다. 부엌 아일랜드 식탁에는 새로운 소금 통이 놓였다. 늘 우리 선반에 두기에는 너무 높다며 제이콥이 구석으로 치웠던 노란색 단지도 밖으로 나와 있다. 집의 모든 공간에서 물건이나 그림이 옆으로 살짝 옮겨지는 것같이 조용한 재단장이 이루어졌다. 이전에는 제이콥이 맹렬한 눈으로 감시했던 일, 때때로 현실에서 벗어나 주말의 즐거움이 되었던 집 꾸미기를 이어가며, 제이콥이 돌아올 곳을 다듬어가고 있는 것이라고 생각했다. 사실 나는 새롭게 맞이할, 균형이 무너진 우리의 삶의 청사진을 그리고 있던 것이었다. 제이콥이 있지만 있지 않은 새로운 삶. 나는 제이콥의 왼쪽에 서서 현관을 지나 위층까지 제이콥을 부축하며 제이콥이 그 작은 변화들을, 내 조용한 반란을, 내 취향만을 반영해서 사들인 이 물건들을 알아차릴지 궁금해한다.

제이콥을 만날 때 나는 내 일부를 꼭꼭 숨겨둬야 했다. 한 사람과 오래 관계를 이어가는 사람들은 다 그렇지 않을까? 결혼이라는 테두리 안에 있는 사람들은? 서로 취향을 맞추고, 순응하고, 그렇게 타협하지 않나?

하지만 제이콥은 그 무엇도 눈치채지 못한다. 녹색 소파가 없어진 사실조차도. 심지어 침실로 함께 올라간 지 몇 주나 지난 뒤, 제이콥이 혼수상태였던 크리스마스에 찍은 사진을 가리키며 말을 해도. 우리 가족 모두가 마치 〈최후의 만찬〉 그림처럼 오렌지색 벤치에 앉아 있고, 우리의 머리 위에 화환처럼 종이 등이 매달려 있는 사진에 그는 관심이 없다. 제이콥은 그저 사진을 들여다보더니 고개를 끄덕이며 뒤로 물러선다. 그렇게 제이콥은 이전의 삶에서 겪었던 또 다른 한때, 또 다른 역사, 또 다른 사진으로 시선을 옮긴다. 그는 사진들을 지나치며 응시하지만, 그 어떤 것도 기억해내거나 느끼지 못한다. 사진 속 여자가 나라는 것도, 제이콥 자신도 알아보지 못한다. 우리가 함께 여행했던 도시와 나라들, 생일날의 추억들, 기념일과 종교 축제들. 내가 물었을 때 기억해냈고, 정확하게 자세한 내용을 말했지만, 이 기억들은 마치 다른 사람의 삶처럼 제이콥의 머릿속에 남아 있다. 그리고 나는 제이콥이라는 유령, 우리라는 유령, 이전의 삶을 살던 우리의 유령이 이곳에 남아 있다는 사실을 상기시킨다.

매일 밤 나는 제이콥을 침대에 뉘어주고, 바지와 양말과 신발을 벗겨주고, 이불을 덮어주고, 제이콥이 소변을 볼 플라스틱병을 확인한다. 그러고는 감히 제이콥의 입술에는, 다른 생에 있는 아비 모건을 위한 제이콥의 입술 근처에는 가지도 못한 채 이마나 볼에 입을 맞춘다.

"잘 자, 제이콥."

"잘 자."

나는 제이콥이 나를 아비라고 불러주었으면 한다. 제이콥이 울고 있는 나를 봐주기를 간절히 바란다. 제이콥은 침대 끝자락에 앉아 흐느끼는 나를, 혼란스러움과 걱정이 담긴 표정으로 쳐다본다. 제이콥의 눈에도 눈물이 고인다.

"어디 다치기라도 한 거야?" 제이콥이 말한다.

"응." 내가 고개를 끄덕인다.

"맞아."

내일 나는 왼쪽 가슴을 절제하는 수술을 받는다. 내가 우는 이유는 무서워서가 아니라, 제이콥이 이제 이전의 나를 볼 수 없기 때문이다. 내가 진짜 아비 모건이라는 사실을 증명할 수 있는 중요한 증거 하나가 사라질 것이다. 그리고 나는, 지금 우리가 사는 이 세상처럼 한쪽으로 치우쳐 균형이 맞지 않게 될 것이다. 제이콥의 뇌처럼, 가슴 한쪽이 없어진 채로, 망가질 것이다.

"나 내일 병원에 갈 거야, 제이콥."

제이콥은 고개를 끄덕이며 생각에 잠긴 채 천장을 응시한다.

"나 내일 유방 절제술 받아, 제이콥."

"세상에."

제이콥이 다시 걱정이 담긴 표정으로 나를 바라본다.

순간 제이콥이 내 왼쪽 가슴을 보고 싶어 할 거라는, 작별인사를 하고 싶을 수도 있을 거라는 생각이 스쳤고, 나는 이 생각을 제이콥에게 말한다. 제이콥은 거의 겁에 질린 표정을 한다.

"됐어." 제이콥이 얼굴을 찡그린다.

"그 사람이 싫어할 거야."

"누구? 누가 싫어하는데?"

나는 답을 알면서도 재촉한다.

"아비 모건."

제이콥이 한숨을 쉬며 말한다.

딱 한 번, 유령을 본 적이 있다. 제시가 두 살도 채 되지 않았을 때. 나는 아름답고 훌륭한 어느 회고록을 영화화하는 작업을 하고 있었다. 그 작품은 저스틴 피카디의 〈만약 영혼이 당신을 움직일 수 있다면If the Spirit Moves You〉이었고, 저스틴 피카디는 내가 제이콥과 처음 디너 파티에서 처음 만났을 때 이야기를 나누었던 주제인 루스 피카디의 언니다. 저스틴의 회고록에는 루스 피카디가 세상을 떠난 뒤 동생과의 유대감과 관계를 이어가고자 노력하는 이야기가 담겨 있다. 그래서 유령이라는 주제가 늘 내 머릿속에 자리 잡고 있었다. 그러던 어느 날 제이콥과 나는 제시의 옆방에서 잠을 자고 있었고, 나는 도중에 갈증을 느끼며 잠에서 깨어났다. 나는 소리를 내지 않게 조심하며 물을 마시러 욕실로 향했다. 그렇게 몸을 돌렸을 때, 긴 계단 복도 끝 쪽에 서 있는 한 남자아이가 보였다. 네다섯 살 정도 되어 보이는, 머리카락이 구불구불한 어린아이였다. 어두운 데다 그림자에 가려 잘 보이지 않았지만, 아이는 서재 문밖을 바라보고 있었다. 나는 아이를 불렀다.

"제시?"

대답은 없었고, 기묘한 마찰음만 들려왔다. 마른 손을 비빌 때 나는 것 같은 소리였다. 나는 제시의 방문 쪽으로 고개를 돌렸고, 늘 몸에서 떼어놓지 않던 얼룩말 인형을 안은 채 이불과 뒤엉켜 있는 제시의 작은 실루엣이 눈에 들어왔다. 나는 다시 어두운 층계참과 열려 있는 서재 문을 쳐다봤다. 내 심장은 세차게 뛰고 있었는데, 서재를 향해 천천히 걸어가자 그 마찰음이 점점 더 빠른 속도로 들려왔기 때문이었다. 어느새 몸을 떨며 손을 뻗어 불을 켜기 전까지. 그리고 한순간에, 모든 소음이 사라졌다. 전까지 다른 곳처럼 느껴졌던 황량한 그곳은 내가 글을 쓰던 뒤쪽 침실의 모습 그대로였다. 커튼 뒤에 숨은 그림자도, 몸을 숨길 가구도 없는. 나는 다시 불을 끄고 복도로 다시 걸어가며 내가 헛것을 본 것이라고 생각했다.

그렇게 몸을 돌렸을 때, 그 아이가 다시 눈에 들어왔다. 여전히 어둠에 싸인 채로, 아이는 나를 응시하고 있었다. 하지만 이번에는 그 모습이 너무 분명해서 아이의 굵게 말린 머리칼과 함께 1970년대 축구 유니폼처럼 보이는 잠옷 자락까지 볼 수 있었다. 내가 다시 쳐다보자 아이는 사라지고 없었다. 나는 재빨리 침실로 돌아가 얼음장처럼 차가워진 발을 제이콥의 종아리 밑에 끼운 채 가만히 누웠다. 다음날 아침, 나는 그 이야기를 제이콥에게 들려주었다. 제이콥은 흥미로워하며 들었지만, 그동안 잠을 잘 이루지 못했던 탓일 것이라며 그 말을 믿어주지는 않았다.

나는 이웃집 할머니에게도 이 이야기를 전했고, 할머니는 과거 이 집에 아이들이 많은 가족이 살았는데, 그중 한 아이가 집안에서 목숨을 잃었다고 말했다. 네다섯 살쯤 되는 남자아이가.

나는 유령을 믿지 않는다. 천국이나 사후세계를 믿지 않는다. 언젠가 우리는 유명한 대만 영화감독에게 대본을 보내고, 반응은 긍정적이었지만 결국 메일을 통해 거절의 뜻을 밝혔다. 그 메일에는 삶을 사후세계가 있는지를 찾아다니는 데 바친 캐릭터의 이야기가 긴장감이 없다고 쓰여 있었다. 불교 신자로서 그 감독은 우리는 이 세상을 떠난 사람들과 늘 함께하며, 그들의 세계와 우리의 세계가 같다고 말했다. 그때 그 감독이 말했던 것들이 지금 우리 집에서 일어나고 있다. 나는 제이콥의 방을 들여다보며 그를 놀라게 하고, 제이콥이 다시 돌아와 불을 켜주기를 기다린다. 그 여자, 아비 모건의 유령이 사라졌는지 보기 위해, 그리고 이제는 지금의 내가 제이콥의 파트너이자 아내라는 사실을 확인하기 위해. 우리가 제이콥을 돌려놓으려 애쓰는 만큼 시간은 우리를 앞으로 밀어내고 있으니까. 더 정확히 말해 피할 수 없는 죽음과 유한함이라는 삶의 본질을 피부로 느끼고 있고, 그것은 내가 이전으로 돌아갈 수 없다는 사실을 의미한다.

나는 돌아가고 싶은 것이 아니다. 내가 원하는 것은 삶이다. 살아 있는 것. 내일 P 의사는 내 몸에 마지막으로 남은 암 덩어리를 제거할 것이다. 나는 이 사실에 별로 감정적이지 않고 담담하다. 알지 못했던 무언가가 내 안에 생겼고, 그로 인해 무언가가 완전히 바뀔 것이다. 없어지고, 잘려나가고, 제거될 것이다. 하지만 그렇게 해서 내가 살게 된다면? 그렇다면 괜찮다.

병원을 가기 위해 아침 일찍 언니와 집을 나선다. 나는 제이콥에게 달려가고 싶다. 제이콥을 깨우고 싶다. 유령 같은 것은 없다고, 제이콥이 내게 말해주었으면 한다. 이번 생에는 제이콥과 나뿐일 거라고. 하지만 제이콥의 방문 앞을 지날 때, 나는 제이콥이 잠을 자며 하는 말을, 자신만의 사후 세계에 갇혀 말하고 있는 것을 듣는다.

"그래, 자기야…. 나한테 주면 내가 할게…."

나는 방문에 귀를 가까이 대며 듣는다.

"자기야…." 이제는 제이콥이 잘 때만 들을 수 있는 말이다.

"아니야…. 아니야…. 지난번에 당신이 했잖아."

그래, 우리는 유령들과 함께 살고 있다. 우리의 세계와 그들의 세계는 함께 있다. 그러나 여전히 나는 혼자다. 혼자 이것을 해내야 한다. 병원으로 떠나려 겨우 몸을 돌렸을 때, 나는 주저하며 무언가를 눈에 담는다. 현관 입구에 앉아 있는 벌 한 마리. 벌들은 아주 중요하다. 그들은 부지런함, 활기, 일, 질서, 역량을 상징하니까. 나는 벌을 피해 밖으로 나선 뒤 택시에 몸을 싣는다.

오전 7시, 밖은 아직 어둡다.

내일 나는 왼쪽 가슴을 절제하는 수술을 받는다. 내가 우는 이유는 무서워서가 아니라, 제이콥이 이제 이전의 나를 볼 수 없기 때문이다. 내가 진짜 아비 모건이라는 사실을 증명할 수 있는 중요한 증거 하나가 사라질 것이다.
그리고 나는, 지금 우리가 사는 이 세상처럼 한쪽으로 치우쳐 균형이 맞지 않게 될 것이다. 제이콥의 뇌처럼, 가슴 한쪽이 없어진 채로, 망가질 것이다.

10

술이 필요하다. 2016년 초부터 나는 한참 술을 끊었다. 제이콥이 쓰러지기 2년 전이다. 중독자여서가 아니다. 술 때문에 심각한 문제가 있다고 생각해서도 아니었다. 그저 창피한 모습을 보이는 데 신물이 났을 뿐이었다. 나는 몇 년 간격으로 한 번씩 엄청난 주사를 부렸고, 사람들은 그 모습을 용서해 주었다. 그런 내 자신을 용서할 수 없었다. 다른 작가와 미묘하게 정치적인 상황에 말려들어 힘든 하루를 보냈던 날, 나는 와인을 한잔하러 나갔다. 몇 시간 뒤 와인 몇 잔을 비웠고, 다른 술집으로 옮겨가 술 취한 그 마지막 순간에 돌이킬 수 없는 선택이 된 에스프레소 마티니를 마신 뒤 그대로 정신을 잃었다. 정신을 차렸을 때는 이미 새벽 2시였고, 집에서 멀지 않은 거리에 주차된 두 개의 차 사이에 머리가 끼어 있었다. 택시를 타고 집에 오는 길, 순간적으로 올라오는 구역질에 중간 어딘가에서 비틀거리며 길거리에 내렸다.

다행히 구토는 하지 않았고, 다음날 아침, 내가 집에 무사히 돌아온 데다 지갑과 핸드폰과 내 몸이 원피스 안에 무사히 있다는 사실에 안심했다. 하지만 뺨에 생긴 상처와 섀도우가 번진 두 눈은 이제 오십을 바라보는 여자가 보이기에는 썩 좋지 않은 모습이었다.

평일이었던 다음날 제이콥은 그런 나를 일본 음식점에 데려갔고, 나는 미소 된장국을 앞에 둔 채 흐느껴 울었다. 결국, 그날부터 술을 끊었고, 주변 편의점에 들를 때마다 나를 유혹하던, 제이콥이 좋아하는 버번위스키를 볼 때면 이상하게 애절한 그리움이 밀려오긴 했지만, 금주를 잘 지켜왔다. 물론 술을 마시며 보냈던 그 모든 즐거운 밤과 멋진 이야기를 경험할 수 있었던 것은 감사하지만, 술을 마시지 않은 제정신으로 사는 것, 지루하지만 진중하게 사는 삶에도 분명 장점이 있었다. 비록 몇 달 뒤에는 다시 술을 마실 거라고 생각하긴 하지만, 술과 쾌락에 젖은 밤을 보내던 과거로는 돌아가지 않을 것이라고 다짐했다.

어른이 된 것일 수도 있지만, 아이들이 10대에 들어서며 불현듯 두 가지 생각이 분명해졌다. 첫 번째, 내가 술에 취하지 않는다는 사실은 아이들이 술에 취했을 때 내가 언제든 데리러 갈 수 있다는 의미이며, 아이들을 가르칠 때 이제는 다른 사람이 된 것처럼 정당하고 너그러운 태도로 대할 수 있다는 의미이기도 하다. 두 번째, 나는 여전히 파티에서 말 같지 않은 소리를 내뱉는데 달라진 점은 이제 그 말들을 기억한다는 것이다. 그래도 나는 사람들이, 재미있는 시간이 가끔 그립다. 우리에게는 재미있는 일이 필요하다.

"파티를 열 거야, 제이콥."

다시 11월이 되었다.

"어떻게 생각해?"

제이콥은 막 큰 그릇에 시리얼을 부었다. 이제 매일 아침 그가 하는 일이다. 아침 식사 메뉴는 늘 같다. 제이콥은 시리얼을 높이 쌓은 다음 오른손으로 수평을 맞춘다. 아프고 나서 생긴 반복적인 습관, 거의 의식에 가까운 여러 행동 중 하나다. 몇 분 뒤면 제이콥은 부엌 한가운데 있는 아일랜드 식탁에서 2리터짜리 플라스틱 우유 통을 가져와 그릇에 따를 것이다. 제이콥은 현실적이고 영리한 데다 늘 침착한 작업치료사인 헬렌과 함께 이 단순한 아침 식사 루틴을, 그릇과 숟가락과 시리얼과 우유가 있는 일상을 만들어내려고 노력했다. 내가 아직 먹어보지는 못했지만, 헬렌과 함께하는 점심시간에 제이콥이 만든 중국식 볶음요리와 함께. 제이콥이 면의 양을 가늠하고, 소스 팬과 뜨거운 물을 다루는 모습을, 제이콥의 머릿속에서 퍼즐이 맞춰지는 과정을 보는 것은 고통스러운 일이다.

하지만 무심코 던진 내 질문이 그 흐름을 끊어버렸다. 제이콥은 나를 흘겨보고선 2리터짜리 우유 통으로 눈을 돌린다.

"미안." 나는 사과한다.

제이콥은 고개를 끄덕이며 마지못해 내 사과를 받아들이고, 다시 우유를 따르기 시작한다. 그릇이 너무 높아 부스러기를 떨어뜨리지 않기 위해 섬세한 안무를 하듯 움직인다. 그다음 제이콥은 조용히 손을 거둔 뒤 그릇을 제자리에 두고, 우유를 냉장고에 넣고, 그릇을 식탁 위로 가져가서 마침내 먹기 시작한다.

"당신을 축하하는 자리야. 모두에게 감사를 전하는 자리이기도 하고. 그동안 누가 우리를 찾아오고 도와줬었지, 제이콥?"

또 질문해 버렸다. 제이콥은 입에 시리얼을 머금고 숟가락을 든 채 나를 고개를 든다. 그러고는 눈을 가늘게 뜨며 내가 입을 다물고 제이콥이 원하는 대로 조용히 시리얼 한 그릇을 먹을 가능성이 얼마나 될지 생각한다.

"케이크도 살 거야."

제이콥이 멈추고, 숟가락이 입에 들어가기 직전에 배회한다.

"무슨 케이크 살 건데?"

나는 이런 것을 하곤 한다. 갑자기 파티를 여는 것. 공원에서 무지개색 케이크를 먹는 파티를 연다. 심지어 그 주인공이 그다지 내켜 하지 않을 때도. 생일, 크리스마스, 바비큐, 저녁 식사 파티. 어느 해에는 우리 집 주차장에 아이스크림 트럭을 가져다 두었다. 아무 이유 없이 그저 손님들과 지나가는 사람들에게 아이스크림을 건네주는 기쁨을 느끼기 위해서였다. 제이콥은 내게 맞춰주며 늘 맥주를 주문하고, 고기를 사고, 부탄가스를 채우고, 설탕과 향신료를 넣어 와인을 데웠다. 제이콥이 그 일을 진심으로 즐겼는지는 알 수 없지만 매번 그런 일들을 해주었다. 그리고 밤이 끝나갈 무렵, 내가 얼굴에 묻은 음식을 닦거나 잔을 가득 채우고 대화를 이리저리 피하며 시간을 보내는 동안 제이콥은 가족이나 친구들과 이야기를 나누고 웃으며 내가 놓친 그 시간을 가득 채우곤 했다. 내가 빈 맥주병을 쓰레기통에 담고 손님들이 두고 간 겉옷을 바쁘게 챙기는 동안에.

하지만 이번 파티는 다르다. 사실 이번 파티는 제이콥이 아닌 나를 위한 것이다. 제이콥을 핑계로 삼아. 이건 내가 계속해서 되뇌는, "나는 괜찮아, 제이콥. 우리는 살아남았고, 나는 그 대단한 아비 모건이잖아! 생존으로는 충분하지 않아. 살아갈 수 있어야지!" 같은 것들의 일부다. 아무도 믿어주지 않지만.

그래도 나는 케이크를 주문하고, 스콘을 굽고, 음료수를 차갑게 식힌다. 피아노 연주자까지 불렀다. 엄마와 막 작품 하나를 함께 끝낸 친절하고 젊은 남자 연주자다. 베이지색 옷을 입은 그 청년은 우리가 이야기를 나누고, 음료수를 마시고, 케이크를 먹는 동안 우리 집 거실에서 피아노를 연주한다. 나는 '그동안 이런 걸 놓치고 살았구나.' 라고 생각한다. 무언가에 소속된 기분, 다정한 친구들과 보내는 시간을. 침묵과 시리얼만 남겨진 시간이 아니라. 나는 다시 나 자신으로 돌아가고 싶다. 제시와 메이블이 우리의 삶이 계속 이어지고 있다는 사실을 알았으면 한다.

"생존으로는 충분하지 않아요. 살아갈 수 있어야죠…"

어쩌면 그렇게까지 허튼소리는 아닐지 모른다.

게다가, 제이콥은 파티에서 사람들에게 들려줄 말을 써 보기로 했다. 엄청난 열정을 보이며 그 과제를 도와주기로 한 아미나와 함께. 나는 아미나가 타이핑한 문장을 중얼거리듯 다시 읽는 소리를, 사실은 아미나가 대신 쓴 것 같은 그 문장을 듣는다.

파티 당일이다. 제이콥이 자는 동안 우리는 부산스럽게 온 집 안을 청소하고 정리한다. 모두 힘을 모아 집 안에 다시 활기를 불어넣는다. 우리 가족, 제이콥의 가족, 그리고 60명이 넘는 친구들이 모인다. 나는 셔츠를 입었는데, 머리카락이 없는 데다 셔츠까지 입으니 마치 달라이 라마처럼 보여 셔츠를 벗고 다른 옷을 입는다. 이번에는 거울 속 나를 확인하지 않는다. 이제 나는 제이콥처럼 내 모습이 무언가에 비칠 때마다 걸음을 멈춘다. 불편함과 놀라움이 섞인 마음으로, 지금 눈에 보이는 모습이 내 내면을 보여주는 것은 아닐 거라고 어렴풋이 확신하면서. 하지만 눈에 보이는 내 모습은 내 마음과 같다. 울퉁불퉁하고, 황량하게 벗겨져 있고, 전부 드러나 있고, 고갈되었다.

그러나 희망은 있다. 회색 머리카락 몇 가닥이 싹을 틔우며 새하얀 머리 위 피부에 얼룩을 만들기 시작했기 때문이다. 제이콥도 나아지고 있다. 나는 꽃병을 손에 든 채 제이콥을 지나쳐 복도를 걸어간다. 제이콥은 집에 올 손님맞이를 위해 막 씻고 옷을 갈아입은 뒤 내려와 있다.

"오늘 예쁘네." 제이콥이 말한다.

아미나가 내게 격려하듯 미소 짓는다. 제이콥이 뭔가 기분 좋은 행동이나 말을 할 때면 보이는 표정이다.

"당신도 멋져, 제이콥." 나는 대답한다.

제이콥이 고개를 끄덕인다. 해냈다는 듯 아미나와 눈빛으로 보이지 않는 하이파이브를 하면서. 불편함이 스멀스멀 기어들어 오고, 내 마음속 목소리가 속삭인다.

"이 거짓말쟁이."

이제 제이콥을 믿지 않는다. 원래 그 누구도 믿지 않았다. 나는 세 번째로 윗옷을 갈아입는다.

옷이란 내게 늘 너무 어려운 주제였다. 저녁 식사나 극장 시간에 이미 늦은 상태로 벗어던진 옷더미에 둘러싸여 아무것도 입을만한 것이 없다는 분노로 얼굴을 붉히던 날이 많았다. 수많은 밤을 옷을 고르느라 망쳐버렸다. 그럴 때면 제이콥은 의자에 앉아 내 분노를, 그 분노가 잠잠해지기를 지켜봐주었다.

"화내지 말고 말로 해…. 당신 말 잘하잖아" 제이콥은 웃으며 말하곤 했다. 그러고 나서 우리는 침착하게 내 옷장을 살폈고, 보통 마침내 내 마음에 드는, 이 분노를 끝낼 옷을 찾아냈다. 그러면 내 뒤에 선 제이콥은 지친 듯한 미소를 지으며 잘 어울린다는 칭찬으로 나를 안심시켰다.

"불평은 끝난 거지? 준비됐어?" 제이콥은 차 열쇠를 손에 쥔 채로 말했다. 이제 나는 제이콥의 옷을 입히기 위해 분투한다. 잔뜩 부은 발에 맞을 신발을, 더 커진 배를 가려줄 티셔츠를, 굽은 손을 가려줄 스웨터를 찾는다. 하지만 제이콥이 이전에 입었던 옷들을, 제이콥은 두 번 다시 입을 수 없을 것이다. 가끔 특히 힘든 날, 나는 집에 들어와 어둠 속에 서서, 불도 켜지 않은 채로 옷장 속 제이콥의 옛날 옷에 얼굴을 묻는다. 온 체중을 실어서, 옷장 뒤편에 내 코가 닿을 정도로 깊이.

(이 장면은 영화에 들어가지 않을 것이다. 너무 진부한 클리셰니까. 더 괜찮은 것을 생각해 봐. 더 잘해봐. 더 잘할 수 있잖아.)

언젠가부터 제시와 메이블과 나는 조용히 그 옷들을 처리해 나가기 시작했다. 제이콥의 양털 재킷은 이제 제시가 친구들을 만나러 나갈 때 입는다. 개와 나방이 옷을 두고 싸웠나 싶을 정도로 팔 부분이 낡은 맨투맨은 알고 보니 눈물이 날 정도로 비싼 옷이었고, 이제는 메이블의 옷이 되었다. 아직도 가격표가 붙어 있는 카키색 바지는 내가 입어본다. 얼추 어울린다. 내가 지나가자 제이콥이 무언가 알아챈 것 같지만, 정확히 무엇인지는 알지 못하는 눈치다. 제이콥은 옷을 잘 입었다. 옷을 정말 좋아했다. 지금은 제이콥이 깨끗하기만 해도, 이전의 스타일과 조금만 비슷하기만 해도 행복하다. 그리고 제이콥은 그렇게 한다. 이상한 건 이 모든 과정에, 익숙하지 않은 이 모든 상황에서도 제이콥은 익숙해 보인다는 것이다.

손님들이 도착하자 나는 안도한다. 솔직히 말해 제이콥을 다시 볼 수 있을 거라 생각한 사람은 많지 않을 것이다. 사실 아직 모든 게 끝난 것은 아니다. 이 파티는 내 항암치료가 끝나가는 것을 축하하는 자리이기도 하니까. 곧 우리 집은 웃음소리와 대화, 음악과 따뜻한 마음으로 가득 차 내게 왜 이런 자리를 만들었는지 다시 한번 상기시켜준다. 즐거운 파티를 하면 나는 에너지를 얻고, 새로 시작할 수 있을 것이다. 우리의 가족과 친구들은 마치 결혼식에 참석하는 것처럼 마음껏 즐길 준비를 하고 이 파티에 참석해 주었다. 우리 커플의 행복을 빌어주면서, 우리가 잘 헤쳐나갈 수 있을지 확신할 수는 없지만. 하지만 이 집이 가득 차는 기분을, 온 집이 노래하는 듯한 기분을 느끼는 것은 눈부시도록 아름다운 일이다.

그동안 제이콥은 마치 삼류 마피아 두목이나 작은 회사의 사장처럼 부엌에 있는 오렌지색 벤치에 앉아 있다. 가족들은 경호원처럼 제이콥 옆에 붙어 다른 지인들이 인사를 건네거나 조언을 구할 때 몰래 돈을 쥐여주듯 몸을 구부려 그들의 이름을 속삭여준다. 우리의 친구들인 그 지인들은 가까이 앉아 웃으며 악수하고, 겉으로 보기에는 서로 즐거워하는 것처럼 보인다. 하지만 나는 그중 제이콥이 잘 알아보지 못하는 사람이 있다는 사실을 안다.

"저 사람은 누구야?" 제이콥은 조금 전까지 이야기를 나누던 친구들이 다른 사람들과 대화를 나누거나 케이크를 먹으러 자리를 떠나자 내게 가만히 속삭인다.

"〈오슬로〉에서 작년에 당신 상대역이었어. 좋은 사람이야."

나는 다른 손님들을 신경 쓰며 빠르게 숨죽여 대답한다.

그러면 제이콥은 고개를 끄덕이기도 하고, 마치 그 사람들을 그냥 보내줄 것인지, '물고기 밥'으로 만들 것인지 고민하는 것처럼 어딘가를 바라보며 생각에 잠기기도 한다. 하지만 친구들이 눈앞에 있을 때 제이콥은 완벽한 연기자가 된다. 다정하게 웃으며 친구들과 악수를 나누고, 눈썹을 살짝 치켜들며 고개를 끄덕이고, 사람들의 행동을 따라 한다. 치료사들에게 배운 그대로.

제이콥의 목소리에는 이전보다 확실히 억양이 많이 생겼다. 표현도 다양해졌다. 무언가 재미있는 말을 듣거나 놀라움을 표현할 때면 제이콥은 머리를 오른쪽으로 살짝 기울이는데, 언어치료사가 그에게 가르치려고 열심히 노력해온 것이다. 하지만 며칠 전 받았던 이비인후과 검사에서 의료진은 현재 제이콥의 후두 나이가 75세이며, 성대 역시 손상이 너무 심하다고 말했다. 매일 밤 발을 끌며 침실 계단을 오르는 제이콥을 볼 때마다 나는 생기 없는 그 모습에 뱃속부터 불안감이 차오른다. 이전에 봤던 제이콥은, 내가 알던 제이콥은 항상 나보다 앞서 계단을 뛰어가던 사람이었다.

"내가 가장 두려워하는 것은, 당신을 따라가지 못하는 거야"라고 말하던 사람.

그랬던 제이콥이, 그 제이콥이 지금 내 앞에 멈춰 서더니 다리를 끌며 침실로 가는 자신의 도플갱어를 부축하는 나를 믿을 수 없다는 표정으로 돌아본다. 이전의 제이콥이 내 귀에 가만히 속삭인다.

"도망쳐."

나이프가 유리잔에 부딪히는 소리가 대화 소리를 뚫고 들어온다. 부엌에 모여 있던 사람들이 주목한다. 나는 거실에 있는 관객 한 명을 위해 연주를 이어가고 있는 피아노 연주자가 마음에 걸린다. 무시당했다거나 소외당하고 있다는 느낌을 받을까 봐 걱정되어서다. 하지만 누군가 그에게 말을 해주었는지, 이내 집안이 고요해진다.

나는 무언가 한마디 해야겠다고 생각한다. 그래야 할 것 같다. 친구들에게, 가족에게, 우리 아이들에게 감사를 전해야 한다. 오늘 나는 감사함을 느끼고, 내 안의 나르시시스트는 마구 뛰어다니며 비명을 지른다.

"봐, 우리에겐 친구들이 많아. 우리 인기 많다고. 사람들은 아직 우리를 좋아해."

하지만 뇌가 손상되고 암에 걸린 사람들의 초대를 거절할 사람이 있을까? 나는 제이콥을 보며 고갯짓을 한다. 지금은 제이콥의 차례다. 제이콥은 나를 멍하니 바라보고, 나는 벤치에 있는 제이콥의 옆에 앉아 미리 준비한 글을 띄워준다. 아름다운 글이다. 감사로 가득한 글. 자신의 가족에게, 아이들에게, 내게. 하지만 내가 알던 제이콥의 글은 아니다. 우리는 박수를 보낸다. 그리고 포옹한다. 환호와 응원 소리가 들린다. 제이콥은 아주 잘 해냈다. 그리고 제이콥은 내게도 감사를 전하는 것을 기억해냈다. 누군가 알려주긴 했지만.

"오늘 내가 제이콥에게 고맙다고 말했던가?" 나는 또 한 번 되짚는다.

젠장…. 젠장….

나는 제이콥의 무릎에 손을 얹고, 제이콥이 떨고 있다는 사실에 놀란다. 우리의 삶에서 제이콥과 나는 서로를 방패 삼으면서 끊임없이 숨바꼭질을 이어갔다. 첫 공연, 학부모 저녁 식사, 가족들이 모인 저녁 식사에서 한 명이 이야기를 이끄는 동안 다른 한 명은 그 뒤에 숨곤 했다. 오늘, 내 손 밑에서 떨리는 제이콥의 무릎을 느꼈을 때, 나는 제이콥이 긴장하고 있다는 사실에 안심한다. 제이콥이 무언가 느낀다는 사실에.

지난밤 나는 제이콥과 진지한 대화를 시도했다. 잘 기억은 나지 않지만, 직장이나 삶이나 가족과 관련된 문제였다. 저녁 식사와 뒷정리까지 끝난 뒤였고, 아이들은 이미 술집으로 향했거나 친구들을 만나러 나간 뒤였다. 식탁에 홀로 앉아 주방 세제를 채우는 나를 쳐다보던 제이콥은 내가 의견을 묻자 당황하며 눈썹을 찌푸린다.

"어떻게 생각해, 제이콥?"

까다로운 감독이다. 내가 좀처럼 기대치를 채우지 못하는 감독.

"제이콥에게 시간을 좀 줘. 말 걸지 마"

그때 나는 제이콥을 담당하는 치료사들에게 들은 대로 나 자신에게 당부했다.

'이 불편한 고요함을 느끼게 해줘야지'

나는 그 상황이 제이콥에게 잊어버린 것들을 상기시켜준다는 사실을 되새기며 질문하지 않고 조금 더 기다렸다.

"제이콥?"

제이콥이 멍하니 나를 쳐다봤다. 멍하니. 아무것도 담기지 않은 눈으로. 제이콥은 머릿속 또 다른 섬에 닿았다. 이성이 부딪혀 스러지는 바위섬에.

나는 고개를 끄덕이며 물러나 붉어지는 눈시울을 숨긴 채 제이콥에게 등을 돌렸다. 그리고 그레이비 소스가 묻은 포크들을 식기세척기에 넣으며 등을 구부렸다. 불현듯 제이콥이 일어나 내게 걸어오고 나는 한순간 희망에 부풀었지만, 제이콥은 왼쪽으로 방향을 틀어 다른 방에 있는 소파로 발을 끌며 몸을 옮겼다.

"어디가?"

대답은 돌아오지 않았다.

"제이콥?"

"〈스파이더맨〉 마저 보러"

얻은 것들도 있다. 달라진 제이콥이 얻게 된 기묘한 재능. 제이콥에게는 차 안 라디오나 영화 엔딩 크레딧에서 음악이 흘러나올 때마다 누군가가 시키지 않아도 큰소리로, 보통 거의 음을 다 틀려가며 노래하는 능력이 생겼다. 손가락을 조금 더 움직일 수 있게 되고, 착하고 훌륭한 우쿨렐레 강사 리아를 만나면서 제이콥은 우쿨렐레를 다시 연주하게 되었다. 일과를 마치고 돌아와 현관문을 열었을 때 제이콥이 부르는 애니멀스*의 '해 뜨는 쪽The House of the Rising Sun'이 들려오면 어딘가 기쁘면서도 마음이 아프다. 제이콥은 이제

* 영국 잉글랜드 출신의 5인조 록그룹

왼손이 굽어 움직일 수 없어서 아이패드 속 리아가 기타를 연주하고, 스타일러는 소파에 앉아 긴 울음소리를 낸다. 혹은 토요일 밤, 영화 마지막에 흐르는 비틀스의 '헤이 쥬드Hey Jude'를 따라 부르는 모습을 보며 나는 제이콥이 이 부분을 제일 즐기고 있다는 사실을 깨닫는다. 머리를 고정한 채 피곤해하며 하품을 하면서도 제이콥은 엔딩 크레딧이 끝날 때까지 고집스레 모든 이름을 읽어낸다. 마른행주를 덮은 배 위에 베개를 두고, 차처럼 마신 아이스크림을 턱수염에 묻힌 채로.

어떤 날에는 메이블이 학교에서 공연하는 뮤지컬 〈아가씨와 건달들〉의 아델레이드 역을 연습하고 있었다. 우리가 알렉사를 부르기도 전에 제이콥은 이미 뮤지컬 속에 나오는 노래인 '너의 밍크 옷을 돌려줘Take Back Your Mink'를 큰소리로 틀어놓고, 우리가 지켜보는 가운데 덤덤한 표정으로 진지하게 노래를 듣고 있었다. 이상하게도 우리가 제이콥을 뮤지컬 〈해밀턴〉 공연에 데려갔을 때, 제이콥은 그 모든 훌륭한 노래가 흐르는 동안 코를 골았다. 하지만 알렉사에서 흘러나오는 뮤지컬에 나오는 노래를 듣고 몇 주 뒤, 제이콥은 모든 노래의 가사를 외우고는 마음을 다해 큰소리로 노래했다.

지난 크리스마스이브 저녁, 나는 그날이 올해 유난히 늦은 하누카의 첫날이라는 사실을 깨닫고는 촛불을 찾아다녔다. 유대교 축제에 쓰는 작은 실크 모자인 키파도 찾아두었고, 가족들의 모습을 영상에 담았다. 초에 불을 붙이는 메이블의 옆, 높은 의자에 앉은 제이콥은 가사 한 번 틀리지 않고 축복의 노래를 불렀다. 경쾌하지만 음은 하나도 맞지 않았고, 영상 구석에 걸린 제시는 아빠의 흥을 깨지 않기 위해 애써 웃음을 참고 있었다.

"우주의 왕이자 우리에게 생명을 주시고 지탱하시며 우리를 이 자리에 이를 수 있도록 해주신 여호와께 축복을 돌립니다"

우리는 성인과 아이 사이 그 어딘가를 맴도는 제이콥을 지킨다. 그리고 제이콥은 운 좋은 사람이다. 치료사들과 우쿨렐레 강사들이 알렉사와 함께 노래를 찾아주는 그런 특권이 얼마나 대단한 것인지 본인은 알아차리지 못하지만. 나는 이런 지원 없이 비슷한 상황을 겪어내는 사람들의 어려움을 짐작조차 할 수 없다. 우리가 얼마나 행운아인지 잘 알고 있다. 이런 상황이라고 해도. 세상의 다른 곳에서 일어나는 비극적인 일들을 모르지 않기 때문이다. 늦은 밤 구글에서 제이콥의 병과 관련된 내용을 뒤적이며, 전 세계에서 일어나는 정치, 인종, 윤리와 관련된 끔찍한 부조리들을 다룬 뉴스를 본다. 깨어 있다고 하는 사람들을 질책하는 듯 거드름을 피우는 이야기들을 본다. 마치 깨어나는 것, 깨어 있는 것, 세상을 분명하게 바라보는 것, 세상을 바꾸고 싶어 하는 것이 위험한 일인 것처럼 말하면서. 제이콥이 쓰러지기 전까지의 내 삶은 잠꼬대가 아니었나 하는 생각이 머리를 스친다. 근시안적인 내 세계에서 나는 어떻게 달리 행동할 수 있었을지 질문을 던진다. 우리가 어떻게 다른 행동을 할 수 있었을지.

모든 것에 질문을 던져라. 무언가를 배워라. 무엇도 대답하지 마라.

나는 이 문구를 냉장고 자석에서 읽었다. 내 담당의의 안내 데스크 뒷벽에 붙어 있었는데, 생각에 잠긴 듯 발로 머리를 긁는 분홍색 새끼 고양이로 장식된 자석이었다. 며칠 전 이 문장이 그리스의 비극 시인 에우리피데스의 말이었다는 사실을 알았다.

12월 초에 들어섰고, 종양 제거 수술 후 내 왼쪽 가슴이 있었던 곳에 남겨진 봉합 자국들이 서서히 옅어지고 있다. 하지만 가슴이 잘려나간 흔적은 뚜렷하다. P 의사가 내 가슴에 두꺼운 매직으로 그어놓은 검은색 화살표는 여전히 쇄골뼈 밑에서 존재감을 드러낸다. 한때는 있었던, 암이 퍼진 가슴이 어디에 있었는지 가리키고 있는 그 화살표는 의료진이 올바른 쪽을 잘라냈음을 확실히 알려준다. 그 흔적을 굳이 문질러 지우지 않고 희미해지게 놔둔다. 늘어난 피부가 이상하게 붙어 있고, 갈비뼈 쪽이 너무 팽팽하게 당겨진 탓에 밤이면 투명한 흉터 밑으로 내 심장이 비쳐 보일 듯하다. 나는 내 심장이 뛰는 소리를, 내 머리로 혈액을 뿜어내는 소리를 듣는다. 나쁘지 않다. 어떻게 보면 옳은 일처럼 느껴진다. 나는 말 그대로 무언가를 잃었다. 하지만 그 자리에 난 흉터가 자랑스럽다. 딱 맞는 흔적이다. 이 흉터는 그 유산이고, 무덤까지 나와 함께할 것이다. 나는 보형물을 넣는 재건 수술을 하지 않는다. 만약 암이 재발한다면 어디에 위험이 도사리고 있는 건지 직접 보고 싶기 때문이다.

"왜 너에게 이런 일이 생긴 거야?" 사람들은 말한다.

또 그 질문이다.

"안 그럴 이유가 없잖아?"

나쁜 일은 일어나기 마련이다. 사건과 불행과 유전적 특성과 생활 습관이 우연히 이어져 하나의 별자리를 만든 것뿐이다. 그저 우리가 운이 없었던 것이다. 제이콥에게 운이 없었던 것이다.

"나는 화나지 않아." 나 자신에게 말한다. 이건 그냥 일어난 일이 아니니까. 제이콥은 불운을 그냥 마주한 것이 아니다.

몇 달 만에 보는 자리, 제이콥의 다발성 경화증 담당의인 C 의사가 우리에게 선물을 준다. 그는 추운 겨울 오후 병원 경비실에서 나와 조시를 만나준다. 집중치료실에서 멀지 않은 곳, 제이콥이 같은 그룹 사람들과 노래를 부르러 가곤 하는 작은 성당 왼쪽에 자리 잡은 나무 패널로 된 응접실이다. 제이콥과 침상 하나를 두고 떨어진 아름다운 소녀 제나는 아직 집중 병동에서 치료를 받고 있다. 나는 제나의 엄마인 콜레트를 만나 장거리 달리기 선수처럼 이야기를 주고받으며 서로의 속도와 시간을 비교한다.

밖은 벌써 어두워졌다. C 의사는 서성거리며 우리를 기다리고 있다. 그는 예의 바르고, 사려 깊고, 제이콥의 상태를 주의 깊게 살펴주며, 희망적이다. 안부 인사를 주고받은 후, C 의사는 책상 위로 제이콥의 의료 기록을 건넨다. 그중에는 집중치료실에 입원한 초기에 만났던 친절한 아일랜드 출신 M 의사의 보고서도 있었다. 8월에 작성할 것이라고 내게 알려주었던 보고서다. 다발성 경화증 약물과 제이콥이 보였던 증상 사이에 연관성이 존재한다고 인정받았고, 이를 주제로 C 의사와 그 팀이 작성한 논문이 의학 저널에 실렸다.

우리는 4년 동안 성공적으로 이어졌던 약물치료를 의무적으로 중단한 지 14주 후에 발생한 항NMDA 수용체 뇌염의 사례를 보고하고자 한다.

조시와 나는 계속해서 읽어내려 간다.

해당 약물치료와 관련된 2차적인 중추신경계 자가면역성 합병증 사례는 2018년 2월 유럽의약품청(EMA)에 처음 보고되었으며, 이후 2018년 3월 해당 약물은 자발적으로 공급이 중단되었다. 2018년 3월에 발표된 초기 유럽의약품청의 보고서에서는 잠재적인 뇌염 혹은 뇌병증 사례 12건이 제시되어 있지만, 2018년 5월에 개정된 보고서에서는 해당 약물의 인과성을 배제할 수 없는 사례 9건(독일 5건, 미국 2건, 스위스 1건, 호주 1건)이 확인되었다.
한 환자에게 항NMDA 수용체 항체가 발견되었다. 모든 사례에서 심각한 손상이나 치명적인 결과(2건), 1차 치료(코르티코스테로이드, 혈장 교환술, 정맥 내 면역글로불린) 및 2차 치료(리툭시맙)에 대한 반응 결핍, 뇌생검상 특이점 관찰과 같은 유사한 임상적 특징이 나타났다.

스물한 명에게 손상이 심각하거나 치명적인 결과가 나타났다. 제이콥은 스물두 번째 사례가 되었다.

나는 잠을 이루지 못한다. 머릿속으로 분노하며 내가 잃은 것들을 되새긴다. 제이콥이 더는 하지 못하는 것들을. 그 목록은 점점 더 늘어난다. 제이콥은 마음대로 움직이지 못한다. 운전하지 못한다. 음식을 자르지 못한다. 먼 거리를 걷지 못한다. 성관계를 하지 못한다. 컴퓨터를 사용하지 못한다. 아이들과 대화를 잘 나누지 못한다. 다른 사람이 틀을 만들어주지 않으면 그 누구와도 대화하지 못한다. 침대에서 스스로 나오지 못한다. 옷을 입지 못한다. 신발 끈을 묶지 못한다. 뮤지컬 〈해밀턴〉을 깨어 있는 채로 보지 못한다. 무려 〈해밀턴〉을. 세상에…. 할 수 있는 것이 별로 없다. 이전처럼 괜찮은 아빠도, 남편도, 아들도, 형도, 삼촌도, 친구도 되어주지 못한다. 그리고 나를 기억하지 못한다. 이상하게도 이 중 가장 슬프게 느껴지는 건 제이콥이 더는 운전을 못 한다는 사실이다.

크리스마스 직전에 제시는 운전면허 시험에 합격했고, 나는 제이콥이 내게 준 컨버터블 미니 쿠퍼를 팔았다. 제시에게 더 깨끗한 차를 사주고, 제이콥을 태운 채로 우리 집이 있는 언덕을 쌩쌩 오르내리는 모습을 기쁜 마음으로 바라본다. 제이콥에게는 자신이 운전하는 것 다음으로 신나는 일이라는 사실을 알고 있어서다. 그래도 나는 쇼핑센터나 당일 여행을 끝내고 돌아오는 길에 라디오에서 흘러나오는 노래를 들으며, 제이콥의 뒷목을 쓸어내리면서 하는 긴 드라이브를 정말 좋아했다. 제이콥이 '할 수 없는' 그 목록에서 다른 무엇보다 더 이전으로 돌아오기 힘든 순간.

제이콥은 쓰러지기 몇 달 전 배우로서 막 주목을 받기 시작했다. 그전까지 몇 년 동안 객석에 앉아 내가 집필한 공연들을, 내 경력이 꽃을 피우는 것을 보기만 하는 나날들을 견뎌냈다. 그 세상이 바뀌고 제이콥이 무대에 오르는 모습을 보는 건 정말 멋진 일이었다. 우리가 처음 만나 일이 많지 않았을 때, 제이콥이 할 수 있는 다른 일들을 함께 고민해보기도 했다. 제이콥이 마흔셋에 의료 쪽 공부를 시작해야 하는 게 아닐까 하는 정신 나간 논의를 했던 아침도 있었지만, 결론은 항상 같았다. 제이콥은 자신이 할 수 있는 유일한 것이 연기라고 생각했다. 이것이 배우들이 걷는 길이다. 연기라는 덩굴이 끈질기도록 깊게 파고드는.

과거로 돌아가 2011년 9월. 나는 베니스 국제 영화제에 참석했다. 공동집필한 영화 〈셰임Shame〉이 개봉해서다. 행사에 참석해 맛있는 파스타를 먹고 이리저리 구경하며 들뜬 마음으로 며칠을 보냈지만, 그동안 제이콥은 병원에 누워 있었다. 제이콥은 심각한 게 아니라며 나를 안심시켰다. 나는 영화 출연진들에게 부탁해 제이콥의 쾌유를 기원하는 영상을 찍기도 했다.

3주 뒤 제이콥은 오래 잠잠했던 다발성 경화증이 재발했다는 진단을 받게 됐다. 곧 그 사실은 파일에 꽂혀 서랍장 뒤편으로 밀려났지만, 시간이 지나며 제이콥의 병은 점점 규칙적으로 재발했다. 하지만 제이콥은 그 사실에 연연하지 않았고, 처음보다 덜 힘들게, 더 잘 관리할 수 있었다. 오히려 진단을 받고 나서 제이콥은 더 부지런히 움직이고, 무엇이든 더 깊이 들여다보고, 더 열심히 삶을 즐겼다. 임상시험 마지막 단계에 있는 약물치료에 참여할 기회를 얻은 것도 희망적이었다. 그리고 확실히 처음 몇 년간 제이콥은 잘 해냈다. 약물치료를 연장할 정도로 잘 해냈다. 한 달에 한 번 제이콥은 퀸 광장으로 주사를 맞으러 갔다. 우리는 그 주제를 거의 입에 올리지 않았다.

발작을 일으키기 전 1월에는 아이들과 함께 제이콥이 연극 〈오슬로〉에서 요시 베일린을 연기하는 모습을 자랑스럽게 지켜봤다. 〈오슬로〉는 J. T. 로저가 이스라엘과 팔레스타인 사이에 있었던 '오슬로' 평화 협정을 주제로 간결하면서도 아름답게 써낸 연극이며, 처음에는 국립극장, 이후에는 웨스트엔드의 헤롤드 핀터 극장에서 공연되었다.

분장실은 모두 작은 데다 좁은 복도에 지그재그 형식으로 떨어져 있었다. 제이콥은 애써 피로를 숨기며 다른 배우들을 대했다. 그는 늘 자신의 건강 문제 때문에 감독이나 동료 배우들의 신뢰를 잃을까 봐 걱정했다. 하지만 늦은 밤, 제이콥은 머리를 울리는 두통과 경련으로 결국 몸져누웠고, 나는 침실 문으로 다시 한번 진통제를 거칠게 던져넣었다. 그래서 "당신은 형편없는 간병인이야"같은 말이 나왔던 것이다. 주변 사람 대부분이 모르는 비밀이었다. 제이콥을 도와주려 주었던 진통제가 상황을 더 안 좋게 만들었다는 사실은 그 어떤 것보다 나를 슬프게 만든다.

'뉴로펜*도 블랙박스 경고**를 받았으니까요. 그래도 실험할 대상은 있어야 하잖아요'

어느 날 누군가 위로한답시고 이런 말을 건넸다.

"맞아요, 하지만 제이콥은 빌어먹을 실험실 쥐가 아니에요"

화가 났다. 인정하고 싶은 마음보다 더 크게 화가 났다.

◆

앞으로 열흘이 지나면 제시와 메이블은 각각 열여덟 살, 열여섯 살이 된다. 제이콥이 쓰러지고 18개월이 지난 지금 1월 말, 나는 가족과 친구들과 아이들의 대부, 대모들을 위해 식당을 예약했다.

제이콥은 못 미더워한다.

"그냥 포장해서 먹으면 안 돼?"

나는 웃음을 터뜨린다.

제이콥은 내가 즐거워할 때면 눈을 반짝이며 즐거워하기 시작한다. 아직 나를 약 올릴 수 있다는 사실에 기뻐하면서.

"당신도 좋아할 거야."

* 호주의 유명 진통제 브랜드. 유아용 시럽 형 해열진통제 제품으로 많이 알려져 있다.

** 미국 식품의약청에서 내리는 최고 수준의 경고

"아닐 것 같은데."

제이콥은 내가 깨끗한 셔츠와 카디건을 입혀주는 동안 디즈니 만화에 나오는 당나귀처럼 과장되게 한숨을 내쉰다.

외출할 때 제이콥의 옷을 입혀주려면 기술이 필요하다. 나가기 직전에 옷을 입혀야 하는데, 그렇지 않으면 과자 부스러기나 차를 흘린 자국이 남아버려 그날 밤 내내 고생하며 얼룩을 지워야 하기 때문이다. 하지만 그렇게 한다 하더라도, 제이콥의 옷을 입히는 일은 쉽지 않다. 밖에는 비가 내리고 있고, 나는 제이콥이 맞는 말을 한 것은 아닐까 두려워진다. 누가 비 오는 1월 저녁에 외식을 하고 싶을까? 나는 왜 이런 일을 하는 걸까? 왜 모두를 이 계획된 즐거움에 끌어들이려 애쓰는 걸까? 하지만 분노는 즐거움으로 눌러야 한다.

나는 한 번도 가보지 못했다고 생각한 식당을 골랐다. 식당 안에 들어서고야 이곳에 몇 년 전 와 봤다는 사실을 깨달았다. 우리 둘의 친구인 한 예술 작품 거래상이 초대한 어느 식당이 정전되는 바람에 자리를 옮겨야 했던 적이 있는데 그때 갔던 곳이 이 식당이다. 당시에 나는 1930년대풍 장식에 고급스러운 붉은색 가죽 의자, 40인용 원형 테이블이 있는 위층 전용 공간을 예약했다. 그리고 곧바로 후회했다. 총리가 회의하는 국무 조정실처럼 보여서였다. 나는 불현듯 불안감을 느끼며 조명을 낮춰달라고 부탁했다.

오늘 나는 말도 안 되게 커다란 녹색 귀걸이를 골랐는데, 아직도 부어 있는 얼굴과 함께 하얀 두피에 희미한 소용돌이 모양을 그리며 돋아나고 있는 회색 머리카락에서 사람들의 시선이 분산되기를 바라서였다. 내 머리는 하얗게 세었다. 머리카락이 나보다 나이가 많다. 하지만 나는 살아 있다. 방사선 치료도 아직 2주 더 받아야 한다. 하지만 그보다 중요한 건, 오늘 밤이 제시와 메이블을 위한 시간이라는 사실이다.

'분명 즐거울 거야.' 나는 머릿속으로 이를 악문 채 외친다.

생각대로 파티는 즐겁다. 우리가 지나온 삶을 상기시켜 주는 아름다운 시간이다. 메이블과 제시는 늘 사이좋게 지내주었고, 친구와 농담하며 웃는 모습을 보며 나는 아이들이 정말 자랑스럽고, 우리가 살아남았다는 사실에, 우리가, 아이들이 이곳에 있다는 사실에, 녹초가 되었지만 밝게 미소 짓는 모습으로 이곳에 모였다는 사실에 놀라는 동시에 감사한다.

제이콥의 아빠 버나드는 모두의 마음을 크게 움직이는 몇 마디를 전한다. 타고난 연설가다. 버나드는 최근에 심근경색을 겪은 후 회복하고 있는데, 몇 달간 겪은 스트레스가 큰 원인이 되었을 것이다. 제시의 대부이자 제이콥과 가까운 친구 매티는 다음으로 일어나 사랑과 유머가 담긴 말들을 모두에게 전한다. 매티는 우리의 아들 제시를 완벽한 사람이라고 평가한다. 사려 깊고, 세심하고, 나이보다 어른스러운 제시를 매티는 한 마디로 단순하게 설명한다.

"좋은 사람."

메이블의 대모인 재키는 메이블의 훌륭한 점들을 칭찬한다. 재키의 딸이자 메이블의 친한 친구인 이브도 옆자리에 앉아 있다.

"네가 열 살 때 귀를 뚫어도 된다는 허락이 떨어졌어. 네 또래 친구들은 이미 다 귀를 뚫었으니까. 마치 통과 의례 같은 것이었어. 하지만 너는 하지 않기로 했지. 다른 사람들이 하는 대로 따라가지 않았어. 너는 네가 원하는 것이 무엇인지 정확히 알았고, 네 주장을 끝까지 굽히지 않았단다."

다정하고 주장이 확고한, 누가 봐도 제이콥의 딸인 메이블은 우리가 환호하고 손뼉을 치는 동안 환하게 웃으며 귀를 기울이고, 매티의 아내이자 우리의 소중한 친구 엘리자는 우리에게 의미 있는 노래인 잭 존슨의 '우리가 함께라면 더 좋아Better Together'를 피아노로 연주하며 노래한다. 노래를 아는 사람은 많지 않은 것 같다. 제이콥은 큰소리로 노래를 따라 부른다. 그리고 제시와 메이블이 촛불을 불던 그때, 그 모습을 보고 있던 내 손을 제이콥이 꼭 잡는다. 나는 놀라며 몸을 돌린다.

"수고했어, 자기야."

자기야….

그렇게, 제이콥이 깨어난다.

옷이란 내게 늘 너무 어려운 주제였다. 저녁 식사나 극장 시간에 이미 늦은 상태로 벗어던진 옷더미에 둘러싸여 아무것도 입을만한 것이 없다는 분노로 얼굴을 붉히던 날이 많았다. 수많은 밤을 옷을 고르느라 망쳐버렸다. 그럴 때면 제이콥은 의자에 앉아 내 분노를, 그 분노가 잠잠해지기를 지켜봐주었다.

11

3월, 다시 돌아온 봄. 나는 부엌에서 연극 〈관리인The Caretaker〉* 을 보고 있다.

"나는 그에게 양동이를 어떻게 해야 하는지 말했소. 제이콥도 들었잖소. 내 말 좀 들어보시오. 나는 늙은이요…"

여기서 제이콥은 해롤드 핀터가 쓴 이 연극에 나오는 시끄럽고 독선적인 인종차별주의자이자 늙은 부랑자인 데이비스를 연기한다. 나는 '연기하기 쉽지 않았겠네.'라고 생각한다. 이제 제이콥은 자신의 아빠와, 가끔은 우리 엄마와 함께 앉아서, 혹은 화상으로 연극 대사를 읽는다. 제이콥은 혼신의 힘을 다해 앨저넌**을 연기하기도 하고, 〈집사는 무엇

* 갈 곳 없는 부랑자가, 친절을 베풀어 자신을 집에 머물게 해준 사람의 은혜를 모르고 그 공간을 탐하다 다시 외면받는 과정을 담은 희곡

** 한 실험을 통해 지능이 높아진 지적 장애인 앨저넌의 이야기를 담은 소설 『앨저넌에게 꽃을』의 등장인물

을 보았나What the Butler Saw〉에 생명을 불어넣기도 한다. 노래를 부를 때처럼 제이콥은 온 몸을 던져 열정적으로 연기하고, 나는 그 모습을 보며 마음 아파한다. 오늘, 버나드는 부엌에 있는 길고 하얀 식탁 위에 놓인 아이패드 속에서 하얀 나무로 된 벽을 배경으로 제이콥에게 연기 지시를 해주고, 그는 버나드를 거의 쳐다보지도 않은 채 대본에 집중하고 있다. 제이콥은 진심으로 이 시간을 즐기고, 여러 억양으로 캐릭터들을 연기하며 일상적인 대화에서와는 달리 활기를 띤다.

나는 몰래 그 모습을 영상에 담는다. 스도쿠에 몰두한, 이 새로운 삶에서 아빠의 기묘한 취미 생활을 묵묵히 받아들이는 제시의 어깨가 영상 구석에 걸쳐 있다. 다 찍고 보니 카메라를 잘못 잡아 영상의 반절 정도에 유리 천장과 그 위로 보이는 하늘만 담겨 있다는 사실을 알아차렸다. 푸른 하늘을 가로지르는 비행기의 모습이 데이비스를 연기하는 제이콥의 목소리를 배경으로 더욱 선명해진다.

"그러니까, 우리는 그 어떤 대화도 하지 않잖소. 당신과…. 당신과 아무 말도 하지 않는 사람과 어떻게 같이 살 수 있겠소?"

몇 주 전, 제이콥은 늘 그렇듯 식탁 왼쪽에 있는 오렌지색 벤치에 앉아 아이패드로 신문을 읽고 있었다. 천천히 계속해서 화면을 넘기며 토트넘의 축구 경기 소식을 읽는 제이콥을 보던 중, 나는 아이패드에 우리의 사진이 떠 있는 것을 봤다. 화면 구석에 몇 년 전 오늘의 사진이 띄워져서다.

추웠던 어느 3월의 아침, 내게 팔을 두른 제이콥과 나의 사진이다. 우리는 웃음을 터뜨리며 서로를 끌어안으려 하고 있다. 나는 제이콥이 이 사진을 어떻게 생각할지 궁금하다. 솔직히 그 사진 속 여자는 지금의 나와 너무 다르다는 사실을 인정할 수밖에 없으니까. 하지만 어떤 날에는 제이콥의 침묵이 평범하면서도 어딘가 기묘한 대답보다….

"고마워…. 아주 좋아… 시리얼이 다 떨어졌어…. 상자가 비었어."

…더 힘들 때가 있다.

나는 절박한 마음으로 병원에 가 있을 때면 휠체어를 탄 채 제이콥을 지나치며, 또는 부엌 식탁 뒤에서 순간 몸을 숨겼다가 투명 계단이나 엘리베이터를 오르듯 다시 나타나는 시늉을 하며 제이콥을 놀리고 시간을 낭비한다. 냉장고 속으로 뛰어들듯 들어갔다가 다시 나타나고, 과일 칸에 있는 채소를 잡아먹으려는 상어와 싸우듯 다시 몸을 던지기도 하면서. 제이콥은 전혀 동요하지 않고 텅 빈 표정으로 눈앞의 상황을 곰곰이 생각하다가 내 모습에 살짝 당황스러워하며 다시 축구 소식으로 눈을 돌린다. 나는 마르셀 마르소*처럼 한층 몸짓을 과장하며 아이패드에 띄워진 사진 속 내 얼굴과 지금의 내 얼굴을 가리키다가 다시 사진 속 얼굴을 가리킨다. 제이콥은 아무 관심도 보이지 않는다. 하지만 그렇게 몸을 돌렸을 때, 제이콥이 비운 접시를 들어올리며 나 자신

* 프랑스의 팬터마임 작가 겸 배우

에게 제이콥을 가만히 놔두라고, 놓아주라고, 이건 다 소용 없고 한심한 짓이라고 말하던 그 순간, 갑자기 침묵을 뚫고 깊은 곳에서, 제이콥이 머무는 저 먼 어딘가의 행성에서 신호가 전해져온다. 가느다란 하나의 빛줄이 떨어지듯. 처음에는 고개를 숙인 채 나를 쳐다보지 않지만, 그래도….

'뭔가 말을 해, 제이콥. 뭐라도 말해.'

"맞아…."

제이콥이 고개를 든다.

"뭔가 비슷한 점이 있을 수도 있겠다는 생각이 들어."

그렇게 변화가 일어나고 있다. 나는 그 모습을 똑똑히 본다. 제이콥이 노력한다는 것을, 노력을 넘어 그 환영과 싸울 필요가 없다는 것을 받아들였다는 사실을.

내가 바로 그 여자다. 그 여자가 돌아왔다. 만세! 아비 모건이 돌아왔다. 조금 우스운가? 큰 환호 소리도 없다. 거창한 재회도 없다. 눈물의 포옹도 없다.

나는 식기세척기에 그릇을 넣는다. 제이콥은 계속해서 뉴스를 읽는다.

밖에는 빗방울이 떨어지기 시작한다. 나는 행복해야 맞다. 하지만 D 의사의 말이 머릿속을 맴돈다. "카그라스 증후군은 없어지지 않을 테니, 제이콥에게 변화가 있다면 지난번 말했던 것처럼 단지 그것이 제이콥에게… 합리적이지 않아졌기 때문일 거예요…"

그리고 실제로도 그랬다. 사실이다. 하지만 그렇다 해도….

제이콥은 이제 이 새로운 역할을 하고 싶어 한다.

사실 지난 2월, 제시와 메이블이 깜짝 선물로 우리가 좋아하는 식당에 점심을 예약해 줬다. 밸런타인데이를 기념해서다. 마음이 약간 가라앉았다. 서로가 서로에게 이상적인 데이트 상대가 아니라는 생각이 들어서였다. 하지만 나는 순순히 제이콥의 옷을 갈아입히고, 그날 오기로 한 간병인과의 약속을 취소했다. 우리는 세인트존스 스트릿에 있는 정통 이탈리아 식당인 루카에 갔다. 우리가 식사할 뒤쪽 공간은 유리로 되어 있어 마치 야외에 앉아 있는 듯한 느낌이 드는 곳이었다. 우리는 파르메산 치즈를 뿌린 감자튀김과 스테이크로 맛있는 식사를 했다. 그러나 제이콥은 스테이크를 먹다가 질식할 뻔 했다. 처음에는 제이콥이 뭔가 말하려 한다고 생각했지만, 얼굴빛이 붉어지더니 점점 보라색으로 변하고, 이내 이상한 푸른색으로 바뀌자 나는 종업원을 불렀다. 순간 이 모든 일이 시작됐던 그때, 재키에게 전화를 걸었던 그때가 떠올랐다. 이 응급 상황을 혼자 대처할 수 있을지 확신이 없었지만, 그래도 나는 뛰어들었다.

내가 제이콥 뒤에 서서 어깨 사이를 강하게 내리치는 그 순간에도 식당 안 모두는 그대로 식사를 이어갔다. 이 방법이 통하지 않자, 나는 제이콥의 목구멍 안으로 손을 넣어 가운뎃손가락으로 큰 스테이크 조각 하나를 잡은 다음, 실크 손수건을 끊임없이 뽑아내는 마술사처럼 계속해서 밖으로 빼냈다. 스테이크 조각이 영원히 나올 것만 같았다. 마침내 제이콥이 숨을 내쉬었고, 나는 자리에 앉았다. 두 눈이 욱신

거리며 눈물이 고였다. 뒤쪽에 앉아 긴장하며 우리를 바라보고 있던 커플이 일그러진 미소를 보냈다. 나는 그들에게 사과하듯 고개를 끄덕였지만, 두 사람은 이미 자신들의 삶으로 돌아가 대화를 시작했다.

왜 장애는 이토록 수치스러운 것일까? 왜 나는 인간의 연약함에 이렇게나 당황하는 것일까? 종종 이런 기분을 느끼는 나 자신이 싫다. 하지만 그래도, 제이콥이 살아 있다는 기쁨이 훨씬 크다. 그때 나는 진심으로 제이콥이 숨을 쉬지 못하게 될 것 같다고 생각했다. 제이콥의 등을 두드릴 때, 내 머릿속은 온통 그 생각뿐이었다.

'병 때문에 죽는 것보다 더 안 좋은 상황도 있구나'

존엄성을 회복한 제이콥은 자신을 거의 죽일 뻔한 스테이크를 다시 차분하게 잘라 먹었다.

"우리가 오늘 여기 왜 왔는지 알아, 제이콥?"

"글쎄" 제이콥은 케이크를 뜨며 대답했다.

식당 구석에는 정장을 입고 나이가 있는 한 남자, 추측하건대 출판업자이거나 공직을 맡은 것 같은 남자가 자리를 옮기더니 한 젊은 여자에게 점점 더 노골적으로 관심을 표현하고 있었다. 남자 나이의 3분의 1 정도밖에 안 되어 보이는 여자에게. 남자의 손에는 결혼반지가 끼워져 있다. 여자의 손에는 없다. 그때 나는 핸드폰을 꺼내 글을 쓴 다음 제이콥에게 보여줬다. 제이콥의 눈이 내가 쓴 문장을 훑는다.

불륜의 시간이야. 보통 이 시간쯤에 결혼한 사람들이 불륜 상대를 만나지!

제이콥이 웃으며 핸드폰을 돌려준다. 두 눈이 빛난다.

"그럼 내 상대는 어디에 있는데?"

유머는 우리가 매일같이 싸우는, 점점 커져만 가는 권태감을 상대하는 훌륭한 무기다. 제이콥은 여전히 하루 대부분을 침묵하며, 이전의 제이콥은 5% 정도 섞여 있다. 지금 이 모습은 몇 달 전부터 보이던, 3%의 발전이다. 가끔은 내가 자전거를 타고 발전기의 페달을 열심히 밟으며 불이 꺼지지 않도록 노력하는 것처럼 느껴진다.

◆

"제이콥, 화장실 갈래?" 나는 여느 때처럼 침실로 가기 전 제이콥에게 묻는다. 제이콥은 부엌 계단 아래를 서성인다. 마치 오른쪽에 있는 화장실에 갈 것처럼. 혹은 위험을 감수하고 바로 위로 올라갈 것처럼.

"결정하기 어려운데." 제이콥이 생각에 잠긴다.

그러고는 오른쪽으로 몸을 돌리며 말한다.

"한번 해보지 뭐."

이렇게 불빛이 켜질 때면 깊고 넓은 제이콥의 머릿속 바다에 타닥타닥 소리를 내며 전기가 통하는 듯하다. 제이콥의 머릿속 95%를 차지하는 텅 빈 곳, 뇌 손상이라는 거대한 바다, 혹은 어두운 은하 위로 제이콥이 떠오르는 모습을 나는 가끔 상상한다. 그 순간, 환상 속에서 제이콥은 완전한 자기 자신으로 존재한다. 그러다 다음 순간 다시 불이 꺼지고 제이콥 역시 사라진다.

나는 영화 촬영 현장에서 만났던 많은 배우를 떠올린다. 모두 그렇지는 않지만, 뛰어난 배우들은 대개 침묵한 채 속으로 대사를 곱씹으며 완전히 몰입해 캐릭터 그 자체가 된다. 제작자와 감독들과는 종종 평생 보는 친구로 관계로 발전하지만, 배우들과는 그렇지 않다. 배우와 작가들은 서로의 삶을 스쳐가며 훑어보고, 이 과정이 아주 생생할 때도 많지만, 작품이 끝나거나 새로운 관계가 생기면 각자의 길로 나아간다. 왜 그런지 이유는 모르겠다. 아마 배우들의 내면에 있는, 몸을 던져 하얗게 태워내고 난 뒤 떠나면서도 언제나 자신의 일부를 남겨두는 영리한 본성 때문일 것이다. 친구로 발전한 배우들과는 평생 가는 관계가 된다. 나만 그런 것일 수도 있겠지만. 어느 쪽이든 나는 바로 이 이유로 배우들을, 그들과 쌓는 관계의 본질, 그 일시성을 사랑한다.

언젠가 한 여배우와 뉴욕에 있는 그녀의 아파트에서 며칠간 작업을 이어간 적 있다. 감독과 나는 그녀와 함께 장면을 논의하며 대사를 다듬었고, 저녁이 되자 그녀는 우리에게 손수 저녁을 만들어줬다. 그녀가 나에 관해 던진 질문은 촬영장에서 그녀가 연기하는 캐릭터의 옷을 입은 채, 그 캐릭터의 목소리로 물었던 것이 유일했다.

"아비, 아이들은 잘 지내요?"

마치 다른 사람이 됨으로써 비로소 자유롭게 자기 자신

이 된 것 같은 모습으로.

제이콥이 우리를 알아보지 못하던 날들을 보낼 때, 나는 종종 제이콥이 캐릭터에 너무 깊이 빠져 대사를 곰곰이 생각하느라 동료 배우인 우리를 알아보지 못하는 것이 아닐까 하는 생각을 하곤 했다. 하지만 제이콥은 점점 더 능숙하게 그 사실을 숨긴다. 제이콥이 나를 잊었다는 사실을 내가 자주 잊고 있던 최근에, 화상 회의 프로그램으로 만난 D 의사는 제이콥과의 대화를 보여주며 여전히 제이콥이 당신을 알아보지 못하는 날이 있다고 말하고, 나는 온몸이 서늘해지는 것을 느꼈다. 내 머릿속에서 제이콥이 이렇게 속삭였다.

"될 때까지 그런 척해, 자기야"

어느 날, 나는 일하러 나갈 준비를 하고 있었다. 제이콥은 아미나의 도움을 받아 씻고 옷을 갈아입은 뒤 아래층으로 내려왔다. 미소 지으며 나를 끌어안고 입술에 입을 맞췄다. 나는 어떻게 반응해야 할지 몰라 꼭두각시 인형처럼 입술을 길게 늘어뜨렸다. 싫다거나 제이콥을 사랑하지 않아서가 아니었다. 하지만 그 사랑의 형태가 바뀌었고. 지금도 바뀌고 있지만, 그것이 정확히 무엇인지는 알지 못하기 때문이다.

"문제는 사랑을 표현하는 단어가 하나밖에 없다는 거지"

지난 주말의 이른 아침, 함께 공터를 산책하며 친구 스티브에게 이런 내 감정을 털어놓았다. 요동치듯 변화하는 우리 관계를 정확히 바라보는 일은 쉽지 않고, 제이콥을 향한 내 사랑은 어떤 면에서 아이들을 향한 내 마음과 닮았다고 말했다. 하루 끝에 제이콥이 깨끗하고 행복한 모습으로 안전하게 잠든 모습을 볼 때, 어린 제시와 메이블을 재우며 느꼈던 만족감과 같은 감정을 느낀다고. 모든 것이 괜찮다는 느낌. 사실은 모든 것이 괜찮지 않지만.

나와 비슷한 감정을 느끼는 다른 사람을 단 한 명도 찾지 못한다. 자신의 부모님이 치매에 걸리거나 늙어가는 모습을 본 나이 많은 어른들이나 친구들 말고는. 이들과 내 사이에는 분명한 공통점이 있다. 나는 이 사실을 제이콥의 신경과 의사에게 말한다.

"맞아요, 하지만 치매는 점점 나빠지기만 하죠. 뇌 손상은 회복될 수 있어요"

나는 재능이 뛰어난 배우이자 과거에 큰 어려움을 겪었던 한 멋진 여성을 만난다. 그녀의 남편, 이제는 전남편이 된 그 남자는 갑작스럽게 병을 앓은 후 기억에 이상이 생겼다. 그녀는 훌륭한 사람이지만, 나는 그녀에게서 내 내면의 모습을 본다. 계속해서 관점을 바꿔가며 상황을 파악하려 하고, 문제 속으로 들어가는 방법을 찾고, 타협하는 모습을. 하지만 파트너가 자신의 존재 자체를 부정해 버렸던 사람은 없었다.

작년 11월, 수술을 받기 전 나는 동네 귀금속 가게에 들러 반지들을 잘라달라고 부탁했다.

"이혼하신 건가요?" 세공사가 물었고, 나는 고개를 저었다.

"아뇨, 손가락에 살이 쪄서요"

내 오른손에는 티파니에서 산 얇은 다이아몬드 반지와

함께 감싼 백금에 다이아몬드가 점처럼 찍혀 있는 반지가 끼워져 있었다. 제이콥이 나중에 더 좋은 것을 사주겠다고 약속하며 만난 지 몇 달 뒤 내게 주었던 반지다. 나는 이 반지를 한 번도 빼지 않았다. 그로부터 16년 후, 제이콥은 갑작스럽게 내 생일 선물로 티파니 반지를 사주었다. 이제 그 반지들은 도자기로 된 상자에 담겨 있다. 뚜껑 손잡이에 작은 새가 달린, 올케인 소피가 크리스마스 선물로 내게 건네며 어떤 용도로 쓸지 궁금해했던 상자다. 반지들은 이제 잘린 채 벌어져 있다. 제이콥과 나의 관계처럼.

몇 년 전 딱 한 번, 나는 외도의 흔적을 발견한 적이 있다. 상대는 제이콥과 함께 일하던 젊은 여배우였는데, 영리하고, 유쾌하고, 열정적인 사람이었다. 나는 어느 식당에서 마티니를 몇 잔 마신 상태로 그녀를 잠깐 만났다. 그녀는 우리가 있던 테이블에 느지막이 왔지만, 나는 그녀가 아무렇지 않게 제이콥의 접시에 있는 음식을 먹는 모습을 유심히 봤다. 의심스러운 시간에 울려대며 우리 삶에 침투하던 전화벨 소리와 이 모습이 합쳐졌고, 제이콥의 설명에도 내 분노는 불이 붙듯 커졌다.

"바람피우는 거 아니야"

제이콥은 지친 듯 대답하곤 했는데, 보통 제이콥이 샤워를 끝내고 나오고 나는 침대에 누워 있을 때였다.

"곧 그렇게 될 거야" 나는 차분하게 대답하지만, 속으로는 복수를 다짐했다.

"어떻게 그렇게 확신해?" 제이콥이 윗옷을 입으며 대답했다. 턱수염은 여전히 젖은 채로.

"우리가 처음 만났을 때 내 모습이랑 똑같으니까. 정신이 불안하잖아. 머릿결은 더 좋고"

브렉시트에 관련된 투표가 있었던 날, 제이콥은 하이게이트 공동묘지에 있던 나를 태워 내 사무실로 데려다주었다. 우리는 테이크아웃 커피를 마시며 결과에 슬퍼했고, 트럼프가 다음 선거에서 당선될까 봐 걱정했다. 나는 차를 너무 빨리 모는 제이콥에게 속도 감시 카메라를 조심하라고 불평하고 있었고, 그 순간 걸려온 그 여배우의 전화에 우리의 대화가 끊겼다. 제이콥은 아무 생각 없이 전화를 받았고, 그녀의 목소리가 스피커를 타고 흘러나왔다. 그녀는 숨도 돌리지 않고 몇 분간 캐머런*을 향한 분노를 쏟아냈다.

"미안한데 나중에 전화할게. 지금 옆에 아비가 있어서"

그 순간 그녀는 웅얼거리듯 사과를 내뱉으며 곧바로 전화를 끊었다. 목소리에 서린 두려움, 무언가를 들킬까 걱정하는 그녀의 두려움이 느껴지자 목 뒤의 털이 전부 곤두섰다. 이후, 나는 제이콥의 주머니에서 떨어진 한 영수증을 발견했다. 한 식당에서 점심을 먹은 두 명분의 영수증이었다. 그날 두 사람이 만났던 것이다. 나는 제이콥에게 차분히 말했다. 둘의 관계가 무엇이었든, 이런 행동은 선을 넘은 거라고. 제이콥은 그 여배우를 두 번 다시 만나지 않았다.

지금의 나는 두 사람이 친구였다는 사실을 믿는다. 재활

* 브렉시트를 국민 투표에 부친 영국 보수당의 총리

치료 초기, 그녀가 보낸 문자가 제이콥의 핸드폰에 떴을 때 시험해 봤기 때문이다. 몇 단어, 단순하고 직접적인 문장이었다.

깨어났어?

혼수상태에서 깨어났냐는 의미였다.

제이콥은 음식 자국이 묻은 옷을 입고 침대에 앉아 여느 때보다 늦게 아침 약을 먹고 있었다. 제이콥의 핸드폰을 살펴보던 나는 그가 우연히 그녀에게 전화했다는 사실을 알게 된다. 기록이 꽤 많았는데, 제이콥은 핸드폰을 거의 쓰지 않고 가끔 보기만 했기 때문에 의심스럽기보다는 호기심이 앞섰다. 하지만 어떻게 되었든, 어디에 있었든, 재활 센터에서 울음소리와 고함을 들으며 보냈던 길고 외로운 시간 속에서 제이콥은 그녀의 이름을 찾았고, 전화를 걸었다. 제이콥이 무슨 말을 했는지, 두 사람이 이야기를 나눴는지조차 잘 모르지만, 제이콥이 걸었던 전화를 받지 못해 이런 문자가 왔을 것이라고 나는 추측했다.

"그 사람하고 이야기해 보고 싶어?"

제이콥은 매일 먹어야 하는 걸쭉한 완하제를 마시며 어깨를 으쓱했다.

"그럼 좋지"

"그래"

나는 대답했다.

"여자친구라서 좋은 거야?"

"아니"

제이콥은 경악한 듯한 표정을 지었다.

"절대 아니야?" 나는 밀어붙였고,

"절대 아니야" 제이콥이 대답했다.

"그 사람이랑 같이 잔 적 없어?" 내가 다시 물었다.

제이콥이 얼굴을 찡그렸고, 나는 그 표정이 내 질문 때문인지 방금 마신 완하제 때문인지 확신하지 못했다.

"절대 그런 적 없어"

마침내, 나는 제이콥의 말을 믿게 되었다.

나는 제이콥이 얼마나 넓은 마음으로 나를 이해해줬는지, 마치 당연한 내 권리인 것처럼 나를 얼마나 자유롭게 해주었는지 생각하며 부끄러워졌다. 배우들과 함께 대본을 살펴보며 밤늦게까지 일하던 날들도, 감독들과 일하며 주말을 보내거나 이른 아침에 전화를 받아야 할 때도 많았고, 가끔은 안 좋은 소문을 등에 업고 유명한 감독들과 같이 일하기도 했다. 하지만 제이콥은 단 한 번도 나를 의심하지 않았다. 그런 말을 꺼낸다 해도 늘 친구처럼 다정하게, 지혜로운 방식으로 풀어나갔다.

언젠가 어느 영화의 뒤풀이를 했던 날, 한 남자가 내게 추파를 던졌던 날도. 나는 그런 쪽에 정말 둔하다. 한 배우였는데, 내게 자신이 쓴 글을 읽어달라고 부탁했다. 그는 곧바로 무언가를 보냈고, 나는 다음날 그 글을 읽어보았다. 그가 보낸 짧은 글은 성적인 분위기가 강했고 짜임새도 좋았지만, 이야기의 핵심은 키가 작고 어두운 머리에 갈색 눈을 한 여성의 유혹이었다. 읽는 순간 내가 대입되는 글이었다. 당황한 나는 제이콥에게 달려갔다. 내가 어떤 식이든 다른 사람과 부적절한 일을 했다는 생각에, 왜인인지는 모르겠지만 그 사람의 환상을 부추겼다는 사실에 소름이 끼쳤다.

"그래서, 당신은 그 사람이 좋아?"

함께 아침 식사를 하며 제이콥이 내게 묻는다.

"재미있는 사람이지…. 매력도 있고"

나는 대답했다.

"그럼 그 사람하고 술 한잔 마셔봐. 그리고 그 사람을 똑바로 바라보면서 당신이 이 상황을 전혀 겁내지 않는다는 걸 보여줘. 만약 그다음에도 그 사람을 다시 만나고 싶어진다면, 그때는 문제가 되겠지"

그리고 제이콥은 다시 식사를 이어갔다.

하지만 나는 그 사람과 만나지 않았고, 일주일 뒤 제이콥과 나는 창피하게도 내가 미처 알지 못한 한 가지 사실을 알게 되면서 웃음을 터뜨렸다. 내가 읽었던 이야기는 몇 달 전, 나와 만나기도 전에 쓴 것이었고, 이미 한 신문에 실리기까지 했다.

"세상에"

제이콥은 낄낄대며 내 손을 잡았고, 나는 그 모습에서 안도감을 읽었다. 하지만 사실 진짜 안심한 사람은 나였다. 제이콥이 내 옆에 있다는, 내 편이라는 사실에. 제이콥은 누군가가 나를 만난 뒤 집으로 곧장 달려가 나에 관한 이야기를 쓸 수도 있다는 사실에, 지금은 나를 창피하고 민망하게 만드는 내 안의 그 오만함에 단 한 순간도 의문을 품지 않았다. 제이콥은 누군가가 내게 마음이 있을 수 있다는 사실을 조금도 의심하지 않았다. 나조차 믿지 못할 때도 제이콥은 늘 그런 일이 가능할 수도 있다고 생각했다. 나는 늘 나를 향한 제이콥의 사랑이 일생에 단 한 번 만날 수 있는 행운, 기적이라고 생각했다. 제이콥은 늘 이렇게 말했지만.

"승자가 누구인지 봐, 아비"

몇 년 후에야 나는 제이콥이 말하던 승자가 내가 아닌 자기 자신이라는 사실을 알게 되었다. 그는 늘 내 옆을 지키며 나를 발전시켜주고, 앞으로 나아갈 수 있도록 밀어주고, 나를 자랑스러워해줬다. 내가 무언가를 얻었을 때는 열광하고, 잃었을 때는 모른 척해주었다.

"이것도 나름대로 재미있잖아, 아비"

아빠는 내가 열세 살일 때 엄마와 이혼했다. 제이콥이 쓰러졌을 때 메이블의 나이보다 불과 몇 개월 어렸다. 그 사실은 늘 나를 따라다녔다. 아빠가 없다는 건 아이들에게 어떤 의미일까? 고통스럽고 힘들 것이다. 그 아이들은 정말 힘들 것이다. 제시와 메이블은.

견디기 힘들 정도로 고통스러운 날에는 제이콥을, 처음으로 나를 진정으로 사랑해 준 남자를 처음 만났던 때를 떠올린다. 처음으로 좋은 것과 나쁜 것이 무엇인지 제대로 알고 있다고 느낀 사람을. 파티에 갈 때면 방 건너편에 떨어져 있어도 서로를 볼 수 있었고, 둘 중 한 명이 언제 자리를 벗어나고 싶어 하는지 알아챘다. 아이들과 학부모들이 모이는 자리에서 우리 아이들의 자랑스러운 모습을 보는 작은 승리의 순간들에 제이콥은 내 손을 꽉 쥔 채 곁눈질로 나를 보며 말했다. "당신하고 내가…. 만들어 낸 거야…. 만세!" 힘든 날에는, 수년 동안 작업했던 영화가 결국 무산됐을 때에는 이렇게 말해주곤 했다.

"편의점 갈래?"

"그래" 나는 대답한다.

그렇게 우리는 통조림 콩, 통조림에 든 스파게티, 생선 튀김처럼 어린 시절 먹던 음식들을 잔뜩 산 뒤 함께 소파에 앉아 영화를 보며 먹어치우곤 했다.

"사랑해, 미스터 K"

"나도 사랑해, 미스 M"

"너를 알아주는 사람을 만나." 아이들에게 이렇게 말해주고 싶다. 그 무엇보다 바라는 것이 있다면, 뭐가 됐든 아이들이 사랑과 우정을 나눌 수 있는 존재를 만나는 것이다. 남자든, 여자든, 물고기든. 그리고 바로 이 점에서 나는 제이콥과 내가 떼려야 뗄 수 없는 관계라는 사실을 알게 되었다. 우리가 서로에게 한 맹세는 우리의 아이들, 그 모든 순간, 모든 이야기, 서로를 향한 헌신에 얽혀 있고, 종종 의심이 생길 때도 있었지만, 변함없이 단단했다. 나는 오래전, 임신 사실을 알게 된 뒤 불안감에 휩싸여 토론토에서 비행기를 타던 그때를 떠올린다.

"너무 멋진 일이야, 그렇지 않아?"

그때 제이콥은 스물일곱 살이었다. 분명 두려웠을 것이다. 나라는 사람을 잘 알지도 못했다. 또 제이콥이 쓰러지기 몇 달 전, 제이콥의 몸이 좋지 않았던 언젠가 우리는 이탈리아의 햇빛과 파스타에 취한 채로 침대에 누워 있다. 제이콥은 몸을 돌리더니 내게 이렇게 말해다.

"당신은 해낼 수 있어. 내가 옆에 없더라도"

나는 제이콥을 꽉 끌어안으며 흐느꼈다. 그때도, 가볍게 말했지만, 제이콥이 진심이라는 사실은 알고 있기 때문이다. 제이콥은 늘 자신이 오십을 넘기지 못할 것이라고 말하곤 했다. 하지만 제이콥은 살아남았다. 제이콥은 살아 있다. 나는 제이콥이 살아갔으면 한다.

"살아 있어서 행복하지, 제이콥?"

어느 날 나는 어김없이 〈프렌즈〉를 다시 보는 제이콥에게 물었다.

"응"

제이콥이 너무 겁에 질린 표정으로 대답하는 바람에 나는 제이콥이 내가 자신의 차에 독이라도 탔는지 걱정하는 것은 아닐까 의심했다.

처음에는 이 이야기를 연극으로 만들려고 생각했다. 그리고 그 연극에서 내가 나를 직접 연기할 생각이었다. 잠깐 그런 생각이 스쳤다. 나는 나 자신에게 놀랐다. 무대에 오르고 싶어하는 열망에. 구역질나는 그 찰나의 허영심에. 나의…. 우리의…. 제이콥의 이야기를 전하는 이 상황에서. 사실 나는 이 이야기의 주인공이 누구인지 고민하곤 했다. D

의사에게 내가 제이콥과 함께 연극을 만드는 것을 어떻게 생각하냐고 물어봤었기 때문이다. 제이콥을 위한 연극. 제이콥에 관한 연극. 제이콥에게, 그리고 우리에게, 나에게 일어날 일…. 일어난 일에 관한 연극을.

D 의사는 이렇게 말했다.

"음, 제이콥이 중심인물이 되면 재미있을 것 같네요. 하지만 만약 제이콥이 올라갈 무대가 튼튼하지 않으면…"

이 대화는 화상 회의 프로그램으로 이루어졌다. D 의사는 자신의 집에, 나는 내 집에 앉아서. 멀리서 아이들의 목소리가 들렸다. 우리 집 아이들이 아니라 화면 너머의 아이들이 내는 소리였고, D 의사는 평소처럼 레이 데이비스*를 연상시키는 부츠나 발목까지 꼭 맞는 바지 차림이 아니었다. 자신의 집에 있었다. 그는 런던이 아닌 다른 곳에 산다. 프랑스식 창문 너머로 들판, 혹은 푸른 나무들이 또렷하게 보였다. 회색 소파와 정신없어 보이는 벽도 보였다. 정신없는 것이 무엇인지 그렇게나 잘 알고 있는 사람의 집 벽이 저렇다니, 아이러니한 일이라고 생각했다. 나는 재빨리 끼어들며 그의 말을 끊었다.

"그러니까 제이콥이 무대 위를 돌아다니지 않으면 괜찮다는 말이죠?"

D 의사가 대답했는지는 잘 기억나지 않는다. 하지만 그가 대충 긍정적인 대답을 했다는 건 기억난다.

* 영국의 락앤롤 가수

“네. 그럼 주체성을 기를 수 있을 것 같네요” 정도로 이야기했다고 치자.

주체성. 지금 우리 삶의 중심을 관통하는 단어다.

“제이콥에게 주체성을 주는 것”

제이콥과 매일 만나는 치료사들의 목표다.

“제이콥에게는 주체성이 없어요”

제이콥에게 화가 날 때면, 무언가를 더 바라게 될 때면, 나는 친구와 커피를 마시며 불평을 늘어놓곤 했다. “그냥 제이콥하고 제대로 된 싸움이라도 했으면 좋겠어. 주체성이 있는 모습을 좀 봤으면 좋겠다”라고.

제이콥을 가장 사랑하는 사람들이 자주 하는 말이기도 하다. 과거에 제이콥과 논쟁을 즐기곤 했던 친구들이. 우리는 모두 제이콥이 주던 약간의 자극, 약간의 계기, 약간의 동기, 약간의 주체성을 열망한다. 아이러니하게도 제이콥은 아프기 얼마 전 새로운 소속사agent*, 그것도 괜찮은 곳과 계약했다. 내가 이 이야기를 쓰는 이유가 바로 이것이라고 생각한다. 물론 좋은 이야기이기도 하지만. 누군가 이 이야기를 읽을 것이라는 기대보다 더 큰 이유. 디너파티에서 대화가 잠잠해지고 침묵이 흐르다가 불현듯 누군가 무심코.

“그래서, 요즘은 뭐 해?”라는 질문을 할 때 느끼는 쾌감보다 더 큰 이유. 그러면 나는 이 이야기를 쓰고 있다고 대답하고, 사람들은 이제는 익숙해진 반응을 보인다. 진심에

* 소속사와 더불어 주체성이라는 의미가 있다.

서 우러나오는, 충격과 불편함이 묻어나는 감탄사를. 이 모든 이유를 넘어, 나는 이 이야기를 해야 했고, 해야 한다. 하지만 내가 만들 이야기를 통해 무언가를 구해내겠다고 다짐한 순간을 정확하게 기억한다. 몇 달 전, 나는 늘 그렇듯 아침 인사를 하기 위해 제이콥에게 향했다. 보통 아이들을 학교에 데려다주기 위해 서둘러 나가는 동시에 간병인들을 맞이하면서. 제이콥은 식탁에 앉아 멍하니 시리얼을 보며 누군가 자신의 하루를 설계해주기를, 할 일을 말해주기를 기다리고 있었다.

"나 일 하러 갈게, 자기야"

제이콥은 고개도 돌리지 않고 대답했다.

"나도 같이 갈 수 있으면 좋을 텐데"

나 역시 제이콥과 같이 가기를 바랐다. 나는 잠시 생각한 뒤, 제시와 메이블에게 내 생각과 계획을 전했다. 아이들은 계획을 쏟아내는 엄마의 모습에 익숙하다. 사람들이 읽을 수 있는, 영화화될 수도, 연극이 될 수도 있는 이야기를 쓸 것이고, 제이콥이 출연하게 된다면 주체성을 기르는 데 도움이 될 수 있을 거라고. 메이블은 착하게도 녹음본을 내게 넘겨준다. 물론 모든 엄마가 그렇듯 나도 비밀스러운 딸의 세계를 들여다보고 싶었던 것도 있다. 제이콥이 병원에 있던 443일 동안 메이블이 자신의 아빠한테 전했던 이야기들을, 소중하면서도 사적인 그 대화가 어떤 내용인지 궁금했지만, 언젠가 메이블이 원해야만 들을 수 있는 이야기였으니까.

주말이 되자, 글을 쓰고자 하는 환상은 더욱 커졌다. 나는 이 이야기의 주연으로 올리비아 콜맨을 염두에 두고 있다. 당연히 내 역할을 맡게 될 것이다. 어쩌면 메릴 스트립이 우리 엄마 역을 맡을 수도 있다. 그녀가 시간이 된다면. 관객들은 전부 기립하고, 제이콥은 우쿨렐레로 〈프렌즈〉의 주제곡을 연주할 것이다. 나는 머릿속으로 이미 런던 극장과 공연 계획을 상의하고, 벌써 로런스 올리비에상*도 받았다. 그러고는 브로드웨이로 뻗어나가고, 당연히 비평가협회상과 토니상**도 받는다. 그리고 나서야 마침내 명성에 굶주린 그 자아를 진정시키고 마음속 상자 안에 가둬둔다. 비열한 그 여자는 늘 내 마음속에 숨어 있다. 그 여자는 상황이 안 좋아지면 무슨 짓이라도 서슴지 않을 것이다.

◆

나는 메이블과 함께 뉴욕으로 날아와 며칠을 보낸다. 우리는 빌딩 숲 사이를 산책하고, 차가운 태양 빛을 받으며 사진을 찍고, 회색빛 허드슨강이 보이는 오래된 기차선로를 따라가 본다. 하루는 제이콥이 가장 좋아하는 프로그램 중 하나인 〈셰프의 테이블〉에 나오는 크랙 파이***의 성지로 불리는 '밀크 바'라는 곳에 찾아가기도 했다. 우리는 토하기

* 그해 상영된 훌륭한 영국의 연극, 오페라, 배우에게 주어지는 상
** 뛰어난 뮤지컬 및 연극에 주어지는 미국의 상
*** 크림, 달걀노른자, 바닐라 등을 넣어 만든 파이

직전까지 먹었고, 그다음에야 뮤지컬 〈웨스트사이드 스토리〉, 전위 예술가인 이보 반 호브 감독이 숨 막히도록 아름답게 재구성한 그 첫 공연 시간에 늦었다는 사실을 깨달았다. 우리는 뉴욕을 달렸고, 타임스퀘어에 도착했을 때쯤 브루탈리즘을 반영한 넓은 세트에서 제트파와 샤크파의 대결이 펼쳐졌고, 우리는 첫 장면부터 완전히 사로잡혔다. 전율로 온몸에 소름이 돋을 정도였다. 크랙 파이 때문일 수도 있지만.

극장과 영화가 만나고, 거대한 스크린 속에는 마리아가 노동력을 착취당하는 편의점이 그대로 그려졌다. 기존 안무들은 거의 찾아볼 수 없었지만, 그래도 황홀한 무대였다. 몇몇 비평가의 의견은 나와 달랐지만. 우리는 정말 마음에 들었다. 스트릿 댄서인 메이블은 열여섯 살 밖에 안 되었는데도 벌써 주말에 아이들을 가르치는데, 메이블이 내 손을 잡으며 눈을 반짝이는 모습을 보는 건 정말 감동적인 일이었다.

행복했다. 그동안 나는 우리가 행복할 수 있다는 사실을 잊고 있었다.

아주 오래전 미래를 그리던 한 남자에게 차인 적이 있었다. 나는 그 사람이 헤어질 때 했던 말이 들어간 연극 대본을 쓴 뒤 첫 공연에 그를 초대하는 방법으로 복수했다. 내가 우리의 이야기를 쓴다면, 이 이야기로 무언가를 만들어낼 수 있다면, 그 이유는 단순히 우리에게 이런 일이 일어났기 때문이 아니라, 말할 가치가 있는 이야기일 수도 있어서다. 제이콥을 위해. 제시와 메이블을 위해. 그리고 나를 위해.

나와 같은 사람, 사랑하는 사람이 생과 사를 오가고 있다는, 그 살을 에는 공포를 견디며 밤마다 구글을 뒤적이는 사람을 위해. 이 이야기가 어떤 도움이 될 수 있을 것이다. 나는 더이상 그 짐을 질 수 없다. 너무 무거우니까. 너무 무거워서 내가 죽어가는 듯한 느낌이 들던 나날들도 있었다. 개인적인 이야기를 글로 풀어내는 것에 관해 다른 작품들을 읽으며 공부하고 나만의 규칙을 세운다.

첫 번째, 정신 상담을 하는 것처럼 쓰지 말 것. 누구도 그런 건 듣고 싶어 하지 않는다. 두 번째, 독자가 공감할 수 있도록 쓰기…. 정말 그럴까? 독자들이 그걸 원할까? 일단 기억해 둔다. 세 번째, 소설적인 요소를 활용해 이야기에 생동감을 부여할 것… 네 번째 규칙을 읽기도 전 잠에 빠져든다….

뉴욕에서의 마지막 밤이다. 메이블의 몸이 좋지 않다. 우리는 친구들과 저녁 식사를 하고, 다음날 돌아가는 비행기를 타는 일정이었으나 메이블의 상태가 너무 심한 나머지 그녀를 병원에 데려갔고, 메이블은 현재 냄새도 맡지 못하고 맛도 느끼지 못한다. 폐에서 어떤 액체가 발견되었지만, 처음 보는 나이 많은 동네 여자 의사는 우리를 안심시킨 다음 항생제만 처방해 줬다. 나는 동서인 데브에게 메이블의 상태가 나아졌다고 전하고, 데브는 자신의 동생이 많이 걱정했다고 말해준다.

"뭐가 걱정되는데?" 내가 대답했다.

"이번 독감 얘기 안 들어봤어요…?" 데브가 놀라며 말한다.

"아," 나는 반쯤 흘려들으며 말한다.

"코로나요." 데브가 말한다.

"아 그거⋯."

"별로 걱정 안 해도 될 것 같은데."

너를 알아주는 사람을 만나, 나는 아이들에게 이렇게 말해주고 싶다. 그 무엇보다 바라는 것이 있다면, 뭐가 됐든 아이들이 사랑과 우정을 나눌 수 있는 존재를 만나는 것이다. 남자든, 여자든, 물고기든.

그리고 바로 이 점에서 나는 제이콥과 내가 떼려야 뗄 수 없는 관계라는 사실을 알게 되었다. 우리가 서로에게 한 맹세는 우리의 아이들, 그 모든 순간, 모든 이야기, 서로를 향한 헌신에 얽혀 있고, 종종 의심이 생길 때도 있지만, 변함없이 단단하다.

12

제이콥은 또 몸에 안 맞는 티셔츠를 입고 있다. 이번에는 무지개 모양과 함께 '고마워요, NHS'라고 적힌 티셔츠다. 나는 이 티셔츠를 몇 개 사서 이미 아이들에게 입히고, 아이들이 거리 공연을 할 때처럼 우리 집 현관에서 가족 모두에게 나무 숟가락으로 소스 팬과 뚜껑을 두드리게 했다. 과할 정도로 늘어난 NHS 티셔츠를 보며 모두가 손뼉을 치며 환호했다. 그걸 본 이웃 한 명이 그날 우리의 사진을 보내줬고 우리는 그 사진을 보며 며칠 동안 웃음을 터뜨렸다. 식기를 가지고 도망치는 어느 힌두교 광신도들처럼 보였기 때문이었다.

4월부터 대봉쇄가 진행되고 있다. 학교들이 문을 닫는다. 필수 근로자인 치료사 아미나와 다니엘은 성실하게도 매일 우리를 위해 와준다. 우리는 그들을 아주 반가워한다. 쓰레기를 치우러 오는 청소부를 제외하고 유일하게 보는 사람들이기 때문이다. 나는 청소부가 쓰레기차를 이리저리 움직이는 그 찰나에 수다를 떨곤 한다. 제이콥과 나는 보호장비를 착용해야 한다. 그는 좁은 활동 범위 내에서만 움직인다. 내 활동 범위는 조금 더 넓다. 제이콥은 화상 회의 프로그램을 통해 이탈리아에 있는 엄마와 대화를 나누고, 그녀와 함께 가상 세계에 있는 미술 갤러리를 구경한다. 나는 언니가 만들어준 무지개 모양의 종이 모빌을 창문에 걸어둔다.

다시 5월, 조지 플로이드가 무참히 살해당했다.* 나는 절망감에 잠을 이루지 못하고 있다. 이런 일이 일어났다는 사실에. 우리가 아무것도 하지 못한다는 사실에. 늘 아무것도 하지 못했다는 사실에 부끄러움을 느낀다. 좀처럼 사라지지 않는 부끄러움을. 우리는 가진 자와 가지지 못한 자로 나뉜 세상을 살아간다. 나는 태어날 때부터 정해지는 사실 때문에, 한 남자가 자신이 살던 동네의 거리에서 숨이 막혀 죽었다는 사실에 분노한다. 그리고 그 일이 일어난 곳이 여기 런던, 세상에서 다양성이 가장 큰 도시로 손꼽히는 곳이라는 사실을 떠올린다. 이곳에서 그런 일이 벌어지고 있다. 자본을 넘어서는 특권이 존재하는 것. 내가 등 뒤로 의심의 눈초리를 받지 않고 출근할 수 있는 이유는 단지 피부색 때문이다. 누군가의 인생이 바뀌었지만, 세상은 그대로다. 그 사실이 나를 미치게 한다.

나는 창문에 '흑인의 생명도 소중하다(Black Lives

* 경찰의 과잉진압으로 비무장 상태였던 아프리카계 미국인 남성 조지 플로이드가 사망한 사건

Matter)'라는 포스터를 붙일지 고민한다. 너무 의식적인가? 너무 잘난 체하는 것처럼 보일까?

"아니야." 나는 자신에게 말한다.

"깨어나자…. 깨어나야 해."

매일 내가 가진 특권을 확인하고, 그것이 마음에 들지 않는다. 내가 다른 사람을 도와준 적이 있는지 생각해 본다. 만약 그런 적이 있다면, 나와 내면도 외면도 다른 사람들을 돕고, 응원하고, 키우는 데 어떤 도움을 줄 수 있을까? 결국, 포스터는 붙이지 않았다. 그래서 더 강력한 접착제를 사겠다고 다짐하고는 결국 사지 않았다. 그러니까, 또 다시 지키지 않을 약속을 했다. 아무것도 하지 않는다. 아무것도 바꾸지 못한다.

몸에서 암이 사라진 이후, 나는 달라질 것이라고 맹세했다. 단 것도 줄이고, 고기도 덜 먹을 거라고. 단 것은 전혀 못 줄였지만, 유기농 햄버거를 먹으며 고기는 좀 덜 먹게 되었다. 나는 몇 달에 한 번씩 내 암 담당의에게 진찰을 받을 것이고, 암에서 완전히 벗어나기까지는 5년을 더 기다려야 한다. 나는 내 항암치료가 끝났다는 사실에 감사한다. 뉴스에는 암 치료와 관련된 의료 서비스들이 축소되고, 전 세계적으로 코로나19가 번지며 호흡기와 양압기를 단 환자들이 병원에 가득하다고 전한다. 이렇게 병원에 입원한 사람들은 제이콥이 그랬던 것처럼 사랑하는 사람들의 얼굴을 보는 사치 따위는 누리지 못한다. 매일 사망률이 심각할 정도로 높아진다.

그 사이 나는 바깥세상으로 돌아갈 준비를 마쳤다. 하지만 세상이 또다시 봉쇄되었고, 사람들은 병에 걸리고 있다. 모든 극장이 문을 닫는다.

나는 잘 알지도 못하는 아침 뉴스 진행자에게 응원의 이메일을 보낸다. 그녀의 남편이 코로나에 걸려 혼수상태가 되었다는 사실을 알게 되어서다. 그녀가 인터뷰에서 남편의 상태에 관해, 그 혼수상태에 관해 이야기하는 모습을 본다. 가슴이 저미도록 나와 비슷한 상황이다.

나는 욕실로 간다. 구역질이 나올 것만 같아서다.

"트라우마야."

그걸 본 한 친구가 말했다.

"맞아, 그 사람은 정말 끔찍한 나날을 보내고 있겠지."

내가 대답했다.

"아니, 너 말이야." 친구가 대답했다.

이제 제이콥은 화상 회의 프로그램으로 합창 단원들을 만난다. 단원들은 심지어 다니엘조차 눈썹을 치켜뜨고 나를 쳐다볼 만큼 사회적으로 부적절한 노래들을 부른다. 제이콥은 많은 수의 백인으로 구성된 이 집단에서 흑인들의 영혼이 담긴 단어들을 망설임 없이 내뱉는다. 그중에서 가장 어린 제이콥은 합창 단원들과 거의 스무 살 차이가 나고, 제이콥이 들여다보는 화상 회의 화면은 마치 노인들만 참여한 코미디 퀴즈쇼처럼 보인다. 그때 여성 지휘자가 어떤 노래를 고를지 질문하는 소리가 들린다.

지금은 새로운 시기다. 변화하는 시기. 변한다는 건 좋은 거다. 나는 두려워하지 않을 것이다. 두려워하지 말자. 대신 무언가를 하자. 무언가 다른 것을.

10여 년 전, 우리는 정원에 나무집을 지었다. '우리가 지었다'라는 건 제이콥이 집을 설계한 뒤 누군가에게 돈을 주고 맡겼다는 뜻이다. 결국, 우리는 큰돈을 들여 영화 〈쇼생크 탈출〉에 나오는 감시탑 같은, 균형이 안 맞는 나무집을 갖게 되었다. 나무집을 짓긴 했지만, 아주 친절한 옆집 이웃과의 관계에는 아무 영향도 없었다. 하지만 시간이 지나며 나무집 주변에 심은 미모사나무가 자라기 시작했다. 나무집을 지탱하는 뒤틀린 배나무에서는 여름마다 과일이 떨어졌고, 아이들은 그걸 밟고 미끄러지곤 했다. 나무집보다는 하수구 처리장에 더 어울릴 듯한 두껍고 미끄러운 초록색 플라스틱 미끄럼틀도 설치했고, 아이들과 우리와 할머니 할아버지가 엄청난 속도로 미끄러져 내려왔다. 나무집은 제시, 메이블과 함께 자랐다.

10대에 들어섰을 때, 아이들은 자신들이 원하는 대로 나무집을 색칠했다. 제이콥과 나는 아이들이 더 크면 나무집에 숨어 대마초를 피우지 않을까 상상하곤 했다. 하지만 대마초를 피우는 건 제이콥뿐이었다. 가끔, 정원 구석에서 다발성 경화증으로 인한 두통이 너무 심해질 때면. 하지만 그때에도 제이콥은 아주 조심스러웠다. 런던에, 적어도 우리가 사는 동네에 대마초 냄새가 진동한다는 점을 생각하면 아이러니한 일이지만.

나는 그 기억 속의 나무집을 허물기로 한다. 두 탑을 연결하는 밧줄 다리는 이미 끊어져 있다. 나무도 썩었다. 지붕 조각도 위험하게 매달려 있다. 나무집을 없애자는 안건은 저녁 식탁에서 늘 논쟁거리가 되었다. 나는 평평한 암벽등반용 인공 벽 옆에서 마지막으로 제시와 메이블의 사진을 찍는다. 이제는 두 사람 모두 나무집과 높이가 비슷할 정도로 컸다. 그렇다 해도, 제이콥이 늘 앉는 부엌 자리에서 멍한 눈으로 정원을, 나무집이 조각조각 부서지는 광경을 보고 있는 모습은 놀라울 정도로 마음이 아프다.

"미안해."

제이콥은 눈물 맺힌 눈으로 나를 그저 바라본다.

그 눈물에 얼마나 많은 의미가 담겨 있는지 알지 못한다. 하지만 나는 잔인해진다. 그리고 단호하다. 나무집이 있던 곳에 채소 상자와 화덕을 놓는다. 두 가지 중 무엇도 흥미롭다고 생각하지는 않지만, 나는 그것이 필요한 것이라고 나 자신을 설득하며 정원사가 아니지만, 메이블과 제이콥의 도움을 받아 열정적으로 식물을 심는다. 제이콥은 손에 모종삽을 든 채 나무 벤치에 걸터앉아 나무 아래에서 못 박힌 듯 움직이지 않는다. 이건 제이콥을 움직이게 할 계획, 제이콥이 모종삽으로 천천히, 힘겹게 흙을 퍼 올려 세이지와 파슬리 주위에 세심하게 옮겨두는 모습을 지켜보려는 계획 일부다. 하지만 동시에 우리 집에 활기를 불어넣으려는 이유이기도 하다.

나는 요즘 새로운 강아지를 데려오려고 가족들을 설득하고 있다. 이 집에 새로운 심장 소리를 들여오기 위해. "강아지…?" 제이콥의 침묵을 특히 견디기 힘들던 어느 날, 내 물음에 제이콥이 생각에 잠겼다.

"당신은 나를 돌보는 것만 해도 힘들잖아"

제시와 메이블은 A-레벨*과 GCSE**를 봐야 하지만, 코로나19 때문에 응시하지 못했고, 결국 논의 끝에 선생님들이 주는 성적을 받게 되었다. 그리고 또다시, 제시와 메이블은 자신들이 원했던 방식으로 학창시절의 마지막을 기념하지 못하게 됐다. 축제가 취소되고, 졸업 파티인 프롬이 미뤄지는 것 또한 지켜봐야만 했다. 아이들은 늘 그렇듯 침착하고 담담하게 그 사실을 받아들였다.

오늘도 어김없이 함께 모여, 〈프렌즈〉를 본다. 조이가 자신의 아빠에게 정부가 있다는 것을 알게 되고, 그 사실을 밝히자 결혼생활을 유지해 온 미묘한 생태계를 망쳤다는 이유로 엄마에게 비난받는 에피소드다. 제이콥은 새로운 것을 보듯 그 에피소드를 본다. 하지만 이제는 이따금 웃음을 터뜨리면서. 이전처럼 집 꼭대기에서 들려오던 비명이 아니라, 어깨를 반쯤 들썩이면서 내는, 안으로 삭이는 듯한 작은 웃음소리. 이내 나는 그 모습을 '반딧불이 같은 순간들' 목록에 더한다.

저녁이 되어 우리는 정원 구석, 새롭게 들인 화덕 주위에 모였다. 제이콥, 제시, 메이블, 나, 스타일러, 스타일러 주

* 영국의 고등학생 3~4학년이 대학 진학을 위해서 응시하는 시험

** 영국에서 10~11학년 수료 후 응시하는 약 7~12개 과목의 시험

위를 맴돌며 약을 올리는 옆집 고양이까지. 나는 우리가 이 날을 기념할 어떤 의식을 해야 한다고 생각했고, 아이들은 종이에 각자 글을 쓴 다음 화덕에 넣어 태우자는 의견을 낸다. 우리는 종이에 세 가지 내용을 쓰자고 즉흥적으로 결정한다. 떠나보내고 싶은 것, 바라는 것, 제일 좋아하는 허브까지. 마지막은 왜 쓰는지 모르겠지만. 제이콥은 벤치에 앉아 있다. 이제 보니 제이콥이 편안하게 앉기에는 너무 작아 보인다. 메이블과 제시와 나는 잘린 통나무 위에 앉아 있는데, 어쩐지 요정들이 생각나는 순간이다.

'이건 좀 과한가?'

그래도 의미가 없지는 않다. 우리 네 명이 함께하는 것, 그 자체로 위안이 되면서도 우리가 무엇을 잃었는지 고통스럽게 일깨워주는 이런 시간은 정말 드물기 때문이다. 이전 같은 완전함을 되찾기 위해 그렇게도 노력했지만, 제이콥의 부재는, 우리가 알던 그 남자를 잃은 상실감은 늘 그대로일 것이다. 제시와 메이블에게도, 어떤 날은, 아빠를 잃은 상실감이 절망과 공포로 다가올 때가 있을 것이다. 우리는 함께 모여 앉아 이전의 제이콥을 잊기 싫어하면서도 달라진 제이콥을 받아들인다. 의자 끝에 위태롭게 앉아 있는 제이콥을 보면서, 제시가 잘라낸 종이를 무릎에 댄 채 뭉툭한 연필로 조심스럽게 소원을 적어 내려가는 모습을 보면서, 우리가 제이콥을 얼마나 사랑하는지, 우리에게 남겨진 제이콥의 일부가 얼마나 연약한지 느낀다. 우리는 제이콥이 그저 이곳에 앉아 있기 위해 얼마나 열심히 싸웠는지 안다. 그리고 그 과정이 우리뿐만이 아니라 제이콥 본인에게 얼마나 두려운 일이었는지도.

매일 밤 나는 제이콥을 침대에 눕혀주며 이마에, 이따금 가족의 사랑을 담은 의미로 입술에 입을 맞춘다. 제이콥이 좋은 꿈을 꾸기를 바라며. 제이콥은 내가 속삭이는 다정한 말들을 메아리처럼 그대로 따라 하고, 아주 드물게 바꾸어 말해주기도 한다.

"잘 자, 내 곰돌이"

그럼 제이콥이 대답한다.

"잘자 내 곰돌이"

"사랑해, 미스터 K"

"내가 더 사랑해" 이런 대답은 보통 하품에 섞여 나온다.

그리고 아침에 제이콥이 눈을 뜨면, 나는 묻는다.

"무슨 꿈 꿨어?"

"아무 꿈도 안 꿨어" 제이콥은 대답한다.

아마 진짜일 것이다.

"아무 꿈도 안 꿨을 리가 없어. 꿈을 하나도 안 꾸는 사람은 없으니까"

"나는 그래" 제이콥이 미소 짓는다.

그럴 때면 나는 본다…. 제이콥이 돌아오고 있다는, 눈이 부시도록 환하게 깜빡이는 불빛을. 아이들이 어렸을 때, 내가 아이들과 함께 차에 타려고 서두를 때면 제이콥은 느긋하게 샤워를 하러 들어가곤 했다.

"늦었다니까" 내가 고함을 지르면,

"그런데?" 제이콥은 웃으며 대답했다.

하지만 늦은 밤, 복도 불을 끄고 아래층 현관문을 잠그고 나서 침실로 향하며 제이콥의 방을 지날 때, 나는 여전히 제이콥의 혼잣말을 듣는다. 제이콥은 꿈속 세상에, 우리가 있는 이 세상, 현실 세계와 내 상상 속 제이콥이 표류하는 검은 바다처럼 깊은 우주 공간에 반쯤 걸쳐 있는 그곳으로 돌아가 있다. 제이콥은 그곳 어딘가를 계속 여행하고 있을 것이다. 아침이 되면 기억하지 못한다 해도, 그의 머릿속 바퀴들은 끊임없이 돌아가며 과거로, 이전의 제이콥이 있던 곳으로 시간여행을 떠나게 만들 것이다.

"꿈을 하나도 안 꾸는 사람은 없어"

나는 불 속에 구겨 넣은 그 작은 종이에 내가 무엇을 적었는지 털어놓고 싶다. 그곳에 멋진 말들, 의미 있는 말들, 불확실한 미래에 관한 희망적인 소원을 썼다고 말하고 싶지만, 아무것도 기억나지 않는다. 기억나는 건 로즈메리뿐. 나는 로즈메리라고 적었다. 좋아하는 허브로. 우리가 불 주위에 모인 이유는 추모의 의식이다. 이전의 제이콥, 이전의 우리 네 가족을 추모하는 의식. 하지만 나무집과 마찬가지로 우리는 이전의 우리를 허물고, 우리가 그토록 사랑했던 것들, 즐거워했던 것들을 하나하나 해체해 정원 뒤쪽에 쌓아두고 태워버려야 한다. 서서히 썩어가는 모습을 보는 것보다 훨씬 나은 방법이니까. 그렇다면 그 잔해들은? 어디로 가는 걸까?

모든 것을 잃은 건 아니다. 가장 고통스러운 순간들에

도…. 모든 것을 잃은 건 아니다.

코로나 봉쇄가 처음으로 풀린 어느덧 7월, 우리는 서둘러 짐을 챙겨 우리의 또 다른 집이 있는 이탈리아 남부로 날아간다. 마스크를 쓴 제이콥은 긴장한 채 이륙과 착륙을 버틴다. 내가 렌터카를 기다리며 줄을 서는 동안, 아이들은 아빠를 도착 라운지로 데려가 크레마 디 카페, 아이스 커피에 휘핑크림을 올린 음료를 마시게 해준다. 제이콥이 처음 경험하는, 우리 가족의 전통이다. 제이콥이 커피를 마실 수 있도록 마스크를 내려준 다음, 나는 미소 지으며 제이콥에게 코를 맞댄다.

“잘 해냈어.”

제이콥은 안도하며 몸을 떤다. 감사하게도 늘 벗을 수 있게 되었긴 했지만, 마스크는 병원에서의 기억을 떠올리게 했을 것이다.

“괜찮아?” 내가 속삭이듯 묻는다.

“우리 가족이 너무 자랑스러워.” 제이콥은 숟가락에 묻은 커피를 핥으며 멍하니 말한다.

우리가 제이콥과 짐을 차에 실은 다음 목숨을 걸고 이 나라 도로 위의 미친 듯한 경적과 엄청난 끼어들기에 익숙해졌을 때, 마침내 녹이 슨 넓은 대문을 지나 제2의 집으로 향하는 차도에 오르니 목이 멘다. 우리가 제이콥을 이곳에 데려왔다. 몇 년 전 병원에서 약속했던 것처럼. 우리 중 누구도 이루어질 거라고 믿지 않았지만.

집에 도착해 제이콥은 천천히 움직이며 올리브 나무들

을 울타리처럼 감싼 로즈메리 덤불 윗부분을 손바닥으로 살짝 쓸어보고, 석회가 묻어나는 벽을 짚어보거나 우묵하게 들어간 자국이 있는 돌을 만져본다. 나는 제이콥이 어디서 자야 하는지 정하지 않았다는 사실을 깨닫고는 내 방 바로 옆에서 잠깐 자기를 권했고, 제이콥은 눕자마자 낮잠에 빠졌다. 그 사이 나는 동네 슈퍼마켓에서 치즈와 이탈리아 소시지를 잔뜩 사 온 다음, 어스름한 빛이 남아 있는 초저녁 하늘을 바라본다. 뒷마당에는 요리를 위해 피워둔 불이 타오르고, 가슴이 뛰는 것을 느낀다. 이 감정이 무엇인지 잘 모르겠다. 감사함이 넘쳐흐르는 이 감정을.

지금 이 순간에 존재하는 그 무엇도 그냥 주어진 것이 아니라는 사실을 잘 안다. 약속된 삶은 없다. 이제 나는 삶의 모든 순간이 의미 있기를 바란다. 그렇지 않을 때도. 지루하게 느껴질 때도. 눈앞에 펼쳐지는 이 풍경 너머에, 휘감듯이 자란 올리브 나무들, 가파르지만 아름다운 오스투니의 절벽, 이 새하얀 도시 너머에, 제이콥이 무서운 속도로 차를 몰곤 했던 바리부터 갈리폴리까지의 도로 너머에, 한여름의 열기에 타오르는 듯한 빛을 머금은 건조하고 낮은 풀들 너머에, 울퉁불퉁한 풀리아 해안가의 바위 너머에, 아드리아해 너머에 무엇이 있었는지 잊지 않을 것이다. 이 끝없는 회색 바다 너머에.

우리는 이 바다에 삼켜질 뻔했다. 거의 모든 것을 잃어버릴 뻔했다. 두 개의 심장 박동이 한동안 희미해지기도 했다. 나는 내 가슴 위에, 그리고 빛이 반쯤 들어오는 침실에 누워 있는 제이콥의 가슴 위에 손을 대보고, 우리 둘 모두의 심장이 뛴다는 사실에 안심한다.

나는 바비큐 그릴에 농어를 굽는다. 배고프고 지저분한 길고양이 한 마리가 바위 위에 앉아 혹시나 하는 기대를 품은 채 냄새를 맡으며 눈을 반짝인다.

“제이콥, 배고파?”

나는 침대에 누운 제이콥 옆에 가까이 누워 두 팔로 끌어안으며 묻는다. 제이콥은 살짝 뒤척이더니 내 손에 자신의 손을 얹는다.

“늘 그렇지.” 제이콥이 대답한다.

몇 년 전 늦여름, 내가 가장 좋아하는 제작자이자 친한 친구 한 명이 이탈리아의 우리 집 근처에 있는 작은 마을에서 결혼식을 올렸다. 나는 그 결혼식에 초대받았다. 제이콥과 아이들은 런던에 있었다. 친구 몇 명과 내가 잘 모르는 여자 한 명이 우리 집으로 왔고, 그렇게 파티 같은 분위기가 되었다. 그 다음날, 나는 숙취에 시달리는 모두를 이탈리안 식당에 데리고 갔다. 우리는 나무 그늘 밑에 주차한 다음, 나무들이 늘어선 야외 식당에서 구운 생선 요리와 아찔할 정도로 차갑고 맛있는 리몬첼로*로 배를 가득 채운 뒤 바닷가를 산책했다.

그곳은 역조로 악명 높은 지역이었고, 몇 년마다 익사 사고가 발생하지만, 동시에 관광객들이 찾는 곳이기도 하

* 이탈리아를 대표하는 레몬 리큐르

다. 우리 가족은 그 바닷가에서 자주 수영했었고, 조류가 거센 날이면 그 강력한 힘을 몸소 느끼곤 했다. 그날 우리는 맛있는 음식을 먹으며 이야기를 나눈 후 인적 드문 그 바닷가를 걸었다. 9월 말, 관광객이 거의 없는 시기였다. 당시에 근육질 몸매의 젊은 이탈리아 사람들과 그 옆에 있는 나이든 파트너들은 선베드와 파라솔을 쌓아두고는 북부 이탈리아에서 웨이터 일을 하거나 이탈리아 알프스에서 스키 시즌을 즐기기 위해 이곳을 떠났기 때문이다. 바닷가에는 우리뿐이었다. 나와 함께 있던 친구 앨리슨과 앵거스는 플라스틱 선베드를 펴고 잠에 빠져들었다.

그런데 그때 내가 잘 모르는 여자가 옷을 벗고 바다로 뛰어들고 있었다. 나는 그녀를 향해 소리쳤다. 머릿속에서 붉은 깃발이 올라갔고, 이미 그 바다가 얼마나 위험한지도 말해주었다. 하지만 내 외침은 바닷바람에 흩어져버렸고, 그녀에게서는 어떤 반항심, 눈부시게 아름다울 정도로 장엄한 어떤 단념의 태도가 보였다. 홀터넥 수영복 덕에 그녀는 어딘가 아가사 크리스티*의 작품 속 등장인물처럼 보이기도 했다.

그렇게 소용돌이치는 은빛 바다로 들어가는 그녀의 모습을 보고 있었다. 그러다 한순간, 저 멀리서 그녀가 우리를 향해 두 팔을 들어 보였고, 얼굴에 거센 바람을 맞으며 햇볕을 쬐는 듯했다. 추운 날씨였지만, 그녀에게서는 흔들림도,

* 영국의 유명 추리소설가

두려움도 보이지 않았다. 이곳에 오는 길에 그녀는 자신의 남동생이 물에 빠져 목숨을 잃은 이야기를 해주었고, 그 때문에 그녀의 모습은 더욱 심상치 않게 보였다. 기묘하면서도 가슴 깊은 울림을 느끼며 나는 가만히 흔들렸다. 그녀가 헤엄치는 모습에서 어떤 고집이 느껴지기 때문만은 아니었다. 나는 이제야 이해할 수 있게 됐다.

신이 아래를 내려다보며 우리의 세상을 망쳐놓을 때, 인생을 그린 지도가 손안에서 형체도 없이 찢겨나갈 때, 우리는 무력하고 버려진 듯한 느낌을 받는다. 나의 죽음을 내 마음대로 할 수 없다는 사실도. 삶이란 원인과 결과의 연속이라는 것, 아무리 갈라진 틈을 비켜 가고, 절벽을 멀리하고, 열린 창문 밖으로 뛰어내리고 싶은 충동을 끊임없이 참으며 견딘다 해도, 그 누구도 우리가 알던 모든 것을 망쳐버리는 반전을, 예측하지 못한 일들을, 그 커브볼을 직면할 준비를 시켜줄 수는 없다. 그것들이 우리를 향해 오고 있다고 해도. 숨으려 해도 숨을 수 없다. 사람들은 역조가 밀려오는 방향으로, 해안가와 평행을 유지하며 헤엄쳐 나가야 한다고 말한다. 저항할 힘이 있다면 그 물살을 빠져나가야 한다고. 하지만 역조의 속도는 한 시간에 4~5마일로, 그 어떤 올림픽 수영 선수보다 빠르게 흘러간다. 그러니 우리는 파도를 이용해야 한다. 파도에 몸을 실어 해안까지 닿아야 한다. 숨을 돌려야 할 때면 긴장을 풀고 뒤로 완전히 누운 채 떠 있어야 한다. 어떤 역조는 바다로 흘러가지 않고 다시 돌아 해안으로 향하기도 하니까.

우리는 어떻게든 해안으로 되돌아왔다. 안전한 해안으로.

"모든 걸 가진 기분은 어때?"

이 모든 일이 있기 전에, 우리의 삶이 영원히 바뀌어버리기 불과 몇 시간 전에 제이콥이 마지막으로 내게 했던 질문이다.

"나는 모든 것을 가지지 않았어. 당신이 아프니까"

그 말은 사실이었다. 하지만 동시에 나는 거의 모든 것을 가지고 있었다. 그리고 그 모든 것이 나를… 우리를… 버티게 해주었다. 제이콥과 내 가족, 우리의 아이들, 친구들, 동료들, 간호사와 의사들, 간병인과 치료사들, 아이들의 선생님들, 이웃들, 낯선 사람들, 우리를 알고 있는지조차 몰랐던 사람들, 내가 신경조차 쓰지 않았던 사람들. 그리고 반려견 스타일러까지. 이들이 우리를 버티게 해주었다.

우리는 충분히 물살에 맞서 헤엄쳐보려 할 수도, 싸워보려 할 수도 있지만, 깊은 곳에 빠져 있을 때는 물살이 흐르는 방향으로 헤엄쳐야 한다. 가끔은 물살이 우리를 덮치게도, 끌어당기게도, 우리를 삼키며 목숨을 위협하게도 해야 한다. 이용할 만한 파도를 만나기를, 언젠가는 발아래 모래가 닿기를 바라면서. 그런 다음 할 수 있다면 무릎을 꿇고, 필요하다면 네발로 기며 할 수 있는 모든 것을 해야 한다. 조금 남은 숨으로 힘겹지만 앞으로 나아가야 하고, 몸을 일으켜야 한다. 태양 빛이 얼굴에 닿기를 바라면서, 땅에 등을 대고 숨을 몰아쉴 수 있을 때까지.

◆

10대 아이들 한 무리가 나를 찾아왔다. 제시와 메이블의 친구들이다. 우리 가족에게 없어서는 안 될 다니엘, 제이콥의 간병인이자 사교적이고 매력적인 다니엘이 나를 도와주러 오기로 한다. 무슨 생각이었는지 모르지만, 나는 이걸 혼자 할 수 있을 거라고 생각했던 것 같다. 우리는 브린디시 공항에서 교대로 아이들을 데리고 온 뒤 집에서 반 마일 정도 떨어진 곳에서 작은 트룰리* 두 개를 빌린다. 다니엘과 제이콥이 한 개를 쓰고, 다니엘의 연상 여자친구 파울라, 파울라의 아들 노엘, 내가 다른 하나를 쓴다.

제시와 메이블과 그 친구들이 우리 집에서 떠들썩하게 파티를 즐기는 동안. 이른 아침이 되면 나는 빵과 우유를 가져다주며 아이들과 친구들이 살아는 있는 건지, 채소 비슷한 무엇이라도 먹기는 했는지 확인한다. 집 부엌에는 맥주캔과 와인잔과 파스타를 먹은 뒤 내버려 둔 그릇들이 널브러져 있다. 어느 날은 야외 테이블 밑에서 침대 시트가 뒤엉킨 채 움직이는 모습을 보았는데, 알고 보니 침대까지 가지 못했던 제시의 친구였다.

우리는 아이들을 해변에 내려주었다가 다시 데려온다. 다니엘은 엄청나게 큰소리로 음악을 틀어둔 채 미친 사람처

* 어떤 공간에 설치된 레일 위를 전동기로 주행하는 작은 크기의 차량

럼 차를 몰고, 그 차에 탄 제시의 친구 내티는 겁에 질린다. 오는 길에 맛있는 샌드위치를 사서 석양이 질 무렵, 항구가 작게 내려다보이는 높은 바위에 앉아 나눠 먹는다. 그다음 아이들을 해변에 있는 클럽에 데려다주고, 새벽 시간 술에 취해 비틀거리는 아이들과 친구들을 다시 데려온다. 그렇게 주말이 되어 아이들을 모두 안전하게 비행기에 태워 보내자 안도감이 밀려온다.

며칠 지나지 않아 휴와 소피, 조카들인 핀과 마일로가 놀러왔다. 우리는 함께 요리하고, 먹고, 수영하며 잠시동안 모든 것이 정상으로 돌아온 것 같다는 느낌을 받는다. 그러는 동안 우리는 모두 천천히 치유되기 시작했다. 제이콥은 스스로 침대에서 일어나 화장실로 갈 수 있게 되었고, 나는 마지막 기저귀를 버렸다. 의사들이 불가능할 것이라고 말했던 일이다.

매일 아침, 식사를 끝낸 다음 우리는 제이콥이 수영장에 들어갈 수 있도록 돕는다. 제시와 메이블과 나, 가끔 다니엘은 돌아가면서 물속에 들어가 제이콥의 몸을 풀어주고 수영장 안을 걷는 모습을 지켜본다. 달을 걷는 듯한 느린 몸짓은 이내 이상한 개헤엄으로 변한다. 제이콥은 100 바퀴를 돌 때까지 밖으로 나오지 않는데, 그 수는 서서히 140 바퀴로 늘어났다. 제이콥은 손가락이 퉁퉁 불 때까지 몇 시간 동안 물 안에 머무르고, 우리는 점심으로 이탈리아 소시지와 프레시 모차렐라를 준다는 미끼를 던져 제이콥을 물 밖으로 유인해야 한다.

제이콥은 행복해한다. 내가 본 중 가장 행복해 보이는 모습이다. 나는 그에게 오늘 하루는 몇 점인지 묻는다.

“10점 만점에 9점.”

제이콥이 대답한다.

‘괜찮네, 받아들이지 뭐.’ 나는 생각한다.

저녁에는 넷플릭스로 우리가 좋아했던 오래된 영화들과 디스토피아를 배경으로 한 무서운 최신 드라마들을 본다. 올리브 나무 뒤에 숨겨진 테니스 코트로는 제이콥을 단 한 번밖에 데려가지 못했다. 제이콥이 만든, 제시나 메이블과 함께 여름 내내 테니스를 치던 그 코트에. 이제 아이들은 낮이 저녁으로 접어들 무렵 자기들끼리 공을 주고받는다. 제이콥은 내가 요리하는 동안 또다시 자신만의 세계에 빠져들어 〈프렌즈〉를 본다.

가슴이 무너진다. 그런 모습을 마주할 때마다 아직은 늘 마음이 아프다. 하지만 우리는 행운아들이다. 우리가 이런 행운을 다시 얻을 거라고 감히 생각할 수나 있을까? 마침내 한 집에 모인 네 개의 심장 박동. 그리고 함께하는 넷플릭스. 우리는 이곳에 있다. 우리는 모두 여전히 이곳에 있다.

어느덧 여름이 끝나가고 있다. 우리는 변호사들에게 연락을 받았다. 제이콥이 맞았던 다발성 경화증 약물을 만든 제약회사가 자발적으로 조건 몇 개에 서명한 적이 있는데, 그중 하나가 부상이나 사망이 발생할 경우의 보상과 관련된 것이라고 한다. 우리 쪽 변호사들은 제이콥이 소송에서 충분히 이길 수 있을 거라고 희망차게 말한다. 아직 결정된 것은 아니지만, 우리는 천천히 움직이기 시작한다. 제이콥은 평생 돌봄이 필요할 것이고, 물론 나는 제이콥이 가능한 자신의 힘으로 살아가게 될 것이라는 희망을 품지만, 그렇게 되기까지는 아직 먼 길을 가야 한다. 내가 옆에 없더라도 제이콥이 괜찮을 것이라는 확신이 필요하다. 내가 옆에 있을 수 없게 된다 해도.

작업치료사 헬렌은 언젠가 제이콥이 정해진 길을 따라 움직이는 정도의 간단한 활동은 할 수 있게 될 거라고 생각한다. 우리는 우리가 옆에 없을 때 제이콥이 일어나서 움직이고 누군가와 이야기하는 것을 도울 수 있도록 애플 워치를 활용하기 시작했다.

"제이콥, 오전 10시 30분이야. 언어 치료받을 시간이야."

"제이콥, 물 마셔."

"제이콥, 오후 3시 30분이야. 우쿨렐레 수업 시간이야."

"제이콥, TV 볼 시간이야."

나는 이 방법이 불가능하다고 생각하지 않는다. 우리에게 무엇이 남아 있는 것인지 모르니까. 제이콥과 나의 무엇이 남은 것인지. 우리가 어떤 사람인지도 더는 확신할 수 없다. 제이콥은 쓰러지기 전에 내게 팔찌를 선물했다. 처음에는 몰랐지만, 안쪽에 이런 말이 새겨져 있었다.

내 가장 친한 친구에게-

그게 우리다. 우리는 부모이고, 연인이고, 가족이고, 가장 친한 친구다. 그리고 지금도. 지금도 제이콥은 나의 가장 친한 친구다.

시간을 되감아 본다. 에미상 시상식장이다. 제이콥은 내 옆에 앉아 있고, 나는 의자 밑에 숨겨둔 주스를 찾으려 허우적대고 있다.

"올해 최고의 드라마 작가상 수상자는…"

그리고 내가 무대 위로 올라간다. 나는 좀 더 괜찮은 신발을 신고 있다. 프라다나 구찌를. 그때 신었던 이상한 신발이 아니라. 마이클 더글러스는 미소 지으며 기뻐한다. 자신의 영화 대본을 쓴 작가를, 모두를 누르고 최고의 여자 작가가 상을 받았기 때문이다. 그는 자리에서 일어나 환호한다. 스티븐 레비탄, 빈스 길리건도 마찬가지다. 나는 그들을 향해 자리에 앉으라며 겸손하게 손짓하고, 마음을 다잡고는 청중을 완전히 사로잡는다. 그리고 천천히, 내게 미소 짓는 제이콥을 찾아낸다.

"망치지 마"

자리에 앉은 제이콥이 입 모양으로 말한다.

나는 그 말대로 한다.

당시 잊었던 내 소속사 텔레비전 아카데미, 캐시와 마하와 로위나와 케빈, 동료들, 엄마, 우리 가족, 아이들까지 감사해야 할 사람들에게 제대로 감사를 전한 후, 잠시 멈춰 숨을 고른다. 그러고는 그날 하지 못했던 말을 이어간다.

"…마지막으로, 내 파트너…. 남편…. 제가 사랑하는 사람, 제게 동정받을 회고록 같은 건 없다는 사실을 알려준 제이콥에게 감사를 전하고 싶습니다. 그저 종이에 쓰인 단어들만 존재할 뿐이며, 그것들이 누군가에게 의미가 있다면 그것만으로 가치는 충분하다는 사실을. 늘 내 글을 쓸 수 있게 용기를 줘서 고맙다고 말하고 싶습니다. 내 손을 잡아줘서, 집라인을 타고 뛰어내릴 때 눈을 뜨라고, 그렇지 않으면 아름다운 풍경을 놓칠 거라고 말해줘서…. 고맙다고"

이탈리아 여행 막바지, 나와 아이들, 다니엘, 파울라와 노엘은 제이콥을 구나 해변으로 데려간다. 밧줄로 경계가 나뉜 모래사장 위에 빛바랜 나무 선베드가 줄지어 있고, 마로니에 열매처럼 매끈한 피부에 정교한 타투를 새긴 매력적인 젊은 이탈리아 사람들이 거니는 곳이다. 훌륭한 크레마디 카페와 초밥을 파는 식당도 있다. 우리는 롤 초밥과 기름진 프리토 미스토*와 차가운 콜라로 배를 채우고, 제이콥은 바다에 들어가고 싶어 한다.

"정말이야?"

날씨는 따뜻하지만, 파도와 물살이 꽤 세다. 나는 구나 해변의 모든 점이 좋지만, 그중에서도 제일 좋은 건, 물이 얕아서 제이콥이 물속을 걸을 수 있다는 것이다. 그래서 이따금 제이콥은 물이 급격하게 깊어지기 전, 바닷물이 가슴까지 오는 지점까지 들어가곤 한다. 우리는 제이콥을 도와 햇빛에 바래고 부서진 나무 계단을 지나 모래사장으로 내려간다. 그다음 제이콥의 샌들을 벗겨 옆에 둔다.

* 여러 재료를 작게 잘라 반죽을 입힌 뒤 기름에 튀긴 요리

제시와 메이블이 제이콥의 양옆에 붙어 물속으로 들어간다. 파도가 요동치지만, 날은 따뜻하고 하늘은 시리도록 푸르다. 제이콥은 파도에 밀려 살짝 비틀거리지만, 그래도 앞으로 나아가고 싶어 하고, 메이블과 제시는 제이콥을 꽉 붙잡으며 든든히 지지한다. 나는 더 먼 바다로 걸어가는 제이콥의 모습을 지켜본다. 제이콥은 조용하지만 단호하게, 더, 더 깊은 곳으로 나아가려 한다. 한 시간 동안 우리는 서로 교대해 가며 제이콥을 돕는다. 그리고 때때로 제이콥에게 묻는다.

"괜찮아…? 다시 돌아갈래?"

제이콥은 그저 고개를 젓는다. 나는 그가 수영장 안에 있을 때와 같은 느낌을 받고 있다는 사실을 알아차린다. 무중력에 가까워지는 환상에서 물이 제이콥을 잡아주는 듯한 느낌, 하지만 나는 제이콥의 모습에 가만히 놀라고, 마음 깊이 감동한다. 제이콥은 뱃머리에 놓인 조각상처럼 먼 곳을 바라본다. 땅을 박차고 날아가려는, 바람의 흐름에 몸을 맡기려는 연처럼. 제이콥은 우리들의 손을 꼭 잡은 채 앞뒤로 흔들리며 불안정하게 걷는다. 그런데도 똑바로 서려고 노력하면서, 우리의 가슴과 팔을 때리는 파도를 견디면서.

이 모습은 잠재력이다. 희망이다. 무언가를 품을 가능성이다. 아무것도 아닌 것이 아니다. 아무것도 아니지 않다.

이로부터 몇 주 뒤 우리는 다시 봉쇄를 맞닥뜨렸다. 그렇게 지난 몇 년간 우리의 삶으로 스며들었던 고통과 어려움보다 더한 역경을 전 세계 사람들이 경험하게 될 수도 있겠다는 생각을 한다. 냉정하고도 가슴 아픈 경고의 알람 소리가 전 세계에 울려 퍼지게 될 것이다. 우리의 삶이 화상 회의 프로그램으로, 전 세계 노트북과 컴퓨터 렌즈를 통해 연결되는 시기를 맞을 것이다. 그렇기에, 나는 그 어느 때보다 더 지나온 기억들을, 이 희망의 나날들을 기억하며 가장 고통스러운 시기에도 어딘가에서 빛을 찾을 수 있을 것이라는 사실을 떠올릴 것이다.

나는 제이콥을, 소금기 머금은 바닷바람을 맞으며 내 눈에도 보이는 저 먼 수평선 어딘가를 바라보는 제이콥을 돌아본다. 앞으로 우리에게 어떤 미래가 펼쳐질지는 알 수 없다. 두려움에 떠는 날이 없을 거라고 확신할 수도 없다. 하지만 나는 이 순간을 기억에 새긴다. 우리가 알던, 우리가 사랑했던 제이콥이, 그 어두운 우주에서 몸을 돌려 내려다보며 우리의 손을 잡아끄는 제이콥이 현실로 손을 뻗으려 하는 지금 이 모습을. 그가 아직은 저 먼 어딘가에 있지만, 집으로 돌아올 길을 찾고 있다는 사실을 일깨우는 순간을.

수년 전 우리가 거실에서 나눴던 대화, 제이콥이 처음으로 우주여행을 고민하던 그때를 생각한다.

"다시 돌아올 수 있을 거라는 보장도 없는데?"

"그런데?"

"우리를 다시 못 볼 수도 있잖아. 당신 가족을 다시는 못 본다고. 친구들도 그렇고"

제이콥은 익숙한 미소를 지으며 나를 쳐다본다….

"그게 그렇게 나쁜 일일까?"

나는 제이콥의 말을 떠올리며 위안받는다. 제이콥이 어둠을 두려워하지 않았다는 사실에. 미지의 세계를 두려워하지 않았다는 사실에.

불확실한 것들이, 언젠가는, 언젠가는… 다시 돌아올 수도 있다.

3월이다. 이제 몇 달 후면 제이콥이 쓰러진 지 3년이 된다.

"그래서 내가 우리 회계사에게 얘기했어."

나는 말한다.

제이콥은 멍하니 나를 쳐다본다. 그는 요즘 가장 좋아하게 된 과일인 포멜로를 먹고 있다.

"아."

제이콥이 이제야 내게 주목한다.

"내 생각엔 우리가 결혼해야 할 것 같아."

제이콥이 과일을 베어 물다 멈칫한다.

"흠."

제이콥은 잠시 생각하더니 다시 포멜로에 집중한다.

"세금 문제도 있고 말이야…."

제이콥은 다시 멈춰 내 말을 곰곰이 생각한다.

"식장에 케이크도 있을 거야."

내가 미소 짓는다.

그런 나를 보며 제이콥이 미소 짓는다.

"그럼 해야겠네."

그래서, 우리는 결혼했다.

가끔은 물살이 우리를 덮치게도, 끌어당기게도, 우리를
삼키며 목숨을 위협하게도 해야 한다. 이용할 만한 파도를
만나기를, 언젠가는 발아래 모래가 닿기를 바라면서.
그런 다음 할 수 있다면 무릎을 꿇고, 필요하다면 네발로
기며 할 수 있는 모든 것을 해야 한다. 조금 남은 숨으로
힘겹지만 앞으로 나아가야 하고, 몸을 일으켜야 한다.
태양 빛이 얼굴에 닿기를 바라면서, 땅에 등을 대고 숨을
몰아쉴 수 있을 때까지.

감사의 말

좋은 이야기가 세상으로 나오려면 재능 있는 수많은 사람의 도움을 받아야 한다. 도움뿐 아니라 지난 여정을 나와 함께 살아내 준 모두에게 감사를 전한다. 그 모든 사람이 아니었다면 나는 이 이야기에서 살아남을 수 없었을 것이고, 이 책의 모든 단어도 쓰일 수 없었을 것이다.

무엇보다, 제이콥, 당신이 없었다면 이 이야기도 없었을 거야. 누구보다 열심히 싸워줘서, 느리더라도 집으로 돌아오는 길을 더듬어 걸어와줘서 고마워. 제시와 메이블, 내 영원한 친구이자 너무 힘든 10대 시절을 보내야 했던 우리의 두 아이에게도 감사를 전한다. 너희 둘은 나이보다 훨씬 어른스러웠고, 늘 다정했고, 웃음을, 지혜를 보여줬어. 이제 다시 아이로 돌아가도 돼. 마음껏 즐기고, 일탈도 해보고, 모든 걸 경험해 봐. 그리고 난 걱정 마, 잠들 때 스타일러가 내 옆에 있어 줄 테니까.

내 가족에게도 감사를 전한다. 도르카스, 세계 최고의 언니이자 내 첫 독자. 끊임없이 나를 응원해 주고, 셀 수 없이 많은 전화를 받아주고, 나를 데리러 와주고, 우리 집 마당에 식물을 심어주고, 가장 힘들었던 시간에 희망을 놓지 않게 도와줘서 정말 고맙고 또 고마워. 휴, 오빠 같은 내 동생, 내게 늘 그랬던 것처럼 따뜻하고 아름다운 책 표지를 만들어줘서, 수많은 여름날 우리를 위해 요리해 줘서, 흔들리지 않고 우리 옆에 있어 줘서 고마워. 그 어둡고 힘들었던 시간에 나를 감싸줬던 네 품의 온기를 절대 잊지 못할 거야. 더불어 우리에게 사랑과 응원을 보내준 올케 소피와 형부 사이먼에게도 감사를 전한다. 또 내 조카들 잭, 해리, 핀리, 마일로, 함께 둘러앉은 저녁 식탁에서 늘 웃어주며 우리가 훌륭한 유산을 남겼다는 걸 깨닫게 해줘서 고마워. 카드 게임을 하며 함께 어울려준 것도. 그리고 최고의 엄마 파트리샤, 마지막 순서지만, 이 이야기의 중심에 자리 잡은 용기와 강인함이 엄마가 내게 준 가장 큰 선물이었다는 것을 모두가 알아주기를 바란다.

제이콥의 가족에게도 평생 갚지 못할 빚을 졌다. 내가 세상을 증오하며 분노를 쏟아낼 때 아들을 잃는 슬픔을 담담하게 이겨내며 인내와 겸허를 보여줬던 시어머니 주디스와 시아버지 버나드 크리셰프스키에게도 감사하다. 내 각본을 읽어주고, 갤러리 구경을 함께 해주고, 끝없는 사랑으로 제이콥이 다시 돌아오도록 도와줘서 감사하다는 말을 전한다. 변함없이 버나드의 곁을 지켜주는 샘에게도 감사하다.

솔직하고 친절하며 굳건한 우정을 보여준 제이콥의 동생 조시 크리셰프스키와 더불어 늘 내 말을 들어주고 웃게 해주는 조시의 아내 데비, 그리고 한결같이 친절하며 법률 조언을 아끼지 않은 데비의 자매 조에게도 감사를 전한다. 큰 슬픔을 마주하면서도 늘 웃어줬던 루비와 레오에게도 감사하다. 그리고 시누이 나타샤, 넌 내 인생 최고의 순간에도, 최악의 순간에도 함께했지. 늘 침착하고 다정하게 대해주어서, 제이콥의 삶에 다시 음악을 선물해 줘서 정말 고마워. 더불어 힘든 상황에서도 긍정적인 모습으로 단단히 자리를 지켜준 루크에게도 감사를 전한다. 그리고 우리에게 와준 것만으로도 희망과 용기가 된 에바에게도 감사하다.

코로나19 이전에도, 그 후에도 영웅처럼 불가능과 싸우는 UCH와 NHS의 가장 빛나는 보물, 의사와 간호사들이 없었다면 제이콥은 우리에게 돌아오지 못했을 것이다. 제이콥을 포기하지 않고 살려준 그들에게도 감사를 전하고자 한다. 먼저 훌륭한 의사이자 늘 기대 이상을 보여줬던 카멜 셔에게 감사하다. 그리고 가장 어두운 밤 가장 따뜻한 목소리를 들려줬던 올란도 스웨인, 마리나 바사라브, 우리의 친구 바즈에게도 마음 깊이 감사하다. 마법 같은 손길과 마음으로 제이콥이 다시 삶을 되찾고 말을 할 수 있게 도와준 재활센터의 치료사들에게도 무한한 감사를 전한다. 아직도 사랑하는 사람을 간호하고 있는, 불안에 떨던 밤 친구가 되어줬던 콜레트와 다이엔에게도 감사하다. 제이콥이 의식을 잃고 잠에 빠졌을 때 정성스럽게 머리를 잘라주고 손톱을 다듬어줬던 개빈과 엠마에게도 감사를 전한다. 제이콥에게 『프린세스 브라이드』를 읽어줬던 이름 모를 여성분에게도 감사하다. 그리고 다니엘, 똑똑하고 다정한 다니엘에게 우리 삶에 와주어서 고맙다는 말을 전하고 싶고, 초기에 함께해 줬던 아미나에게도 감사를 전한다. 제이콥의 몸과 마음을 다시 돌아오게 해준 의사 보니 케이트 듀어, 헬렌 해리슨, 리즈 윌리엄슨, 수잔 워건, 제인 웨지, 팀 스미스에게도 감사하다. 제이콥을 깊이 이해하며 제이콥의 생각을 이해할 창을 열어준 의사 딜리에게도 감사를 전하고 싶다. 제이콥에게 우쿨렐레를 가르쳐주고, 우리 집을 음악으로 채워주고, 제이콥의 매력을 다시 채워준 사랑스러운 리아에게도 감사하다.

제이콥과 나의 머리맡에 앉아 자리를 지켜주었던 많은 친구에게도 감사를 전한다. 음식을 만들어주고, 차를 운전해 주고, 꽃을 보내주고, 한 번도 기대를 저버리지 않았던 좋은 친구들에게. 먼저 좋은 날이나 힘든 날이나 늘 같은 곳에 있어 주었던 매티와 엘리자에게 감사의 마음을 전한다. 항상 좋은 친구가 되어주고, 제이콥이 허리둘레를 줄이도록 도와준 닉과 알리에게도 감사하다. 가장 힘든 시간에 함께해 준 최고의 친구 기브와 케이트에게도 감사를 전한다. 바즈, 다미안, 앤서니, 제이미, 스테판, 디미, 니콜라, 알리, 데이지, 애나벨, 머빈, 홀리, 닉 시디, 빌과 시안, 리치, 로빈, 미라에게도 감사하다. 나와 함께 걷기 운동을 하는 친구들이자 내 자신감을 북돋아주는 수, 폴라, 리사, 제인에게도 감사를 전한다. 생애 최고의 디너 파티에 초대해 준 지니에게도 고마움을 전하고 싶다. 내 멋진 이웃 니키, 닉, 자스민, 앨리스, 아니타, 헬렌에게 감사를 전하며, 특히 자넷, 당신이 우리 집 현관문 앞에 놔둔 달걀과 꿀은 절대 잊지 못할 거예요. 제이콥과 나의 커피 친구이자 가장 우울한 시기에 말동무가 되어준 리사, 필리파, 마리아, 드니스, 젠, 미셸, 사라에게도 감사하다. 히스를 함께 걸어주고 영감을 불어넣는 질문을 던져준 스티브에게도 감사를 전한다. 가장 친한 친구이자 암 투병을 함께했고, 게일스를 향한 내 집착을 진심으로 이해하며, 암과 싸우는 와중에도 내 손을 잡아준 재키 크리스찬과 그 가족에게도 깊은 감사를 전한다. 더불어 내 대녀이자 마벨의 삶을 함께할 친구인 이브라는 선물을 준 것에도 감사하다.

멘토이자 삶의 중심을 잡아주는 친구이며, 이 책을 쓰기 전 극본을 쓰도록 응원해 준 비키 페더스톤에게도 감사의 마음을 전한다. '자매들'에 속한 동료이면서 훌륭한 프로듀서이자 친자매 같은 최고의 친구 제인 페더스톤, 늘 돈 문제를 계산해 주며 내 삶을 편하게 해주는 댄 아이작에게도 감사하다. 나의 편집자이자 내 세상이 무너져내릴 때마다 하리보를 건네준 루시 다이크, 클레어 배티, 엠마 젠더스에게도 깊은 감사를 전한다. BBC의 루시 리처, AMC의 크리스틴 존스, 내게 원동력과 영감을 준 〈더 스플릿〉 가족들에게도 감사하다. 동료를 넘어 인생을 함께할 친구가 된 루스 켄리 레츠, 페이 워드, 테사 로스, 줄리엣 호웰, 데보라 헤이워드에게도 고마움을 전한다. "의사에게 가 봐"라는 말로 내 목숨을 구해준 사라 가브론에게도 감사하다. 최고의 에이전트이자 챔피언이며, 전적으로 나를 믿어주고, '42'에서 유진 퍼니스를 소개해 준 캐시 킹에게도 감사의 말을 전한다. 유진, 내 첫 번째 독자가 되어주어서, 제목에 관해 조언해 주어서(당신 말이 맞았어요), '더 북 그룹'의 제이미 카를 소개해 줘서 고마워요. 그리고 훌륭한 작가이자 고맙게도 처음으로 내 책을 공개적으로 지지해 준 내 친구 데이비드 니콜스, 정말 고마워. 꽃과 이메일과 미소를 전해준 CAA의 마하 다킬, 로웨나 아겔레스, 롭 케넬리에게도 감사하다. 바다 건너에서도 나를 응원해 주고, 출판이라는 세계로 나를 인도해 준 '마리너 북스'의 조캐스타 해밀턴, 존 머레이, '슈가 43'의 하퍼 콜린스에게도 깊은 고마움을 전한다.

또한, 런던 암 전문병원, 세인트 존 앤 엘리자베스, 로열 프리 호스피털, 헬스케어 앳 홈의 많은 의사와 간호사, 그중에서도 의사 셰리와 탠에게 평생 갚아도 모자랄 깊은 감사를 전한다. 모든 걸 잃었다고 생각했을 때, 당신들은 내게 모든 것이 정상으로 돌아올 거라는 단단한 믿음을 줬어요. 그리고 내가 가장 필요로 할 때 옆에 있어 주고, 건강한 정신의 가치를 알려준 의사 타라 칼린에게도 마음 깊이 감사하다. 하이게이트 스쿨의 모든 선생님, 특히 힘든 시간에 아이와 부모 모두에게 용기를 준 카렌 노리스 선생님에게 감사의 마음을 전한다.

멋진 재능을 세상에 나눠준 앤서니 밍겔라, 그리고 천재적인 작품을 이 책에 실을 수 있게 해준 밍겔라 에스테이트에 고마움을 전한다. 가장 슬프고 비참했던 병원에서의 밤을 밝혀준 노래들의 주인 팀 민친에게도 감사하다. 나의 글을 살찌우고 영감을 불어넣은 당신의 시, 연극, 노래에 담긴 그 모든 단어에 감사를 전하며, 이 책에 인용을 허락해 주어서 감사하다는 말을 전한다. 다정함과 통찰력을 나눠준 잔 레이븐스에게도 감사하다. 늘 너그럽고 좋은 친구가 되어준 질 맥컬러에게도 고마움을 전한다.

마지막으로, 대담한 글과 아름다운 솔직함으로 세상에 불쌍한 회고록은 없다는 것을, 오직 단어와 글만 있다는 것을, 그리고 그것들이 누군가에게 어떤 의미가 있다면 그것은 말할 가치가 있다는 것을 알려준 저스틴 피카디와 세상을 떠난 루스 피카디에게 깊은 감사를 전한다.